중국어권
문학사

지은이

후지이 쇼조藤井省三, Fujii Shozo _ 일본 도쿄 출생. 도쿄대학 대학원 박사과정을 수료하고 루쉰 연구로 박사학위를 취득했다. 현재 도쿄대학 문학부 교수로 재직 중이며, 전공은 중국 현대문학 연구이다. 주요 저서로는 『예로센코의 도시 이야기』, 『루쉰「고향」의 독서사』, 『100년간의 타이완 문학』, 『루쉰사전』, 『무라카미 하루키 속의 중국』, 『루쉰―동아시아를 살아가는 문학』 등이 있고, 주요 역서로는 크리스토퍼 뉴의 『상하이』, 리앙의 『남편 죽이기殺夫』, 모옌의 『술의 나라酒國』, 정이의 『신수神樹』, 루쉰의 『고향/아큐정전』과 『술집에서 / 비공非攻』 등이 있다.

옮긴이

김양수金良守, Kim Yangsu _ 서울 출생. 성균관대학교 중문학과를 졸업하고 동 대학원에서 문학박사학위를 취득했다. 현재 동국대학교 중문학과 교수로 재직 중이며, 전공은 중국 현대문학 연구이다. 그동안 중국과 타이완의 현대문학·영화에 관한 논문을 여러 편 썼으며, 번역서로는 『100년간의 중국문학』, 『현대 중국, 영화로 가다』, 『오, 나의 잉글리쉬 보이』, 『베이징을 걷다』, 『흰 코 너구리』, 『빅토리아 클럽』, 『미로의 정원』, 『아시아의 고아』 등이 있다. 최근 연구 면에서 관심을 갖고 있는 주제는 '올드 상하이의 도시 기억과 한국인', '동아시아의 문학적 전통과 루쉰' 등이다.

중국어권 문학사

초판인쇄 2013년 12월 20일 **초판발행** 2013년 12월 30일
지은이 후지이 쇼조 **옮긴이** 김양수
펴낸이 박성모 **펴낸곳** 소명출판 **출판등록** 제13-522호
주소 서울시 서초구 서초동 1621-18 란빌딩 1층
전화 02-585-7840 **팩스** 02-585-7848
전자우편 somyong@korea.com **홈페이지** www.somyong.co.kr

값 25,000원　ⓒ 소명출판, 2013

ISBN 978-89-5626-961-0 93820

후지이 쇼조 지음
김양수 옮김

중국어권 문학사

A History of Modern Chinese Literature

소명출판

일러두기

· 고유명사는 역자의 판단에 따라 대부분 현지음으로 표기하였다. 중국대륙과 타이완의 경우 베이징어로, 홍콩의 경우에는 베이징어를 기본으로 하고 광동어를 병기하는 방식으로, 일본의 경우에는 일본어를 기준으로 각각 표기하였고, 작품·잡지·동인 등의 표기는 한국 독자의 이해 수월성을 기준으로 하여 현지음과 한국식 한자음을 혼용하였다.

· 장편소설, 신문·잡지·단행본 등 책명은 『 』, 중·단편소설, 시·산문 등 글명은 「 」, 영화·연극·노래·희곡명은 〈 〉를 사용하였다.

· 인용문의 [ ] 속 내용은 저자의 의견 혹은 내용의 이해를 위해 임의로 넣은 것을 뜻한다.

· 참고문헌의 서지사항은 서명의 정확한 표기를 위해 번역하지 않고 원문 그대로 실었다.

· 각주는 모두 역자 주이다. 단, 서지사항과 관련된 주는 원서 본문에 있던 내용을 각주로 옮긴 것이다.

· 본문에는 근대와 현대가 혼용되고 있는데, 이는 모두 modern과 같은 뜻으로 사용된 것으로, 굳이 통일하지 않았다.

20세기 이후의 중국어권 문학사는 경계초월越境의 역사이다.

1840년 아편전쟁 이후 조계도시가 되었던 상하이에 구미歐美와 일본이 공장과 학교, 그리고 인쇄기술과 신문, 잡지 등 산업사회의 여러 제도를 가지고 경계를 넘어왔다. 또 청조와 중화민국도 적극적으로 이문화異文化를 수용하여, 근대화(= 서구화)를 이루어갔다. 현대 중국어에서 '문학'이라는 뜻의 '원쉬에文學'라는 단어가 메이지시기 일본에서 만들어진 리터러쳐literature의 번역어인 '분가쿠文學'를 빌려온 것이라는 점은 의미심장하다. '문학'은 청조 정부가 도쿄제국대학 등 일본의 대학 제도에서 배워 경사대학당京師大學堂을 설립할 때 수용한 단어이다.

20세기에 들어오면서 많은 중국 젊은이들이 의학과 공학, 농학을 배우고자 일본과 구미에서 유학하였으며, 그중 근대세계의 국민국가 제도에서 국어와 문학이 차지하는 중요성을 깨닫고 문학자로 돌아선 사람도 생겨났다. 센다이仙台 의학전문학교(現, 東北大學醫學部)를 중퇴하고 도쿄로 돌아와 나쓰메 소세키夏目漱石에게 깊이 공감을 느끼는 한편 낭만파 시인론을 쓰기 시작한 루쉰魯迅(1881~1936). 코넬대학에서 농학을 공부하다가 콜롬비아대학 철학부로 옮겨 뉴욕 다다파의 여성화가를 사랑하는 한편 이미지즘의 영향을 받아 문학혁명과 대학에서의 인문학을 구상한 후스胡適(1891~1962). 이 루쉰과 후스는 일본과 구미로의 경계를 초월하여 현대 중국문학의 기초를 구축한 두 명의 거인이라 할 수 있을 것이다.

이처럼 경계를 초월한 문학자의 계보는 1920년대에서 1930년대에 걸쳐 시인 쉬즈모徐志摩(1897~1931)의 캠브리지 유학, 아나키스트 빠진巴金(1904~2005)의 프랑스와 일본 유학, 에세이스트 린위탕林語堂(1895~1976)의 미국에서의 영어작가활동 등 점점 다채로워진다. 1980년대, 특히 1989년 6월 4일 비극의 천안문사건 이후에는 구미와 일본에 에미그런트(망명, 이민)문학이 형성되었고, 2000년에는 파리에서 망명 중이던 까오싱젠高行健(1940~)이 노벨문학상을 수상하기에 이른다.

경계초월越境이라는 말은, 중국어권에서는 반드시 국경을 넘어 외국으로 나가는 것을 의미하지는 않는다. 전 유럽보다도 큰 면적과 인구를 가진 중국대륙에서, 현대문화란 주로 상하이와 베이징이라는 신구 대조적인 남북의 두 도시를 중심으로 발전되어 왔다. 경계초월越境은 두 도시 이야기로서 전개되었던 것이기도 하다.

20세기 초반의 상하이는 조계도시로서 흡수한 유럽문명을 기초로 하여 독자적인 매스미디어를 육성해냈고, '신소설'이라 하는 초창기 근대문학을 탄생시켰다. 신해혁명辛亥革命(1911) 후 1910년대의 베이징에서는 청조의 유산인 경사대학당京師大學堂이 베이징대학으로 개편되었는데, 이 캠퍼스에서는 상하이 일대에서 모여든 교수진과 학생들이 문학혁명을 추진하고 국어제도를 정비했다. 상하이에서는 출판자본이 베이징의 신진 아마추어 작가를 영입하기 시작하는데, 국민혁명을 거치고 중화민국이 거의 통일되는 1930년대가 되면, 루쉰 등 베이징의 기성작가들뿐 아니라 전국의 작가지망 청년들이 몰려들어, 상하이는 문화도시로서의 번영을 구가하게 된다. 또 1937년부터 1945년까지 이어진 일본에 의한 침략전쟁은 중국에게 큰 피해를 주었으며, 많은 작가들이 일본 점령구를 피해 충칭重慶과 구이린桂林, 쿤밍昆明으로 도망갔기 때문에, 그곳에는 미니 상하이와 미니 베이징이라 할 '문화성文化城'이 구축되었다.

본서에는 중국대륙과 함께 중국어권을 구성하는 홍콩과 타이완의 문학에도 각기 한 장씩을 할애했다. 아편전쟁 후 영국의 식민지가 된 홍콩에는 1930년대까지는 주로 광동인 상인과 노동자들이 이주해왔다. 중일전쟁기와 인민공화국 수립 전후에는 베이징과 상하이로부터 '남하문화인'이라 불리는 사람들이 경계를 넘어오기도 했지만, 그래도 '문화사막'이기는 마찬가지였다. 하지만 전후戰後 홍콩에서 태어나고, 홍콩에서 교육받은 세대가 성인이 되는 1970년대 이후가 되면, 홍콩인 의식이 싹트기 시작하고 '홍콩문화'라는 말도 생겨나게 된다. 그리고 1997년 중국으로의 반환문제가 현실화되는 1980년대에 들어오면 홍콩 아이덴티티 문제가 홍콩문학의 큰 주제가 되는 것이다.

타이완은 17세기 이래, 단기간으로는 네덜란드와 정씨鄭氏 일족의 국지적 지배를 거쳤고, 장기적으로는 청淸·일본·구 국민당의 통치를 경험하는 등 오랫동안 외래 정권의 지배를 받았다. 타이완인들은 경계를 넘어오는 외래 정권의 문화를 적극적으로 수용했고, 그것을 저항의 양식으로 삼아 자립을 추구해갔으며, 그 결과 1980년대 말 이후로 본격적인 민주화의 길을 걷게 되었고, 1996년 타이완인들에 의한 총통직선제를 시작하여 점차 완성시켜 왔다.

이러한 저항과 수용의 역사, 특히 일본 통치기와 구 국민당 통치기에 있어, 문학은 '타이완 의식'을 형성하는 데 큰 역할을 했다. 타이완 아이덴티티를 고찰하는 데 있어서는 일본 통치기의 일본어문학과 구 국민당 통치기 이후의 베이징어문학이 가장 중시되고 있다.

중국어권의 현대문학이란 서로 경계를 넘나들어온 중국, 홍콩, 타이완, 그리고 일본 간의 현대 문화교류의 이야기이다. 거기에는 베이징, 상하이, 홍콩, 타이베이, 그리고 도쿄 등 동아시아의 도시가 주요한 무대가 되고 있으며, 작가와 작품, 그리고 독자가 주인공인 것이다. 본서에서 사용하고 있는 '중국어권 문학'이라는 용어는 이러한 20세기 이후 동아시아의 문화, 사회를 전망하기 위한 개념인 것이다.

루쉰은 일찍이 덴마크의 문예비평가 브란데스(1842~1927)가 쓴 유럽 문학사 『19세기 문학의 주요사조』를 중국의 문학청년들에게 추천한 적이 있다. 이것은 루쉰이 일본 유학시절 애독한 유럽문학사로, 프랑스혁명 이후 국민국가를 성숙시켜간 19세기의 프랑스・영국・독일문학에 대한 비교 연구를 통해, 브란데스가 조국 덴마크의 근대화를 모색한 것이다. 현재 동아시아에서도 서유럽에 비해 한 세기 가량 늦기는 했지만, 국민국가들이 성숙해져가고 있고, 자유화와 민주화가 진행되고 있다. EU를 닮은 동아시아 공동체 구상이 열심히 논의되고 있는 한편 역사문제와 같은 마찰도 생겨나고 있다.

본서에서는 이 한 세기 동안 중국어권 사람들의 정념과 논리가 어떻게 형성되어 가는가, 문학이 중국인과 홍콩인, 타이완인의 정념과 논리를 어떻게 집약하고 표현해서 재생산해내는가, 그 대강의 흐름을 그려보고자 했다. 또 그러한 중국어권의 땅을 방문한 다카스기 신사쿠高

杉晋作, 나쓰메 소세키夏目漱石, 오야 소이치大宅壯一, 그리고 오에 겐자부로大江健三郎 등의 일본인이 무엇을 보았고, 어떻게 생각했는지에 대해서도 말해보고자 했다.

중국어권 문학을 보다 입체적으로 파악하기 위해 각 장에 하나씩 영화 칼럼을 '배급'했다. 중국어권에서는 일본과 한국, 구미 등과 마찬가지로 영화가 국민의식을 형성하는 데 중요한 역할을 담당해왔으며, 문학과도 깊은 관련을 맺고 있다. 본서는 전신인 졸저『20세기의 중국문학』(방송대학교육진흥회, 2005)을 전면 개정하고, 그 제작과정에서 영화 칼럼을 덧붙였다.

부속자료로 '중국어권 문학사 연표'를 웹(http://www.utp.or.jp/bd/978-4-13-082045-5.html)에 게재해 두었으니 참고해주시기 바란다.

2011년 8월 17일 루쉰「고향」발표 90주년으로 추정되는 날에

도쿄대학 아카몬赤門 연구동에서

후지이 쇼조

루쉰魯迅(1881~1936)과 병렬될 만한 중국의 대 지식인 후스胡適(1891~ 1962)가 미국에서 유학한 것은 100여 년 전인 1910년이었습니다. 후스는 뉴욕주 이사카에 있는 코넬대학 농학부를 다니다가 문학부로 바꿨고, 그 후에는 뉴욕시의 콜롬비아대학 대학원 박사과정에 진학했으며, 뉴욕의 젊은 다다이즘 화가 이디스 클리포드 윌리엄Edith Clifford Williams 과 대단한 연애를 하게 됩니다. 그런 유학생활 중에도 후스는 제1차 세계대전 후에 급증하는 짧게 자른 머리에 자기직업을 가진 새로운 여성들의 생활방식에 공감하게 되었고, 이 이민의 나라에서 치러지는 대통령선거야말로 국민적 융합을 도모하는 일대 이벤트이며, 대중이 읽을 수도 있고 들을 수도 있는 구어문으로 쓰인 신문과 연설이 이 제도를 떠받치고 있다는 사실을 발견하게 되었습니다.

이리하여 후스는 국민국가에서 미디어 언어로서의 구어문이 문언문을 압도한다는 것을 통감하고 진화론을 원용하여 중국의 언어의식을 변화시키고자 하였습니다. '사대부계급 = 문언문, 하층민 = 백화白話(고전구어문)'라는 종래의 언어 가치체계를 역전시켜, '문언문 = 구舊, 구어문 = 신新'이라는 언어진화론을 착상하게 된 것입니다. 1917년 후스는 유학생 사이에서 격한 반대를 받기도 했지만, 구어문을 전면적으로 사용한다는 내용을 담은 논문 「문학개량추의文學改良芻議」를 중국의 혁신적 종합지 『신청년新靑年』에 발표하여, 문학혁명의 전쟁을 시작했습니다.

1917년에 귀국하여 베이징대학 교수로 취임한 후스는 이듬해 『신청년』에 「건설적 문학혁명론」을 발표하고, '국어의 문학, 문학적 국어'라는 슬로건을 제시합니다. 이 글에서 그는 유럽 여러 나라에서 문학이 국어를 만들어 냈던 역사를 지적하고, 중국에서도 구어문으로 쓰인 문학이 국어를 만들고 그 국어로 쓴 문학이 생겨나야만, 정통적 문학에 의해 국어가 생겨나는 것이며, 이로써 표준적 국어가 생겨날 수 있는 것이라고 강하게 단정했던 것입니다. 그는 국어 탄생의 저편에서 국민국가를 상상하고 있었던 것입니다.

이처럼 후스가 문학을 통한 국민국가 상상을 논하는 문학혁명론을 주장한데 반하여, 루쉰은 「광인일기狂人日記」, 「공을기孔乙己」, 「고향故鄕」 등 실제 작품을 통해 호응하면서 「아큐정전阿Q正傳」처럼 깊이 있는 자기성찰적 성격의 중국 국민성을 비판하는 문학을 확립시켰습니다. 일본에서는 1880년대 말부터 후타바테이 시메이二葉亭四迷, 모리 오가이森鷗外 등이 언문일치의 근대문학을 탄생시켰고, 20세기 초반에는 나쓰메 소세키夏目漱石가 활약을 시작해서 일본의 국민작가로 성장해가고 있었습니다. 루쉰은 소세키의 「도련님」을 읽고 「아큐정전」을 구상하게 되었을 것으로 사료됩니다. 루쉰도 곧 일본의 작가들에게 영향을 미치게 되는데, 저는 예전에 "'아큐'상의 계보"에서 무라카미 하루키의 『1Q84』까지를 언급한 바 있습니다.

루쉰이 일본 유학시절에 애독했고, 그 후에 중국의 문학청년들에게도 추천했던 책이 있는데, 그것은 바로 덴마크 문예평론가로 안데르센의 친구이기도 했던 브란데스(1842~1927)가 쓴 유럽문학사 『19세기 문학의 주요한 흐름』입니다. 브란데스는 프랑스혁명 이후 국민국가가 성숙해 가고 있던 19세기의 프랑스·영국·독일 문학에 대한 비교 연구를 통해 조국 덴마크의 근대화를 모색하고자 했던 것입니다.

한국의 국민국가 형성은 대한제국기에 본격화되었지만, 일본 제국주의에 의한 식민지화, 한국전쟁의 동란, 그 후에 이어진 군사독재 정권으로 인해, 1980년대의 민주화운동이 성공한 후에야 국민국가로서 성숙하게 되었다고 들었습니다.

현재 동아시아에서도 유럽에 비해 한 세기 정도 늦기는 했지만, 국민국가 그룹이 성숙해가고 있으며 자유화, 민주화가 진행되고 있습니다. EU와 비슷한 동아시아 공동체 구상도 열심히 논의되고 있습니다. 그 한편에 역사인식 문제와 같은 마찰도 생겨나고 있습니다만, 이러한 때야말로 한국·중국·일본이라는 동아시아 삼국의 국민문학사 비교 연구가 필요한 것이라 생각합니다. 그것은 동아시아문학사가 동아시아 공동체 상상이라는 꿈을 제게 주었기 때문입니다. 이 책이 그러한 논의의 실마리의 하나가 될 수 있기를, 저는 진심으로 바랍니다.

한국에서는 서울대학교 명예교수이신 김시준 선생님을 위시해서, 한국 중국 현대문학 학계의 박재우 교수, 전형준 교수, 백영길 교수, 유중하 교수, 홍석표 교수 등 많은 현대문학 연구자들과 그간 좋은 만남을 가져왔습니다. 한국 중어중문학계의 교수님들과 대학원생 여러분으로부터 졸저에 관한 가르침을 받을 수 있으면, 저로서는 더없이 기쁜 일이겠습니다.

　　역자인 김양수 교수는 저의 20년지기 친구이자 연구 동료로, 2005년부터 현재에 이르기까지 '동아시아와 무라카미 하루키村上春樹', '동아시아 루쉰 '아큐'상의 계보', '현대 동아시아문학사' 등 세 개의 동아시아 문학 관련 국제공동연구 프로젝트를 함께 해오고 있습니다. 김 교수는 1995년 졸저의 최초 한국어 번역본으로 『100년간의 중국문학中國文學この百年』 한국판을 간행하기도 했습니다. 이처럼 현대 동아시아 비교문학 연구계의 소중한 동료의 손에 의해 본서가 널리 한국 독자 여러분께 전해진다고 하는 것을 저는 대단히 기쁘게 생각합니다.

2013년 11월 15일
홍고本鄕캠퍼스 아카몽赤門 연구동에서
후지이 쇼조藤井省三

목차

목차

서장 중국어권의 현대문학을 배워봅시다

1. 문학·시장경제·국가의 관계

'중국문학 = 온천만쥬'라는 설

'중국문학 = 온천만쥬'라고 하는 문학만쥬[1]론을 제창하면, '3천 년의 중화문명을 모욕하는가'라고 화를 내실 분이 계실지도 모른다. 자아, 잠시 기다려주시라. 고작 만쥬라고 말해서는 안 된다. 이래봬도 세계에 으뜸가는 중화문명의 성과이니까.

만두의 기원은 3세기의 진대晉代에까지 거슬러 올라가고, 『삼국지』에서 익히 보았던 제갈공명이 머리를 베는 야만족의 풍습을 근절하기 위

---

1   여기서 만쥬饅頭(まんじゅう)는 만두饅頭가 화과자로 변형된 것으로, 밀가루, 쌀 등의 반죽에 소를 넣고 찌거나 구워서 만드는 과자를 말한다. 한자로는 똑같이 饅頭라고 쓰지만, 재료와 조리법 등에서 한국·중국·일본이 각기 다소간의 차이를 보이는 점에 유의해 주시기 바란다.

해 고기를 밀가루 피皮로 싸서 사람의 머리 모양을 흉내 냈다고 하는, 그럴싸한 전설까지 남아 있다. 중국에서 유학하고 일본에 돌아온 선승이 처음으로 만두를 전한 것은 훨씬 훗날인 14세기의 일이며, 시오제塩瀬나 토라야虎屋라는 오래된 과자가게는 중국에서 건너온 귀화인을 조상으로 삼고 있다.

그런데 중국문학에서 온천만쥬의 앙꼬, 즉 소에 해당하는 것은 뭐니뭐니해도 시문詩文이리라. 즉 당시唐詩나 『사기』와 같이 문언문으로 된 고전이다. 그 바깥의 밀가루 껍질이 백화소설이다. 주로 송대宋代 12세기 이후의 강담講談이나 연극의 대본으로서 발전했던 또 하나의 고전 장르인바, 『사기』와 마찬가지로 정사인 『삼국지』를 바탕으로 하여 지어진 것이 『삼국지연의三國志演義』이고, 송대에 실재했던 도적의 이야기가 『수호전水滸傳』이며, 명대明代에 『수호전』의 에피소드를 부풀려 창작한 포르노가 『금병매金瓶梅』인 것이다. 백화白話란 구어口語를 의미한다.

그리고 가장 바깥쪽의 얇은 껍질이 현대문학이다. 그 역사라 하자면 청조를 멸망시킨 신해혁명(1911)부터 손꼽아보아도 한 세기에 불과하다. 선진 이래 2500년의 역사를 지닌 앙꼬인 시문, 송대 이래 천 년을 거쳐 온 두터운 껍질인 백화소설에 비한다면, 문자 그대로 얇은 껍질에 지나지 않는다. 그러나 팥소와 미국산 밀가루의 껍질만으로는 온천만쥬가 될 수 없다. '아타미熱海온천'이나 '쿠사츠草津온천'과 같은 현지 글자를 새겨놓은 것처럼, '중국문학' · '홍콩문학' · '타이완문학'이라는 개념을 달군 쇠로 낙인찍은 얇은 껍질이 만쥬 본체를 뒤덮어야 비로소 『시경』이나 『서유기西遊記』라고 하는 텍스트가 하나의 국민문학으로 성립하는 것이다.

일본문학에도 한시문漢詩文이라는 앙꼬가 분명 있을 터이지만, 근대 이래, 특히 다이쇼大正시대를 거친 후에는 그 존재감이 희박하다. 영국·프랑스의 국민문학에는 그리스·라틴의 고전문학이 제외되어 있어, 근본적으로 온천만쥬라는 아날로지analogy가 성립하지 않는다.

실험실로서의 근대 중국

작가가 작품을 창작(생산)하고 출판사가 그 복제품을 대량 생산한다. 비평가가 비평을 집필(생산)하고 신문·잡지가 그 복제품을 대량 생산한다. 작품은 서점에 배본(유통)되고 독자가 이것을 구입하여 독서(소비)한다. 창작에서 독서에 이르기까지의 문학을 둘러싼 제도란 다름 아닌 생산·유통·소비의 제도이기도 하다. 게다가 모든 생산단계는 소비를 수반하고 있는데, 이를테면 비평은 독서라는 소비를 전제로 하고 있다. 그리고 모든 소비단계는 생산을 수반하고 있는데, 소비자인 독자 가운데에서 작가가 생산되는 것이 그 예이다.

이 우로보로스[2]와 같은 '생산 → 유통 → 소비 → 재생산……'의 바퀴를 지탱하고 있는 것이 국어교육을 위시한 교육제도이고, 제지업에서 문구, 인쇄업에 이르기까지의 여러 산업이며, 출판·신문·잡지의 미디어이고, 중개인·서점과 이것을 연결하는 운수라는 유통제도이다.

---

2 우로보로스는 그리스어로 '꼬리를 삼키는 자'라는 뜻이다. 고대의 상징으로 커다란 뱀 또는 용이 자신의 꼬리를 물고 삼키는 형상으로 원형을 이루고 있는 모습으로 주로 나타난다. 수세기에 걸쳐서 여러 문화권에서 나타나는 이 상징은 시작이 곧 끝이라는 의미를 지녀 윤회사상 또는 영원성의 상징으로 인식되어왔다.

그리고 이 모든 것을 통괄하고 있는 것이 국어라는 언어이고, 시장경제인 것이다.

영국, 프랑스 등 서구 여러 나라에서는 17세기에 산업화 사회의 출현과 시장의 성숙이 국어national language와 출판업을 출현시켰고, 구어문학이 사회의 산업화를 가속화하여 국민시장을 성립시켰으며, 19세기에 '상상의 공동체'(베네딕트 앤더슨)로서의 국민국가가 탄생한다. 이에 대해 후발인 일본의 상황을 한마디로 정리한다면, 메이지明治의 국가건설이 선행하고 산업화사회라는 인프라 성숙이 그 뒤를 따르게 하는 형태로 문학이 생겨난 것이라 정리할 수 있다. 문학이란 산업화사회와 국민국가의 담론이며, 문학제도란 이 담론을 생산·유통·소비해가며 그것을 재생산하는 장치인 것이다.

이러한 국가와 문학의 관계에서, 서구나 일본과 약간 다른 양상을 보이고 있는 것이 중국어권이다. 옛 중화제국 체제가 20세기 초엽까지 지속되고 있던 중국에서는 국민국가의 건설이 약간 늦었고, 사회의 산업화와 국어의 탄생도 제자리걸음을 하고 있었다. 이에 대해, 구미, 그리고 특히 일본을 본받은 문학이 한걸음 앞서 출현하여 '상상의 공동체'를 구상하고, 국어와 국민을 창출하여 국민국가를 만들어내고자 하였던 것이다. 무릇 유교문화권에서 '문학文學'이라는 단어는 전통적으로 '문장박학文章博學'이라는 의미로 사용되고 있었다. 메이지시대 일본의 국가가 서구의 새로운 제도를 도입할 즈음, 구어시나 소설, 희곡을 중심으로 한 Literature의 역어로서 이 고전어인 '문학'에 새로운 개념을 담았으며, 중국 또한 Literature라는 새로운 개념을 수용할 즈음 새로운 일본어 단어 '문학文學'을 역수입했던 것이다.

언어와 시장경제라는 제도가 여러 산업과 국민국가를 떠받치고 있고, 그러한 국가체제가 문학제도를 떠받치고 있는 것이다. 문학은 그 기원에 있어 정치경제와 불가분의 관계에 있는 제도였지만, 일본 및 구미에서는 산업화사회가 성숙함에 따라 문학은 정치경제와는 관계없는 성스러운 영역인 듯 다루어지기 시작하였다. '정치와 문학의 대립'이나 '순문학' 같은 말들은 바로 그러한 '문학 = 성역'의 담론에서 나온 것이라 할 수 있는 것이다.

그러나 중국어권의 현대문학을 잘 음미해보면, 국가와 문학의 발생 관계에서 생겨난 전도顚倒현상을 쉽게 간파할 수 있으며, 일본·구미에서는 근대사의 어둠에 감추어져 버렸던 문학제도의 실상이 적나라하게 나타난다.

2. 동아시아인들과의 공감

여섯 개의 시기로 구분

중국대륙의 현대문학은 여섯 시기로 나눌 수 있을 것이다. 제1기는 19세기 말부터 1910년대 중반까지의 청말민초기이다. 17세기 중엽에 한족 왕조인 명을 무너뜨린 청왕조도 19세기 말에는 인구증가 등의 내정문제와 서구의 침략에 의해 말기적 증상을 드러내면서, 개혁 내지

혁명의 움직임이 활발해졌고 언문일치와 국어로 쓰인 문학이 모색되기 시작하였다. 이 시기에는 루쉰魯迅을 필두로 하는 수만 명의 중국인이 일본에서 유학하고 있었다. 청조는 1911년의 신해혁명辛亥革命으로 무너졌고, 이듬해 아시아 최초의 공화국인 중화민국이 탄생하였다. 민초란 민국 초기라는 의미이다.

제2기는 1917년에 발발한 문학혁명으로부터 1920년대 후반의 국민혁명까지의 5·4시기이다. 문혁혁명이란 청말민초기의 서구식 교육제도에 의해 양성된 20대에서 30대의 젊은 지식인이 전개한 구어문학운동을 가리킨다. 1918년의 한 해를 예로 들어보아도, 루쉰은 「광인일기狂人日記」를 썼고, 후스胡適는 입센의 〈인형의 집〉을 번역하였으며, 저우쭈어런周作人은 에세이 「인간의 문학人的文學」을 발표하였는데, 이들의 글을 통해 인간·내면·연애·가정·화폐경제제도 등 서구 근대에 기원을 둔 중요한 개념이 모두 이 시기에 제기되었다.

제3기는 열광의 1930년대이다. 신해혁명 후에도 위엔스카이袁世凱(1895~1916)의 제정帝政 부활과 군벌 할거가 이어지고 있었지만, 1920년대 중반에는 국민혁명의 밀물을 타고 국민당이 북벌전쟁에 의해 중국을 통일하는 데 성공한다. 북벌의 지도자였던 장제스蔣介石는 일당독재 체제하에서 경제건설을 밀어붙였고, 상하이는 신중국의 중심이 되어 번영의 절정을 맞이한다. 신문잡지의 발행량이 증가했고, 문예를 애호하는 지식층과 시민층이 많아졌으며, 직업작가와 직업비평가가 속속 등장하여, 상하이는 베이징을 훨씬 앞지르는 출판문화의 중심이 되었던 것이다. 한편으로, 중국판 『바람과 함께 사라지다』라고 해야 할 「제소인연啼笑因緣」과 같은 대중문학이 크게 유행하여 영화화하였으며, 지방색local color을 띤 문학이 출현하였다.

그러나 번영의 꿈은 부서지고, 제4기 성숙과 혁신의 1940년대를 맞이하게 된다. 일본이 중국 내셔널리즘 발흥에 의해 종래의 권익을 상실할 것을 염려하여, 만주사변(1931)을 거쳐 1937년에는 마침내 중국에 대한 전면 침략을 시작한 것이다. 이로써 중국은 국민당 지배의 '대후방大後方', 공산당 지배의 '해방구解放區', 그리고 일본 점령하의 '윤함구淪陷區'의 셋으로 나뉘고, 전시하임에도 대후방과 윤함구에서는 1930년대의 번영을 이어받아 문학이 성숙해졌다. 그 윤함구 상하이에 혜성처럼 등장한 여성작가가 장아이링이었다.

일본의 패전(1945)과 국공내전을 거쳐 1949년에는 공산당이 대륙을 통일하고 중화인민공화국을 수립했는데, 그 후로 제5기 암흑의 30년이 시작된다. 독재정당인 공산당에서도 역시 독재자였던 마오쩌뚱은 반우파투쟁(1957)으로부터 문화대혁명(1966~76)에 이르기까지 계속 정치캠페인을 발동했고, 문학·예술계에서는 마오쩌뚱에 대한 찬미만을 임무로서 부여하였다.

문화대혁명이 종식되고 1970년대 말에 덩샤오핑 체제하에서 개혁·개방정책이 본격화됨에 따라, 제6기 재생과 비약의 시대가 시작된다. 최초로 등장한 것이 베이따오北島, 망커芒克 등 『오늘今天』파의 젊은 시인들이었으며, 1980년대 중반에는 모옌莫言 등 문혁세대의 젊은 작가들이 일제히 '심근尋根문학'을 제창하기 시작하였다. 그리고 저 충격의 천안문사건(1989) 후에는 까오싱젠高行建, 정이鄭義 등 많은 작가가 해외에 망명하여 세계 각지에서 중국 에미그런트emigrant문학이 출현하였다. 1992년 개혁·개방정책이 다시금 가속도를 내면서 상하이가 고도경제

성장의 선두주자로 도약하자, 이 거리에는 「상하이 베이비上海寶貝」의
작가 웨이후이衛慧 등 얼터너티브alternative한 작가가 출현한다.

한편 일본어와 베이징어라는 근대 동아시아에서의 양대 '국어'권의
주변에 위치해온 홍콩과 타이완의 문학은 이 주변성에 의해 독자적인
풍요로운 세계를 개척해왔다. 현재 페미니즘 작가로서 활약하고 있는
리앙李昂(1952~)은 타이완문학 100년의 정점에 서있다고 할 수 있다.
나아가 1980년대 이래 급속히 형성된 홍콩 아이덴티티의 핵을 이루는
홍콩문학에서도 눈을 뗄 수 없다.

왜 문학사를 배우는가

그렇다면 중국어권 현대문학의 전체상을 조망하고자 할 때, 우리들
은 왜 문학사라는 관점에서 현대문학을 공부해야 하는 것일까? 루쉰이
1921년에 발표했던 주옥같은 단편 「고향故鄉」을 예로 들어 생각해보기
로 하자. 「고향」은 다음과 같은 이야기이다.

화자인 '나'가 배를 타고 20년 만에 고향에 돌아온 것은 고향에 영원
한 이별을 고하기 위해서였다. 몰락한 옛집을 처분하고 어머니와 조카
를 그가 생계를 꾸려가고 있는 타향으로 데려가기 위해서였다. '나'의
앞에는 어린 시절 친구로, 지금은 가난으로 인해 나무인형처럼 되어버
린 농민 룬투閏土, 그리고 얌전했던 젊은 시절의 모습에서 일변하여 철
면피가 되어버린 중년 부인으로, '두부집 서시西施'라는 별명을 가진 양
씨네 둘째 아주머니가 잇달아 나타난다. '나'는 노모와 상의해서 쓰지

않는 물건은 룬투에게 주기로 결정했고, 룬투도 밭에 비료로 쓸 요량으로 아궁이의 재를 달라고 했다. 하지만 고향을 떠난 후의 배 안에서 노모로부터, 잿더미 속에 접시와 그릇이 감추어져 있던 것이 발견되자 양씨네 둘째 아주머니는 룬투를 범인으로 지목했다는 이야기를 듣고서, '나'는 "희망이란 본래 있다고도 할 수 없고, 없다고도 할 수 없다. 그것은 마치 땅 위의 길과 같은 것이다. 본래 땅 위에는 길이 없었지만, 걸어 다니는 사람이 많아지면 그게 곧 길이 되는 것이다"라는 말을 떠올리며 감개에 젖는다.

그런데 소설 「고향」의 집필과 같은 시기에 루쉰은 일본에서 번역·간행된 바 있는 『치리코프 선집』(關口彌作 譯, 新潮社)이라는 러시아문학 문고본에서 단편소설 「시골읍내」[3]를 중역하였다. 치리코프(1864~1932)는 러시아 제1혁명(1905)기에 활약했던 좌파 작가로, 다이쇼大正시기의 일본에서도 유행하였다. 이 「시골읍내」의 줄거리는 볼가강을 오르내리는 배를 타고 20년 만에 귀향하는 혁명파 지식인, 딴판으로 변한 고향 거리를 앞에 두고 그가 회상하는 그리운 소년시절과 청춘시절의 추억, 수완 좋은 경찰서 신임 부서장으로 민중을 탄압하고 있는 학생시절의 친구와의 만남, 그리고 실망 등이다.

「시골읍내」와 「고향」의 주요한 줄거리가 대단히 유사하다는 점에 덧붙여, 번역과 창작이 같은 해에 이루어졌다는 점을 함께 고려한다면, 루쉰은 치리코프의 「시골읍내」의 영향 아래에서 「고향」을 집필하였다고 할 수 있다. 다만 「고향」은 단순한 번안이 아니라, 청춘의 달콤

3　루쉰은 이 작품을 「성회省會」라는 제목으로 번역했다.

한 노스탤지어로 흐르기 쉬운 치리코프 원작의 스타일을, 1920년대 중국지식인의 심경을 탐색하는 철학적 작품으로 승화시켰다는 측면에서 창조적 모방이라 해야 할 것이다.

그 후 「고향」은 문예비평에서도 높이 평가받았고, 이 작품을 수록하여 1923년에 간행되었던 루쉰의 첫 창작집 『납함吶喊』은 민국기 최대의 베스트셀러가 되었다. 「고향」은 각종 중학교 국어교과서에도 수록되었으며, 이들 교과서를 저본으로 하여 편찬된 1920년대 일본의 중국어교과서에도 텍스트로 채택되었으며, 또한 1927년의 초역을 거쳐 이와나미岩波문고 『루쉰 선집』(1935)에 수록되는 등, 일본에서도 애독되었다. 1920년대 초엽의 중국에서는 언문일치를 도모하는 '국어'가 만들어졌고, 현대문학을 교재로 하는 국어과가 보급되고 있었으며, 일본에서도 아쿠타가와 류노스케芥川龍之介나 사토 하루오佐藤春夫, 무샤노코지 사네아쓰武者小路實篤 등 저명한 작가들이 근대화로 나아가는 중국에 깊은 흥미를 안고서 동시대 중국문학의 기수로서 루쉰을 소개하기 시작하였다.

루쉰의 「고향」이라는 작품이 현대 일본인 앞에 놓이기까지에는 일본에서의 『치리코프 선집』의 번역과 출판, 이것을 루쉰이 도쿄의 서점에 주문하여 베이징까지 부쳐오는 유통, 그리고 「시골읍내」 중역 후의 루쉰에 의한 「고향」 집필이라는 과정이 있었으며, 그 「고향」이 잡지에 발표되어 단행본 및 국어교과서에 수록되어 중국에 유통되고, 그 평판을 전해들은 일본의 문학가나 중국어 교사가 번역하거나 어학교과서에 채록하여 일본에서도 유통시키는 등, 끊임없이 이어지는 생산·유통·소비·재생산의 프로세스가 있었던 것이다.

일본에서 최초로 「고향」이 중학교 국어교과서에 수록되었던 것은 패전 후의 일본이 독립을 회복한 지 얼마 되지 않은 1953년의 일(敎育出版, 3학년생 교과서)이며, 그 후 「고향」을 수록한 교과서는 점차 늘어나 중일 간의 국교를 회복한 1972년 이후에는 모든 국어교과서에 수록되어 지금에 이르고 있다. 외국문학이면서 국민문학의 대접을 받고 있다고 할 수 있는 것이다.

그러나 일본의 국어 교실에서는 잿더미 속에 접시나 그릇을 감춘 범인이 룬투라고 해석하는 경우가 많았지만, 중화인민공화국에서는 혁명 지지세력인 농민이 도둑질을 할 리가 없다는 사회주의 이데올로기에 의해 범인은 룬투가 아니라고 가르치고 있다. 그런데도 교실에서는 중학생들로부터 역시 범인은 룬투라는 견해가 많이 나오며, 현장의 교사는 이에 대응하느라 고심하고 있다. 밀접한 중일관계 가운데에서 태어나 양국 국민에 의해 널리 애독되어온 「고향」도 시대나 사회에 따라 서로 미묘하게 다른 해석이 생겨나고 있다는 점은 흥미롭다. 덧붙여 말하자면, 민국기의 중국에서는 문예평론이나 국어교과서에서 오로지 작품 속 '나'의 심정에 관심을 보이고 있었으며, 범인을 찾는 종류의 논의는 거의 찾아볼 수 없었다.

작품을 읽고 감동을 받으면, 그 감동을 단서로 작가·작품과의 시간적·공간적 거리를 메우고, 과거부터 현재에 이르기까지의 일본과 중국·홍콩·타이완 독자들과의 감상이나 비평을 보고 그 차이를 검증하는 것이다. 이렇게 해서 자신의 감동을 동아시아의 시간과 공간 속에 풀어놓을 때, 현대 중국어권 문학사는 생겨나고 있는 것이다.

「고향」의 예로 돌아가서 이야기해보면, 도쿄에서의 『치리코프 선

집』의 일본어 번역본 간행으로부터 포스트 덩샤오핑鄧小平시대 국어교
육법까지를 조감鳥瞰하는 작업을 통해, 그리고 루쉰이 러시아소설「시
골읍내」에 감동하여「고향」을 집필했던 1921년부터, 중학교 국어교과
서에서「고향」을 읽고 그 후에 그것을 다시 읽기까지의 일본과 중국어
권에서「고향」의 독서사를 곰곰이 반추하는 과정을 통해, 독서라는 행
위는 고독한 체험에서 동아시아의 모던 클래식을 동아시아인들과 공유
하는 행위로 전개되어 나가는 것이다. 현대 중국어권 문학사를 공부한
다고 하는 것은 동아시아와 공감하는 첫걸음이라고 할 수 있는 것이다.

영화는 현대 중국문학의 아버지인가 어머니인가?
—루쉰魯迅과 장아이링張愛玲의 시네마체험

근대 중국에서 문학과 영화는 동반자 관계에 있다. 현대 중국문학의 아버지라고 해야 할 루쉰이 1902년 일본에 유학 간 목적은 의사가 되는 것이었다. 그런 그가 의학에서 문학으로 방향을 전환한 데에는 영화가 그 원인이었을 가능성이 높다.

1904년 4월 도쿄東京의 중국인 유학생을 위한 예비학교인 고분학원弘文學院을 졸업한 루쉰은 뒤이어 센다이仙台의학전문학교(현재 東北大學 의학부)에 입학했다. 20년쯤이 지난 1922년 말 루쉰은 자신의 첫 번째 창작집 『외침吶喊』의 「자서自序」에서 당시의 심경을 회상하며 다음과 같이 기술한 바 있다.

내 꿈은 아름다웠다 — 졸업하고 돌아가면 아버지처럼 오진 받은 환자의 고통을 구제해주고 전쟁 때는 군의가 되고, 그리고 국민의 유신維新에 대한 신앙을 퍼뜨릴 것이다. (…중략…) 당시는 환등기를 사용하여 미생물의 형상을 확대해 보이주곤 했는데, 그 때문에 강의 내용이 일단락되고도 아직 끝마칠 시간이 안 되었을 때는, 교사가 풍경이나 시사 슬라이드를 학생에게 보여주며 남은 시간을 보냈다. 당시는 바로 러일전쟁시기였기 때문에 당연히 전쟁관련 슬라이드가 비교적 많았고, 나는 그 강의실에서 종종 동급생들의 박수갈채에 장단을 맞춰야 했다. 어느 날 나는 마침내 화면에서 오랜만에 많은 중국인들을 마주하게 되었다 — 한 사람이 가운데 묶이고 여럿이 주위에 서 있었는데 모두 건장한 체격이었지만 우둔한 표정을 하고 있었다. 해설에 의하면 묶여있는 사람은 러시아를 위해 군사스파이로 활동했고, 일본군은 본보기를 보이기 위해 목을 자르려 하고 있는 것이며, 주위에 있는 사람들은 이 성대한 구경거리를 구경하려고 찾아온 사람들이었다고 하는 것이었다.

그 학년을 마치기도 전에 내가 일찌감치 도쿄로 간 것은 그때 이래로 나에게 의학은 더는 중요한 의미를 지니지 못했기 때문이었으며, 또 무릇 어리석고 약한 국민이라면 체격이 아무리 건장하더라도 의미 없는 본보기의 재료이거나 그 관객이 될 수밖에 없는 것이기에, 그들 중 얼마가 병사하건 그것을 반드시 불행이라고 생각할 필요는 없다고 생각했기 때문이었다. 당시의 우리에게 급선무의 과제는 그들의 정신을 개조하는 것이었으며, 정신을 개조하는 데 유용한 것으로 당시 나는 두말할 나위 없이 문예를 추진해야 할 것이라 생각했다. 그리하여 문예운동을 제창하게 된 것이었다.

이 환등기사건에 관해 루쉰은 자전적 소설 「후지노藤野 선생님」(1926)에도 썼는데, 모두 영화라는 의미의 '띠엔잉電影'이라는 중국어 단어를 사용하고 있으며, 슬라이드를 의미하는 '환떵피엔幻燈片'이라는 단어는 사용하지 않았다. 전후戰後 센다이仙台에서는 루쉰이 보았을 것으로 추정되는 슬라이드 15매가 발견되었는데, 그중에 참수 신을 묘사한 것은 없어, 루쉰은 환등이 아니라 러일전쟁 시에 이미 실용화되었던 보도영화를 센다이仙台나 도쿄의 극장에서 봤을 가능성도 제기되었다.

뤼미에르 형제가 세계최초의 영화를 상영한 것은 1895년 파리였고, 이듬해에는 상하이의 오락장에서 〈서양영희西洋影戱〉라는 이름으로 영화가 상영되었으며, 1905년 베이징에서는 중국인이 만든 최초의 영화로서 경극인 〈정군산定軍山〉이 촬영되었다. 그리고 1913년에는 상하이에서 〈신혼초야難夫難妻〉라는 최초의 극영화가 촬영되었다. 이 상하이에서 중국영화는 1930년대에 황금시대를 맞이한다. 당시의 상하이에는 40여 중국자본의 영화회사가 군립하여, 1928년부터 31년까지 400편의 영화가 만들어졌고, 영화전용관만 약 40곳에 하루 관객 수는 100만이었다. 루쉰이 상하이 외곽의 멋진 맨션에서 택시를 불러 타고 갔다고 하는 그랜드씨어터大光明大戲院(1933년 준공)은 좌석 수 2,000개에 냉난방이 완비된 초호화관으로, 상하이는 실로 영화의 도시였던 것이다.

'현대문학의 어머니'는 장아이링張愛玲(1920~95)이라 해야 하지 않을까. 그녀는 일본 점령하의 상하이 문단에 혜성처럼 등장했는데, 그 계기가 되었던 것은 그녀가 홍콩대학을 졸업하기 직전이던 1941년 12월에 태평양전쟁이 발발하여 영국식민지였던 홍콩이 일본군에 점령당한 사건이다. 이듬해 대학을 졸업하지 못한 채 상하이로 돌아온 장아이링은 생활비를 벌기 위해 독일인이 편집하던 일본 측 영문 잡지 『20세기』에 영문에세이를 쓰기 시작했고, 그중 하나가 영화비평 「〈만세류방萬世流芳〉을 평함」이었다. 그녀는 불쌍한 아편

〈칼럼 0〉 장아이링과 리샹란

굴의 엿 파는 아가씨를 연기한 리샹란李香蘭에 대해 다음과 같이 비판했다.

> 이 영화는 이미 드라마틱한 제재로 가득 차있다. 게다가 서브플롯으로서 '있었을지도 모르는' 로맨스를 덧붙인 것은 아마도 만주국의 스타 리샹란李香蘭에게 역할을 주기 위해서였을 것이다. 리샹란은 자신이 불렀던 노래로 인해 이 영화의 가장 웅변적인 대변인이 되었다. 그 이유는 대화를 통하는 것이 훨씬 세련되고 간결했지만, 그녀 역시 시대극에 늘 붙어다니는 구어와 문어의 어설픈 혼합이라는 문제는 피하지 못했기 때문이다.

일본군 점령기라는 가혹한 현실에서 리얼리즘은 좌절할 수밖에 없었고, 리샹란에게는 동화에 나오는 작은 새 같은 연기를 하는 길밖에 없었으며, 상하이의 관객 역시 자신들의 아이덴티티적 위기를 한때나마 잊게 해주는 선녀 같은 가창과 연기만을 그녀에게 기대하고 있었다는 것을 장아이링은 간파해내고 있었던 것이다. 덧붙여 말하면 일본패전 직전인 1945년 8월에 장과 리, 두 사람은 상하이의 한 잡지사 주관으로 대담對談을 했는데, 대담기록에 덧붙여진 2장의 사진을 보면 자신이 디자인한 원피스를 맵시 있게 입고 의자에 느긋하게 걸터앉은 장아이링 옆에 노란 치파오를 입고 상아 목걸이를 한 대스타 리샹란이 바짝 붙어 서있는 구도를 하고 있는 것이 인상적이다.

1장 청말민초(19세기 말~1910년대 중반)

조계도시 상하이의 탄생과 '제도帝都' 도쿄 체험

1. 상하이현縣에서 조계도시로,
다카스기 신사쿠高杉晋作가 본 상하이

상하이현의 역사

상하이의 근대는 19세기 중엽에 영국·미국·프랑스가 건설한 조계 도시로 시작되었다. 그 후로 상하이는 시장, 상공업, 출판, 교육에서부터 연애와 핵가족에 이르기까지, 중국이 구미 자본주의의 여러 제도를 받아들이는 창구가 되었고 중국 국민국가 건설의 중심도시가 되었다.

기원전 3세기 말 진秦의 시황제始皇帝가 중국을 통일하였을 때, 천하는 군郡과 현縣이라는 상하 2등급의 행정구로 나뉘어 황제의 직접적인 지배하에 놓이게 되었고, 이로써 군현제郡縣制가 실시되었다. 한漢 무제武帝는 복수의 군郡을 감찰하는 주州를 두었고, 6세기 말 수隋대에는 주와 군을 정리하여 주와 현이라고 하는 2등급의 행정구로 개편함으로써 주현제州縣制를 확립하였다.

주현의 중심으로서 행정부인 주청州廳과 현청縣廳이 위치한 성곽도시가 주성州城과 현성縣城이다. 주와 현의 숫자는 명대에 각각 200곳과 1,400곳이었고, 중화민국기에 이르러 주는 폐지되었지만 현은 남아 현재 현 및 현급 행정구는 약 200곳을 헤아린다. 주성과 현성은 "정치도시로서의 성격을 제일 우선으로 하고" 있었으며[1] 이들 정치도시 그룹 주현州縣의 정점에 위치하고 있었던 것이 황제가 있던 국도國都였다.

중국 동남부 해안지역에서 교역의 기지로서 상하이가 생겨났던 것은 당대唐代의 일인데, 원대元代 초인 1292년(至元 29년)에는 상하이현으로 독립했고 명대에는 왜구의 침입을 막기 위해 성벽과 해자를 설치하여 현성으로서의 체재를 갖추었다. 현재의 남시구南市區에 있는 중화로中華路와 인민로人民路라는 순환도로는 1912년 성벽을 철거할 때 만들어진 것이다. 1685년(淸代 康熙 24년)에는 닝뽀寧波의 절해관浙海關 등 세 곳과 함께 강해관江海關이 설치되었고, 상하이는 국내 통운에서의 지위가 높아져 강남의 중심적 상업도시 중 하나가 되었다.

아편전쟁과 상하이 개항

아편전쟁(1840) 후에 체결된 난징조약(1842)의 결과, 청조는 영국에 홍

---

1   愛宕元,『중국의 성곽도시』, 中央公論社(中公新書), 1991.

콩섬을 할양하고 광저우廣州·샤먼廈門·푸저우福州·닝뽀寧波와 함께 상하이를 개항하기로 결정하였다. 이들 연안沿岸의 다섯 항구 가운데에서도 상하이는 중국의 주요부로 통하는 교통로인 장강長江 하구에 위치해 있었고, 광대하고 풍부한 생산력을 자랑하는 충적 델타지대인 강남江南을 배후지로 하고 있었으며, 수륙교통으로 서로 연결된 중소도시들과 거대한 인구를 거느리고 있었기 때문에, 불과 수십 년 사이에 중국의 중심적 도시이자 세계적 대도시로 급성장한다. 1846년 이래 영국·프랑스·미국 세 나라는 잇달아 상하이에 조계를 건설하기 시작했고, 1863년 영미 양국의 조계지를 합병한 공동조계共同租界, The International Settlement of Shanghai(公共租界라 번역되는 경우도 있다)가 성립되었으며, 조계지는 1914년까지 32㎢로 확장되었다.

청일전쟁(1894) 후 일본도 이곳에 진출했고, 제1차 세계대전을 거치면서 중국 민족자본가의 세력이 커지자 상하이는 동양 제일의 국제도시로 성장했고, 인구 또한 1930년에는 314만(이 가운데 구미인이 약 3만 명, 일본인은 2만 명), 1949년 중화인민공화국의 수립 당시에는 550만(이 가운데 조계지역의 인구는 250만 명이었는데, 거의 똑같은 면적의 도쿄 스기나미구杉並區의 2011년 인구는 약 53만 명)으로 늘어났다. 조계건설이 시작된 직후(1852년)의 상하이현 전체 인구는 54만이었고, 20세기 초의 구 현성 지역의 인구는 20만이었다.

중국에서는 해항海港에 위치한 세관을 해관海關이라 불렀다. 청조는 1685년(康熙 24년)에 해외무역을 허가하여 광저우 등지에 해관을 설치하였으며, 중국인의 연해무역과 외국인 조공무역을 관리하였다. 관세 징수는 공항公行이라 불리는 특허 받은 무역상에게 맡겨졌다. 아편전쟁 이후 5곳의 항구가 열리고 각각에 양관洋關이 세워졌지만, 태평천국이 일어나자 상하이해관에 영국·미국·프랑스 세 나라로 이루어진 관세 관리위원회가 설치되었고, 1858년 영국과 청조 사이의 티엔진조약天津條約에 의해 양관을 외국인이 관리하기 시작했다. 이와 같이 베이징주재 외국인 총세무사稅務司와 각 해관의 외국인 세무사가 해관의 세수입을 관리하는 제도는 중화인민공화국 수립 시까지 지속되었다.

공동조계의 행정기관인 상하이시 참사회Shanghai Municipal Council 및 그 집행부서로서 공부국工部局이 설치되었던 것은 1854년의 일이었다. 공동조계의 중요 결정사항은 고액 납세자로 조직된 납세자대회에서 결정되었으며, 참사회의 참사는 고액 납세자에 의한 선거를 통해 선출되었다. 상하이는 거상巨商들이 지배하는 도시국가였다고 할 수도 있을 것이리라. 공부국은 수대隋代 이래 지속된 공부工部(영선이나 토목공사 등을 담당하던 관청)의 명칭을 계승하여, 당초에는 도로 등 토목건설 사업을 주된 업무로 하였지만, 이윽고 시정 총무국, 재무국, 경찰부 등을 갖춘 시청조직으로 발전하여 갔다. 프랑스조계에도 1862년에 공동국公董局이 설립되어, 공동조계에서의 공부국의 기능을 담당하였다.

신흥도시 상하이를 활보한 젊은 사무라이

1862년 6월에서 7월경, 황포黃浦강변에 남북으로 길게 늘어선 영국과 프랑스 조계의 경계선을 흐르던 운하 양징빵洋涇浜(지금의 延安東路)을 매일같이 활보하던, 상투 차림에 칼을 찬 젊고 늠름한 일본 사무라이가 있었다. 양징빵에 있는 호텔, 홍지양행宏記洋行에 숙박 중이던 다카스기 신사쿠高杉晋作(1839~67)였다. 그는 조슈번長州藩에서도 오오구미大組[2]에 속하던 녹봉 200석의 다카스기高杉가의 외아들로, 5년 전에 번교藩校인 명륜관明倫館에서 공부하는 한편, 요시다 쇼인吉田松陰의 쇼카손주쿠松下村塾에 입문해서 두각을 나타내어 쇼인松陰으로부터 '식견과 기백이 남이 미치지 못할 바이며, 남의 지배를 받지 않을 뛰어난 인물'이라고 기대를 받았다. 20살에 에도江戸에 나와 쇼헤이코昌平黌(에도시대 도쿠가와 막부의 최고 학문기관)에서 학습하고 조슈長州로 돌아가서는 군함 교수소에 입소하였으며, 다시 이듬해에는 번주의 후계자인 모리 모토노리毛利元德의 코쇼小姓(쇼군의 수행비서 겸 경호원)로 발탁되었다.

이 조슈번의 젊은 엘리트가 최초로 상하이를 방문한 일본인 중 한 사람이 된 것은, 막부幕府가 정보수집과 무역을 목적으로 파견한 치토세마루千歲丸호에 동승하라는 명령을 번藩으로부터 받았기 때문이었다. 치토세마루가 나가사키長崎에서 말린 전복, 상어 지느러미 등의 상품을 선적한 후, 드디어 상하이로 향했던 것은 5월 27일이었으며, 동지나해의 거센 파도를 헤치고 장강 하구에 도착한 것은 닷새 뒤였다. 이튿날인 6월 2일 강을 오가는 증기선에 견인되어 황포강 서안의 상하이항에 도착했을 때의 인상이 신사쿠晋作의 일기에 다음과 같이 흥미진진하게 기록되어 있다.

이곳은 지나 제일의 항구로, 구라파 제국의 상선과 군함 수천 척이 정박

해있고 돛대는 숲처럼 무수히 항구를 뒤덮고 있다. 지상地上에는 여러 나라 상관商館의 높다란 흰 벽이 거의 성곽과 같아, 그 광대함과 장엄함은 붓으로 이루 다 형용할 수가 없다.

돛대와 돛이 숲처럼 무수히 서 있고, 구미 여러 나라가 세운 오피스 빌딩의 흰 벽이 죽 늘어서 있다. 처음 가본 외국, 처음으로 밟아보는 서양풍의 거리를 눈앞에 두고서 신사쿠晋作는 흥분을 억누를 수 없었다.

구미세력이 제일 먼저 상하이에서 구축해두었던 것은 구미 본국 및 그 식민지에서 운반해온 아편과 공업제품을 중국 각지에 배송하기 위한 해운업이었다. 신사쿠晋作가 목격했던 유럽 여러 나라의 상선과 상관은 장강 상류의 중국대륙 깊숙한 곳에까지 가서 아편을 팔았고, 강남 지방 일대에서 차와 비단을 사들이기 위해 상하이에 모여 있었던 것이다. 당시 유럽에 차를 운반하던 쾌속선은 티 클리퍼tea clipper라 불렸으며, 상하이-런던 사이를 90일 남짓에 쾌주하였다.

1858년 청조 정부로부터 중국의 중심부를 흐르는 대동맥인 장강에서의 해운을 허가받은 미국은 3년 후 상하이와 한커우漢口 사이에 1,000km의 항로를 개설하였으며, 이후 상하이에서 해운업은 크게 발전하였다. 이에 따라 조선업이 흥기하고 은행이 진출하는 등, 1860년대는 외국자본에 의한 상하이 근대산업의 탄생기였다. 공업은 그 후에도 계속 발전하여, 청불전쟁(1884~85)부터 청일전쟁까지의 10년 사이에 상하이에서는 방적업, 제사업 등 농업부산품의 가공업을 중심으로 60여 곳의 각종 근대적 기업이 새로 생겨났다. 또한 1888년 미쯔이三井물산이 경영하는 기계식 조면繰綿공장이 건설되는 등, 일본 기업의 상하이

진출도 시작되고 있었다. 상업 또한 눈부시게 발달하여 1908년에는 상하이시 전역에 각종 상점 7,381곳이 영업하고 있었다.

민족자본의 추격

상하이에서의 근대 상공업의 탄생과 급속한 발전은 중국의 민족공업을 자극하였다. 청조 정부의 고위 관료이던 리훙장李鴻章은 근대적 무기공장을 설립하고자 하였는바, 1862년 상하이 양포국洋砲局의 창설을 필두로 강남제조국江南製造局(1865년 설립) 및 이곳에 부속된 화약·제철·기뢰機雷공장 등을 잇달아 열었으며, 1890년에 강남제조국은 청조 정부 최대의 군수품 생산기지가 되었다.

1885년 이후 민족자본은 조선업에도 진출하였는바, 1904년에는 대규모의 해운회사인 대달수운공사大達水運公司가 설립되었다. 1911년에는 민족자본이 상하이에 설립한 해운회사가 10여 곳에 이르고 선박 보유수는 517척이었다. 또한 중국인이 경영하는 최초의 은행으로서 중국 통상은행이 1897년에 개업하였다.

2. 저널리즘의 출현과 근대적 학교제도

선교사 머헤드를 찾아

다카스기 신사쿠高杉晉作는 두 달간 상하이에 체류하는 동안, 구미인이나 중국인과 교류하는 한편, 서적과 신문에 지도, 피스톨을 구입하고, 나아가 영국군의 포대를 방문하여 신식 대포인 암스트롱포를 관찰하는 등, 바쁘게 지냈다. 7월 16일 신사쿠晉作는 조계의 숙소를 빠져나와 옛 시가지인 상하이 현성의 서문 밖으로 향하였다.

그날 신사쿠晉作가 방문했던 이는 구 상하이 현성에서 활동하고 있던 기독교 선교사 머헤드Muirhead William(중국명은 慕維廉, 1822~1900)였다. 머헤드는 런던 전도교회에서 1847년에 상하이로 파견된 영국 국교회의 선교사로, 반세기 넘게 상하이에서 포교활동을 해오고 있었다. 신사쿠晉作는 나가사키에서 도항을 대기하고 있는 동안에 영어를 치열하게 공부하기 시작하여, "지금부터 서방의 글자를 배우기 시작하니, 마음속으로 맹세코 한자와 일본어로 된 책은 읽기를 금하노라"라는 시까지 썼다. 그런데 머헤드의 교회에서는 상하이의 영자지『노스 차이나 헤럴드North China Herald』가 아니라 이 신문사에서 발행하는 중국어판『상하이신보上海新報』를 구독하고 있었다. 이 신문은 1년 전에 창간되었으며, 1860년대를 통하여 가장 널리 읽혀지던 중국어 신문이었다. 조슈에서 신사쿠晉作가 돌아오기를 기다리는 근왕勤王의 지사들 역시, 한문이라면 사천을 펼쳐보지 않고서도 술술 읽을 수 있었기 때문에 최상의 선물인 셈이었다.

저널리즘의 탄생

외국자본과 민족자본에 의해 근대산업이 급성장하면서, 이와 함께 저널리즘과 출판업이 발전했는데, 여기에는 외국자본과 함께 상하이로 유입된 기독교 선교사의 편집이 중요한 계기가 되었다. 예컨대, 머헤드와 함께 상하이로 파견된 선교사 알렉산더 와일리Alexander Wylie(1815~87)가 1857년에 창간한 상하이 최초의 중국어 월간신문인 『육합총담六合叢談』을 들 수 있다. 『육합총담』이나 『중외잡잡지中外襍雜誌』(1862년 창간) 등은 국내외의 국제적 정세로부터 화학·공학 등의 자연과학, 그리스·로마의 고전문학 등을 소개하였다. 이들 잡지에는 왕타오王韜(1828~97) 등 중국의 지식인이 집필에 참여하였다. 또한 일본의 에도막부는 이들 잡지를 수입하여 원문인 고전 중국어에 구두점을 찍어 번각翻刻 출판하였다.

1872년 영국 상인 메이저Major 형제가 최초의 중국어 신문사 신보관申報館을 설립하였고, 뒤이어 신보관의 평론이 불공평하다고 불만을 품은 룽홍容閎(1828~1912)이 1874년에 민족자본과 결합한 『회보匯報』를 창간하였다. 『신보』의 발행부수는 창간 당초에는 600부였고, 1919년에는 3만 부에 달했다. 아울러 『신보』는 1909년에 시위푸席裕福가 매입함으로써 중국인이 경영하게 되었다.

1870년대에는 리소그라프lithograph[3]가 '석인石印'이라는 이름으로 상하이에도 등장하였으며, 신보관에서 뉴스화보 『점석재화보點石齋畫報』가

---

[3] 18세기 말 독일에서 발명되어 19세기에 회화 복제 및 석판화로서 널리 퍼진 판 모양의 석회석을 이용한 인쇄술.

1884년에 창간되었다.

중국 강남지방의 서적업은 원래 쑤저우蘇州가 중심이었지만, 태평천국기에 수많은 서적상이 상하이로 이동하였기 때문에 출판사업의 중심 또한 상하이로 옮겨갔으며, 1880년대에 상하이의 서점 숫자는 50 내지 60곳에 달하였다. 또한 석판 인쇄소의 증가는 상하이를 일약 중국 인쇄업의 주요한 기지로 만들었으며, 종이에 대한 수요가 날로 늘어남에 따라 제지공장의 발전을 가져왔다. 윤장제지倫章製紙[4] 등은 1891년에 생산을 개시하였다.

근대도시로서의 상하이의 성숙은 출판업, 저널리즘의 탄생을 촉진하였으며, 조계도시의 저널리즘은 중국 개혁의 담론을 짊어지게 되었다.

양학당의 출현

외국자본이 상하이에 진출할 즈음, 통역과 사무 면에서 외국자본에 협력한 중국인은 매판買辦이라 불렸다. 초창기 매판의 대다수는 광동인이었는데, 아편전쟁 후에 상하이 조계가 열리자 그들은 외국상인을 따라 광저우廣州에서 상하이로 왔다. 청조 정부가 1685년에 해외무역을 허가했을 때, 광저우에 월해관粤海關이 설치되고 무역상이 조직한 공항公行이라는 조합이 외국무역을 독점하고 있었기 때문에, 광저우에

---

4 윤장제지倫章製紙는 청 말 리훙장李鴻章이 영국의 제지기술을 받아들여 상하이에 설립한 양지洋紙 제조공장이다. 중국 최초의 양지 생산에 대해서는 상하이 윤장제지와 홍콩의 대성지기창이라는 주장이 서로 엇갈리고 있으며, 윤장제지에서 최초로 양지를 생산해낸 연도에 대해서도 자료마다 약간씩 차이를 보이고 있다.

는 매판의 전통이 자라나고 있었다. 개항 초기의 매판의 또 다른 뿌리는 구식 상인으로, 이들은 주로 비단과 차를 다루는 상인이었다.

1860년대 이후로는 산업화와 함께 매판의 숫자 역시 증가하였으며, 그들의 출신지는 본거지인 쟝시江西·저쟝浙江 두 성의 사람들이 주를 이루었다. 이와 동시에 매판의 지위도 올라가, 교회학교 졸업생 및 구미 유학생 역시 매판의 대열에 합류하였다. 마침내 매판 중에서 거액의 자본을 축적하여 청조 정부의 관영기업에 투자함으로써 초기 관료자본의 일부를 형성하는 자도 생겨났고, 더 나아가 민족자본기업에 투자하여 민족자본가로 변신하는 자도 나타났다. 이러한 신흥 매판을 양성했던 곳이 양학당洋學堂이라 불리던, 외국인이 운영하는 학교였다.

양학당의 역사는 교회가 경영하는 소학교를 중심으로 한 제1기(1839~73), 그리고 많은 교회중학이 창설되었던 제2기(1874~1900)로 나뉜다. 제1기의 학생은 가난한 중국인 신자의 자제나 고아가 중심이었고, 포교를 목적으로 하였는바 학비면제 외에도 식비와 생활비를 지급하였다. 반면 제2기의 중학교에서는 학생 모집의 대상이 신흥매판과 자산가의 자제로 바뀌었고, 고액의 학비를 징수하게 되었다. 식민자植民者에 의한 재화在華 기업이 날로 늘어나고 대량의 사무직원이 필요해졌으며, 그 외에 양무파洋務派계열 기업의 창업에도 인재가 요구되었기 때문이다. 이 시기에는 고급 테크노크라트를 양성하던 격치서원格致書院이나 세인트존스서원(1905년에는 정식으로 세인트존스대학으로 개명)과 같은 교회대학도 나타났다.

이 제2기에는 중국인 중에서 개명신사나 상류층 자산계급의 인사들도 신식 학교의 창설에 나섰다. 1878년에는 장환륜張煥綸이 정몽正蒙서원을 창설했다. 과목에는 국어, 지리, 경사經史, 시무, 물리, 수학, 시가 등이 있었으며, 1882년에는 매계梅溪학당으로 개명하여 영어과와 불어 과를 증설함과 동시에 학생들에게 군사교련을 실시하였다. 1896년 리훙장의 부하이자 관료자본가인 성쉬엔화이盛宣懷가 남양공학南洋公學이라는 대학을 창설하고, 3년 후에는 성냥공장의 자본가인 예청중葉澄衷이 징충학당澄衷學堂을 창립하였다. 그리고 1905년에 과거제도가 폐지되자, 상하이의 자산계급 사이에서는 신식 학당의 개설에 한층 박차가 가해졌다.

상하이의 서구화와 근대문학

조계도시 상하이의 역사에 대해 현대 중국의 역사가 류후이우劉惠吾는 다음과 같이 총괄하고 있다.

제국주의는 폭력과 강권에 의해 상하이에 조계를 설립하고, 조계 내에 근대기업을 창설했으며 원양과 내하內河의 운수運輸를 개시했고 문화교육 기구를 만들었고 시정市政을 건설했지만, 이것들은 모두 침략에 필요하였기 때문이다. (…중략…) 그러나 이 과정에서는 또 하나의 변화가 착실히 일어나고 있었다. 즉 이 똑같은 땅 위에 서양의 선진기술을 응용하여 생산에 임하는 중국의 민족공업이 생겨났고, 중국인이 스스로 경영하는 새로운 학교와 신문, 출판사업이 나타나면서, 중국의 민족 부르주아와 프롤레타리아, 그리고 새로운 유형의 지식인이 창출된 것이다.[5]

구미 식민지주의 세력이 상하이에 근대적 상공업 및 문화의 시스템을 건설하는 것을 중국인은 수수방관하고만 있었던 것은 아니었다. 중국 측 역시 기민하게 반응하여 구미 세력이 가져온 근대적 생산양식을 금방 내 것으로 만들어 서구화의 길로 매진했고 구미 세력에 도전하였다. 그리고 이러한 상하이에서 근대문학이 싹을 틔웠던 것이다.

3. 양무운동에서 변법운동으로,
나쓰메 소세키夏目漱石가 본 상하이

양무운동에서 변법운동으로

아편전쟁과 태평천국의 봉기(1851~64)에 의해 청조는 위기를 맞이하였다. 이때 등장하였던 것이 펑꾸이펀馮桂芬(1809~74) 등의 중체서용론中體西用論이다. 이것은 중국의 전통적인 학술을 체體(근본)로 삼고, 서양의 근대적 학술을 용用(응용)으로 삼아야 한다는 사상이며, 대관료인 리훙장 등은 이에 기반을 두어 서구식 해군을 설립하고 군수軍需를 위시한 각종 근대산업을 육성했으며, 근대적 학교제도를 정비하였다. 그러나 청불전쟁과 청일전쟁의 패배로 차츰 남양해군과 북양해군은 괴

멸되었고, 양무운동으로는 청조를 바로 세울 수가 없었다.

　심화된 위기를 맞아 등장한 것이 변법운동이다. 펑꾸이펀의 손자 세대에 해당하는 젊은 캉여우웨이康有爲(1858~1927)·량치차오梁啓超(1873~1929) 등은 피오트르 대제(1682~1725)의 러시아 근대화, 그리고 일본의 메이지유신明治維新을 모델로 하여, 청조도 서구의 사회체제를 도입하고 입헌군주제로 이행하자고 주장하였다. 그들은 한대漢代에 융성했던 유학의 일파인 공양학公羊學과 금문학今文學을 토대로 서구 근대사상, 특히 진화론과 불교를 가미하여 대동론大同論이라는 정치이론을 구축하였다.

　캉여우웨이는 1895년 과거의 최종 시험을 치르기 위해 베이징에 들어갔을 때, 전국에서 모여든 수험생인 거인擧人 1,200명의 연서連署를 첨부하여, 일본과의 화의를 거부하고 변법을 실시할 것을 호소하는 상소를 두 차례 행하였다. 이것이 바로 공거상서公車上書(公車란 會試 수험생을 가리키는 말)이다. 1897년 다섯 번째의 상서가 광서제光緒帝에게 받아들여져, 이듬해인 무술戊戌년에 국회의 개설, 헌법의 제정을 비롯하여 새로운 인재양성을 위한 경사대학당京師大學堂의 설립과 유학생 파견 등, 대대적인 제도개혁이 시도되었다. 그러나 서태후西太后를 중심으로 하는 보수파가 이른바 무술정변戊戌政變이라는 쿠데타를 일으킴으로써, 신정新政은 100일 남짓 만에 실패로 돌아가고 말았다. 광서제는 1911년 세상을 떠날 때까지 유폐되었으며, 캉여우웨이와 량치차오 등은 일본으로 망명하였다.

혁명파의 등장

뒤이어 보수파는 의화단義和團 사건이 일어나자, 의화단과 힘을 합쳐 열강과 맞서 싸웠지만 참패를 당하고 말았다(1900년). 이후로 차츰 변법파의 주장을 답습한 서태후의 신정新政이 시작되었는데, 이 시기에는 변법파에 이어 청조를 타도하고 국민국가, 즉 공화국 건설을 꾀하는 보다 급진적인 혁명파가 등장하고 있었으며, 머지않아 청조는 붕괴로 내몰리게 된다.

격동하는 청 말 상하이에 영국 유학생 나쓰메 소세키夏目漱石(1867~1916)를 태운 독일 선적 프로이센호가 기항하였던 것은 1900년 9월 13일의 일이다. 소세키는 외항인 우쏭吳淞에서 작은 배로 갈아타고 상륙했는데, 당시 상하이에 대한 인상을 일기에 다음과 같이 적었다.

조그마한 증기선으로 탁류를 거슬러 2시간 만에 상하이에 도착하였는데, 눈에 가득한 것은 모두 지나인 인력거꾼이다. 가옥은 웅장하여 요코하마橫浜 등과 비교가 되지 않는다. (…중략…) 난킨쵸南京町[아마도 南京路의 오기인 듯]의 번화한 곳을 보니, 자못 전에 없던 장관이라

소세키는 런던에 도착한 후에도 중국의 장래를 염려하여 1901년 4월 친구인 마사오카 시키正岡子規에게 부친 「런던소식」이라는 유학 리포트에서 "나는 예전처럼 『스탠다드Standard』 신문을 읽는다. (…중략…) 나는 제일 먼저 지나 사건을 다룬 기사를 읽는다", "지나는 천자가 몽진蒙塵하는 치욕을 당하고 있다"고 하여 거듭 중국에 관하여 이야기하고 있다. 이후에도

격동의 근대사를 걷게 되는 중국은 소세키 문학의 큰 주제를 이루게 된다.

변법운동의 특징은 정당의 조직화를 목표로 한 공보활동에 상하이의 근대적 미디어를 사용하였다는 점이리라. 예컨대 량치차오가 1896년 상하이의 공동조계에서 창간한 순간지旬刊誌『시무보時務報』는 매 호 20쪽 남짓했는데, 논설과 국내외 뉴스, 외국신문의 번역을 게재하였다. 이 잡지는 무술정변에 의해 정간되기까지 69기를 간행하였으며, 발행부수는 창간호가 4,000부, 1년 뒤에는 17,000부에 이르렀는바, 당시로서는 국내 신문의 최대발행부수를 기록하여 '잡지왕'이라 일컬어졌다.

4. '신소설'의 출현과 일본 유학 붐

'세상을 깨우는 글'과 계몽의 언어

보황파의 젊은 리더인 량치차오는 1898년 무술정변으로 인해 일본으로 망명한지 얼마 되지 않아 요코하마에서 순간지旬刊誌『청의보淸議報』를 창간한다. 이 잡지는 1902년에『신민총보新民叢報』로 명칭이 바뀌었는데, 입헌군주제를 선전하고 제국주의시대에 중국이 맞이한 위기를 경고하였다. 고작 17세의 나이로 과거 시험의 여러 관문을 돌파하여 거인擧人이 되었고, 최종시험인 회시에 임한 량치차오는 고전의 교양이 넘치는 전형적인 사대부이었다. 그러나 변법운동에 몸을 던진 후 그의 문체에는 두드러진 변화가 일어나고 있었다.

현대 중국의 연구자 샤샤오홍夏曉虹에 의하면, 량치차오는 고전적인 ‘전세傳世의 글’에 대해 ‘각세覺世의 글’을 선택한 것이다. ‘각세의 글’이란 ‘유창하면서도 솜씨가 좋고, 논리가 정연하면서도 정확하고 표준적인’ 문장이며, ‘근대 저널리즘의 발흥’을 배경으로 하여 ‘신문·잡지에 실리면 가장 효과가 큰’ 것으로, 바꾸어 말하면 시장원리에 입각한 근대 시민사회의 언어이다. 근대화＝서구화의 길로 나아가고자 했던 량치차오의 경우, 그것은 ‘어떻게 국가관념을 중국인의 머리에 주입할 것인가’로 집약되는 계몽의 언어로서 나타났던 것이다.[6]

메이지시대 일본의 정치소설

계몽의 효과를 중시하는 량치차오의 눈앞에는 급속한 서구화를 진행하고 있던 메이지 일본과 그들의 출판계, 그리고 저널리즘이 있었다. 일본에서는 1880년대에 자유민권운동이 활발해지면서 이와 함께 정치소설이 번성하였는데, 이 양자의 관계가 좋은 모델로서 량치차오의 시야에 들어왔던 것이다. 그는 직접 『가인지기우佳人之奇遇』(東海散士, 1885～97), 『경국미담經國美談』(矢野龍溪, 1883～84)을 1898년부터 1899년에 걸쳐 번역한 후, 정치소설의 중요성을 제창하여 스스로 창작에 손을 댔으며, 1902년에는 요코하마에서 중국 최초의 문예지인 『신소설新小說』을 창간

6　夏曉虹, 清水賢一郎·星野幸代 譯, 『전족을 푼 여자들』, 朝日新聞社(朝日選書), 1998.

〈그림 1-1〉 량치차오(1899)

하였다. 창간호에는 「소설과 정치의 관계를 논함論小說與群治之關係」이라는 논문을 발표하여, 소설은 인간계를 지배하는 불가사의한 힘을 지니고 있으므로 일국의 백성을 새로이 하기 위해서는 일국의 소설을 새로이 하지 않으면 안 된다고 주장하였다. 동시에 자신이 지은 소설『신중국미래기新中國未來記』를 연재하기 시작하였다. 덧붙이자면『신소설新小說』이라는 이름은 일본에서 1889년과 1896년의 두 차례에 걸쳐 창간된 바 있는 동명의 잡지 명칭을 그대로 차용한 것이며, 소설의 제명 역시『신일본新日本』,『이십삼년미래기二十三年未來記』등의 메이지 정치소설의 제목을 합성한 것이었다.

중국에서 소설이라는 단어는 2000년 이상의 역사를 지니고 있으며, 이 단어의 첫 쓰임은 기원전 2세기 무렵에 편찬된『장자莊子』「외물편外物篇」까지 거슬러 올라간다. 그러나 오랫동안 소설은 심심풀이의 읽을거리로 여겨졌을 뿐, 정통적인 문장이란 시와 문(문언문)이었다. 청 말에 이르러서야 개혁과 혁명을 위한 사회적·정치적 효용이라는 점에서 구어에 의한 소설이 평가받기 시작했고, 량치차오와 같은 일류 지식인이 번역과 창작의 붓을 들기에 이른 것이다.『신민총보』는『시무보』의 부수에 육박하는 14,000부의 발행부수를 자랑하였지만,『신소설』의 발행부수 역시 이와 비슷한 수치였을 것이다. 구독자는 모두 일본·남양의 화교와 상하이를 비롯한 티엔진天津·한커우漢口·홍콩 등 중국 각지의 조계도시, 식민지도시의 유산계급이었으리라 추정된다.

소설잡지의 창간 붐

　요코하마에서의『신소설』의 출현은 중국 본토에서도 공전의 소설 붐을 불러일으켰다. 1902년부터 1917년까지의 15년 동안,『수상소설繡像小說』·『신신소설新新小說』·『월월소설月月小說』등의, 소설을 타이틀로 내건 잡지만 해도 무려 27개가 창간되었다. 이 가운데 여섯 개의 발행지가 요코하마·홍콩·광저우·한커우였던 것을 제외하면, 무려 21개의 잡지가 상하이에서 발행되었다. 소설 붐이 일어난 이 기간의 신문·잡지에는『신중국미래기』와 같은 정치소설, 저널리스트 이백원李伯元의『관장현형기官場現形記』와『문명소사文明小史』, 역시 저널리스트인 오옥요吳沃堯의『이십 년간 목도한 괴현상二十年目睹之怪現狀』, 실업가 유악劉鶚의『노잔유기老殘遊記』, 번역가 증박曾樸의『얼해화孼海花』등의 '견책소설譴責小說'이라 일컬어진 사회소설, 폭로소설이 특히 유명하였으며, 이 가운데『문명소사』를 제외한 나머지 네 작품은 청 말의 사대소설이라 불린다. 이들 소설은 단행본으로 출판된 후에도 널리 읽혀져,『얼해화』는 6～7쇄를 거듭하여 2만 부에 이르렀다. 덧붙여 말하자면 일본에서 소세키의『나는 고양이로소이다』가 1905년부터 1907년에 걸쳐 상중하 3부작의 단행본으로 출간되었을 때, 그 초판 부수는 1,000～1,500부였다.

상하이의 셜록 홈즈

구미·일본의 소설에 대한 번역 역시 활발하게 이루어져, 셰익스피어, 디킨즈부터 도쿠토미 로카德富蘆花까지 소개되고 있었다. 저명한 번역가로는 임서林紓가 있었는데, 외국어를 전혀 알지 못한 그는 조수의 구술을 고문으로 번안하였다. 대표작으로는 뒤마 피스의 『춘희椿姬』 등이 있다. 또한 탐정소설 역시 널리 번역되었는데, 1894년 런던에서 간행된 코난 도일의 『셜록 홈즈의 회상』은 2년 후 『시무보』에 번역·게재되었는바, 중국에서의 홈즈 수용은 일본보다 7년이나 빠르다. 당시 상하이는 도쿄·오사카에 비해 근대도시로서 조숙했던 것이다. 난징 유학, 도쿄 유학 시절의 루쉰도 홈즈를 애독했다.

타루모토 테루오樽本照雄의 연구에 따르면, 청 말 1840년부터 1911년 사이에 잡지에 게재되거나 단행본으로 발표된 소설은 창작이 1,237건인데 비해 번역은 1,135건에 이르렀다. 더욱이 1901년부터 1911년까지 발행된 단행본에 한정지을 경우, 번역이 64%를 차지했다. 이 번역 우세의 경향은 민국 초기(1912~20)에 더욱 박차가 가해져 77%까지 이르게 된다.

근대 저널리즘의 발흥을 배경으로 하는 청 말 소설은 출판 형식, 부수, 저자 및 작품의 사회적 지위에서 전통적인 백화소설과 크게 다를 뿐만 아니라, 표현 면에서도 커다란 단층이 지적되고 있다. 현대 중국의 연구자 천핑위엔陳平原은 『중국소설 서사 스타일의 전변中國小說敍事模式的轉變』에서, 무술정변으로부터 1920년대에 걸쳐 소설의 서사 스타일이 서사시간·서사각도·서사구조의 세 가지 층차에서 커다란 변모를 보이고 있음을 지적하고 있다. 그에 따르면, 전통적인 소설은 기본적으로 서사시간에서는 자연의 시간적 흐름을 좇는 연관連貫서술을, 서사각도에서는 전지적 시각을, 서사구조에서는 플롯 중심의 구조를 취하고 있다. 이에 반해 20세기 초반의 20년 동안은 서양소설의 도전을 받아, 연관서술에는 도치서술倒置(시간적 순서의 전도를 의미함)·교착서술交錯(서로 다른 시공간의 교착을 의미함) 등의 다양한 서사시간이 더해졌고, 전지적 시각에는 1인칭 및 3인칭에 의한 제한서사와 순객관서사 등의 다양한 서사각도가 보태졌으며, 플롯 중심의 경향에는 인물의 성격 중심, 또는 배경 중심 및 분위기 중심 등이 가해져 다원적 서사구조가 형성되었다. 청 말 소설이야말로 이러한 표출사表出史에서 지각변동의 발단이 되었다고 할 수 있을 것이다.

일본 유학 붐

근대 중국에서 해외 유학은 룽훙容閎 등이 1847년에 미국으로 건너간 것이 최초이다. 예일대학을 졸업하고 귀국한 룽훙의 건의에 의해, 청조 정부는 1872년부터 1876년까지 120명의 젊은이를 미국으로 파견하였다. 동시기에 육해군 학생의 유럽 파견도 행해졌지만, 이 모두 1880년대에는 중지되고 이후 20년 가까이 청조 정부는 유학파견 사업을 보류하였다.

근대화를 담당할 인재를 육성하기 위해 다시금 해외 유학이 제창된 것은 청일전쟁 이후의 일이었으며, 파견되는 곳 역시 구미에서 일본으로 바뀌었다. 이를 주창한 이는 변법파 및 장즈동張之洞 등의 양무파 관료였는데, 1896년에 13명의 관비 유학생을 파견하였다. 무술정변 후의 반동정치를 거쳐 1901년 이래 청조 정부는 예전과 다름없이 일본 유학 정책을 추진하였다. 1902년에는 400~500명, 1904년에는 1,300여 명이었다고 하는 일본 유학생은 러일전쟁과 중국에서의 과거제 폐지(1905년) 후에 급증하여 8,000명에 달하였다. 신해혁명에 즈음하여 유학생 숫자가 1,400명까지 격감한 적도 있었지만, 그 후 2,000~3,000명 사이에서 오락가락하다가 만주사변(1931), 상하이사변(1932) 직후 다시 1,400명까지 감소하였고, 1935년에는 8,000명에 이르러 두 번째 피크를 맞이하였다.

카노 지고로嘉納治五郎의 코분학원弘文學院

청조 정부는 유학생 파견에 즈음하여 일본 정부에 이들의 교육을 의뢰하였다. 일본 측은 고등사범학교 교장인 카노 지고로嘉納治五郎(1860~1938)에게 이 일을 일임하였으며, 카노嘉納는 민가를 빌려 글방을 열어 일본어와 수학·이과·체조 등의 교과를 가르쳤다. 이윽고 유학생이 급증함에 따라, 이 글방은 1902년 중국인 유학생을 전문적으로 담당하는 예비학교 코분학원으로 발전하였다. 같은 해에 유학했던 루쉰 역시 코분학원에서 2년간 공부하였다. 또한 시모다 우타코下田歌子(1854~1936)가 짓센여학교實踐女學校에서 담당했던 여자 유학생의 교육 역시 유명했다.

상하이는 이러한 청 말 일본 유학운동의 '최대 집산지'였다. 옌안성 嚴安生은 유학을 위해 '오지에서 나온 시골 수재들'이 '구름에 닿을 듯한 누각들이 나란히 늘어선' 상하이에서 외국인들의 정력적인 활동에 압도되는 한편, '갖가지 정론과 정치적 움직임의 집산지' 상하이에서 변법파나 혁명파로 변신하는 현상을 지적하고 있다. 중국에 밀려들어오는 근대국가인 구미와 일본, 근대적인 산업제도와 그 정신을 탐욕스럽게 흡수하고자 하는 중국의 서구화. 거기에서 일본 유학운동이란 상하이의 개항 이래 매판 등 특정 세력의 일부 중국인이 개척해온 근대화의 길을, 중국 전역의 사대부계급이 걷고자 한 현상이었다. 상하이는 단순히 일본으로 출발하는 항구가 아니라, 유학이라는 제도의 기원이었던 것이다.

또한 옌안성은 이 사대부계급의 유학 붐의 근저에는 '종말에 들어선 봉건사회의 지반 침하, 혹은 산사태'에 의해 야기된 '망국멸종亡國滅種이라는 천하 혹은 국가 차원의 위기감과 함께, 봉건 구가정 출신이 대부분이던 유학생들의 존재 그 자체에 관련된 큰 문제'라는 의식이 있었다는 점도 지적하고 있다. 그것은 청 말의 사회·경제구조의 일대 변화에 의한 사대부계급의 아이덴티티적 위기였다고 할 수 있으리라.

젊은 '제국의 수도'가 만들어낸 문학이라는 새로운 제도

요코하마-신바시新橋 사이에 철도가 연결된 것은 메이지유신이 얼마 지나지 않은 1872년의 일이며, 1889년에는 신바시-고오베神戸 사이

의 600여km가 개통되었다. 이전에 도보로 도쿄-오사카 사이를 가는 데는 2주일이 소요되었지만, 철도로는 22시간 만에 도착한다고 하는 획기적인 시간단축을 가져온 것이다. 루쉰이 일본에 온 이듬해인 1903년에 철도의 영업 킬로미터는 약 8,000km에 이르고 있었다. 덧붙이자면 같은 해 중국의 철도 영업 킬로미터는 4,530km에 지나지 않았으며, 8,000km에 이른 것은 1910년에 이르러서였다. 철도를 통해 일본 전역과 연결되었던 도쿄에 전차가 개통되었던 것 역시 1903년의 일이었다.

1872년에는 전국 현청 소재지 등을 연결하는 우편선로가 개통되었고, 철도망이 발달함에 따라 우편수송은 고속화되었다. 또한 전신방면에서도, 1873년에 도쿄-나가사키 사이에 전신로가 개통되었고 상하이-나가사키 사이의 해저전선에 접속하여 도쿄는 런던과 직접 연결되었다. 1890년에는 도쿄·요코하마의 두 도시 내에, 그리고 그 두 도시 사이에 전화교환사업도 시작되었다. 구미에서는 산업혁명의 최후에 출현한 통신개혁이 일본에서는 산업혁명의 개시에 앞서서 시작되었던 것이다.

1909년 도쿄에서는 『호치報知』와 『요로즈초호万朝報』의 하루 발행부수가 각각 30만 부와 20만 부에 달했고, 전국의 소학교 취학률이 98%에 이르렀다. 미디어와 교육제도의 발전에 따라 새로이 형성된 식자층은 서적 중개망의 정비를 재촉하였으며, 전국 규모의 도서판매시장을 성립시켰다.

20세기 초 일본에서는 교통·통신의 혁명적 발전에 의해 시간과 공간은 현저히 균일화되었으며, 정보가 전국을 단시간에 떠돌아다니기 시작하였다. 그리하여 정보의 발신 및 수신 모두 교육제도와 활자 미

디어의 급진전에 의한 대성황을 보이고 있었다. 그리고 이 신흥 '제국'
의 중심에 위치하여 있던 것이 젊은 '제도帝都' 도쿄였다.

직업적 문학자의 탄생

나가미네 시게토시永嶺重敏의 연구에 따르면, '새로운 서적관觀'과 '새
로운 독서습관'을 익힌 새로운 독자층이 전국적으로 형성되었고, 메이
지 20년 전후부터 정비되기 시작한 전국적 서적중개망 및 우편제도가
발달하게 되면서 전국 규모의 독서시장이 성립되었다. 시장의 수요에
응하여 신작을 출판하는 저자와 출판사, 그리고 '서적에 대한 무조건
적인 숭배'에서가 아니라 '자신의 흥미와 관심에 따라 출판물을 선택하
고 소비'하는 독자로 이루어지는 '작가-출판자-독자' 관계가 독서시장
으로 성립되었던 것이다.
　이러한 활자 미디어의 활황은 청일전쟁(1894) 후의 도쿄에 직업적인
문학자를 탄생시켜 '호구조사를 할 때 자신의 직업을 '저술업'이나 '소
설가'라 하는 사람도 나타났고, 더 나아가 문학자는 '새로운 사회적 존
재'로서 인정받게 되었'던 것이다. 도쿄제국대학에서 영문학을 강의하
고 있던 나쓰메 소세키가 1807년에 교수 취임을 거절하고 아사히朝日
신문사에 입사하여 직업작가의 길을 선택한 것은 상징적인 사건이라
할 수 있다. 루쉰이 교육부의 고관이나 대학 교수를 거부하고 직업작
가가 된 것이 1927년이었듯이, 중국에서 신문학의 작가가 독립된 직업
이 된 것은 1920년대 말 이후의 일이다.

루쉰의 에세이풍의 작품 「범애농范愛農」(1926)에는 화자인 '나'가 선배 유학생으로서 후배들을 마중하러 요코하마까지 갔다가 돌아오는 기차에서 서로 자리를 양보하던 신참 유학생들이 발차와 동시에 넘어지는 모습을 보고, 경멸하듯 머리를 가로 저어가며 신바시新橋까지 인솔해왔던 에피소드가 깊은 자책과 함께 그려지고 있다. 이는 당시 급속히 근대화를 진행하고 있던 메이지 일본에 온 중국인 유학생의 선발대와 후발대 사이에 일어난 미묘한, 하지만 쉽게 뛰어넘을 수 없는 멘탈리티 사이의 간격을 보여주는 것이리라.

5. 혁명파의 대두와 유학생 루쉰의 내면 응시

혁명파의 잡지

대량의 유학생을 맞이한 도쿄에서는 당초 보황파가 커다란 영향력을 지니고 있었다. 하지만 얼마 지나지 않아 혁명파가 대두하게 되는데, 1905년에는 기관지 『민보民報』가 창간되었고, 이듬해에 혁명파의 국수주의 이론가인 장병린章炳麟이 망명하여 『민보』의 주필이 되자, 혁명파의 세력은 보황파를 압도하게 된다. 또 이러한 기관지와는 별도로, 출신지역별로 『장쑤江蘇』, 『저쟝조浙江潮』 등의 종합잡지가 간행되어 번역과 소설 등이 게재되었다. 이를테면, 루쉰 역시 국민국가의 형성과

조국의 부강을 열망하여 왕성하게 집필을
하게 되는데, 메이지시기의 고대 그리스에
관한 글을 번안했다고 추정되는 소설 「스
파르타의 혼」(1903)과 쥘 베른의 공상과학
소설의 번안인 「월계여행月界旅行」(1903) 등
이 그것이다.

그런데 신소설에서는 연설이 커다란 역
할을 담당하고 있었다. 샤샤오홍夏曉虹은 연
설에 의한 소설 구성은 일본 정치소설의 영

〈그림 1-2〉 루쉰(1930)

향을 받은 것이며, 메이지시대 정치소설에서는 '연설이 소설에 들어가
면 정치소설 특유의 비분강개의 풍격이 형성된다'는 점, 메이지시대
'민권파 중 대다수 사람들은 지사志士 의식을 안고 선각자로 자처하며
몽매한 대중을 계몽하지만, 내면 깊은 곳에서 우월감과 동시에 이해받
지 못하는 고통이 생겨나며, 현실생활에서는 그러한 고통을 토로할 대
상으로 기생이 선택되는 경우가 많다'는 점, 그리고 『신중국미래기』에
도 '지사와 미인의 기이한 만남'이라는 그림자가 비치고 있다는 점 등
을 지적하고 있다.

루쉰의 낭만파 문학론

사대부 출신 유학생의 아이덴티티적 위기와 대중으로부터의 고립
감은 오래지 않아 내면의 응시로 전환되어, 루쉰의 「마라시력설摩羅詩

力說」(1907)에서 전개되고 있었다. 이 글은 일본이나 구미의 문예평론을 바탕으로 하여, 바이런으로부터 러시아와 동구의 시인들에 이르는 유럽 낭만파의 계보를 논한 에세이이다. 이 글의 모두冒頭에는 공자孔子 이래 유교 이데올로기에 의해 중국의 시는 오로지 전제군주를 찬양하는 도구로 전락하고 말았지만, 근대 유럽에서는 자유를 구하고 반항을 외치는 낭만파 시인이 차례로 나타나 국민국가의 건설운동에 앞장서 왔다는 내용이 기술되어 있다.

그리고 마지막 장에서 루쉰은 시인을 피 흘려 싸우면서 관중에게 전율과 쾌락을 안겨주는 검투사와 비교하였다. 이는 폴란드의 노벨상 수상작가인 센키에비치의 대표작 『쿼바디스Quo Vadis』(1896)의 한 장면에 감명받아 쓰인 것이라 생각된다. 이 작품은 네로황제시대의 로마에서 일어난 기독교도 박해를 그린 역사소설인바, 빵과 서커스에 도취한 로마시민들이 콜로세움에서 기독교도의 학살을 구경하고 있을 때, 희생물의 한 사람인 용사 우루수스가 사나운 소뿔 사이에 결박당한 주인 리기야 아가씨를 돕기 위해 맨손으로 격투하여 사나운 소를 멋지게 쓰러뜨리자, 로마시민 역시 그의 용맹함을 찬양하여 네로에게 아가씨와 용사를 풀어줄 것을 요구하고, 그토록 악랄한 폭군도 두 사람의 목숨을 구해주는 장면이 있다. 이 작품은 메이지시대 일본에서도 크게 유행하였으며, 특히 이 콜로세움의 격투장면은 신문·잡지에 반복적으로 옮겨졌다.

아가씨를 구하기 위한 용사의 사투가 몽매한 군중을 감동시켜 전제군주에게 반항하도록 몰아세운다는 이야기는, 바로 루쉰의 낭만파 시인 및 중국에 대한 이미지와 딱 겹치는 것이었다. 그것은 메이지 정치소설의 통속판이라고도 할 수 있을 것이다. 그러나 루쉰은 이 검투사의 삽화를 "설사 검투사가 있더라도 군중은 그를 거들떠보지도 않았거나 오히려 달려들어 죽여버린다……. [정신계의 전사가] 태어날 수 없었던 것이 아니라면 태어났어도 군중에게 살해당한 것이니, 이 중의 하나 혹은 둘 모두의 이유로 중국은 마침내 적막해졌다"고 결론짓고 있다. 근대 유럽과의 격차에 대한 인식은 루쉰 자신의 아이덴티티적 위기와 결부되어 '적막'한 중국이라는 이미지를 형성하였다. 그리하여 '적막'은 루쉰 자신의 내면풍경으로 전화된 것이다.

쑤만수蘇曼殊의 환상소설

이러한 내면풍경을 가장 먼저 소설로 표현한 이가 쑤만수蘇曼殊(1884 ~1918)이다. 쑤만수는 광동 상인과 일본 여성 사이에서 태어나, 1898년에 일본으로 가서 요코하마의 다이토大同학교, 와세다早稻田대학 고등예과에서 공부하였으며, 장빙린章炳麟의 젊은 친구이기도 했다. 루쉰이 창간을 시도했다가 좌절한 문예지 『신생新生』에도 참여했었고, 그 후에는 번역집 『바이런 시선』(1908)을 일본에서 간행하였다.

『단홍령안기斷鴻零雁記』는 신해혁명 이듬해인 1912년 상하이의 신문에 연재된 문언소설이다. 주인공 삼랑三郎은 아버지를 여읜 후 약혼자인 설매雪梅와 맺어지지 못하자 출가하고, 금전욕이 지배하는 중국을 혐오하여 바다 건너 일본인 생모가 살고 있는 즈시逗子로 길을 떠난다. 그곳은 어머니와 큰어머니 등의 여인들이 삼랑에게 아낌없이 사랑을 나누어주는 세계이며, 특히 아름답고 총명한 사촌누이 정자静子는 거친 파도 같은 애정을 보여주지만 중국에서 이미 출가한 삼랑은 그녀의 애정을 받아들이지 못한 채 뛰쳐나가 중국으로 돌아온다. 그러나 고향에서 삼랑을 기다리고 있는 것은 약혼자와 유모의 죽음이다. 차안此岸의 세속적인 고독을 벗어버리려고 성스러운 애정의 세계로 떠났지만, 애정 때문에 성스러운 세계에도 안주하지 못하고 다시 차안此岸의 세계로 돌아왔을 때에는 모든 것을 잃고 온통 고독에 빠져버린다는 환상적 소설이다.

쑤만수는 삼랑이 가출하면서 남기는 편지글을 통해 "세상에 태어나 말로 표현하기 힘든 괴로움遭世有難言之恫"과 자신의 숙명적 고독을 밝히고 있다. 사실 '괴로움恫'이란 『바이런 시선』의 역자 서문을 위시한 쑤만수가 1900년대에 쓴 글에서 자주 나오는데, 중국의 망국상태를 한탄하는 저널리즘적 문맥에서 반복되던 단어였다. 청 말의 신소설은 신해혁명을 거치면서 정치적 계몽과 선전에서 마침내 개인의 내면을 이야기하는 문학으로 변모한 것이다.

【칼럼 1】

쑨원孫文 영화의 계보

─〈송씨 세 자매〉로부터 〈쑨원孫文의 의사단義士團〉까지

1911년 신해혁명에 의해 중국의 '라스트 임페리얼' 이던 청조가 무너지고 이듬해 아시아 최초의 공화국인 중화민국이 탄생했다. 혁명의 가장 유력한 지도자였던 쑨원孫文(호는 中山, 1866～1925)은 '국부國父'로 일컬어지고 '쑨중산孫中山'이라는 경칭으로 불리고 있다. 구미에서는 자字와 관련지어 Sun Yat-sen孫逸仙으로 칭해지는 경우가 많다.

이 쑨원에게 있어 기나긴 혁명가로서의 인생은 공화국 건설의 이념을 끈기 있게 호소하면서 세계를 돌아다니는 유세여행이었다. 한 나라의 혁명에는 자금을 조달하고 세계 각국으로부터 이해와 지지를 얻기 위한 운동이 없을 수 없다. 1895년의 광저우廣州봉기 이래 쑨원은 변경邊境혁명론이란 자신의 설에 기초하여 근거지 광동성과 그 주변에서 봉기를 반복했다.

얼마 안가서 동남아시아 화교가 제공하던 군자금이 바닥나자 쑨원은 일본과 구미를 돌며 각국의 금융자본가에게 자금조달을 요청했고, 1911년 7월에는 샌프란시스코에서 혁명조직 중국동맹회와 재미화교의 비밀결사 치공당致公堂 사이에 동맹관계를 수립하여, "내지의 동포는 목숨을 바치고 외지의 동포는 재산을 각출하여 각자 자기가 잘 하는 것으로 최선을 다한다"고 하는 헌장을 기초하고, 전미全美 규모의 대캠페인을 시작한다. 헌장에는 5달러 이상을 각출하면 액면가가 배인 중화민국 금화를 바꿀 수 있는 인환증을 주고, 100달러가 넘는 경우에는 100달러마다 훈공 1회, 1,000달러마다 대훈공 1회로 계산하여 혁명 후논공행상을 행한다고 하는, 명예와 실익을 한 번에 다 얻을 수 있는 특전이 정해져 있었다. 덧붙이자면 당시 미국에서는 근로자 평균 연수입이 500달러, 입주 흑인 가정부의 주급이 4달러였다.

쑨원이 신해혁명의 발단이 된 10월10일 우창武昌봉기를 알게 된 것은 덴버 체재중의 일이었다. 호텔에서 읽은 현지신문『록키마운틴 뉴스』및 그 라이벌지『덴버 포스트』의 보도에 의한 것이었다.

중국·홍콩·타이완의 중국어권 영화는 이 같은 쑨원을 역사의 고비마다 되풀이해서 그리고 있어, 영화 속의 쑨원상孫文像을 통해 그 시대와 지역 사람들의 역사인식을 엿볼 수도 있을 것 같다. 쑨원 탄생 120주년인 1986년엔 중국의 주쟝珠江 영화제작소가『손중산』상하 2권을 제작했다.『중국전영대사전』(1995)의 「손중산」 항목을 펴면 1894년 상하이에서의 혁명지사들과의 집회에서부터 1925년 병사하기까지, 위인의 반평생을 그린 전기傳記영화의 개요가 쓰여 있다. 그리고 이어서 "허명판賀夢凡·장레이張磊 각본, 띵인난丁蔭楠 감독, 출연 : 류원즈劉文治(쑨원), 장옌張燕(송칭링)"으로 각본을 쓴 작가의 이름이 먼저 올라가 있는 것은 마오쩌뚱시대부터 덩샤오핑시대 전반기까지 공산당이 각본 검열제도에 의해 엄격하게 영화제작을 지도했기 때문이다. 감독은 각본대로 영화를 생산해내는 기술자였던 것이다.

1986년은 타이완에서 국민당 독재체제 말기에 해당되는데, 띵얼시丁善璽 감독은 이름마저 〈국부전〉이라는 영화를 제작하였다. 영화 속에서는 쑨원 사후 그의 후계자가 되어 반공노선을 진행해가던 장제스蔣介石가 "쑨 총리가 연소連蘇·용공容共에 동의는 했지만 공산주의가 중국에 어울리지 않는다는 말씀도 분명히 하셨다"고 말하는 대목이 있다. 국민당의 반공사관을 전면에 내세운 영화였던 것 같다. 완자이량萬梓良, 류쟈후이劉家輝 등 홍콩 배우도 다수 출연했으며, 홍콩에서는 〈국부 쑨중산과 개국영웅〉이라는 제목으로 공개되었다고 한다.

그 후 타이완해협을 사이에 두고 타이완의 계엄령 해제(1987)와 중국의 비참한 천안문사건(또는 '피의 일요일'사건(1989))이라고 하는 대조적인 정치적 사건이 발발하고, 홍콩은 1997년에 영국의 식민 지배로부터 중국으로 반환된다. 이 해에 홍콩의 여성감독 장완팅張婉婷(메이벨 창)이 제작한 것이 〈송씨 세 자매〉(원제 〈宋家皇朝〉)이다. 재벌이며 대장대신大藏大臣 (재정경제부 장관에 해당)으로도 근무한 바 있는 콩샹시孔祥熙의 부인 송아이링宋靄齡, 쑨원의 부인 송칭링宋慶齡, 그리고 장제스의 부인 송메이링宋美齡이라고 하는 세 여성의 관점에서 신해혁명으로부터 1949년의 인민혁명에 이르는 중국 근대사를 그리고 있는데, 홍콩의 여성감독이 아니고는 만들 수 없는 작품이라 할 수 있을 것이다.

〈칼럼 1〉 〈송씨 세 자매〉(1997)

  21세기에 접어들면 외전外傳 스타일의 쑨원영화가 제작된다. 2006년 자오충지趙崇基(데렉 추) 감독의 〈쑨원－100년 앞을 본 남자〉(원제 〈夜·明〉)는 중국의 선전深圳영화제작소 제작이지만 쑨원이 1910년에 말레이반도 북서쪽에 있는 항구도시 페낭에 5개월간 체재한 사실에 기인한다. 당시 페낭은 해저 통신케이블의 중계점이었으며 국제금융 외환거래의 자유가 있어 자금조달에 아주 편리한 곳이었다. 한편 쑨원은 일본 정부로부터 도쿄東京체류를 거부당했고, 싱가포르에서는 무력봉기가 실패하면서 힘 있는 화교들이 떨어져나갔다. 하지만 그는 역경에도 굴하지 않고 젊은 화교들의 지지를 받아 계속 혁명의 이념을 호소하고, 끝내 재기한다.

  당시 영국 식민치하의 말레이에 살던 900여만 명의 화교는 전통적인 중국문화를 지키는 한편 적극적으로 영국문화를 섭취하여 학교를 열고 신문을 발행하고 말레이인과도 통혼하여 국제색이 풍부한 문화를 만들어냈다. 남양의 새파란 하늘과 바다, 커다란 용수榕樹와 콜로니얼 양식의 양옥이 늘어선 아름다운 항구도시를 무대로, 쑨원과 그의 비서 겸 연인이던 여인과의 잠깐 동안의 동거생활, 거기에 끼어든 사랑스럽고 분방한 부호의 딸, 그리고 어릴 적 소꿉친구인 그녀에 대한 사랑 때문에 쑨원 암살을 지원하는 청년……. 클래식 자동차들의 스릴 넘치는 추격전도 볼만하고, 쑨원이 도망쳐 들어간 아편 흡연소는 멋진 에스테 살롱 같다. 하지만 그래도 대상인으로부터 학대받는 항만

노동자들 앞에서 인권을 주장하고 단결을 호소하는 쑨원의 모습은 늠름하게 그려져 있다. 100년 후의 중국에서는 부강해지고자 했던 꿈이 실현되고 있는 한편, 타관에서 돈벌이하는 노동자 농민과 소수민족에 대한 차별문제도 나타나고 있다. "혁명은 아직 이루어지지 않았다. 동지들이여, 더 노력해주기 바란다"라는 쑨원의 유언이 신선한 울림으로 남양화교의 거리에 메아리치는 것 같다.

그리고 2009년에 홍콩·중국 합작으로 천더썬陳德森(테디 창) 감독이 제작한 〈쑨원의 의사단義士團〉(원제 〈十月圍城〉)은 청조 측 쑨원 암살단을 저지하려 하다가 목숨을 잃게 되는 홍콩의 8인의 '의사'를 그린 영화이다. 일본 영화 〈츄신구라忠臣藏〉를 연상시키는 이야기이지만 중국혁명의 대의와는 관계없이 가족애나 우정, 연정 등 오로지 개인적인 사정에 의해 쑨원의 보디가드가 되는 이름없는 사람들이 살아가는 태도에 초점을 맞추고 있는 점이 흥미롭다. 중국혁명의 대의보다도 소시민적 행복을 위해 쑨원을 돕고 자신은 참살당하는 비극에 현대 중국인은 더 공감을 기울이는 것일까.

2장

5·4시기(1910년대 후반~20년대 후반)

'문화성' 베이징과 문학혁명

1. 베이징의 소생과 베이징대학

신해혁명 후 중화민국의 혼미

1911년 신해년의 10월 1일, 청일전쟁 후에 창건된 신군新軍이 우창武昌 (지금은 인근의 漢口와 漢陽을 합병하여 武漢으로 바꿈)에서 봉기하면서 신해혁명이 시작되었다. 이에 남방의 12개 성이 호응하면서 이듬해 1월 1일 아시아 최초의 공화국 중화민국이 수립되었는데, 수도를 난징南京으로 정하고 쑨원孫文이 초대 임시대총통에 취임하였다. 이에 대해 청조는 북양군벌의 총수인 위엔스카이袁世凱를 신설된 내각의 총리대신으로 임명하여 혁명세력과 대결하도록 하였기 때문에, 내전은 교착상태에 빠졌다. 그 후 쑨원과 위엔스카이 사이에 전보를 통한 남북 담판의 결과, 2월 청조 황제가 퇴위하면서 위엔스카이가 대총통에 취임하게 된다.

얼마 지나지 않아 위엔스카이는 국회를 해산하고 헌법을 폐지하는 등, 혁명의 성과를 짓밟아버리고 1916년에는 제정帝政을 부활하여 스스로 황제의 권좌에 앉고자 시도하였지만, 각지에서 반원反袁투쟁이 폭발하였기에 겨우 83일 만에 제정을 취소했고 6월에는 급작스럽게 사망하였다. 위엔스카이의 사후, 북양군벌은 똰치루이段祺瑞의 안휘파安徽派, 펑구어장馮國璋의 직예파直隸派, 장쭈어린張作霖의 봉천파奉天派로 분열되었고, 수도 베이징을 쟁탈하기 위한 전쟁을 거듭하였다. 또한 남방의 비非 북양계의 여러 군벌이 헌법 옹호를 기치로 내걸고 중앙 정부에 반기를 드는 등, 각 군벌이 각각 독립 정권으로 바뀌어 중국은 그 후 10여 년 간의 분열기를 거치게 된다.

베이징대학의 탄생

정국이 혼미해짐에 따라 이전에 황제의 수도로서 전국에 군림했던 베이징의 정치적 지위는 낮아졌다. 대신 전국의 청년 앞에 모습을 드러낸 것은 '문화성文化城'으로서의 베이징이었으며, 문화성 베이징을 지탱하는 여러 대학과 전문학교의 정점에 있던 것이 베이징대학이었다. 베이징대학의 연원은 만주족 학생 10명에게 영어를 가르치기 위해 1862년에 설립한 경사동문관京師同文館으로 거슬러 올라간다. 1898년 무술유신에 즈음하여 량치차오가 일본의 학칙을 참고하여 경사대학당의 규정을 기초하였지만, 마침 500명의 학생을 모집하여 대학당을 발족하려는 때에 정변政變이 일어나자 계획은 대폭 축소되어 그 해에 입학한 학생은 겨우 100명에 지나지 않았다. 그 후 우여곡절을 거치면서도 경사대학당은 1902년에 정치·문학·격치格致·농업·공예·상무·의술의 7개 과를 보유한 종합대학으로 성장하였으며, 문학과는 경학·사학·이학·제자학·장고학掌故學·사장학詞章學·외국어언문자학의 일곱 분야로 나뉘어졌다. '장고掌故'란 국정 운영의 관례를 이르는 말이고, '사장학詞章學'은 문체 유파의 학문을 지칭하는 것이었지만, 이듬해에는 중국문학사로 바뀌게 된다. 신해혁명 이후 차이위엔페이蔡元培(1867~1940)가 초대 교육총장으로 있던 때 대학령이 공포되었는데, 대학을 7개 과로 나누면서 경학과를 폐지하였고, 고등학당을 대학 예과로 개정하여 전국 유일의 국립대학으로서 베이징대학이 탄생하였다. 1917년에는 청 말의 혁명가이자 교육가로 널리 알려진 차이위엔페이가 직접 학장에 취임하여 대담한 개혁에 착수했고 학문의 자유를 내세워 교원과 학생의 문화운동을 지켜주었다.

그런데 일본의 도쿄대학 역시 1855년에 양학소洋學所로서 창설되어 1863년 개성소開成所로 변경되었고, 메이지유신 후인 1869년에는 대학교에 흡수되어 1877년 도쿄대학의 설립으로 되었다가 1886년에는 제국대학으로 개칭된다. 청 말부터 민국 초기에 걸친 베이징대학의 발자취에는 도쿄대학의 역사를 연상시키는 대목이 있다. 다만 도쿄대학이 메이지明治·다이쇼大正·쇼와昭和로 이어지는 전전기戰前期를 통하여 일본제국의 관료와 엘리트 회사원, 연구자, 교원, 기술자의 양성기관으로서 기능하였음에 반해, 1910년대부터 1920년대에 이르기까지 베이징대학은 양성한 인재를 공급할 만한 공화국을 갖지 못하였다. 이뿐 아니라 군벌의 혼전 아래에서 교육예산은 자주 군사비와 군벌의 사적

목적으로 유용되었고, 교원의 급여조차 제때에 지급되는 일이 없었다. 대학은 무엇보다도 공화국 체제의 실현을 바랬고, 그 실천 활동인 혁명운동의 중핵을 담당해야만 했다. 이리하여 문화성 베이징에서 문화는 혁명을 지향했고, 혁명은 바로 문화로서 모습을 드러냈던 것이다.

상하이에서 1870년대 이래 세워졌던 양학당은 각기 모두 한 학년의 학생이 수십 명에 지나지 않았을 뿐 아니라 사숙의 분위기가 짙었음에 반해, 베이징에는 1919년의 시점에서 고등교육기관 19개교에 사립 6개교가 집중되어 있었고, 만 명을 넘는 학생이 있었다. 당시 중국에서는 최대 규모의 학생들의 거리였다고 할 수 있다. 그 가운데에서도 베이징대학의 학생 수는 1913년의 781명에서 1922년에는 약 2,300명으로 늘어났다. 덧붙이자면, 1919년 당시의 교회대학은 전국에서 14개교, 재적 학생 총수는 2,017명이었다. 베이징대학 한 학교가 전국의 미션계 대학을 능가하고 있었던 것이다.

다수파로서의 상하이 주변 출신자

베이징대 학생은 직예성直隸省(현재의 河北省에 해당) 출신자가 321명(14%)이었던데 반해, 쟝쑤江蘇 184명, 저쟝浙江 197명, 안후이安徽 102명으로 장강 하류의 세 성, 즉 상하이 주변성 출신자가 483명(21%)을 차지하고 있었다. 이외에 광동이 231명(화교를 포함), 쓰촨이 139명 등 전국에서 학생이 모여들었다.[1] 교수진 역시 일본·구미에서 유학하고 돌아온 똑똑한 소장파 문화인이 전국에서 모여들었으며, 평균 연령은 30

대로 젊었다. 전체 교원 202명 가운데 직예・베이징 출신자는 12명에 지나지 않았으며, 쟝쑤 40명, 저쟝 39명, 안후이 17명으로 역시 남방 출신이 압도적 다수를 차지하고 있었다.[2]

청 말까지 황제의 도시였던 베이징이 민국기에 문화성으로 소생할 즈음, 변법파의 정치적 유산인 경사대학당이 그 심장부가 되었다. 그리고 이 심장부에 유입되었던 혈액은 상하이 주변의 성 출신자로서 유학 경험을 지닌 젊은 교수진이었다. 상하이에서 시작된 서구화의 흐름이 베이징을 제압했다고 해야 할까, 아니면 고도 베이징이 신흥 상하이의 힘을 흡수하여 변모를 이루었다고 해야 할까. 근대 중국문학에서 베이징・상하이의 두 도시 사이에는 이처럼 흥미 있는 대립과 교류의 관계가 지속되고 있었다.

2. 연애 중이던 뉴욕의 후스胡適

미국 유학의 체험

안후이성 지시현績溪縣 출신인 후스胡適(1891~1962)가 상하이에서 여객선을 타고서 미국 유학길에 오른 것은 1910년 8월의 일이었다. 후스

---

1   「민국 11년 전체 재적학생 성별省別 전공별 분포표」, 『베이징대학 일간』, 1923. 4. 16.
2   「본교 교직원 및 학생 본적籍貫 일람표」, 『베이징대학 일간』, 1918. 4. 24.

의 할아버지는 현지 명산인 차를 취급하는 상인이었다. 그의 아버지는 과거를 통해 고관에 오르기를 꿈꾸었지만, 태평천국의 봉기에 의해 좌절되고 상하이에 나와 서원에서 공부하다가 지방 고관의 막료(비서)가 되었으며 1892년에 타이완성에서 주지사 대리 등을 지냈지만, 청일전쟁 후 타이완 정세가 혼란해지는 가운데 병사하였다.

상하이에서 태어나 유아기에 아버지를 여읜 후스는 어머니와 함께 고향으로 돌아와 열세 살 때까지 사숙에서 고전을 공부하였다. 1904년에 어머니의 품을 떠나 상하이의 양학당에서 영어·수학을 배우는 중에 량치차오 등에게 심취하여 혁명파의 영향을 받기도 했다. 그는 학내에서 공보公報를 편집하고 자치활동에 종사하였지만, 학내 분쟁으로 학교를 그만두고 말았다. 그 무렵 이복형제들의 장사가 실패하여, 후스의 어머니는 경제적 곤경에 처해 있었다. 이때에 돌아온 것이 미국 유학의 기회였다. 미국은 1908년에 의화단사건으로 청조로부터 받은 배상금의 일부를 중국 문화정책에 환원하고 유학생을 받아들일 비용으로 충당하기로 하였다. 그 이듬해에 첫 유학생 47명이 미국으로 건너갔으며, 후스가 유학한 다음해인 1911년에는 유학을 위한 준비교육기관으로서 베이징에 칭화학원清華學院(칭화대학의 전신)이 개교하였다.

미국에 건너간 후 후스는 뉴욕주 이사카에 있는 코넬대학Cornell University에 입학하였는데, 처음에는 농학부에 들어갔다가 1912년에 문학부로 전과하였다. 코넬대학을 졸업한 후 뉴욕시의 콜롬비아대학Columbia University 박사과정에 입학하여 프래그머티즘pragmatism의 철학자 듀이John Dewey(1859~1952)에게 사사한 후, 1917년에 귀국하여 베이징대학 교수로 취임하였다. 후스가 유학한 곳이 도쿄가 아니라 미국의 뉴욕주 및 맨해튼이었다는 점은 나중에 그의 자아가 형성되는 데 있어 커다란 의미를 지닌다. 한자문화권에 속하고 입헌군주제를 취하고 있던 일본의 수도인 도쿄의 유학생들과 비교하여, 후스는 전통중국과 거의 단절된 젊은 공화국에서 감성 풍부한 청춘을 지냈기 때문이다.

후스는 셰익스피어, 입센으로부터 시인 워즈워드, 브라우닝을 독파하는 한편, 1912년과 1916년 두 차례의 대통령선거를 체험함으로써 이 이민국에서는 대통령선거야말로 국민적 융화를 도모하는 일대 이벤트이며, 대중이 읽거나 들어서 이해할 수 있는 구어문에 의한 신문과 연설이 이 제도를 지탱하고 있음을 발견하였다. 나아가 뉴욕 다다이즘 dadaism의 화가 이데스 클리포드 윌리엄스와 열애를 펼침으로써, 제1차 세계대전 후에 급증하는 짧게 자른 머리에 자기직업을 가진 새로운 여성들의 생활방식에 공감하게 되었다.

이국적 풍경의 스케치

뉴욕주의 풍경이 중국문화의 전통으로부터 완전히 단절되어 있었음은 말할 나위도 없다. 구미 근대문화의 교양을 미국인 학생과 거의 같은 질량으로 받아들인 후스는 얼마 지나지 않아 중국 고전 시로는 이 풍경을 표현할 수 없음을 깨닫고, 이국의 풍경을 식물학, 지질학의 지식을 동원하여 사실적으로 재현하고 싶은 욕망을 느꼈다. 이때 전통 중국의 문언문에 축적되어 있는 방대한 표현 패턴은 오히려 해가 될 뿐 도움이 되지 않으며, 오히려 구어문이 사실적인 문장에 적합다고 생각하게 되었다.

중국에서는 한대 이래 고전의 어휘와 어법을 기초로 하는 문언문이 정통으로 여겨졌고, 특히 수사를 중시하는 시에서 사대부계급은 오로지 5언 절구나 7언 율시 등으로 이루어진 문언시를 짓고 있었다. 이에 대해 사실과 대중적 커뮤니케이션이라는 정보전달능력, 즉 국민국가에서의 미디어 언어로서 구어문이 문언문을 압도함을

〈그림 2-1〉 후스

통감한 후스는 진화론을 원용하여 중국의 언어의식을 일변시켰던 것이다. 그는 '사대부계급 = 문언문, 하층민 = 백화(고전 구어문)'라는 종래의 언어가치체계를 역전시켜 '문언문 = 낡은 것, 구어문 = 새로운 것'이라는 언어진화론을 착상하였다. 1916년, 후스는 유학생 동료로부터 격렬한 반대를 받으면서도 구어문을 전면적으로 사용해야한다는 것을 내용으로 하는 문학혁명을 주장하기에 이른다. 8월 21일의 일기는 '문학혁명의 여덟 가지 조건'을 기록하고 있다.

신문학의 요점은 무릇 여덟 가지 항목이다.

① 전고典故를 사용하지 않는다.

② 진부한 단어를 사용하지 않는다.

③ 대구를 중시하지 않는다.

④ 속자·속어를 피하지 않는다.(구어로 시나 사를 짓는 것을 싫어하지 않는다)

⑤ 문법을 중시한다. ─ 이상은 형식면이다.

⑥ 무병신음無病呻吟하지 않는다.

⑦ 옛 사람을 모방하지 않는다.

⑧ 내용이 있는 것을 말한다. — 이상은 정신(내용)면이다.

이 '문학혁명 여덟 가지 조건'은 이듬해 상하이의 혁신적 종합지인 『신청년新青年』 1월호에 「문학개량추의文學改良芻議」라는 제목의 논문으로 발표되었으며, 이 잡지의 편집장인 천두슈陳獨秀는 이 글에 이어 다음 호 권두에 「문학혁명론文學革命論」을 써서 '귀족문학·고전문학·은둔문학'을 타도하고 '평민문학·사실문학·사회문학'을 건설하자고 부르짖음으로써 문학혁명운동이 차츰 본격화되었다. 후스는 1917년 6월에 귀국길에 올라 9월 베이징대학 교수에 취임하였으며, 이에 앞서 1917년 1월 상하이의 천두슈도 문학부장으로 초빙되었다. 이로써 베이징대학은 문학혁명의 진원지가 되었고, 상하이에서 편집장과 함께 북상한 『신청년』은 그 주력지가 되었다.

국어의 문학, 문학적 국어

후스는 귀국한 이듬해 『신청년』에 「건설적 문학혁명론建設的文學革命論」을 발표하여 '국어의 문학, 문학적 국어'라는 표어를 내걸었다. 그는 이탈리아, 영국 등 유럽 제국에서 문학이 국어를 만들어왔다는 점을 지적하면서, 중국에서도 구어문으로 쓰인 문학이 국어를 만들어내고 국어에 의한 문학이 생겨나야만 정통적인 문학에 의한 국어가 생겨나는

〈그림 2-2〉『신청년』제9권 제1호
(1921.5, 실제로는 8월 간행)

것이며, 이를 통하여 표준적 국어도 생겨날 수 있다고 단정하였다. 그는 국어 탄생의 연장선 위에서 국민국가를 상상하고 있었던 것이리라.

문학혁명을 전후하여 교육제도 역시 구어문 교육 방향으로 급진전하고 있었다. 신해혁명 2년 후인 1913년에는 이미 교육부에 의해 독음讀音 통일회가 소집되어 베이징어에 기반을 둔 표준어 제정의 길이 열렸고, 1920년부터 1922년에 걸쳐 소학교 전 학년의 문언문 교과서가 구어문으로 바뀌었다. 중학교에서도 마찬가지로 구어문으로의 변화가 추진되었다. 이러한 움직임은 '국문國文' 교육에서 '국어'교육으로의 전환이라 일컬어졌으며, 국문과가 유교 이데올로기를 담지하고 있었음에 반해, 국어과는 민국, 즉 공화국의 이데올로기를 담지하면서 새로이 등장하였다.

학제 개혁·교과서 개혁에 따라, 상하이의 상무인서관商務印書館과 중화서국中華書局의 양대 교과서 회사는『신식 국문교과서』,『신학제 초급소학 국어교과서』등을 새로이 출판하면서, "감정을 움직이고 상상력을 자극하며 감상鑑賞에 도움을 주는 것을 주된 목적으로 한다. 이를 위해 내용과 형식 양방면에 걸쳐 문학적 취미를 손상하지 않는 범위에서 역사·지리·상학商學 각 과의 교재를 제작한다"고 교과서의 편집방침을 정하였다. 이제 문학이 '각 과의 교재'를 가르치는 전지전능의 신이 되었던 것이다. 일본의 중학·고교에 해당하는 초급중학·

고급중학의 국어교과서에서는 겨우 1~2년 전에 발표되었던 문학혁명 후의 작품이 그 편폭의 대부분을 차지하였다.

과거의 첫 번째 관문을 통과한 생원生員 이상을 협의의 사대부(또는 독서인)라고 정의할 경우, 독서인의 수는 19세기 전반에 110만 명으로, 당시 총인구 4억에 대해 고작 0.27%에 지나지 않았다. 근대의 구미나 일본을 따라서 국민국가를 건설하기 위해서는, 문언문은 읽지 못하더라도 구어문은 읽을 수 있는 광범한 비非사대부계급의 마음을 움직여야 할 필요성을 절감했던 량치차오의 논문 「소설과 정치의 관계를 논함論小說與群治之關係」이 발표된 지 불과 20년 만에, 구어문의 소설과 에세이가 중등교육 국어교과서의 중심적 위치를 차지하기에 이르렀던 것이다.

그런데 후스의 문학혁명론에 대해서는 당시 마침 미국과 영국의 문단을 뒤흔들고 있던 에즈라 파운드 등의 이미지즘imagism으로부터의 영향이 지적된 바 있다.[3] 이미지즘의 시인들은 와카和歌나 하이쿠俳句, 한시 등 동양문학에 관심을 품고서 『고금집古今集』이나 부손蕪村의 작품을 번역본으로 읽었고, 그 정형화된 전통적 표현에 대한 이해는 결여된 채, 간결하면서도 회화적繪畵的인 측면에 흥미를 품었다. 이미지즘은 시에서의 모더니즘운동이라 불리었는데, "모더니즘 혁명은 제1차 세계대전으로 인해 유럽 여러 왕가가 붕괴한데에 대응하고, 과학에서의 패러다임 쉬프트paradigm shift에 호응하고 있다. (…중략…) 그들은 서양문명 그 자체의 시각을 변하게 하였으며, 사회를 파악하고 인

3　Min chi chou, *Hu Shi and Intellectual Choice in Modern China*, The University of Michigan Press, 1984.

간을 이해하는 방식을 고치도록 하였다"[4]고 했다. 전통형식과 단절을 꾀하는 점에서, 후스는 이미지스트와 똑같은 정신을 품고 있었지만, 후스가 지향하고자 한 목표지점은 파운드 등이 절연하고자 하였던 19 세기 국민국가였다.

3. 문학혁명, 아쿠타가와 류노스케가 본 베이징

특파원 아쿠타가와의 베이징 방문

1921년 6월 오사카 마이니치신문사에서 특파원으로 파견되어 베이징에 왔던 아쿠타가와 류노스케芥川龍之介(1892~1927)는 후스와 의기투합하여 여러 차례 만났으며, 후스의 시를 일본어로 번역하고 싶다고 이야기한 적도 있었다. 이처럼 허물없는 분위기 속에서 아쿠타가와가 창작의 자유에 대하여 다음과 같이 감상을 이야기하고 있는 것은 매우 주목할 만하다.

아쿠타가와는 중국의 저작가가 누리고 있는 자유는 일본인의 자유에 비해 훨씬 크다고 생각한다고 거듭 말하면서 몹시도 부러워한다. 하지만 실제로 중국의 관료는 우리에게 자유를 주고 싶어하는 것이 아니라, 첫 번째

---

4   浜野成生 編, 『미국문학과 시대의 변모』, 研究社, 1989.

로 그들은 우리가 무슨 말을 하고 있는지 이해하지 못하는 것이고, 두 번째는 그들이 우리에게 간섭할 배짱과 능력을 갖추고 있지 못하기 때문일 뿐이다. 아쿠타가와는 자신이 이전에 소설에서 고대의 호색적인 천황이 여성에게 자기 등에 올라타도록 시킨 일을 썼던 적이 있는데, 그 책은 끝내 출판되지 못했다고 했다.[5]

일본과 중국의 '언론의 자유'

문제의 아쿠타가와의 소설은 1920년에 『오사카마이니치신문大阪每日新聞』에 연재되었던 「스사노오노미코토素戔嗚尊」인데, 이 작품은 1923년 후반부만을 개작하여 「늙은 스사노오노미코토老いたる素戔嗚尊」라는 제목으로 작품집 『춘복春服』에 수록되었다. 작품의 전반부에는 젊은 스사노오가 여인의 마을에서 난잡한 행동을 하는 장면이 있다. 위의 대화로부터 아쿠타가와가 전반부와 후반부를 합쳐 한 권의 단행본으로 간행하지 못했던 배경에, 황실불경죄에 저촉되어 발매금지를 당할 것에 대한 우려가 있었음을 추측할 수 있다. 1920년대 초의 일본은 다이쇼 데모크라시의 시기에 해당한다. 대역사건(1910) 당시, 그리고 국체의 변혁이나 사유재산제도의 부정을 목적으로 한 결사에 대한 단속을 규정한 치안유지법(제1차 법은 1925년, 제2차 법은 1928년)이 제정된 그 이후의 시기와 비교하면, 언론계는 비교적 자유를 구가하고 있었다고 할 수 있

---

5   胡適, 『후스일기』, 1921.6.27.

다. 그럼에도 불구하고, 아쿠타가와의 눈에는 중국지식인이 부러울 정도로 언론의 자유를 누리고 있다고 비쳤던 점은 매우 흥미롭다.

메이지유신에 의해 통일국가를 형성한 일본은 러일전쟁 전후에 국민국가의 기초를 거의 구축하였다. 아쿠타가와의 스승인 나쓰메 소세키에게서 전형적으로 나타나듯이, 양질의 문학이란 국가라는 체제가 야기한 갖가지 비틀림을 지적하고 비판하는 것이며, 이에 대해 국가는 검열제도로써 대응했던 것이다. 이러한 문학과 정치의 관계성은 국가라는 체제에서 선험적 존재로 규정되어 있었다고 할 수 있으리라.

이에 대해 1920년대 초의 중국대륙에는 근대적 정치의 실체를 거의 지니지 못한 군벌할거의 정치적 혼란이 존재하였을 뿐, 국가체제 그 자체가 존재하지 않았다. 후스가 '자유로운' 중국을 선망의 눈으로 바라보는 아쿠타가와에게, 중국의 관료는 후스 등의 언론활동을 이해하지도 못하고, 간섭할 능력도 갖추지 못했다고 대답하였던 것은 이와 같은 중국의 '실제'에 따른 것이었다. 이렇게 중국문학은 국민국가 체제의 실현을 요구했고, 이를 실행하고자 하였던 것이다.

4. 루쉰의 「광인일기」와 입센의 〈인형의 집〉

개혁파 잡지 『신청년』

제1차 세계대전 중에 중국에서는 방적업을 중심으로 민족자본이 비약적으로 성장했고, 군벌할거의 현상을 타파하고 국민국가를 형성하고자 하는 기운이 전국적으로 높아졌다. 독일과 직접 교전하는 일은 없었지만 중국 역시 전승국의 일원이었음에도, 1919년의 파리강화회의에서는 산둥성에서 예전에 독일이 차지하고 있던 권익이 일본으로 넘어갔기 때문에, 5월 4일 베이징의 학생들은 반일·반군벌의 운동에 나섰다. 이 운동은 전국으로 확산되었으며, 신흥 지식계급이 주도하는 대중운동에 의해 베이징 군벌 정부는 베르사이유 강화조약의 조인을 거부하기에 이른다. 5·4운동의 물결은 1920년대 중반의 국민혁명으로 이어졌고, 중국 근대문학은 문학혁명을 계기로 하여 이 5·4운동 전후에 급성장하였다. 이 때문에 1910년대 중반부터 20년대 중반까지의 시기를 문학사에서는 5·4시기라고 부른다.

5·4시기를 대표하는 잡지는 『신청년』이었다. 이 잡지는 1917년 후스와 천두슈의 문학혁명론에 이어, 1918년에는 루쉰의 「광인일기狂人日記」, 저우쭈어런周作人의 「인간의 문학人的文學」 등, 구어문으로 쓰인 작품을 게재하였다. 인간, 내면, 연애, 화폐경제제도 등, 근대 서구에 기원을 둔 중요한 개념이 이 시기에 일제히 중국문학에 등장한 것이다.

「광인일기」의 주인공은 30대 남자로, 부모는 모두 세상을 떠나 그의 형이 집안을 관장한다. 작품 모두의 「서」에서 화자는 일기를 쓴 사람의 병을 따옴표까지 붙여 '박해광迫害狂'이라 적어놓고 있다. 주인공은 형과 이웃사람들이 자기를 잡아먹으려 한다고 생각하고, 그들에게 사람 먹는 것을 그만둘 것을 설득하지만, 곧 다섯 살에 죽은 누이도 형에게 잡아먹혔고 자신도 아지 못하는 사이에 누이의 고기를 먹게 되었을 것이라고 일기에 쓰게 된다. 식인사회에서 인간은 남을 잡아먹고 싶지만, 남에게 자신이 잡아먹힐까 두려워하기도 한다. 루쉰은 구사회의 모순을 '박해광'인 자의 일기를 빌어 표현했지만, 모순이 드러나는 현장으로서 부친 사망 후의 가정이라는 공간을 선택한 것은 다분히 황제가 부재不在하는 분열된 중국을 시사하는 것이기도 하다. 「광인일기」는 단편이면서도 국가의 축소판으로서의 집, 국가와 집을 지탱해온 유교이데올로기의 어두운 면을 예리하게 지적함으로써, 5·4시기의 지식인의 내면을 묘사했던 것이다. 또한 중국에서 인간끼리의 고독한 관계에 대해, 광인에게도 식인의 죄를 짊어지게 함으로써 광인과 민중간의 죄인끼리의 연대의 가능성을 탐색한 점은, 유학시절 그가 쓴 평론 「마라시력설」에서의 시인의 고독이라는 과제를 진전시켰던 것이라 말할 수 있을 것이다. 사회적 무게감을 지닌 테마를 3인칭에 의해 객관적으로 묘사하지 않고, 화자의 정신적 갈등이나 인상을 1인칭체로 기술하는 스타일은 이 이후 5·4문학의 주류가 된다.

여성교육과 여성의 사회진출

중국인의 가계家系는 전통적으로 남자에 의해 이어지고, 혼인은 남성중심의 혈통을 유지하기 위한 수단으로 여겨져 왔다. 결혼 당사자인 남녀의 희망은 고려되지 않은 채 오로지 부모의 독단으로 맺어졌으며, 신부의 역할은 출산과 가사라고 여겨졌다. 양가良家의 여성은 집밖으로 나가는 것이 기본적으로 금지되었으며, 전족처럼 신체를 변형, 가공하는 것도 일반화되어 있었다.

그러나 청 말 이래 서구화의 물결에 의해 여성교육이 실시되어, 대도시에 공립 여자소학교, 여자사범학교 등 미션계 여자중학교와 고교가 설립되었다. 1908년에 창립된 경사여자사범학당京師女子師範學堂은 1919년에 국립베이징여자고등사범학교로 개조되었다가 1924년에는 베이징여자사범대학으로 개칭되었다. 일본과 구미에도 여자 유학생이 건너갔고, 1920년에는 베이징대학에서 남녀 공학이 시작되었다. 덧붙이자면, 일본에서는 1910년대에 토호쿠東北제국대학에서, 20년대에는 몇 군데의 사립대학에서 여자의 입학이 허용되었을 뿐, 남녀 공학이 본격화한 것은 전후戰後의 일이다.

교육을 돌파구로 젊은 여성의 사회진출이 활발해짐에 따라, 낡은 가족제도는 근본부터 흔들리기 시작하였다. 「광인일기」에 이어 『신청년』에 등장하였던 입센의 사회극 〈인형의 집〉(胡適·羅家倫 역, 원서 출판 및 초연은 1879년)은 바람직한 인간의 모습을 구하고자 남편과 아이들을 두고 집을 떠나는 아내를 그리고 있다. 주인공 노라는 중국에서도 여성해방의 상징이 되었다. 원래 노르웨이는 19세기에 근대산업이 발전하여 자본주의사회가 성립되었고, 1880년대에 정당정치를 확립하여 1905년에는 동군연합同君聯合을 강요하고 있던 스웨덴으로부터 독립을 평화적으로 얻어냈다. 작품 속에서 노라가 떠나가고 있는 핵가족 가정은 중국에는 아직 현실화되어 있지 않았다. 설사 금전과 법률에 의해 남편이 절대적인 권리를 장악하고 있고 아내는 귀여운 인형에 지나지 않는다 할지라도, 노라의 가정은 그 상태 그대로라도 중국 독자에게 대단한 동경의 대상이 될 수 있었다.

〈인형의 집〉을 읽은 중국의 독자들은 이 희곡에서 부인해방운동의 메시지와 함께, 산업화된 민주 독립국의 근대적 핵가족 가정의 모습을 읽어냈다. 그들은 낡은 대가족제도와 싸워 핵가족 가정을 건설함과 동시에, 여권의 신장을 도모하고자 하는 이중의 사회혁명을 입센으로부터 배웠던 것이다. 이 이중혁명의 최고의 실천이야말로 자유연애였으며, 그것을 최초로 작품화하여 보여준 것이 미국에서 연애를 경험하고 돌아온 후스였다.

연필과 자동차, 그리고 자유연애

후스의 희곡 〈종신대사終身大事〉는 〈인형의 집〉을 번역한 이듬해 5·4운동 전야의 『신청년』 3월호에 발표되었다. 톈田씨 집안의 아가씨인 야메이亞梅는 일본 유학 중에 알게 된 천陳선생과 결혼하기를 원하지만, 야메이의 어머니가 딸의 혼담에 관하여 점쟁이에게 점을 쳐보자 두 사람의 궁합이 최악으로 나온다. 아버지는 어머니의 미신을 질책하는 한편, 대대로 전해지는 족보를 펼쳐 보이면서 톈씨 집안과 천씨 집안이 2500년 전에 같은 성姓이었던지라 동성불혼同姓不婚의 습속에 따라 혼인을 허락할 수 없다고 하며, "사회적 통념으로는, 그리고 나이드신 어르신들은 모두 그렇게 알고 계신다"라고 말한다. 하지만 야메이는 하녀의 도움으로 한길 입구에 자동차를 대기시켜 놓고 기다리고 있던 천선생과 연락이 닿아 집을 나간다. 그리고 그 뒤에는 "이것은 자식 일생의 큰 일이니 — 제가 스스로 결정할 일입니다. 저는 지금 천선생의 자동차를 타고 갑니다"라는 쪽지가 남겨져 있었다.

그런데 두 젊은이의 편지는 연필로 쓰이고, 두 사람의 가출은 자동차에 의해 감행된다. 당시 중국에서는 연필은 수입제의 고급 필기구로서, 연필의 국산화가 이루어진 것은 20여 년 후의 일이다. 자동차의 경우 당시 베이징의 전체 대수는 1,308대(1921년)에 지나지 않았으며, 이 오래된 도시는 넘쳐나는 수만 대의 인력거의 바다에 묻혀 있었다. 최첨단의 공업제품이었던 연필과 자동차는 후스가 상상하는 서구화된 교육제도와 산업제도를 상징하고 있는 것이라 할 수 있다.

입센의 연극이 상연되는 데에는 남녀 배우와 근대극의 공간에 친숙한 관객, 그리고 무대로서의 근대적 극장이 필요했다. 남녀 배우가 함께 무대에 오르는 것조차 꺼렸던 당시의 중국에서 이 세 가지 조건을 불완전나마 갖추게 된 것은 1920년대 중반의 일이었다. 중국이 서구사회처럼 성숙하지 못함으로 인해 〈인형의 집〉의 상연이 불가능하였던 시대에, 그것을 대신하였던 것이 약식 노라로서의 〈종신대사〉였다고 할 수 있다. 그 〈종신대사〉가 〈인형의 집〉과는 대조적으로 코미디로 그려지고 있는 것은, 노라가 홀로서기를 하고 있는 자본주의 사회가 구가족제도로부터의 해방을 약속하는 희망의 신체제로서 낙천적으로 긍정되고 있었기 때문일 것이다.

여성작가의 등장

5·4시기에는 여성작가도 등장하였다. 여성교육의 진흥은 남성 지식인의 앞에 자유연애의 상대를 출현시켰을 뿐만 아니라, 대량의 여성 독자를 창출했고 마침내 여성들이 직접 붓을 들도록 하였다. 여성작가 셰삥신謝冰心(1900~99), 황루인黃廬隱(1898~1934) 등의 주요한 테마는 그녀들을 전통적인 가족제도 아래의 성차별로부터 해방시켜 줄 자유연애였다.

링수화凌叔華(1904~90)의 단편 「술 마신 후酒後」(1924)는 문학열에 들떴던 5·4시기 청춘남녀를 그리고 있다. 신혼부부가 사람을 초대한 작은 파티가 끝난 후, 남편은 느끼한 미사여구를 동원하여 아내를 찬미한다. 이것을 "또 소설에나 나올 법한 말로 날 놀리는군요"라고 대꾸하는 젊은 아내 역시 남편 못지 않게 문학열에 들떠 있다. 술에 취해 소파에 잠들어 있는 신예 작가인 남편의 친구에 대한 그녀의 찬미는 "그의 행동거지, 말투와 글, 사람을 대하는 태도, 그 모든 게 내 마음을 끌리게 해요"라고 말할 정도이며, 아내의 인간관과 세계관은 남편보다도 훨씬 과격한, '문학적인 것'에 대한 열광적 감정으로 이루어져 있다. 젊은 부부의 애정이 연애를 그린 문학에 의해 그 형태를 부여받고 있다. 이 때문에 젊은 아내는 잠자는 숲속의 미녀가 아니라 작가에게 입맞추고 싶다고 고백하는 것이고, 남편 또한 이것을 허락하는 것이다. 문학을 금전이나 경제로 치환한다면, 신혼부부의 집은 크리스마스의 노라의 집과 겹쳐질 것이다.

『신청년』 그룹의 분열

『신청년』 잡지는 1915년 상하이에서 『청년잡지靑年雜誌』라는 이름으로 창간되었으며, 제2권부터 『신청년』으로 개명하였다. 이 잡지는 1917년에 시작된 문학혁명에서 중심적 역할을 담당하였으며, 같은 해에 편집장인 천두슈가 베이징대학의 문학부장으로 취임하자 그와 함께 베이징으로 이동하였던 것은 '문화성' 베이징의 재생을 상징적으로 보여주는 사건이었다. 『신청년』은 민주와 과학을 표방하고 유교이데올로기를 비판하여 전면 서구화론을 제창하였는데, 매호 300쪽 남짓의 당당한 종합지로서 『시무보時務報』의 십수 배에 달하는 편폭으로서도 전성기에는 16,000부를 발행하여, 청 말의 잡지왕 『시무보時務報』와 거의 같은 발행부수를 자랑하였다.

그러나 1919년 7월 후스와 베이징대학의 동료 교수이자 『신청년』 동인이던 리따자오李大釗(1889~1927) 사이에 러시아혁명(1917)에 대한 평가 및 마르크스주의 수용을 둘러싼 논쟁이 일어나면서 내부 대립이 심화되었다. 천두슈와 리따자오 등은 레닌의 볼셰비즘으로 기울어, 러시아 공산당의 지원하에 1921년 7월 상하이에서 중국공산당을 정식으로 성립시켰고 『신청년』을 중국공산당의 기관지로 만들었다. 한편 반

反마르크스주의의 후스는 미국 모델에 의한 근대화를 주장하였으며, 루쉰과 저우쭈어런 등 역시 볼셰비즘의 전제적 체질에 회의를 품고, 오히려 일본 시라카바白樺파의 신촌新村운동에 공감하거나 아나키즘에 대한 신뢰를 표명하며 이 잡지로부터 멀어지고 있었다.

12인의 문학연구회 발기인

『신청년』이 분열된 후인 1921년 1월, 베이징에서 문학연구회가 결성되었다. 이 모임은 '인생을 위한 문학'이라는 표어와 함께 직업작가의 권리보호라는 요구를 내세우고 있었다. 아래에 실린 이 모임의 발기인 12명의 출생연도와 직업의 일람표는 당시 5·4신문학을 작가 겸 독자로서 지탱하고 있던 지식인층의 사회적 분포의 일단을 보여준다고 할 수 있을 것이다.

저우쭈어런周作人(1885~1967) 베이징대학 교수

주시쭈朱希祖(1879~1944) 베이징 청사관清史館 편수編修

껑지즈耿濟之(1898~1947) 외교부 연수생

정전뚜어鄭振鐸(1898~1958) 베이징철로관리학교 학생

취스잉瞿世英(1901~76) 베이징·연경대학 철학부 학생

왕퉁자오王統照(1897~1957) 베이징·중궈대학 학생

선옌빙沈雁冰(1896~1981) 상하이 상무인서관商務印書館 편집자

쟝바이리蔣百里(1882~1938) 바오딩保定군관학교 전임 교장, 『개조改造』 편집장

예사오쥔葉紹鈞(1894∼1988) 쟝쑤성 우현吳縣 현립소학교 교원

궈사오위郭紹虞(1893∼1984) 베이징대학 청강생

쑨푸위엔孫伏園(1894∼1966) 베이징대학 문학부 학생

쉬디산許地山(1894∼1941) 베이징·옌징대학 학생

발기인 12명 가운데 편집자가 2명, 대학 교수·연구자·교원이 각 1명인데 반해, 학생은 7명을 차지하고 있으나, 직업작가는 한 사람도 포함되어 있지 않다. 당시 중국에서는 루쉰도 교육부 고관이자 베이징대학 등의 강사를 겸하는 아마추어 작가였으며, 직업작가는 상하이의 '신소설'파에 한정되어 있었다. 5·4신문학은 직업작가를 옹유할 만큼의 시장을 갖고 있지 못했

〈그림 2-3〉 저우쭈어런(중앙)과 아내 하부토 노부코, 처남 하부토 시게히사

던 것이다. 더구나 상하이 및 그 주변에 사는 2명을 제외하고, 다른 10명은 모두 베이징에 거주하고 있었다는 점도 흥미롭다.

원앙호접파의 몰락

한편 청 말에 '신소설'이 성행했던 상하이 문단에서는 민국기에 접어들자 재자가인을 묘사하는 연애소설이나 탐정소설이 유행하였다. 오락색이 짙은 문학은 원앙호접파鴛鴦蝴蝶派라 일컬어졌으며, 주간지 『토

요일禮拜六』(1914.6~1916.4)이 전성기에는 2만 부 이상의 매상을 자랑하는 등, 원앙호접파는 번영을 구가하고 있었다. 그러나 5·4문학이 발흥함에 따라 『토요일』이 정간되는 등, 상하이의 '신소설' 문단도 전기를 맞이하고 있었다. 청 말부터 민국기를 통하여 출판 시장의 30~40%를 차지하고 있던 중국 최대의 출판사인 상무인서관이 1910년에 창간하여, 원앙호접파의 문언문 작품의 발표장이 되었던 『소설월보小說月報』역시 1920년 10월호의 매상은 2,000부까지 떨어졌다. 독자의 관심이 원앙호접파에서 5·4신문학으로, 상하이에서 베이징 문화계로 옮겨가기 시작하였던 것이다.

문학연구회는 베이징이라는 지역의 아마추어 집단에 지나지 않았지만, 상하이 출판계는 이 모임에서 새로운 가능성을 발견하였다. 상무인서관은 1921년 1월부터 신진의 재기있는 편집자 선옌빙(후의 마오뚠茅盾)을 『소설월보』의 편집장으로 앉히고, 이 잡지를 문학연구회의 기관지로 삼았다. 혁신 후의 『소설월보』에는 쉬디산의 「명명조命命鳥」, 셰삥신의 「초인超人」, 루쉰의 「단오절端午節」, 왕루옌王魯彦(1901~43)의 「유자柚子」 등 5·4신문학의 명작이나 아르치바셰프의 장편 『노동자 세빌료프工人綏惠略夫』(루쉰 역)가 제재된 것 외에, 타고르·안데르센·아쿠타가와 류노스케 등의 해외문학 특집을 꾸몄으며, 판매부수도 1만 부에 이르렀다.

연구회 결성에 중심적 역할을 담당했던 정전뚜어鄭振鐸는 1921년 상무인서관에 입사하여 문학연구회 총서의 편집에 종사했고, 얼마 지나지 않아 유력한 편집자로서 두각을 나타냈다. 문학연구회는 전성기에 172명의 회원을 거느렸지만, 정전뚜어가 상무인서관을 들어가자 곧바로 실질적인 활동을 중지하였고, 선옌빙과 정전뚜어 등이 편집하는 잡지와 단행본이 문학연구회를 실질적으로 대표하게 되었다.

5. 살롱과 미디어와 가십

신월사의 사랑·자유·미

문학연구회는 발족 후 곧바로 상무인서관에 흡수되었기 때문에, 결사로서의 독자성은 부족했다. 그러나 5·4기에는 전국 각지에 100여 개의 문학결사가 성립하였으며, 각각 잡지 등을 간행하였다. 그 가운데에서도 저명한 문학자가 모이고 유력한 미디어와 결합하면서도 살롱으로서의 개성을 유지하였던 것은 신월사新月社·어사파語絲派·창조사創造社 등이었다.

신월사의 중심은 시인인 쉬즈모徐志摩(1897~1931)였다. 그는 1917년에 베이징대학에 입학했고 1918년에 미국 콜롬비아대학에 자비로 유학하였으며, 1920년 영국으로 건너가 런던대학에서 경제학을 전공하다가 1921년에 캠브리지대학으로 전학한 후 시 창작으로 돌아섰다. 런던에서는 버틀란트 러셀과 브룸스베리 그룹의 살롱에 출입하였으며, 아더 웨일리, 캐서린 맨스필드 등과 교제하였다. 당시 런던의 살롱은 제1차 세계대전 직후 혼란의 와중에서 생겨난, 기성도덕의 타파, 자유

〈그림 2-4〉 쉬즈모

〈그림 2-5〉 천위엔(좌)과 링수화(우)

와 진보에 대한 믿음, 미美에 대한 전념專念을 캐치프레이즈로 내건 지적 엘리트 집단이었다. 쉬즈모는 1922년에 귀국하여 베이징대학 등에서 영문학을 가르치는 한편 신시를 잇달아 발표하였으며, 1924년 6월 런던의 살롱을 본받아 매달 한두 차례의 만찬회를 중심으로 하는 신월사를 베이징에 설립하고 이를 2년 남짓 유지하였다.

신월사에는 후스, 천위엔陳源(1896~1970), 링수화凌叔華 등이 모였다. 이 살롱과 커다란 인맥을 가진 『현대평론現代評論』(1924~28), 『신월新月』(1928~30) 등의 잡지에는 원이뚸어聞一多(1899~1946), 량스치우梁實秋(1902~87), 선총원沈從文(1902~88) 등이 참가하였다. 신월사는 회원의 대다수가 상류계급 출신자이자 구미 유학생이었으며, 정치적으로는 리버럴한 한편 량치차오와의 관계도 깊었고, 정계나 재계와 통하고 있었다는 점을 특징으로 들 수 있다. 덧붙이자면, 량치차오는 1920년 이래 교육과 학문에 전념하였으며, 위엔스카이 사후부터 1918년까지 똰치루이段祺瑞 정권을 지탱하는 헌법연구회(이하, 연구회라 약칭)의 영수로서 여전히 정계에 권위를 행사하고 있었다.

또한 신월사는 사랑·자유·미를 표방하고 있었고, 이혼과 재혼, 불륜, 삼각관계 등, 런던의 살롱으로부터 동성애를 제외한 모든 애정관계를 옮겨왔다. 특히 그들이 살롱을 무대로 실천했던 미혼 남녀의 사교와 자유연애, 결혼 후 핵가족의 형성, 기혼남녀간의 사교는 중국에서는 전례가 없던 현상이었다. 신월사는 연애와 핵가족을 축으로 하는 가정혁명의 가장 앞서나간 전위였던 것이다. 또한 살롱에서는 많은 편지나 일기가 왕복되고 회람되었으며, 그것이 다시 회원의 시나 소설 등의 제재가 되었다. 링수화의 「술 마신 후」의 모델은 젊은 아내가 링수화 자신, 말이 많은 남편은 쉬즈모, 「잠들어 있던 작가」는 링수화의 실제 남편 천위엔陳源이었다고도 한다. 살롱은 연애와 문학이 동시에 생산·소비되는 공간이며, 작품은 사회에 대한 실제 리포트였다고 할 수 있다.

어사파와 여사대사건

어사파는 쑨푸위엔孫伏園이 잡지사인 어사사語絲社를 창설한 데에서 시작했다. 쑨푸위엔의 베이징대학 은사인 루쉰·저우쭈어런·첸쉬엔퉁錢玄同(1887~1939) 등이 주요 성원이었으며, 이들 외에 린위탕林語堂(1895~1976) 등이 있었다. 어사사는 주간지 『어사語絲』(1924.11~1927.10까지 베이징에서 간행, 이후 1930.3까지 상하이에서 간행)를 발행하여 시나 소설 외에 군벌 정부에 대한 대담한 비판을 게재하였는데, 후에 마르크시스트 취치우바이瞿秋白(1899~1935)로부터 '혁명적 쁘띠부르주아의 문예사상'이라는 평가를 받았다.

신월사의 성원과 비교해볼 때, 어사사는 1세대부터 2세대까지도 모두 연령이 많고 신해혁명에 참가하는 등, 격동의 시대를 체험하였다. 예컨대 루쉰·저우쭈어런 형제 등은 일본에서 유학한, 몰락한 지주가정 출신으로, 베이징에서는 만성적으로 늦게 지급되는 월급과 약간의 원고료로 생계를 유지해나가던 중류 가정이었다. 이처럼 양자 사이에는 세대와 계급의 간격이 가로놓여 있었으며, 그것은 때로 정치와 연애의 장에서 대립으로 전화하였다.

1925년에는 정국의 혼란으로 인해 베이징의 각 국립대학들에는 교육비 지급이 매우 늦어지고 있었는데, 그래서 학교 운영에 지장이 빚어졌으며, 교장 인사를 둘러싸고 학내 분규가 일어났다. 베이징여자사범대학에서는 신임 여성교장 양인위楊蔭楡와 여학생들 간의 대립이 격렬해져, 학생 6명이 퇴학처분을 당하였다. 이에 대해 여사대 비상근 강사로 근무하고 있던 루쉰과 저우쭈어런 등이 학생 측을 지지하여 교장 및 교육부와 격렬하게 대립하였으며, 마침내는 교장과 교육총장이 사임하기에 이르렀다. 양인위는 1907년부터 6년간 일본에 유학하여 도쿄여자사범학교(현재의 오챠노미즈여자대학)를 졸업하고, 1918년부터 5년간 미국에 유학하여 콜롬비아대학에서 석사학위를 받은 여성 엘리트 교육자였다. 그러나 그녀가 신봉하고 있던 국민국가 건설을 위한 현모양처주의라는 여성교육관이, 노라를 이상으로 삼던 5·4시기의 베이징의 여학생들에게서는 반발을 샀던 것이다.

'여사대사건'에 즈음하여, 양인위와 유사한 가치관을 품고 있던 신월사의 천위엔 등은 『현대평론』을 통해 학생 측에 대해 냉담한 논조를 폈다. 살롱 내에서는 사랑·자유·미를 표방하면서도 젊은 학생에 대해서는 상대적으로 보수적인 입장을 주장한 천위엔 등의 논지는 상류계급이라는 그들의 사회적 지위에 의해 제한 받았을 것이다. 어사파는 이러한 신월사의 모순을 혐오하였으며, 양자 사이에는 이 사건 및 기타 사적인 문제를 둘러싸고 격렬한 논쟁이 벌어졌다.

이를테면 루쉰은 일본 유학 중에 한 차례 고향에 불려가 구식 결혼을 올렸다. 아내가 된 주안朱安을 떠나 상하이에서 쉬광핑許廣平(1898~1968)과 동거생활에 들어간 것은 1927년의 일이다. 전통의 굴레에 고통받던 신해혁명 이전 세대가 더 많은 자유와 자치를 요구하는 학생을 지지하고, 학생들과 거의 같은 세대로서 자유연애를 누리고 있던 신월사의 성원들과 대립하면서 비틀린 구도를 만들어내고 있는 것은 매우 흥미롭다.

신문 부간과 가십

신월사계와 어사파에는 각각 신문 부간副刊이 가세하여 양자의 문학활동 및 비난전에 활기를 더하였다. 부간이라는 것은 1872년에 상하이의 『신보申報』가 지면의 일부를 떼어 시나 사詞 등을 실었던 것이 시초로, 5·4시기에는 별도로 인쇄하는 문화섹션이 되었다. 각 신문은 단순히 사건을 보도할 뿐만 아니라, 최신의 사상과 문학을 전하는 미디어가 됨으로써 지식인 독자층을 확보하고자 경쟁적으로 부간을 창설하였다. 베이징의 『신보晨報』와 『경보京報』의 부간, 그리고 상하이의 『민국일보民國日報』, 『시사신보時事新報』의 부간 『각오覺悟』와 『학등學燈』은 4대 부간으로 일컬어졌다.

쑨푸위엔은 베이징대학을 졸업한 후인 1921년 10월 이래 『신보부간』의 편집자가 되어 루쉰의 「아큐정전阿Q正傳」 등을 연재하였지만, 1924년 말 루쉰의 시 「나의 실연我的失戀」을 둘러싼 논란으로 사직했고, 그 뒤를 쉬즈모가 이어받음으로써 이 부간은 1925년 10월 이후 신월사의 독무대가 되었다. 『신보晨報』의 전신은 량치차오 등 연구계의 기관지 『신종보晨鐘報』로, 원래는 보수적이었다. 한편 쑨푸위엔은 『경보京報』로 옮겨 새로운 부간을 발행하였는데, 이 부간은 어사파의 활약 무대가 된다. 『신보』의 발행부수는 1922년의 7,000부에서 1925년에는 1만 부로, 그리고 『경보』 역시 3,000부에서 6,000부로 급증하였다. 인구 100만 정도의 성곽도시 베이징에서는 학생·교원·관료 등 2만여 명이 지식층을 형성하여 신문독자층을 이루고 있었다. 이들 독자층과 부간 사이에는 긴밀한 관련이 있었다. 루쉰이나 쉬즈모가 글을 쓰면 다음다음 날에는 게재되었고, 독자의 투서 역시 2~3일 후 지면에 등장하였다. 수천 내지 1만 명 정도의 독자라고는 하지만, 이들은 뜨거운 눈길은 부간에 집중되고 있었던 것이다.

또한 표절문제나 남녀문제 등의 가십도 자주 등장하였으며, 독자 또한 투서의 형식으로 양파의 논쟁에 참여하였다. 그것은 살롱에서 나누던 지적인 대화, 발표된 시와 단편소설, 그리고 노골적으로 파헤치는 가십이 부간이라는 미디어를 통해 독자에게 전해지고, 독자 또한 미디어를 통하여 살롱에 참여하고 있었던 것이다. 바꾸어 말하면, 신월사나 어사파라는 살롱은 근대화 도상에서 아직 대중문화 사회를 맞이하지 못한 1920년대 베이징이라는 도시에서 성립했던, 소규모의 지식층을 위한 문학제도였다고 할 수 있을 것이다.

도쿄에서 결성된 창조사

한편, 창조사는 근대도시로 이미 성숙해져가고 있던 도쿄와 상하이에서 개화하였다. 창조사의 창설에 관계한 주요 성원의 약력은 다음과 같다.

귀모루어郭沫若(1892~1978)　1914년 일본 유학, 육고六高 졸업

1921년 큐슈九州대학 의학부 중퇴

장쯔핑張資平(1893~1959)　1912년 일본 유학, 오고五高 졸업

1922년 도쿄제대 이학부 졸업

위다푸郁達夫(1896~1945)　1913년 일본행, 팔고八高 졸업

1922년 도쿄제대 경제학부 졸업

청팡우成仿吾(1897~1984)　1910년 일본행, 육고六高 졸업

1921년 도쿄제대 공학부 중퇴

티엔한田漢(1898~1968)　1916년 일본 유학

1922년 도쿄고등사범학교 중퇴

이들 5명은 누구나 관비 유학생으로서 일본의 구제舊制 고교를 졸업했고, 제국대학의 이과나 경제학부 또는 관립 고등사범학교에서 수학하고 있었다. 그것은 메이지시대 일본에서 확립된 엘리트코스였다. 더구나 궈모루어·장쯔핑·위다푸는 고교 입학을 앞둔 중국인 유학생을 위한 일고一高 특설예과의 동급생이었다. 청 말에는 많은 중국인이 상하이를 경유하여 도쿄로 건너가 속성 교육을 받고 귀국하였지만, 민

국기에 들어서자 파견하는 측이나 받아들이는 측이나 모두 체제를 정비하여 유학에 의한 인재 양성체제를 갖추었던 것이다. 그리하여 이러한 엘리트코스에서 벗어나 문학운동에 뜻을 둔 무리가 나타났던 것은 의학이나 이공학, 경제학, 교육학에 비해서 문학이 가치 있는 직업이라 여겨지고 있었기 때문이리라.

창조사는 1921년 7월 도쿄에서 결성되어 같은 해 8월부터 궈모루어의 시집『여신女神』, 위다푸의 단편집『침륜沉淪』, 궈모루어가 번역한『호수』(슈토름, 독일)와『젊은 베르테르의 슬픔』(괴테, 독일)을 간행했고, 1922년에는『창조계간創造季刊』을, 1923년에는『창조주보創造週報』를 창간하였으며, 다시 상하이『중화신보中華新報』의 부간으로『창조일創造日』을 간행하였다. 그러나 1923년 10월 위다푸가 베이징대학 강사가 되고, 이듬해 4월 궈모루어가 일본인 아내가 있는 큐슈로 돌아가는 등, 잇달아 상하이를 떠남으로써 창조사는 제1기의 막을 내린다.

대도시에서의 익명성과 방황감각

창조사는 일반적으로 '사실파·인생파'의 문학연구회에 대해 '낭만파·예술파'라고 평가받고 있지만, 독백이나 일기·서간체 등 1인칭

문체를 중심으로 개인의 정감을 그려냈다는 점은 양자에게 공통된다. 다만 창조사는 5·4신문학의 스타일을 극단화하여 적나라한 성욕의 고백과 낙천적인 자기애, 그리고 도회지에 거주하는 청년의 우울 등을 묘사한 점이 특징적이었다. 조그마한 문화성 베이징에 집결하고 있던 문학연구회 등의 사람들과 달리, 창조사는 도쿄·상하이라는 대도시에서의 청년의 익명성과 방황감각을 통렬히 감지하고 있었으며, 이것을 5·4신문학의 문체로 강렬하게 보여주었던 것이다.

이를테면 위다푸는 이방인으로서 지냈던 도쿄, 그리고 햇수로 10년간의 외국생활 후에 돌아온 상하이에서도 대도시의 불안함을 한층 강하게 느끼고 있었던 것 같다. 이러한 감각의 배경으로, 일본에서는 러일전쟁과 제1차 세계대전을 거치면서 국민국가의 건설로부터 대중문화사회의 시대로 돌입하고 있는 사회상이 있었음에 반해, 중국에서는 여전히 국민국가를 형성하지 못하고 있는 현실이 존재한다는 것을 그는 인식하고 있었다. 성적 망상에 탐닉하던 유학생이 방황 끝에 물속에 몸을 던져 자살하기까지를 그린 『침륜沉淪』의 말미에서 "조국이여, 조국이여, 어서 부강해져라"고 외치는 것 역시, 위다푸에게는 자연스러운 일이었다. 이 소설은 자유연애와 국가건설의 양자를 테마로 내건 5·4문학의 변종이라고 할 수 있을 것이다. 위다푸의 첫 번째 작품집 『침륜』(1921)은 발행부수가 3만 부로, 당시로서는 파격적인 부수라 할 수 있는 것이었다. 오오히가시 카즈시게大東和重는 그 이유에 대해, 근대화하는 문학의 '장場'이 새롭게 재편성되는 과정을 꼼꼼하게 분석한 것을 토대로 하여, 작품의 참신성과 함께 『침륜』에 와서 처음으로 문학작품과 작가가 분리될 수 없도록 긴밀하고도 유기적으로 결합되어

있었기 때문이라고 지적한 바 있다. [6]

제1기의 창조사는 세대적으로는 신월사의 성원들과 거의 겹치지만, 그 출발은 3년 정도 빨랐다. 또한 창조사는 그들보다 반년 일찍 결성되었던 문학연구회처럼 저우쭤런 등 문화계의 중심인물이 참가한 것도 아니었으며, 그 실태는 학생들의 동호인 결사에 지나지 않는 것이었다. 그들에게는 신월사 살롱의 화려함도 없었고, 문학연구회처럼 베이징 문화계 및 상하이 출판계와 폭넓은 관계를 갖추지도 못하였다. 비非문학과 출신 학생의 결사로, 중국 본토에 100여 개나 되었던 문학 결사 중 하나에 불과했던 창조사가 문단에서 두각을 나타낼 수 있었던 것은, 상하이와 도쿄라고 하는 청 말 이래 중국 서구화의 주역이 되어온 도시를 기지로 하고 있었기 때문이라고 할 수 있다.

출판부가 창설되기까지 창조사의 출판을 독점하였던 것은 상하이의 태동서국泰東書局이었다. 이 출판사는 1915년에 창설되어 '신소설' 계통의 역사물을 내고 있었지만, 5·4시기를 맞아 신문학에 주목하면서 창조사에 접근하였다. 최대 규모의 상무인서관이 문학연구회의 정전뚸어를 편집자로 맞아들였듯이, 태동서국도 도쿄제대를 졸업하기 직전이던 청팡우成仿吾를 문학편집의 주임으로 끌어들였다. 청팡우는 졸업시험을 포기하고 상하이로 돌아왔지만, 결국 태동서국에 취직하

〈그림 2-7〉 위다푸(1936)

---

6 大東和重, 『郁達夫와 大正文學―'자기표현에서 자기실현'의 시대로』, 東京大學出版會, 2011.

지 못한 채 일시 고향인 후난성으로 돌아가게 된다. 이처럼 신흥출판사 태동서국은 문화계의 흐름을 파악하는 데 기민하기는 하였지만, 경영적으로는 일관성을 결여하고 있었다.

창조사 측도 이러한 태동서국과 체질적으로 통하는 면이 있어, 도쿄나 상하이의 문화계의 조류를 예민하게 읽어내고 활발하게 자기 주장을 펼쳤지만, 곧잘 중국의 상황과 어긋나 금세 시들해지고 마는 경우도 있었다. 다음 장에서 서술하게 될 혁명문학논전에서도, 창조사는 프롤레타리아문학을 주장했지만, 문학의 실제 독자는 프롤레타리아가 아니라 지식인이나 상인층이라는 점을 마오뚠茅盾으로부터 지적받은 바 있다. 창조사는 섹트 의식이 강했던 반면, 티엔한, 위다푸가 각각 1922년과 1927년에 이탈하는 등 결속력이 결여된 측면도 있었다. 예링펑葉靈鳳(1904~75)은 삽화 화가로서도 유명해졌지만, 그의 삽화가 실은 비아즐리나 후키야 코오지蕗谷虹兒의 치졸한 모방에 지나지 않는다고 루쉰에게 공격받기도 하였다. 그럼에도 불구하고 약간은 경박한 이 전위문학가 그룹이 5·4시기 이후 10년 가까이 끊임없이 광범한 청년 독자에게 자극을 주었고, 중국 문화계에서 견인차 역할을 했다는 사실은 의심할 여지가 없다.

신월파 및 창조사의 움직임과 병행하여 원앙호접파 계열 문학청년들 사이에서도 학생회원을 중심으로 하는 문학결사운동이 활성화하고 있었다. 예컨대 스저춘施蟄存(1905~2003)은 1922년 항저우의 즈쟝之江대학에 입학하자, 다이왕수戴望舒(1905~50) 등이 항저우에서 조직하고 있던 란사蘭社에 가입하여 동인지 『란우蘭友』의 편집에 참여하였으며, 얼마 지나지 않아 유나사維娜絲문학회를 발족하여, 부모가 주도권을 갖고

있던 전통적 혼인제도와 근대적 자유연애 결혼과의 모순에서 고통받
는 젊은이를 묘사한 자선自選 단편집 『강간집江干集』을 출판했다.

　이러한 원앙호접파 문학결사에서 동인지와 함께 활동의 축이 되었
던 것은 '아집雅集'이라는 파티였다. '아집雅集'이란 사대부계급의 선비
들이 모여 시를 짓고, 정원을 거닐고, 차를 마시고, 음식을 맛보는 문화
활동을 의미하는 것으로, 전통적 살롱과 근대적 미디어를 결합하여 성
립된 것이었으며, 원앙호접파 계열의 문학결사라고 할 수 있을 것이
다. 스저춘은 "신과 구에 대해서, 나는 어떤 고정관념도 갖고 있지 않
다"라는 태도를 표명하고, 5·4신문학 외에 크누트 함순 및 모파상 등
의 유럽문학도 열심히 학습하여 1930년대 상하이 문단의 주인공 중 일
인으로 성장하게 된다.[7]

6. 러시아의 '맹인 시인' 예로센코의 신흥 지식계급 비판

일본에서 추방당한 '위험한 시인'

　1922년 2월 러시아의 '맹인 시인' 바실리 예로센코(1890~1952)가 베이
징에 모습을 나타냈다. 그는 다이쇼大正 시기 일본에서 에스페란티스트
이자 일본어 구술에 의한 동화작가로서 활약하였지만, 1921년 5월 "제

7　徐曉紅, 「스저춘施蟄存의 초기 연애소설에 대하여」, 『동방학』 122집, 2011.7.

국의 안녕과 질서를 해칠 우려가 있다"는 이유로 일본에서 추방당하였다. 그는 블라디보스톡·하얼빈·상하이를 유랑한 후, 루쉰과 저우쭤런이 힘껏 도와준 덕분에 베이징대학 에스페란토어 강사로 초빙되었으며, 기타와 맹인용 타이프라이터를 들고 베이징으로 와서 루쉰 집에 머물게 되었다.

당시 베이징에서는 볼셰비키파·아나키스트파·국민당파의 혁명 3파가 두드러지게 세력을 넓히고 있었는데, '위험한 시인'으로 일본에서 추방당한 예로센코는 '해방의 예언자'로 크게 주목을 받았다. 그 시인이 베이징에 등장한 직후에 행한 강연이 바로 「지식계급의 사명」이다. 이 강연은 러시아 나로드니키의 자기희생적인 운동을 예로 들면서 무사無私의 정신으로써 민중교화에 힘써야 할 지식계급의 사명을 소리 높여 외치는 한편, 중국 지식계급에 대해 혹독한 비판을 가하기도 하였다.

> 중국의 교사·학생·문학자는 모두 물질적 향락에 굶주려 있으며, 런던이나 뉴욕의 이름이 붙은 것이라면 깊게 생각해보지도 않은 채 무조건 좋다고 생각하고 있습니다. 그들은 중산계급과 귀족의 안일한 생활을 꿈꾸고 오락을 찾으며 방탕을 좇고 있지만, 참된 미를 사랑하는 마음은 없으며 (…중략…) 중국의 지식계급은 사랑과 인생의 이상조차 지니고 있지 않습니다.

덧붙이자면, 루쉰은 이 시인이 중국에 지식계급이라는 단어를 가져왔다고 말한 바 있다. 일본에서는 제1차 세계대전기에 시민사회, 대중문화가 출현하였지만, 1920년대에 들어서자 지식계급 및 화이트칼라

는 강성해진 노동자계급 및 마르크스주의
자들로부터 자본가 계급의 괴뢰로 배척당
하기 시작하고, 이윽고 사상이나 문학의
영역에서도 마르크스주의의 절대화가 진
행되어 불관용의 시대를 맞이하였다. 예
로센코가 추방당하기 직전의 논단에서는
'지식계급은 어떠해야 하는가'라는 논의가
활발하게 벌어지고 있었다. 예로센코는
일본에서의 지식계급논쟁에 입각해서 중
국의 지식인에게 자기희생의 정신을 부르
짖었던 것이다. 이후 중국에서는 청말민초의 서양식 교육을 통해 육성
해온 신흥 지식인층을 지식계급이라 칭하게 된다.

루쉰이 묘사한 지식계급의 고뇌

루쉰은 예로센코가 강연한지 석 달이 지난 후에 단편 「단오절」을 써
서 그의 비판에 답하였다. 주인공인 팡셴주어方玄綽는 관료이면서 베이
징의 대학교원을 겸임하고 있는데, 이전에는 사회의 불합리함에 왕성
한 비판정신을 지니고 있었지만, "학생단체가 새로 하고 있는 많은 사
업도 일찍부터 병폐가 생겨났지만, 대부분은 슬그머니 사라져버렸다"
는 것을 발견하고 최근에는 "예나 지금이나 사람은 크게 다르지 않다"
라고 여겨 "그게 그것"이라는 말이 입버릇처럼 되어버렸다. 군벌 정부

의 예산유용으로 교육비가 바닥나 교원의 월급이 반년 넘도록 밀리는 바람에, 집안 생활은 엉망이 되고 단골 가게의 외상은 불어나기만 한다. 이윽고 단오절이 다가왔지만 친척과 친구에게는 돈을 빌릴 길이 없고 출판사나 신문사 역시 쥐꼬리만 한 원고료조차 지불해주지 않는다. 자포자기가 된 주인공은 하인에게 외상으로 술을 사오게 하고, 얼큰하게 취하여 후스의 『상시집嘗試集』을 중얼중얼 읽기 시작한다. 너무 심한 궁색함으로 인해 사랑도 이상도 지니지 못하는 베이징 지식계급의 현실을 페이소스pathos 넘치게 그려낸 소설이다.

지식계급의 고뇌는 경제문제에 한정되지 않았다. 러시아혁명과 5·4운동의 충격 아래, 쑨원은 1919년 10월 중화혁명당中華革命黨을 중국국민당으로 개조하였으며, 이어 1921년 7월에는 중국공산당이 성립된다. 이처럼 잇달아 혁명당의 조직화가 이루어지면서, 지식계급은 미묘한 입장에 놓이게 되었다. 특히 민족자본가나 노동자가 거의 존재하지 않은 대신 전국의 문화인과 학생이 집중되어 있던 '문화성' 베이징에서, 여러 혁명당파의 움직임은 첨예화·관념화하는 경향이 있었으며, 일본과 마찬가지로 불관용적인 전체주의적 상황조차 일어나고 있었다. 예로센코 자신도 역시 얼마 지나지 않아 러시아혁명을 비판했던 것을 빌미로 공산당 계열의 학생에 의한 수강거부 사태가 일어나, 1923년 4월 베이징을 떠나 러시아로 돌아가게 되었다.

'정처 없이 떠도는 유태인' 전설에 공감

문학혁명이 제창되던 즈음, 「광인일기」를 발표하면서 '함성呐喊'을 질러 공화국 담론의 중심에 위치해 있던 루쉰 역시 동요하고 있었다. 단편 「고향故鄕」(1921)의 말미에 있는 "희망이란 본래 있다고 할 수도 없고, 없다고 할 수도 없다. 그것은 마치 땅 위의 길과도 같은 것이다"라는 표현에서도 루쉰의 심경을 엿볼 수가 있다. 1925년부터 이듬해에 걸쳐 루쉰은 유럽의 '정처 없이 떠도는 유태인'이라는 전설에 관심을 보이고, 자주 '걷는다步'는 테마를 취하고 있었다. 예컨대 서쪽에서 재촉하는 소리에 쉬지 않고 걷는 중년 사내를 묘사한 시극詩劇 〈나그네行人〉를 쓰거나, 이토 미키오伊東幹夫의 시 「나 홀로 걸어서」를 번역한 것 등이다. 더욱 흥미로운 점은 '걷는다'는 테마로 글을 쓰던 것과 같은 시기에 루쉰은 「연風箏」과 「아버지의 병父親的病」 등에서 가족에 대한 갚을 길 없는 죄罪의 테마를 거듭하여 그려낸 바 있다. 죄와 걸음이라고 하는 이 두 가지 테마가 루쉰의 문학에서 맞부딪친 것은, 사랑했던 여인을 배신하고 죽음에 이르도록 만든 청년을 묘사한 단편 「상서傷逝」에서였다.

1923년 12월 베이징여자고등사범에서 행했던 강연 '집을 나간 노라는 어떻게 되었을까'는 〈인형의 집〉의 노라를 자유연애와 여성해방의 상징으로 숭배하는 여대생들에게 노라가 집을 나간 후에 맞닥뜨리게 될 혹독한 운명을 이야기하면서, 일시적인 격정에 휩싸여 과격한 행동을 함으로써 헛되이 희생을 늘리지 말고, '끈질긴 투쟁'에 의해 여성의 경제적 권리획득을 도모해야 한다고 말하고 있다. 그러나 루쉰은 강연

말미에서 일변하여 '기꺼이 희생하고 고통을 감수한다'는 이야기를 하면서, 그 특수한 일례로서 저주받아 영원히 쉬지 않고 '정처 없이 거니는 유태인' 아하스바르Ahasvar를 언급하고 있다. 이 말에는 스스로를 죄인이라 자각하여 안식을 거부하고 영원한 투쟁의 짐을 지고자 하는 루쉰의 고독한 결의가 엿보인다.

【칼럼 2】

장이모 영화 속 시골의 기억
― 〈붉은 수수밭〉과 〈집으로 가는 길〉

1921년 루쉰은 원고지에 붓으로 써서 단편소설 「고향」을 완성했다. 이 주옥같은 명작의 도입부는 다음과 같다.

> 나는 지독한 추위를 무릅쓰고 2천 리나 떨어져 있는, 20년 동안 가보지 못한 고향으로 돌아갔다. 계절은 이미 한겨울에 접어들어 고향에 가까워질수록 하늘은 잔뜩 찌푸려 있었고 찬바람은 휘휘 소리를 내며 배안으로 불어 들어왔다. 거적 틈으로 밖을 보니 잔뜩 찌푸린 하늘 아래 여기저기 외로운 촌락이 몇 군데 펼쳐져 있는데 생기라곤 전혀 없었다. 나는 마음속의 슬픔을 참아야만 했다.

이런 쓸쓸한 중화민국기의 농촌풍경은 주인공의 소꿉친구이지만 지금은 가난 때문에 나무인형처럼 변해버린 농민 룬투閏土와의 재회로 인해 더 적막해진다.

이에 비해 현대작가 모옌莫言(1955~)이 그리는 동시기의 농촌은 활기로 넘친다. 모옌은 1987년에 발표한 장편소설 『붉은 수수 가족』(원제『紅高粱家族』)의 무대를 자신의 고향 까오미현高密縣의 가공의 마을인 동베이향東北鄕으로 설정하고, 조부모와 아버지 등 일가족의 파란의 반세기를 손자의 관점에서 이야기한다. 작품 제1부는 1939년 음력 8월 9일 사령관인 할아버지에게 이끌려 14세이던 아버지가 일본군 공격에 출정하는 장면으로 시작되는데, 게릴라부대가 수수밭을 나왔나 했더니 갑자기 장면이 확 바뀌어 소년시절의 화자 '나'가 등장하여 오줌을 누면서 "수수가 빨갛게 여물면 일본놈이 온다, 동포들이여 각오는 되었는가, 총과 포를 쏘아라"라는 왕년의 항일전투가를 부른다.

장면은 또다시 급하게 전개되어 게릴라 출정 7일 후가 되는데, 부자는 일본군의 보복공격으로 포위, 섬멸된 마을 앞에 서있나 했더니, 장면은 금세 반전되어 8월 9일의 수수밭 행군으로 돌아온다. 소설은 이처럼 플래시백 수법을 자유자재로 써서 80년의 시공을 종횡으로 뛰어다니면서 방대한 일가족의 이야기를 풀어간다. 이 작품을 중국의 마술적 리얼리즘이라 일컫는 이유가 여기에 있는 것이다.

무엇보다도 모옌은 작품 모두冒頭에서 화자인 손자로 하여금 "현재를 살아가는 우리 이 불초한 자손을 부끄럽게 만들었다. 세상은 진보하지만 이와 동시에 나는 종種의 퇴화를 통절히 느끼는 바이다"라고 하는 깊은 좌절감을 말하도록 하기도 한다. 민국기의 조부모의 대활약을 상상하면 할수록 '나'의 마음엔 고통과 상실의 황량한 생각이 넘치는 것이다. 루쉰의 「고향」과 모옌의 『붉은 수수 가족』은 민국기 농촌의 풍경으로서는 대조적이지만, 두 화자는 적막감을 공유하고 있다고 할 수 있을 것이다.

이 모옌의 작품을 1987년에 영화화한 것이 장이모張藝謀(1950~) 감독의 〈붉은 수수밭〉이다. 이듬해 베를린 국제영화제에서 그랑프리를 수상하여 중국 국내에서도 붐을 일으켜, 5세대라 불리는 포스트 문혁 감독의 영화중에서는 흥행에 성공한 최초의 작품이 되었다.

장이모의 영화는 모옌의 소설로부터, 화자의 적막감을 위시하여 무법자의 논리나 혼돈스런 시간의 흐름 등의 요소를 가차 없이 삭제하고 게릴라부대가 손에 든 각종 총포는 고량주로 만든 화염병으로 과감히 단순화시키고 있다. 한편 장 감독은 본래 무색투명한 바이지우白酒(40도에서 60도의 증류주)를 새빨갛게 물들여 적색을 강조하는 것에 의해 원작의 원시적이기까지 한 열정을 전면에 배치했다. 그의 연출에 의해 영화는 원작이 그려낸 중화민국시기의 자

〈칼럼 2〉 〈붉은 수수밭〉(원제 〈紅高粱〉, 1987)

부심 강한 자영농민상을 더욱 선명하게 그려냈다. 장이모의 영화에서 루쉰의 「고향」과는 대조적인 민국시기 시골의 풍경이 탄생한 것이다.

중화인민공화국에서 빨강은 공산당 및 그 지도에 의한 중국혁명의 심벌이며, 국가의 영화사에서도 당연히 그런 것으로 존중되어 왔다. 그 성스러운 빨강을 장이모는 무법자의 정념의 기호로 환골탈태한 것이다. 모옌 문학의 영상화라고 하는 것은 까오미현高密縣 동베이향東北鄕의 무법자들을 단죄하는 국가의 논리에 대해 그들의 논리와 열정을 신중하고 생생하게 그려내면서도 그것을 법률과 병치하는 데 머물러있던 원작을 뛰어넘어, 무법자들의 열정을 전면적으로 긍정하고 국가의 논리에 도전했던 것이라 할 수 있을 것이다.

그 후 장이모는 〈홍등〉(1991), 〈인생〉(1994) 등이 당국으로부터 상영금지 처분을 받았고, 자신도 3년간 제작금지 처분을 받으면서도 새로운 법제도의 도움으로 무식한 촌장과 싸우는 시골 아낙을 그린 〈치우쥐秋菊 이야기〉(1992), 비뚤어진 시장경제에 오염된 현대농촌의 어린 학생들을 유머 있게 그린 〈책상서랍 속의 동화〉(1999) 등 다큐멘터리풍의 농촌물을 정력적으로 계속 제작했다.

그러나 얼마 지나지 않아 장이모의 작품에서는 자부심 강한 자영농민의 반항이라는 테마는 사라져간다. 〈집으로 가는 길〉(원제 〈我的父親母親〉, 2000)은 현성縣城의 사범학교를 졸업하고 막 개교한 시골 소학교에 부임해온 젊은 국어교사에게 첫눈에 반한 소녀의 이야기이다. 하지만 '반우파'투쟁(1957)이 일어나자 시골 학생들이 암송하기 쉽게 고전 성어를 가르쳐오던 선생은 반혁명 분자라는 혐의를 받아 마차로 현성縣城으로 연행되고 만다. 히로인은 큰 눈이 오는 날 선생님이 돌아오기를 기다리다 병으로 쓰러지는데…….

꽃무늬 솜저고리에 빨간 머플러를 한 모습의 장쯔이章子怡가 연기하는 가련한 소녀가 꽃밭과 숲속을 전통적 농민의 몸짓처럼 팔은 흔들지 않고 어깨만 흔들거리며 종종걸음으로 걷는 모습은 마치 요정 같고, 퍼붓는 눈 속에서 언제까지고 계속 기다리는 모습은 성냥팔이 소녀보다도 아름답다는 동화적인 묘사가 계속되지만, 소녀는 부모를 잃었는데도 어째서 눈먼 할머니를 부양하는 것인가. 또 그녀는 언제 밭을 갈아 정부 상납용과 가정용 식량을 생산하는 것일까. 애초 당시 농촌에서는 공산당이 강행한 '사회주의적 집단화'에 의해 추계 1,500만에서 4,000만의 아사자가 나오는 등 조용하지 않았다.

　적막한 화자의 시점視點을 잃은 장이모의 농촌영화는 역사의 기억도 잃어버렸다고 할 수 있을 것이다. 그는 2008년 베이징올림픽에 즈음해서는 개막식 총감독이 되어 장엄하고 화려한 연출로 개막식을 성공시켰지만 중국농민의 역사의 기억은 잊은 지 오래였다.

3장 열광의 30년대(1928~37년)

국민혁명 후의 올드상하이

1. 북벌전쟁에 의한 공화국의 통일,
카네코 미츠하루金子光晴가 본 상하이

혁명의 선두에 선 문학자

러시아혁명에 이어 5·4운동이 일어나는 등, 국내외에서 혁명의 기운이 팽배해지는 것을 목도한 국민당 지도자 쑨원은 중국공산당과의 제휴를 적극적으로 추진하여 1924년 1월 소비에트 러시아의 원조 아래 합작을 내딛는다(國共合作). 동시에 소련과의 제휴, 노동자·농민에 대한 원조를 제창한 3대 정책(聯蘇·容共·勞農援助)을 결정하고, 반反제국주의·반군벌을 명확히 내걸고 구국을 위한 삼민주의三民主義를 주장하였다.

'혁명의 아버지' 쑨원은 그로부터 1년 후에 세상을 떠났지만, 1926년

7월 10만 명의 국민혁명군은 국민혁명의 본거지 광저우廣州를 출발, 북쪽으로 진군하여 각지의 지방군벌과 전투를 했다(北伐戰爭). 북벌군은 병력과 무기 면에서 모두 열세였지만 혁명정신으로 이것을 이겨내고, 각지의 농민운동 및 노동운동으로부터 지원을 받아, 파죽지세로 진격하여 반년 남짓 만에 우한·난징·상하이를 점령하였다. 그러나 1927년 4월 12일 총사령관인 장제스蔣介石는 공산당이 세력을 확장할 것을 두려워하여 상하이에서 4·12반공쿠데타를 감행함으로써 국공합작은 붕괴되었다. 중국공산당은 지하로 숨어들어 농촌지역에 근거지를 마련하였으며, 국민당 역시 좌우로 분열되어 북벌전쟁은 중지되고 말았다. 그러나 이듬해 북벌이 재개되어 6월에는 북벌군이 베이징을 점령했고, 1928년 말에는 만주 전역을 관할하고 있던 동북군벌 장쉐에량張學良이 국민당 정부에 합류함으로써, 신해혁명시기 이래 분열되어 있던 중국은 통일 중화민국으로 재생하였다.

창조사는 재빨리 국민혁명의 조류에 반응하였는바, 국공합작 직후에는 '예술을 위한 예술'을 청산하고 '혁명을 위한 예술'이라는 새로운 슬로건으로 바꾸었다. 궈모루어, 위다푸, 청팡우 등은 광저우의 국민정부에 참가했는데, 특히 궈모루어는 북벌군 총정치비서장으로서 1,000km 떨어진 우한武漢까지 종군하여 혁명선전공작에 종사하였다. 그의 자서전 『북벌의 도상에서北伐途次』(1937)는 바로 이 경험을 기록한 것이다. 공산당원이던 마오뚠 역시 상무인서관을 사직하고 광저우로, 우한으로 다니면서 군사정치학교의 정치교관과 신문사 주필을 역임하였다. 루쉰 역시 장쭤린張作霖 군벌의 탄압을 피하여 베이징에서 샤먼廈門을 거쳐 광저우에 가서 중산대학 교수에 취임하였다. 문학자가 혁명의 선두에 서서 선전계몽을 담당하고, 지식계급을 이끌었던 것이다. 국민혁명의 즈음에 나타났던 이 현상은 그 후 항일전쟁기, 인민공화국 건국기, 그리고 1980년대의 민주화운동에서도 되풀이되었다.

국민당 훈정기의 경제건설과 학생의 급증

세계사에서 말하는 전간기戰間期란 제1차 세계대전과 제2차 세계대전의 사이, 즉 1918년 11월부터 1939년 9월까지의 20여 년을 가리킨다. 그리고 제1차 세계대전의 전후 처리가 행해지던 전반기는 '안정의 20년대', 대공황 발발(1929) 이후는 '격동의 30년대'로 구분된다. 그러나 중국사에서 1920년대는 국민혁명의 대변혁기이며, 중국이 '안정'을 누리게 된 것은 30년대에 들어서고 나서의 일이다. 이 일시적인 '안정'도 만주사변(1931)에서 중일전쟁(1937~45)에 이르기까지 쉼 없는 일본의 침략에 의해 위협받고 있었다. 또한 국민혁명 중에 국민당으로 합류한 여러 군벌이 각지에서 세력을 온존하고 있어, 일이 있을 때마다 반장反蔣전쟁이 되풀이되었다. 국공합작이 붕괴된 후, 괴멸상태에 놓여 있던 공산당 역시 마오쩌뚱毛澤東, 주더朱德가 홍군紅軍을 이끌고 쟝시江西성 농촌에 혁명근거지를 건설하였으며, 1931년 11월에는 루이진瑞金을 수도로 하는 중화소비에트공화국을 수립함으로써 장제스 정권의 새로운 위협이 되었다.

이러한 내우외환에 시달리면서도 중화민국은 급속한 발전을 이룩하고 있었다. 북벌전쟁이 종료된 후 훈정기訓政期(軍政에서 憲政으로의 이

행기)라 불리던 이 시기에 장제스는 국민당의 일당독재 체제를 확고히 하는 한편 경제건설에 나섰다. 이 시기에는 철도와 자동차도로가 건설되었고, 전신·우편제도가 비약적으로 발전했으며, 화폐개혁(1935) 이후 근대적 통일 화폐제도가 확립되었고, 중앙집권화와 국내시장의 통일이 착실하게 실현되었다.

교육의 보급도 눈부셨다. 취학률은 1919년에 11%, 1929년에는 17.10%에 지나지 않았지만, 1935년에는 30.78%에 이르렀다. 메이지 일본이 유신 후 8년이 지난 1875년에 35.43%, 그리고 38년 후인 1905년에야 95.62%에 도달하였다는 사실을 고려한다면, 통일 중화민국의 발걸음이 메이지 일본에 결코 뒤지지 않았음을 볼 수 있다. 당연하게도 학생 수 역시 비약적으로 증가하였다. 통일 직후인 1929년과 중일전쟁이 일어나기 전인 1936년의 통계를 비교해보자.

1929년과 1936년의 학교 수, 학생 수[1]

년도	초등교육		중등교육 (사범·직업학교 포함)		고등교육	
	학교 수	학생 수	학교 수	학생 수	학교 수	학생 수
1929	212,385	8,882,077	1,339	234,811	74	25,198
1936	320,080	18,364,956	3,264	627,246	108	41,922

겨우 7년 만에 학생 수는 초등·중등·고등교육 모두 2~3배로 급증하였으며, 이들 재학생과 함께 졸업생은 신문·잡지, 그리고 소설 등 문학작품의 독자층을 한층 두텁게 하였다.

---

1   多賀秋五郎, 『근대 중국 교육사 자료—민국편』 중, 日本學術振興會, 1974.

조계에서의 중국 내셔널리즘의 승리

국민당은 명목상으로는 전국의 통일을 달성하였지만, 실제로 완전하게 제어할 수 있었던 곳은 쟝쑤江蘇와 저쟝浙江의 두 성뿐이었으며, 재정수입의 대부분을 상하이에 의존하고 있었다. 정부 재정수입의 40% 이상이 관세였는데, 그중 50% 이상을 상하이세관이 차지하였다. 물품세 수입의 대부분은 상하이에서 들어왔고, 염세수입에서도 상하이가 커다란 비중을 차지하고 있었다. 상하이 금융계의 일시 대출, 차관, 그리고 공채의 보증은 더욱 중요한 재정 축이 되었다.

1928년 6월에는 수도가 베이징에서 난징으로 옮겨왔고, 상하이는 이 새로운 수도의 가까이에서 번영의 절정에 이른다. 국민당 정권은 상하이를 특별시로 지정하고, 조계 회수의 대안으로서 교외 서북쪽의 우쟈오창五角場에 뉴타운 대大상하이 건설계획을 수립하였다. 국민당의 머리 속에서 상하이는 제2의 수도와 다를 바가 없었던 것이다.

공동조계에서는 고액 납세자들의 선거를 통해 참사회의 참사를 선출하였는데, 세수의 55%가 중국인으로부터 징수되었음에도 불구하고 정원 9명의 참사회에 중국인 참사는 한 명도 들어있지 않았다. 이에 불복하여 중국인 납세자회는 참정권운동을 거세게 전개하였으며, 1928년에 외국인 납세자 대회에서 중국인 참사를 세 명의 범위 내에 두기로 함과 동시에, "개와 중국인은 들어오지 마시오"라는 규정으로 악명 높았던 공원에 중국인의 출입을 허용하기로 가결하였다. 나아가 2년 뒤에 중국인 참사는 5명으로 증원되었다. 중국 내셔널리즘의 승리였다.

타잔 영화를 좋아했던 루쉰

상하이에는 1840년대 이래로 자리 잡고 있던 기존의 구미세력, 19세기 말부터 중도 참가한 일본에 이어, 통일 중국이 등장하였는데, 이 세 세력의 경합과 대립과 조화가 상하이의 정치, 경제, 문화의 모든 분야를 활성화하였다. '모던 도시', '마도魔都' 등 지금까지도 유포되어 있는 상하이 이미지는 이 시기에 형성되었다.

1930년대의 루쉰은 국민당 정부에 의해 그의 작품이 자주 발금 처분을 당했던 반체제 문학자였다. 그러나 그 루쉰이 북벌전쟁 중인 4·12 반공쿠데타 후 상하이로 옮겨와, 베이징여자사범대학의 강사 시절의 제자인 쉬광핑許廣平과 교외의 멋진 맨션에서 동거를 시작하였다. 쉬광핑과의 사이에 아들이 태어나자, 일가족은 매주 택시를 세내어 영화를 보러 다녔다. 루쉰은 타잔 영화 시리즈를 좋아하였으며, 와이즈뮬러가 주연한 〈타잔의 복수Tarzan and His Mate, 泰山情侶〉(1934)는 세 번이나 관람하였다. '반체제작가' 루쉰이 직업작가로서 중산계급의 생활을 누리고 있던 사실은, 1930년대 상하이에서 근대적 시민사회가 일부분이나마 실현되고 있었음을 입증한다. 실제로 상하이는 산업·금융의 중심 도시였을 뿐 아니라 일대 문화센터로까지 성장하고 있었던 것이다. 이 모던 상하이를 지탱하였던 것은 대량의 젊은 독자층의 증가와 출판 저널리즘의 팽창, 그리고 신극新劇의 성숙과 새로운 미디어로서의 토키 영화의 등장이다.

독자·미디어의 확대와 직업작가의 등장

이 시기의 상하이에는 고등교육기관이 증가하여, 1910년대부터 20년대에 걸쳐 높은 수준의 문화성임을 과시했던 베이징과 어깨를 견주기에 이르렀다. 1931년의 통계에 따르면, 대학과 전문학교의 재학생 숫자는 베이징이 11,767명인데 비해 상하이는 12,952명으로 1,000명 남짓 웃돌고 있다. 또한 상하이의 양대 신문인 『신보申報』와 『신문보新聞報』의 발행부수는 1921년에 각각 45,000부, 50,000부였지만, 1926년에는 거의 3배 늘어난 14만 부쯤에 이르렀고, 1935년에는 각각 15만 5,900부, 14만 7,958부를 기록했다.

독자와 미디어의 두 가지 조건에 덧붙여, 작가와 번역가, 그리고 편집자와 기자라고 하는 문화적 '생산자' 역시 상하이에 모여들었다. 북벌전쟁에 즈음하여 국민당 좌파 혹은 공산당에 속하였던 궈모루어, 선옌빙은 4·12반공쿠데타 후인 1928년 2월과 7월에 잇달아 도쿄로 망명하기 전의 한 시기에 상하이에 잠복하고 있었다. 특히 선옌빙은 상하이 잠복 중에 처음으로 소설창작에 나섰는바, 국민혁명에 참가한 남녀의 분방하고 부도덕한 생활을 묘사한 중편 연작 「환멸幻滅」, 「동요動搖」, 「추구追求」를 1927년 9월부터 1928년 6월에 걸쳐 『소설월보』에 발표하면서 작가로 데뷔하였다. 이때 처음으로 모순矛盾을 살짝 변형하여 마오뚠矛盾이라는 필명을 사

〈그림 3-1〉 마오뚠

용하였다. 「환멸」 이하의 3편은 1930년에 『식蝕』 3부작으로 간행되었으며, 마오뚠 또한 4월에 상하이로 돌아와 작가이자 평론가로서의 활동에 전념하였다.

창조사 역시 일본에서 유학 중이던 젊은 구성원들을 상하이로 불러 모으고 제3기의 활동을 시작하였다. 창조사에서 뛰쳐나온 위다푸도 4·12쿠데타 이후에 젊은 애인 왕잉샤王映霞와 재혼하여 상하이에서 새 살림을 꾸렸다. 후스는 1926년 7월에 영국 정부의 의화단사건 배상금 반환문제에 관한 회의에 참가하기 위해 모스크바를 거쳐 런던으로 출장을 떠났다가, 미국을 거쳐 귀국하던 도중 요코하마에서 4·12쿠데타의 소식을 접하였다. 5월에 귀국한 그는 그대로 상하이에 눌러 앉아 사립대학의 교수를 지내면서 자유주의파의 입장에서 국민당의 강권정치를 비판하였다. 쉬즈모는 1927년 6월에 상하이에서 후스, 량스치우梁實秋 등과 신월서점을 열고, 이듬해 3월에는 잡지 『신월』을 창간하였다. 이리하여 5·4시기의 문학연구회와 3대 살롱의 주요 멤버가 상하이에 집결하여 직업작가로 변신하였다.

신인작가 빠진巴金의 데뷔

신인작가들도 상하이문단에 대거 등장하였다. 런던대학의 중국어교사로서 영국에 체류 중이던 1926년, 『소설월보』에 「장씨의 철학老張的哲學」을 발표한 라오서老舍(1899~1966), 같은 잡지에 작품을 발표하기 시작한 딩링丁玲(1904~86), 루쉰이 주재하는 잡지 『분류奔流』를 통해 1928년에 데뷔한 장톈이張天翼(1906~85) 등이 그들이다.

신인 가운데에서도 특히 선명하게 데뷔를 장식한 이는 빠진巴金(1904~2005)이다. 빠진은 중국 내륙부 쓰촨성四川省 성도인 청뚜成都의 대지주 집안에서 태어났지만, 5·4운동의 영향을 받아 아나키즘에 경도되어 10대 후반에 상하이로 나와 노동운동에 참가하였다. 얼마 지나지 않아 빠진은 국민혁명의 열기가 솟구치는 상하이에서 아나키즘운동의 소용돌이로부터 벗어나, 1927년 1월 프랑스로 유학길을 떠난다. 24세의 빠진이 파리에서 써냈던 처녀작 『멸망滅亡』은 상하이시대의 체험을 근거로 하고 있는데, 아나키스트 운동가가 군벌의 탄압의 상황에서 운동의 좌절과 폐결핵으로 인해 스러져간 이야기이다. 빠진은 이 소설을 자비로 출판할 작정으로 상하이의 벗인 편집자에게 보냈던바, 벗

〈그림 3-2〉 라오서

〈그림 3-3〉 딩링

은 이 원고를 『소설월보』 편집장인 예사오쥔葉紹鈞에게 보여주었다. 예사오쥔은 이 원고를 절찬하여 『소설월보』 1929년 1월호부터 넉 달에 걸쳐 연재하였으며, 『멸망』은 그 해 독서계의 화제를 독점하였다. 빠진은 5·4시기 이래의 문학사 중에서 교원이나 편집자의 경력을 가진 적도 없고, 작가 수업을 거친 일도 없이, 20대 초반의 젊은 나이에 직업작가가 된 최초의 문학가라 할 수 있다.

문예비평가의 등장

〈그림 3-4〉 빠진(1938)

〈그림 3-5〉 후펑(1932)

직업작가의 탄생에 이어 후펑胡風(1902~85) 등 직업비평가가 등장하였던 것도 1930년대 문학의 특징이다. 후펑은 후베이성湖北省 치춘현蘄春縣에서 두부가게의 3남으로 태어났다. 11세에 마을의 사숙에 들어가 『삼자경三字經』을 비롯하여 문언문을 배우고, 1920년에는 치춘현의 고등소학당에 진학하여 이곳에서 처음으로 5·4신문학을 접촉하였다. 이듬해 치춘현에서 서쪽으로 130km 떨어진 성도 우창武昌의 중학에 진학했고, 1923년에는 우창에서 동쪽으로 500km에 있는 난징의 동난東南대학 부속중학에 입학했으며, 1925년에는 베이징대학 예과와 칭화대학 영문과에 합격하여 동경하던 '신문화의 성지' 베이징대학에 입학하였다. 변경의 작은 시골에서 북쪽으로 멀리 1,200km나 떨어진 수도 베이징에 올라오게 된 것이다. 그 후 국민혁명에 참가했다가 고향인 치춘으로 돌아가 국민당조직에서 활동했지만, 4·12반공쿠데타의 이듬해 후펑은 공산당원 용의자로 체포되었다. 출옥 후에는 상하이로 나와 소설을 썼고, 1929년 9월 일본으로 유학을 떠났지만 도쿄에서 중일 양국의 좌익운동에 참가하였다는 이유로 경시청에 체포되어 1933년 7월 상하이로 강제송환 되었다. 일본의 소설이나 소련의 문예이론을 번역하는 한편, 1935년에는 「린위탕론林語堂論」, 「장톈이론張天翼論」을 발표하여 문예평론가로서 데뷔하였다. 그는 만년의 루쉰에게 깊은 신뢰를 받았으며, 후펑 자신 또한 루쉰의 비판정신을 계승하여 이를 비평의 장場에서 살려냈다.

이처럼 지주계급의 빠진과 농촌 중하층의 후펑의 전반생은, 5·4시기에 청춘기를 보내고 1930년대에 등단한 지식인의 전형적인 코스였다. 중화민국의 성숙과 문화센터 상하이의 번영은 이후에도 차례차례 유망한 신인을 길러내게 된다.

카네코 미츠하루金子光晴가 본 상하이작가

상하이의 젖줄인 황포강黃浦江을 "백주白晝여! 누런 양자강 탁류가 하늘 누르는 소리를 들으라. 아! 치욕스러우리만큼 적나라하게 드러난 '큰물진 뒤'의 태양"이라고 노래했던 이는 시인 카네코 미츠하루金子光晴(1895~1975)였다. 1928년 9월 아내 모리 미치요森美千代와 히지카타 데이이치土方定一의 불륜으로 고민하던 카네코金子는 유럽을 보여주겠다고 아내를 상하이로 데리고 나가, 5년에 걸친 동남아시아와 유럽 방랑의 길을 떠났다. 한 푼 없는 카네코金子가 파리로 떠날 자금을 벌기 위해 넉 달간 체류하였던 상하이에서, 베이쓰촨루北四川路의 일본인 거리에 있던 우치야마 간조內山完造가 경영하는 우치야마內山서점에 드나드는 사이에 많은 중국인 작가와 알게 되었다. 이를테면, 루쉰은 "언제나 쑥스러운 미소로 나를 보면서 '이 떠돌이~'하는 표정"을 지었고, 카네코가 여비를 마련하기 위해 그린 우키요에浮世繪 두 점을 사주기도 하였다. 상하이의 거리에서 만난 일도 있었다.

발자크의 표현을 빌리자면, 두 개의 호두까기 인형처럼 루쉰과 위다푸가 나란히 걷고 있는 모습은 베이쓰촨루北四川路 부근 어딘가를 걷다보면 자주 내 눈에 띄었다. 조금 키가 작은 중년의 루쉰 곁에 호리호리한 위다푸가 바싹 다가붙어 무언가 자못 복잡한 속이야기라도 하는 듯 했고, 루쉰은 연신 고개를 끄덕이고 있었다. 쑤저우허蘇州河 강변에 쭈그리고 앉은 루쉰이 돌로 흙 위에 그림을 그려가며 설명한 적도 있었고, 헝빵챠오横浜橋[2]의 난간에 위다푸가 걸터앉아 한 시간 정도 두 사람이 꼼짝 않고 생각에 잠겨 있던 적도 있었다. (…중략…) 내가 곁으로 다가가 말을 걸자 겸연쩍은 듯 충치가 있는 입으로 어색한 웃음을 지으면서 "상하이에 너무 오래 머물러 계시는 거 아닌가요"라고 경고를 담은 듯한 말을 내뱉었다. "부인과 함께 있으니 어디라도 좀 더 오래 눌러 있는 거겠지요"라고 위다푸가 말하자, "자네는 자기 핑계를 대고 있구먼"이라고 금방 루쉰이 놀리듯 말했다.

당시의 상하이 문단에서는 국민혁명에서 배척당한 좌파계 문학자를 중심으로 혁명문학논전이라 불리는 논쟁이 벌어지고 있는 때였고, 루쉰이나 위다푸 등은 프롤레타리아문학 진영으로부터 혹독한 비난을 당하고 있었다. 카네코金子의 회상은 논전의 거리 상하이에서 루쉰의 맨 얼굴을 그려낸, 귀중한 증언이라 할 수 있는 것이었다.

---

2   横浜은 일본 도시명으로, '요코하마'라 표기해야 하지만, 위 문맥에서는 상하이 쑤저우허에 있는 다리를 지칭하고 있으므로 중국어로 적는다.

2. 오락대작 『제소인연^{啼笑因緣}』과
상하이의 신감각파, 그리고 좌익농촌소설

장편소설의 등장

『신소설』이 청 말 4대 소설을 비롯한 수많은 걸작 장편을 낳았음에
반해, 5·4신문학은 오로지 단편소설만을 제작해내고 있었다. 제1장
에서 소개한 천핑위엔의 이론이 지적하고 있는 바와 같이, 청 말부터
1920년대에 걸쳐 소설의 서사 스타일은 시간·각도·구조의 세 가지 차
원에서 커다란 변모를 일으켰으며, 이를 드러내는 실험에서 창작이 비
교적 용이한 단편이라는 스타일이 많이 사용되었던 것이다. 또한 『신소
설』 작가의 대다수가 직업적 저널리스트였음에 반해, 5·4문학의 작가
는 아마추어였다는 점 또한 단편 창작으로 쏠린 원인일 것이다.

그러나 1930년대에 들어서면 청 말부터 5·4기에 걸쳐 이룩한 성과
를 토대로 장편의 창작이 시도된다. 확장된 미디어는 그 규모에 걸맞
은 장편을 필요로 하였으며, 청 말 이래 잡지에 연재한 후에 단행본으
로 간행하는 출판 시스템은 직업작가로 하여금 많은 인세 수입을 창출
하도록 함으로써 안정된 창작환경을 제공하였다. 그리고 무엇보다도
급성장을 이룩한 대★상하이, 국내 시장의 통일이 이루어진 중국에 관
심을 기울이는 독자는 상하이나 중국의 과거와 현재를 그려낸 문학,
즉 장편소설을 요구하고 있었다.

대표적인 장편소설로서 풍속묘사를 솜씨 있게 집어넣으면서 상하

이 정치경제의 여러 모습을 그린 마오뚠의 『한밤중子夜』(1933), 쓰촨성 청뚜成都의 대지주 일가를 무대로 대가족제도의 구조를 그린 빠진의 『가家』(1933), 마찬가지로 청뚜를 무대로 쓰촨성의 근대사를 그려낸 리지에런李劼人(1891~1962)의 대하소설 『사수미란死水微瀾』(1935), 베이징의 인력거꾼을 주인공으로 한 라오서의 『루어투어샹쯔駱駝祥子』(1936) 등이 있다.

〈그림 3-6〉 장헌수이

장헌수이張恨水(1895~1967)는 1910년대 말부터 베이징의 일간지 편집을 담당했으며, 20년대 중반부터 많은 소설을 연재하였다. 그의 대표작 『제소인연啼笑因緣』은 군벌 지배하의 베이징을 무대로 한 상류가정의 대학생과 예인藝人 소녀의 사랑이 군벌 장군의 간섭에 의해 비극으로 끝마친다는 이야기이다. 1930년 상하이 『신문보新聞報』의 부간 『쾌활림快活林』에 연재되어 대호평을 받았으며, 이듬해 단행본으로 간행되었을 뿐 아니라, 1932년에 장스촨張石川 감독에 의해 영화로 제작되었다.

급변하는 상하이를 그려낸 단편소설

장편소설이 등장하는 한편, 단편소설 역시 새로운 장르를 개척하였다. 첫째 신감각파의 도시소설을 들 수 있다. 독일 표현주의의 영향을 받은 모더니즘문학은 이미 위다푸 등 창조사의 작품에서 그 맹아를 발견할 수 있으며, 1930년대 상하이가 성숙해감에 따라 모더니즘은 신감각파라 일컬어지는 문예그룹을 성립시켰다. 신감각파는 그 이름이 보여주듯이, 요코미츠 리이치橫光利一, 가와바타 야스나리川端康成, 나카가와 요이치中河與一 등 1920년대 중반 일본 신감각파의 영향을 받았다. 상하이의 신감각파 역시 프로이트 심리학을 본떠 성性심리를 해부하고자 하였으며, 수법으로는 의식의 흐름을 사용하면서 빠른 템포의 문체를 잘 구사하여 댄스홀 등의 대도회의 풍속을 주로 묘사하였다. 주요 작가로는 스저춘施蟄存(1905~), 무스잉穆時英(1912~40) 등이 있다.

상하이 작가들이 일본 신감각파를 수용하는 데 있어서는 타이난臺南 출신으로 도쿄에서 유학한 후 상하이로 온 류나어우劉吶鷗(1900~39)가 큰 영향을 주었다. 류劉는 일본 신감각파를 중심으로 하는 신예 단편소설을 편역한『색정문화』를 간행했고, 이를 토대로 하여 자신들의 단편소설집『도시풍경선』도 출판했다. 이때 류劉는 모어母語인 푸젠어福建語풍의 중국 백화문으로 일본어 문장을 옮기는 작업을 통해 자신만의 독자적인 소설문체를 형성하였고, 일본어를 알지 못하는 스저춘 등 상하이의 신흥문화인들의 협조를 얻어가며 일본 신감각파와 신흥예술파를 혼합한 도시풍경묘사 소설을 편역하였다. 류나어우는 요코미츠 리이치가 긴자銀座를 묘사한 소설「피부皮膚」(『改造』1927.11)의 모작 단편「유희遊戱」를 써나가는 과정에서 서술 주체를 중국인 남성으로 설정함으로써 상하이 독자들의 신뢰를 얻도록 했다. 식민지 타이완 출신 류나어우는 '조국 중국'과 '종주국 일본'의 사이에서, 일본어 작품의 중문 번역과 중국어 창작에 의해 종주국 일본의 신감각파에 덧대어진 자신들의 문학적 권위성을 확립해갔다.[3]

스施·무穆·류劉 세 사람은 모두 1920년대 중반에 상하이의 대학을 다녔으며, 북벌전쟁 후에 상하이가 성숙해지는 모습을 목격하고 있던 청년들이었다. 일본의 신감각파가 관동대지진關東大地震으로 변한 도쿄를 무대로 등장했듯이, 그들 역시 국민혁명 후에 급변하면서 대중문화가 생겨나고 있던 상하이를 참신한 수법으로 그려냈다. 신감각파의 테마나 수법은 마오뚠의 「한밤중」에도 영향을 미쳤다고 생각된다.

농촌소설의 변화

단편소설의 참신한 전개로, 둘째 좌익작가에 의한 농촌소설을 들 수 있다. 5·4시기에도 농촌을 그린 단편이 많이 쓰였는데, 이는 나중에 루쉰에 의해 '향토문학'이라는 명칭을 부여받았다.[4] 하지만 5·4시기 향토문학이란 쉬친원許欽文(1897~1984)의 단편집 『고향故鄕』(1926) 등에서 볼 수 있는 것처럼 '문화성' 베이징에서 귀향한 청년들이 보고 들은 것, 혹은 지식인이 베이징에서 고향인 현성縣城이나 주변의 농촌을 회상하는 것이었다. 화자는 '서구화 = 선진적'이라는 시각에서 '토착 = 전근대'를 바라보고 있으며, 피폐해진 농촌과 어리숙한 농민이라는 암담한 분위기가 그려지는 경우가 많았다. 루쉰의 단편 「고향」은 이러한

---

3   藤井省三, 「타이완인 '신감각파' 작가 류나어우에 있어 1927년의 政治와 '性事' ─ 일본 단편소설집 『색정문화』의 중국어역을 둘러싸고」, 亞東關係協會 編, 『2007년 타이완·일본 국제학술교류 국제회의 논문집 : 식민지와 근대화 ─ 식민지시대 타이완 다시보기』, 臺北 : 外交部出版, 2007; 謝惠貞, 「중국 신감각파의 탄생 ─ 류나어우와 요코미츠 리이치 작품의 번역과 모방 창조」, 『동방학』 121집, 2011.1.

4   趙家璧主 編, 「서문」, 『중국신문학대계 ─ 소설2집』, 上海良友圖書印刷公司, 1935.

소설의 전형이라 할 수 있다.

이에 반해 1930년대의 좌익문학은 농촌에서의 지배와 피지배의 구조, 농민이 도시에 종속되도록 강요하는 시장경제의 구조를 작품 속에서 풀어갔다. 예컨대 로우스柔石(1902~31)의 「노예가 된 엄마」(1930) 같은 작품을 들 수 있다. 이 작품은 아들을 둔 가난한 농촌 아낙이 돈을 빌리는 대가로 인근 마을 지주에게 아들을 낳아주기 위해 보내졌다가, 낳은 사내아이가 두 살이 될 때까지 3년이라는 기한을 채우고 집으로 돌아오지만, 집에 남겨졌던 아들은 이미 엄마를 까맣게 잊어버린 채 마을아이들과 함께 엄마에게 돌을 던진다는 이야기이다. 농민을 다룬 좌익문학의 단편·중편으로는 마오뚠의 「봄누에春蠶」(1932)와 「전당포」(1933), 딩링丁玲의 「물水」(1932), 예쯔葉紫(1910~39)의 「풍년豊收」(1933) 등이 있다.

3. 로컬 컬러local color의 문학과
'경파京派' 문인 저우쭈어런周作人의 계보

국민시장과 국민문학

17세기 이래 뉴잉글랜드를 중심으로 문예계가 형성되어 있던 미국에서는 남북전쟁(1861~65) 이후, 서부·중서부·남부에서 속속 작가들이 등장하여, 지방색 짙은 문학이 개화하였다. 『톰소여의 모험』(1876)

등으로 유명한 마크 트웨인 역시 로컬 컬러의 작가로 등장하여, 오래지 않아 미국의 국민적 작가가 되었다. 미국 북부의 산업자본은 남북전쟁을 통해 남부를 그때까지 속해 있던 영국 경제권으로부터 분리시키고 광대한 국내시장의 통일을 이루어냈다. 이와 함께 문단에서도 북부 산업자본의 심장부인 동부 뉴잉글랜드를 중심으로 전국적 네트워크가 형성되었는데, 한 지방의 특색을 그린 문학이 바로 그 지방성으로 말미암아 시장의 중심부를 경유하여 전국적으로 읽혀지는 상황이 벌어졌다. 이처럼 국민시장을 매개로 한 문학의 생산과 소비는 국민문학의 탄생을 재촉하여 국민의 문화적 평준화와 통합을 촉진하게 되었다.

마찬가지의 현상이 1930년대 중국에서도 일어나고 있었다. 국민혁명 이래 철도·도로 건설의 진전은 눈부실 정도였다. 이를테면 철도의 총 연장거리는 1927년의 13,147km에서 1937년에는 21,761km로, 여객수송량은 1927년 2,663(백만 명 / km)에서 1936년 4,349로 늘어났다. 후자는 민국 첫 해인 1912년을 100으로 할 때 1927년은 164.1, 1936년은 267.9로, 연평균의 신장률은 통일 후가 통일 전의 3배에 달하였다. 특히 월한粵漢철로(北京과 廣州를 잇는 京廣鐵路의 남단)의 개통(1936.6)은 상징적 의미가 크다. 이 철도는 중국 중앙부에 위치한 교통·군사의 중심도시 우한武漢, 그리고 남양南洋으로 통하는 창구인 광저우廣州를 연결시키고, 1906년에 개통된 경한京漢철로(北京-武漢)와 합쳐져 베이징-광저우간 전장 2,324km의 경광京廣철로를 완성시켰던 것이다. 이 거대한 남북축은 상하이·난징·충칭을 잇는 장강의 동서축과 우한武漢에서 교차한다. 내륙부의 거대한 기간基幹 교통 시스템이 완성되었다고 할 수 있다.

후난湖南의 선충원沈從文과 쓰촨四川의 아이우艾蕪

　선충원沈從文(1902~88)은 수백 년 동안 묘족苗族 등 소수민족과 한족이 정복하고 정복되는 싸움과 동화를 거듭해온 변경의 땅으로, 후난湖南성 서쪽 끄트머리에 위치한 펑황현鳳凰縣에서 태어났다. 소학교를 졸업한 후 현지 군벌의 병사가 되었지만, 5·4운동 3년 후인 1922년 멀리 2,000km나 떨어진 베이징으로 올라가 지독하게 빈궁한 생활을 하면서 문학수행에 힘썼다. 1927년 단편소설 「입대 이후入伍後」로 신진작가로서 인정받았으며, 이후 천재 작가의 명성을 탐내고 있었다. 1930년대에는 고향의 풍속에서 제재를 취한 이국적인 작품을 다수 발표하였다. 늙은 뱃사공의 손녀와 선주船主 아들의 청순한 비련을 그린 「변성邊城」(1934)은 그의 대표작이다.

〈그림 3-7〉 선충원(1922)

　촉蜀나라의 땅, 사방이 커다란 산으로 둘러싸인 쓰촨분지는 토질이 풍요롭고 강우량도 많으며, 분지 남부를 동쪽으로 흐르는 장강長江에는 북쪽에서 민강岷江, 가릉강嘉陵江 등의 대하천이 흘러든다. 전국시대에는 북방의 진秦이 개발을 시작하여 기원전 250년경 민강에 대규모의 관개공사를 시행하였다. 당대唐代이던 8세기경에는 제당製糖과 제염製鹽 또한 성행하여 '천부天府의 나라'로 일

〈그림 3-8〉 아이우(1931)

컬어졌으며, 산업과 문화가 융성하였다. 현재의 쓰촨성은 57만㎢의 면적(일본의 약 1.5배), 약 1억 명의 인구(중국 최대)를 지닌 큰 성이다.

1931년부터 1933년에 걸쳐 이 중국 서남부에 위치한 큰 성에서 사팅沙汀(1904~93), 아이우艾蕪(1904~93), 저우원周文(1907~52) 등의 신인작가가 속속 등장하였다. 그들은 모두 쓰촨에서 근대적 고등교육을 받은 청년들이며, 베이징·상하이 문단의 사정에 밝은 지성으로써 서남지방의 거칠면서도 자긍심 높은 민중들이 꿋꿋이 살아가는 생명력을 그려냈다. 1920년대의 향토문학, 30년대 좌익문학에서 그려진 농촌이야기가 빈곤에 대한 동정이나 착취에 대한 고발 등과 같이, 진보적 입장의 높은 곳에서 민중을 바라보고 있었던 데에 반해, 이들 로컬 컬러의 작가들은 민중과 똑같은 높이에 시선을 두고, 고등교육기관에서는 배운 적이 없는 현실의 불가사의함, 그리고 민중의 강인하고도 뛰어난 능력을 놀라울 정도의 공감을 불러일으키며 묘사해낸 바 있다. 서남부 로컬 컬러 문학의 대표작에는 윈난성과 버마를 방랑한 체험에 기초한 아이우의 「남행기南行記」(1935), 리지에런의 「사수미란死水微瀾」 등을 들 수 있다.

러일전쟁에서 만주사변까지

동북東北이란 중국 동북부에 있는 랴오닝遼寧·지린吉林·헤이룽장黑龍江의 세 성(약 80만㎢)의 총칭으로서, 청나라를 세운 만주족의 옛 터이기에 만주라고 일컬어지기도 했다. 청대에는 한족의 이주를 금지하였지만, 청 말에 가서는 러시아제국의 침략에 대비하여 이주가 허용되었고, 그러면서 세 성이 설치되었던 것이다. 하지만 결국 러시아의 남하를 무력으로 저지했던 것은 청조가 아니라, 메이지유신 후 30여 년이라는 단기간에 급속한 서구화를 실현하고 불완전하나마 국민국가를 형성한 일본이었다.

러일전쟁(1904~05) 이후 일본은 러시아로부터 랴오둥遼東반도 관동주關東州의 조차권을 넘겨받고, 동청東淸철도 남만南滿지선의 창춘長春 이남을 할양받은 후, 반관반민半官半民의 국책회사 만철滿鐵(남만주철도주식회사)을 설립하여 식민지 경영에 나섰다. 신해혁명 후의 동북에서는 마적 출신의 장쭈어린張作霖이 세력을 얻어 봉천奉天군벌의 기반을 다졌고, 관동군(일본이 러시아로부터 계승한 요동반도의 조차지 관동주에 주둔한 일본 육군부대)과 상호이용의 관계를 구축하며 관내(山海關 이내) 중국 본토의 군벌전쟁에도 가담하였다.

얼마 지나지 않아 국민혁명이 시작되고 북벌군이 북상하자, 베이징에서 대원수를 참칭하고 있던 장쭈어린은 군을 봉천으로 철수시키던 도중 관동군에게 폭사당했고(1928년), 그의 아들 장쉬에량張學良이 만주 전역을 거느리고 국민당 정부에 합류하였다. 그렇지만 장쉬에량은 다른 옛 군벌들과 마찬가지로 정치경제에서는 물론, 대일외교에서도 난징 정권으로부터의 독립을 지향하였다. 그러한 한편으로 동북은 상하이의 제분업이나 방직업, 혹은 담배산업 등 중국본토 공업의 유력한 시장이 되었다. 또한 장쉬에량은 자신의 기반인 동북지방의 개발에 전념하여, 1920년대 10년 동안 건설한 철도는 만철이 이루어낸 건설을 웃도는 1,157km에 달했고, 20년대 말에는 만철 포위선包圍線의 건설에 착수하였다.

수출, 투자, 원료공급 그리고 대對소련 전략의 각 방면에서, 동북과 몽골을 가장 중시하고 있던 일본은 이에 대해 위기감을 느끼고 1931년 에 침략을 개시하였다(만주사변). 그리고 1932년에는 청조의 '마지막 황 제' 푸이溥儀를 집정으로 하는 괴뢰국 만주국의 독립을 선언하고, 동북 3성과 내몽골의 일부를 포함한 면적 130만㎢(일본의 3.5배)를 지배하였 다. 덧붙여 1932년 12월의 조사에 따르면, 만주국내 각 민족의 인구는 일본인 14만, 조선인 59만, 만주인 2,236만, 기타 7만 명이었다. '만주 인'의 90% 이상이 한족이고, '기타'의 대다수는 러시아혁명으로 인해 도망쳐온 이른바 '백계 러시아인'이었다.

상하이사변과 항일의식의 고양

일본의 침략에 대해 장제스蔣介石 정권은 저항다운 저항을 하지 않았 다. 오히려 그들은 힘 있는 장쉬에량 군벌의 몰락이 상대적으로 난징 정부와 중앙 정부의 지위를 안정시킬 것으로 판단하고 있었을 지도 모 른다. 만주사변 후에도 일본은 화북에 대한 침략을 계속하였지만, 장 제스 정권은 청 말 쑨원이 리홍장李鴻章에게 헌책했던 '안내양외安內攘 外'정책을 내걸고, 국내의 농촌근거지에서 세력을 온존하고 있던 공산 당의 섬멸을 우선시하는 군사행동을 지속하고 있었다. 그러나 만주국 이 성립함으로써 동북시장을 상실한 상하이 산업계는 큰 타격을 입었 으며, 화북에서도 일본 제품의 밀수가 성행하였기 때문에, 화북의 민 족공업뿐만 아니라 상하이의 민족 부르주아지도 더욱 곤경에 빠지게 되었고, 점점 항일로 기울어졌다.

만주사변에 즈음하여 일본군은 상하이 조계 밖에서도 군사행동에 나섰기 때문에, 중국 측에서는 차이팅지에蔡廷鍇가 지휘하던 19로군이 완강하게 저항하며 한달 남짓 격렬한 시가전을 지속하였다. 이 상하이사변(1932) 이후 공동조계 북쪽의 일본인 거주구역이던 홍커우虹口는 "사실상 이미 '일본조계'가 되어 있었다. 일본군은 가는 곳마다 보루를 쌓았으며, 베이쓰촨루北四川路 남단의 해군육전대 사령부가 진지망을 쌓아올리고 있었다"고 한다.[5] 상하이사변은 열국의 시선을 만주에서 돌리기 위한 일본군의 책략이었지만, 눈앞에서 전개된 일본군의 침략 행위와 중국군의 분전은 상하이 시민들 사이에 항일의식을 고취하였으며, 동북의 상실을 한층 절실하게 느끼도록 하였다. 이러한 상하이에 등장하였던 것이 동북 에미그런트(망명·이주)문학이었다.

만주를 둘러싼 문학

만주사변 후 하얼빈과 창춘長春 등의 신문 부간에 20대의 문학청년들이 만주국에 비판적인 작품을 발표하며 모여들기 시작하였다. 얼마 지나지 않아 정치적 압박이 더욱 심해지자, 그들은 하나둘 베이징·상하이 등의 관내로 이주하여 본격적인 창작활동을 시작하였다. 주요 작가로 샤오쥔蕭軍(1907~88), 그의 애인 샤오홍蕭紅(1911~42), 1938년에 샤

---

[5] 劉惠吾 編, 『상하이 근대사』 상·하, 上海: 華東師範大學出版社, 1985~87.

오홍과 결혼한 돤무훙량端木蕻良(1912~96), 그리고 후에 홍콩에서 샤오홍의 죽음을 지켜보았던 뤄빈지駱賓基(1917~99) 등이 있다.

샤오쥔의 출세작 「8월의 향촌八月的鄕村」(1935)은 일본군에 저항하는 빨치산부대 인민혁명군의 전투와 남녀 병사의 연애를 그린 작품이다. 소련의 프롤레타리아 작가 파제예프A. A. Fadeev(1901~56)의 장편 『궤멸』(1927)의 영향을 받았다는 지적도 나온 바 있다. 마찬가지로 샤오홍의 출세작 「삶과 죽음의 터生死場」(1935)는 동북에서 고통과 비애의 나날을 보내고 있는 사람들이 만주국 수립을 계기로 중국인으로 자각해가는 모습과 여성에 대한 차별을 차분한 필치로 그려낸 작품이다. 이 두 작품은 루쉰의 도움을 얻어 상하이에서 간행되었다.

무명의 에미그런트 작가그룹이 상하이 문단에서 일약 주목을 받게 된 것은 상하이 시민과 전 국민이 빼앗긴 국토에 관심을 기울이면서, 일본의 침략 아래 고통받는 동포에게 공감을 보내고 있었기 때문이다. 또한 작가들은 빼앗긴 향토에 대한 애정을 불태우고 돌아가지 못하는 고향을 곰곰이 추억하면서, 동북지방의 혹한의 겨울과 혹서의 여름이 만들어내는 웅대한 풍경, 개척지 사람들의 거칠면서도 세밀한 행동과 심정을 그려내고 있으며, 이러한 로컬 컬러는 한층 독자의 흥미를 자아냈던 것이다.

일본 침략에 의해 시장을 상실했다고 하는 극적인 사건은 난징과 상하이를 중심으로 한 중화민국 국민이 지금까지 품어왔던 지정학적 거리감을 단숨에 축소시킴과 동시에, 대량의 문학청년을 동북으로부터 멀리 상하이로까지 이주시켰다는 점에서, 문학사에서도 실로 커다란 사건이었다. 한편 일본 역시 새로이 거대한 시장을 획득함으로써 쇼와

昭和문학의 조류를 크게 전환시키고 있었다. "'만주문학'은 일본의 근대문학, 쇼와문학의 귀자鬼子[6]였다기보다 차라리 그 적자嫡子였다고 해야 할 것"[7]이었다.

일본의 괴뢰 정권인 만주국에 남은 문학자도 있었다. "강렬한 저항의식에 기반을 두어 일본의 침략이라는 현실을 응시하는 가운데" 황폐해져만 가는 농촌을 그린 산띵山丁(1914~95), "일본인의 자금원조를 이용하면서 신문학의 진지를 확대"[8]하고 있던 구띵古丁(1909~64) 등이 그들이다. 산띵의 장편『푸른 골짜기綠色的谷』는 1943년에 일본어로 번역되었으며, 구띵의「신생新生」은 1944년에 대동아문학상의 2등상을 수상하였다. 중화인민공화국 건국 후에 이 두 사람은 우파로서 숙청당하였지만, 최근 중국과 일본에서 재평가가 진행되고 있다.

'경파京派'의 문인들 – 저우쭈어런周作人과 그의 계보

국민혁명 이후 수도의 자리를 난징에 빼앗긴 베이징은 1930년대에 와서는 고도의 고즈넉한 분위기를 유지하고 있었다. 좌익문학이 맹위를 떨치는 상하이를 피하여 이곳에 모여 있던 자유주의파 문화인들은 '경파京派'라 불렸다. 그 중심적인 존재였던 저우쭈어런은 강연록『중국신문학의 원류』(1932)에서, 마음에 생각나는 것을 이야기하는 '언지言志'

---

6   부모를 닮지 않은 아이.
7   川村湊,『이향異鄕의 쇼와昭和문학』, 岩波書店(岩波新書), 1990.
8   岡田英樹,『문학으로 보는 만주국의 위상』, 研文出版, 2000.

와 유교이데올로기를 말하는 '재도載道'라는 두 가지 흐름의 홍망성쇠가 중국문학사를 형성하여 왔다고 서술하였다. 즉 명말明末의 공안파公安派·경릉파竟陵派와 5·4 이후의 신문학은 '언지'의 면에서 일치하며, 1930년대의 좌익문학은 '재도'라고 지적하고 있다. 그리고 그 스스로도 동서고금의 문예를 종횡으로 논하는 방대한 에세이를 계속 써나갔다.

정치경제의 중심으로부터 멀리 벗어나 있었기에, '재도'가 아닌 '언지'를 이야기하는 것이 가능했던 베이징에서는 빠진·정전뚜어 등이 『문학계간文學季刊』(1934~35)을 창간하여, 셰삥신謝冰心·라오서·차오위曹禺 등의 작가나, 당시로서는 높은 수준의 문예비평 「루쉰비판魯迅批判」을 쓴 리장즈李長之 등의 평론가가 여기에 참여하였다. 텐진의 유력지인 『대공보大公報』 문예란에는 저우쭈어런·선총원·빠진·링수화 등이 기고하였으며, '경파'의 명에세이가 지면을 장식하였다. 샤오깐蕭乾(1909~99)은 1935년에 베이징의 옌징燕京대학을 졸업한 후 대공보사에 입사하여 문예란의 편집에 종사하는 한편, 명에세이스트로서 성장하였다. 『문학계간』에 기고하였던 젊은 시인군으로는 장커쟈臧克家(1905~2004), 벤즈린卞之琳(1910~2000), 허치팡何其芳(1912~77), 리광톈李廣田(1906~68) 등이 있다. 벤즈린과 리광톈, 허치팡은 1929년부터 1931년에 걸쳐 베이징대학 외국어학부나 철학부에 입학하였으며, 모두 프랑스 상징파의 영향을 받았다.

상하이에서 벗어난 적은 없었지만, 저우쭈어런의 영향하에서 명대 공안파와 경릉파의 문학을 연구하여 소품문小品文이라고 하는 소탈한 에세이를 제창하였던 이는 린위탕林語堂이다. 그는 푸젠福建성 기독교 목사의 아들로 태어나 1916년 상하이의 세인트 존스대학을 졸업하고,

1919년부터 1923년에 걸쳐 하버드대학, 라이프찌히대학에 유학하여 중국 고대음운 연구로 박사학위를 취득하였다. 국민혁명 즈음에는 우한武漢의 국민당 정부에 참가하였지만, 4·12반공쿠데타 이후 상하이로 나와 문필활동에 전념하면서 풍자와 유머를 특색으로 하는 소품문을 발표하였다. 미국의 노벨문학상 수상작가인 펄 벅(대표작은 『대지』 3부작)의 권유로 저술한 *My Country and My People*(1935) 등의 영문 저작을 통해 세계에 널리 알려졌다.

〈그림 3-9〉 린위탕(1940년대)

　작가의 세계관이나 문학적 취향에 응하여 베이징이라는 지방문단이 상하이의 대문단에 대해 유력한 선택지選擇肢의 하나로서 기능하였던 것은, 그곳이 예전 5·4신문학의 중심이었다고 하는 과거의 유산에 의한 것이었으리라. 또한 문단에 상하이와 베이징이라는 복수의 중심이 존재할 수 있었던 것은 1930년대 중국의 넉넉하고 깊은 품을 잘 입증해준다고 할 수 있다.

4. 좌익작가연맹과 국방문학논쟁

문예논쟁의 거리

1930년대 상하이는 문예논쟁의 거리였다. 혁명문학논쟁은 제4기 창조사의 젊은 문인들과 우한武漢 정부에서 귀환한 첸싱춘錢杏邨(필명은 阿英, 1900~1977) 등의 태양사, 그리고 루쉰·마오뚠 같은 기존 좌파계열 작가간의 논쟁으로, 1928년에 시작하여 이듬해까지 지속되었다.

얼마 지나지 않아 국민당에 의한 언론통제가 강화되고 문학과 정치의 결합에 의문을 제기하는 신월파의 잡지『신월新月』이 창간되자, 좌파 대동단결의 분위기가 드높아졌으며, 마침내 1930년 3월에 '무산계급혁명문학'의 깃발을 높이 든 중국좌익작가연맹左聯이 결성되었다. 좌련의 참가자는 창립 당시에는 50여 명이었으나 그 후 150명에 이르렀으며, 반대파에 맞서 격렬한 비판을 퍼부어 논쟁을 불러일으켰다. 국민당계의 문예지를 파쇼적 어용문학이라 비판한 '민족주의문학논쟁'(1931), 문학의 정치성·계급성을 부정하거나 경시하는 문학자를 비판한 '자유인自由人논쟁', 문언문의 부활로부터 구어를 옹호하고 나아가 대중어大衆語의 창조를 둘러싼 '대중어논쟁'(1934) 등등 논쟁은 끊임없이 이어졌다.

옌안延安으로의 장정長征

당시 공산당은 비합법화되어 멀리 쟝시江西성 농촌지역에 혁명근거지를 마련해놓고 있었다. 1934년에는 국민당군 100만 명에 포위되어 근거지를 버리고 장정長征을 개시한지 2년 만에 12,000km를 걸어 산시성陝西省 북부에 도착하여 옌안延安을 수도로 하는 새로운 근거지를 건설하였다. 상하이의 공산당 지하조직은 당 중앙으로부터 멀리 떨어져 있던 탓에 정치활동을 활성화하는 것은 곤란하였다. 발매금지, 검열 등의 통제를 당하는 와중에도 문학은 합법적으로 활동할 수 있는 소수의 분야였다. 문예논쟁은 공산당의 정치적 주장을 대변하는 성격 또한 지니고 있었다. 그리고 대중문화의 진입구에 들어와서 항상 센세이셔널한 화제를 구하고 있던 상하이의 미디어 역시 이것을 놓치지 않고 받아들여 논쟁에 지면을 제공함으로써 보다 많은 독자를 획득하고자 경쟁하였던 것이다.

1936년에는 국방문학논쟁이 일어났다. 좌련 성립 당초부터 루쉰과, 그를 혁명문학논쟁에서 비판하였던 창조사·태양사 등의 당원작가 사이의 간격은 메워지지 않았으며, 제삼종인第三種人논쟁(1932)에서 '동반자' 작가를 인정하는 루쉰과 이에 대해 격렬히 비판하였던 저우양周揚(1908~89) 등의 당문예공작가 사이의 틈은 더욱 넓어졌다. 1935년 말에 공산당의 항일민족통일전선정책에 호응하여 저우양이 국방문학을 제창하여 좌련을 해산하고 1936년 6월에 중국문예가협회를 결성하였다. 이에 반해 루쉰 등은 '민족혁명전쟁의 대중문학'이란 슬로건을 제기하고 7월에 빠진 등의 지지를 얻어 문예공작자선언을 발표하였다.

이로 인해 루쉰과 저우양의 대립이 선명해졌다. 이에 대해 8월 이후에는 공산당 내에서도 이 논쟁이 항일민족통일전선의 결성에 이롭지 않다고 판단하여 조정작업을 진행하였으며, 10월에 루쉰의 주장을 받아들인 '문예계 동인의 단결어모團結禦侮와 언론자유를 위한 선언'이 루쉰·궈모루어·마오뚠 등을 중심으로 발표되었다. 루쉰은 이 국방문학논쟁이 한창이던 10월 19일, 지병이던 천식 발작으로 세상을 떠났다.

5. 문화인의 스캔들

─루쉰의 『양지서』와 여배우 롼링위阮玲玉의 유서

루쉰과 간통죄

미디어는 이데올로기상의 대립을 종종 가십이라는 형태로 변형하여 등장시키곤 한다. 좌익문예의 중심적 존재였던 루쉰이 바로 그 일례이다. 그는 아내를 베이징의 어머니 곁에 두고, 17세 연하인 제자 쉬광핑과 상하이에서 동거하고 있었기 때문에 국민당계의 미디어로부터 스캔들로 공격당하고 있었다. 덧붙이자면 1935년에 공포된 중화민국 형법 제17장 '혼인 및 가정방해의 죄' 제239조에는 "배우자가 있음에도 타인과 간통한 경우에는 1년 이하의 실형에 처한다. 간통의 상대 역시 같은 죄에 처한다"라고 규정되어 있는바, 루쉰과 쉬광핑 모두 범죄자가 될 수 있었던 것이다.

영화배우 롼링위阮玲玉(1910~35)가, 모친
이 입주 가정부로 일하던 집의 4남인 이전
애인 장다민張達民에게 간통죄로 고소당해,
재판 전날 밤에 자살한 사건에 대해서는
【칼럼 3】의 내용을 참조해주시기 바란다.
롼링위가 남긴 유서에는 "[장다민의] 은혜를
원수로 갚고 덕을 원한으로 갚았다. 이에 더

〈그림 3-10〉 롼링위

하여 세간에서는 사정도 잘 알지 못한 채 나를 나쁘다고 여기고 있다
(…중략…) 참으로 남들의 말은 두려운 것, 남들의 말은 두려운 것이
다"라는 말이 남겨져 있다. '남들의 말이 두렵다人言可畏'는 말은 『시경詩
經』에 전고를 두고 있다. 좌익저널리즘은 이것을 가지고 보수파의 신
문잡지의 스캔들 보도가 롼링위를 자살로 내몰았다고 반격하였으며,
장례식 행렬에는 수십만의 팬이 참가하였다고 한다. 보수파 저널리즘
으로부터 자유연애를 두들겨 맞은 엘리트 전문직 여성의 비극 — 롼링
위의 전설은 이와 같은 좌익 담론으로 이루어졌던 것이다.

매스미디어에 대한 두려움

루쉰도 「남들의 말이 두렵다'를 논함論'人言可畏」이라는 에세이를 써
서, 신문이 여성에 대해 가하는 집요한 레토릭이 롼링위처럼 힘없는
여성에게는 고통의 원인이 된다고 지적하고 있다. 그렇기는 하지만 삼

각관계를 해소하기 위해 변호사제도를 활용하고, 자기를 해명하기 위해 신문광고를 낼 정도였던 롼링위를 일반적인 '힘없는 여성'과 동일시할 수는 없을 것이다.

오히려 루쉰의 글로서는 드물게 온화한 필치였던 것을 통해서, 그 자신의 곤혹과 체념의 심리를 엿볼 수 있다. 부모가 중매인에게 맡겨 결정해버리는 구식 결혼에서 벗어나, 근대문학의 가장 중요한 과제였던 자유연애를 실천하였기에 루쉰 자신도 미디어의 먹이가 되었던 것이다. 독자의 호기심에 영합한데다가 정치적 의혹도 더해져 프라이버시를 대중 앞에 훤히 드러내는 '남의 말', 즉 매스미디어에 대한 두려움은 루쉰에게도 남의 일이 아니었다. 다른 한편으로 루쉰 역시 매스미디어가 여배우나 작가라는 직업제도를 유지해주고 있다는 점을 잘 알고 있었을 것이다. 루쉰도 애인 쉬광핑과 주고받은 편지를 『양지서兩地書』(1933)라는 단행본으로 간행하였으며, 그의 저서가 하나둘 발매금지 처분을 당하던 중에 이 '러브레터'의 인세로 생계를 꾸려나갔던 시절도 있었다.

정치적 담론이건, 문학이건, 영화이건, 그리고 거기에서 파생된 가십이건, 문화시장에서는 모두 동질의 정보로서 소비된다는 대중문화의 현실에 상하이의 문화인은 직면하고 있었던 것이다. 1920년대의 소규모의 살롱문화와 달리, 30년대 상하이의 문화인은 거대한 시장 속에 내던져져 소비자의 욕망에 농락당하고 있었으며, 그렇지 않고서는 여배우도, 작가도 직업으로서 성립하지 않는 것이었다. 이러한 새로운 대중문화의 논리에 당황하여, 진보적 여성이라는 이미지에 집착한 나머지 롼링위는 죽음을 선택할 수밖에 없었던 것일까.

1930년대 상하이의 여배우
―롼링위阮玲玉와 바이양白楊

1930년대 상하이의 여배우는 어떻게 태어나서 어떻게 살아갔을까. 롼링위阮玲玉(1910~35)과 바이양白楊(1920~96) 두 여배우의 인생을 쫓아가보자.

롼링위의 아버지는 광동인廣東人, 19세기 말에 기근을 면하기 위해 고향을 떠나 상하이 조계에 와서 인부를 했고, 푸동浦東의 영국자본이 경영하는 아시아 석유회사 기계부에서 임시공으로 일했다. 아버지는 30살에 동향사람과 결혼했고, 얼마 안 있어 태어난 것이 롼링위였다. 1916년 아버지가 44세로 병사하자 어머니는 광동성의 전직 고급관료인 장張이라는 매판의 저택에 입주해서 일하는 가정부가 되었다. 주인인 장에게는 첩이 "알려진 것만 해도" 9명, 아이가 "불완전한 통계로 17명 있었다"고 한다.

1918년 롼링위의 어머니는 주인 장張씨의 연줄로 그가 이사로 근무하던 충더崇德여학교에 딸을 반액면제로 입학시킨다. 당시의 상하이에서 여학교에 다닌다는 것은 부유한 가정의 자녀들에게 한정된 것이었다. 어머니는 롼링위를 기숙사에 살게 하면서 주말에도 자기 곁에 돌아오지 못하게 했고, 중학 2년이던 롼링위가 학예회의 화려한 무대에서 〈자모곡〉을 독창했을 때에도 자신의 신분을 감추기 위해 참관을 꺼렸다고 한다.

얼마 안가 장씨 집의 4남 장다민張達民이 롼阮을 보고 첫눈에 반하자, 이에 노한 장씨 부인은 롼의 어머니를 해고시킨다. 여학교마저 중퇴하게 된 롼은 배우가 되었고, 장다민은 모자를 아버지의 첩이 전에 살던 집에 살게 하고 거기서 동거를 시작한다. 롼은 여성차별로 고통받는 직장 여성으로 살아가는 신여성들을 그린 사회파영화에 출연했고, 4년 후에는 월수입 700원이라는 고소득에, 편당 수백 원의 출연료를 합치면 연수입이 만원에 달하는, 자가용차에

운전수까지 딸린 상류계급의 생활을 영위하게 된다. 당시 상하이 4대 백화점 중에서도 최고라 했던 용안공쓰永安公司의 남성 사무직 월급이 50원이던 시절이다.

한편 장다민은 동거를 시작한 직후에 아버지가 급사, 12만 원 상당의 가산과 현금 1만 원을 상속할 권리를 얻었지만, 경마에 가는 일이 잦아지고 마주가 되더니 금세 가지고 있던 12마리의 말과 자본을 잃었고, 그 후에도 도박에 미쳐 돈 빌리기를 거듭했다. 정나미가 떨어진 롼阮은 1933년 4월 별거를 단행하고, 그로부터 4개월 후에는 광동인으로 차茶상인인 탕지산唐季珊과 동거를 시작한다. 헤어진 뒤에도 장張은 두 사람을 계속 흔들어대더니 1935년 2월에는 지방재판소에 가정방해죄와 간통죄로 롼阮과 탕唐을 고소한다. 매스컴에서 이를 여배우의 스캔들로 떠들썩하게 다루어 대던 와중에 롼링위는 재판 전날 밤 수면제를 복용하고 자살했다.

이 사건에서는 법률과 미디어가 중요한 역할을 하고 있다. 애당초 장과 롼 두 사람의 결혼에 반대한 장의 어머니는 1930년 임종시 '롼링위와의 결혼을 허락하지 않는다. 은행에 동결한 유산은 다른 사람과 결혼했을 때만 상속가可'라고 한 유언장을 남겼기 때문에 장은 롼과 정식결혼 할 기회를 잃는다. 1932년에 롼은 변호사 사무실에 가서 장과 별거하고 그의 생활비로 월 100원을 2년간 지불하는 내용의 동거관계 해소계약서를 작성하는데, 장이 롼의 이름을 사용하여 사기행각을 반복하는 까닭에 "어떠한 인물과도 정식으로 배우자 관계를 맺은 적이 없고, 현재도 어떤 인물과도 혼인계약을 하고 있지 않다"고 하는 신문광고를 내기도 한다. 하지만 롼의 공증인은 퇴직변호사라서 자격을 잃은 상황이었고, 장은 이 점을 포착하여 별거계약을 무효라 하며 탕唐과 롼阮을 고소한 것이다.

사실 탕唐은 광동에 아내가 있었고, 처가의 자금으로 사업을 시작하여 자산을 쌓은 바 있다. 그 후 상하이에서 여배우 장즈윈張織雲과 동거하다 후에 롼阮으로 파트너를 바꾸었다. 간통 재판을 앞두고 장즈윈이 「나와 탕지산 관계의

진상」이라는 수기를 잡지에 발표하는 한편 본처
도 상하이로 들어와 탕唐에게 이혼 위자료 30만
원을 요구한다. 롼링위가 자살한 후, 탕은 신문
에 게재할 부고에 롼의 호칭을 처음엔 '탕지산唐季
珊 부인', 다음에는 '가인家人 롼링위', 마지막에는
'롼링위 여사'로 두 번이나 변경했다고 한다. 부
인·가인·여사라는 호칭은 각각 혼인·동거·
친구 관계를 의미한다. 롼링위 자살사건이 일어
나자 루쉰도 「'사람들의 말이 두렵다'를 논함」이
라는 에세이를 쓴다.

〈칼럼 3〉 바이양

　바이양白楊은 베이징 출생이며, 양친은 교육사업에 힘쓰다가 1931년에 어
머니가 사망하고 아버지도 사업이 실패한 후 행방불명되고 만다. 11살 소녀는
하는 수없이 배우양성소에 들어갔고, 무성영화에 귀여운 아역으로 출연했다.
바이양의 출세작은 당대의 명배우 자오단趙丹과 공연한 경쾌한 러브코미디
〈십자로〉(원제 〈十字街頭〉)(1936)였다. 이 작품에서 그녀는 일본의 침략에 항의
하고 자본가의 착취에 의문을 제기하는 젊은 인텔리여성을 연기했다. 당시 그
녀는 16살에 불과했지만 여유 있는 얼굴과 몸매로 '중국의 그레타가르보'라는
찬사를 받았다.

　하지만 몇 달 후에 중일전쟁이 시작되었다. 바이양은 상하이를 탈출하여
항일선전 연극대에 참가했고, 나중에는 임시수도인 충칭重慶으로 가서 스타니
슬랍스키의 연극이론을 공부했고, 배우로 활약했다. 주연을 맡았던 연극은 궈
모루어郭沫若의 〈굴원屈原〉을 비롯하여 40편에 달했으며, 당시 4대 여배우로
불렸다.

　1945년 종전 후 상하이 영화계가 다시 황금시대를 맞이하자 청춘스타에서
연기파로 탈피한 바이양의 모습이 스크린에 부활하게 된다. 공전의 히트를 기
록한 〈봄날 강물은 동쪽으로 흐른다〉(1947)는 전쟁으로 남편과 이별한 아내의

비극을 그린 작품으로, 이 영화에서 바이양은 외아들에게 바지를 입힌 채 찢어진 데를 수선해주는 젊은 어머니의 밝고 씩씩한 모습에서부터 강물에 투신 자살하는 절망적 신까지를 모두 훌륭하게 연기해냈다.

49년에 중화인민공화국이 건국되자 영화계는 일변하여 겨울시대를 맞게 된다. 공산당은 문학·예술의 임무를 마오쩌뚱 찬미로 규정하고 이른바 '마오 문체毛文體'의 작품만을 제작하게 한다. 그래도 1956년의 백화제방기라는 잠깐 동안의 봄이 왔을 때 제작된 〈축복〉은 얼마 안 되는 명작의 하나이다. 루쉰의 단편을 영화화한 〈축복〉에서 바이양은 농촌의 과부 샹린싸오祥林嫂의 괴롭고 슬픈 반평생을 열연했다.

문화대혁명기(1966~76)에는 많은 영화인이 비명횡사 했고, 바이양도 감금 생활을 해야 했다. 그래도 만년엔 중국영화가 협회부주석을 맡아서 후진양성에도 힘썼고 외국 영화계와의 교류도 촉진했다. 1993년 도쿄 시부야의 유로스페이스에서 주연작이 특별 상영되던 때 일본에 왔다. 이때 바이양과 대담한 영화평론가 사토 하루오佐藤忠男는 그녀의 인상을 "싹싹하고 서글서글한 아주머니" 같았다고 적은 바 있다. 실로 바이양은 격동의 중국영화의 산 증인이었다고 할 수 있을 것이다.

4장 성숙과 혁신의 40년대(1937~49년)
중일전쟁과 국공내전

1. 윤함구의 여성작가들―장아이링張愛玲과 메이냥梅娘

중일전쟁과 국공내전

1940년대의 중국에서는 중일전쟁(1937~45, 중국에서는 항일전쟁이라 함), 국민당과 공산당의 국공내전(1946~49) 등의 전쟁이 이어졌고, 공산당이 이를 통일하고 인민공화국을 수립(1949.10)하기까지 중국 각지에는 많은 정권과 국가가 흥망을 거듭하였다. 만주사변(1931) 이후에 동북 3성을 지배한 만주국, 일본점령하의 화북 5성과 장강 하류에 각각 세워졌던 중화민국 임시 정부(1937.12 베이징에서 성립)와 중화민국 유신 정부(1938.3 난징에서 성립) 등 일본의 괴뢰[1]정권. 철저항일을 외치는 국민당 장제스蔣介石파와 결별하고 일본과의 화평을 모색하였던 왕자오밍汪兆

---

1   傀儡. 조종되는 인형이라는 의미.

銘을 주석으로 하고 임시·유신 두 정부를 통합하여 1940년 3월에 난징에서 성립한 중화민국 국민 정부. 이들은 일본의 패전과 함께 붕괴되었다. 또한 8년 동안이나 지속된 중일전쟁을 끝까지 수행하여 승리를 획득한 중화민국의 국민당 정권 역시 국공내전에 패하여 타이완섬으로 도주하게 된다. 이처럼 중국의 1940년대는 망국亡國의 시대였지만, 문학은 풍성한 성숙기를 맞이하고 있었다. 이 장에서는 실질적으로는 1937년 이후를 대상으로 살펴보고자 한다.

1937년 7월에 중일전쟁이 발발하자 중화민국은 초반의 분전奮戰도 헛되이 11월에 상하이, 12월에 난징, 그리고 이듬해 10월까지 우한, 광저우 등 연해부에서 내륙부에 걸친 주요 도시를 일본군에게 점령당하였다. 국민당 정부는 상하이를 기점으로 장강의 유역 거리 392km 상류에 있는 수도 난징을 먼저 잃었고 잇달아 1,125km 거슬러 올라가 우한을 잃었지만, 2,500km 상류에 위치한 쓰촨성의 상업 항구 충칭重慶을 임시수도로 정하여 항일전쟁을 수행하였다. 이리하여 중국은 일본이 점령한 '윤함구淪陷區', 국민당이 지배하는 '대후방(또는 國統區)', 그리고 공산당이 지배하는 '해방구解放區'로 나뉘어졌으며, 세 지역의 문예계 역시 각각 독자적인 모습을 드러냈다.

또한 중일전쟁의 전반기에는 미국·영국·프랑스가 주권을 지닌 상하이 조계지역은 주위의 광대한 윤함구에 둘러싸인 고도孤島(외로운 섬)로 변하고 말았다. 이 고도는 1941년 12월 태평양전쟁이 발발한 후 일본군에게 접수되기까지 중립지대였기 때문에, 빠진巴金 등 많은 문학자가 남아 항일의 언론활동을 전개하였다. 이 상하이 조계구의 4년간은 '고도기孤島期'라 일컬어진다.

고도孤島시기 상하이와 아이덴티티의 위기

근대문화의 양대 중심인 베이징과 상하이는 중일전쟁이 시작되자마자 잇달아 일본군에게 점령당하고, 대량의 지식인이 대후방과 해방구로 떠나는 바람에 문화계는 황량한 모습을 드러낸다. 남아있던 문학자 가운데에는 일본에 협력하여 전쟁이 끝난 후 '한간漢奸'으로 처벌당한 이도 많았다. 베이징에서 각료급의 요직에 앉았던 저우쭈어런周作人이 그 대표적 인물이다.

또한 일본의 침략에 의해 중국에서는 각종 산업 역시 커다란 타격을 입었다. 예를 들면, 상하이는 고도시기에는 전쟁 경기에 의해 눈부실 만큼의 번영을 누렸지만, 태평양전쟁이 일어난 이후에는 급속히 쇠퇴했다. 1936년의 공업소비전력을 100으로 한다면 1943년에는 40이었으며, 이 해에 상하이시 전체에서 중국인이 경영하는 공장은 약 3분의 2가 도산하였다.

이와 같은 윤함구의 사람들의 심리상태를 둘러싸고, 사오잉졘邵迎建은 『고금古今』이라는 당시 상하이에서 발간되던 잡지에 왕자오밍 정권 수뇌들이 기고한 에세이를 분석하여 "저우포하이周佛海(재정부장관, 상하이시장)는 「자반록自反錄」의 서두에서 '사람은 자신을 알 수 없다는 사실을 괴로워한다'라고 썼다. 수십 년에 걸쳐 정치생활을 해온 그들은 '돌연 자신이 누구인지 알 수 없게 되었다'"고 그들의 아이덴티티적 상실감을 지적한 바 있다. 나아가 사오잉졘은 괴뢰 정권의 지도층뿐만 아니라, 상하이조계지역의 수많은 시민들 역시 영·미·프의 지배에서 일본군의 지배로 이행함에 따라 "정치·경제·문화·정신면에서 한층 절망적인 상황에 빠지게 되었고 (…중략…) 원래부터 애매했던 아이덴티티는 더욱 보이지 않게 되었다"고 서술하고 있다.

청 말 이래 상하이는 서구화의 최첨단을 걸어 국민국가 건설의 중심이 되어 왔지만, 일본의 침략은 중국이라는 국가와 그 민족에게 존망의 위기를 가져다줌과 동시에, 중국이 청 말 이래 추구해온 서구 문명의 여러 제도에 내재된 모순을 일거에 드러내주었던 것이다. 제2차 세계대전, 중일전쟁, 태평양전쟁 등의 세계대전은 서구문명에 의해 창출된 국가라는 장치가 불러일으킨 비극이었다. 청 말 이래의 고난 끝에 1920년대에야 겨우 본격적인 건설을 시작한 중화민국이 이토록 빨리 멸망에 빠져버리게 된 역사의 전개과정이 중국의 시민층에게 심각한 아이덴티티적 위기를 초래했다고도 할 수 있다. 이러한 문명의 위기, 아이덴티티 위기의 시대에 위기의 본질을 고찰한 것이 문학이었다. 특히 윤함구에서는 기성작가군의 소실이라는 비정상적인 상황 속에서 등장한 여성작가들의 작품이 주목받았다.

붕괴감각과 연애소설

일본에 점령당한 상하이에서는 문예와 관련된 정기간행물이 40종 이상 간행되었으며, 일본의 침략이나 왕자오밍 정권의 선봉을 담당한 '화평문학和平文學', 그리고 영리 목적의 오락잡지에도 공산당 지하당원이 잠입하여 정보공작을 진행하고 있었다고 한다. 또한 비밀리에 충칭의 국민당 정권과 연락을 취하고 있던 문화인도 많았다. 이러한 상하

이문단에 혜성처럼 등장한 여성작가가 장
아이링張愛玲(1920~95)이다. 그녀의 조부는
청조의 명신 장페이룬張佩綸, 조모는 리훙
장李鴻章의 딸이라는 상하이의 명문가에서
태어났지만, 어머니는 프랑스로 유학했고
아버지는 첩과 동거하는 등의 상황이 연이
어져 가정은 붕괴되고 있었다. 1937년에
성 마리아여학교를 졸업하고, 1939년에 런

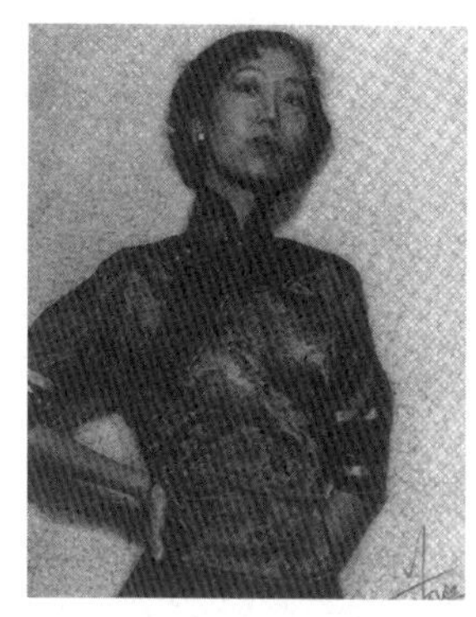

<그림 4-1> 장아이링

던대학의 입시(상하이에서 시험을 치름)에 합격하였지만, 제2차 세계대전
의 발발로 인해 유학을 단념하였다. 대신 그녀는 홍콩대학에 입학하였
는데, 졸업 직전에 태평양전쟁이 발발하였다. 당시 영국 식민지이던
홍콩은 일본군의 맹공을 받았으며, 장아이링 등의 학생들도 홍콩방어
전에 방공단원 등으로 종군하였다. 이듬해 상하이로 돌아온 그녀는 생
활비를 마련하기 위해 문필활동을 시작하자마자 신진 여류작가로서
일약 주목을 받았으며, 소설집『전기傳奇』(1944.9)는 폭발적인 인기를
끌었다. 그녀의 청춘은 큰 전쟁에 의해 중화문명과 유럽문명, 그리고
그 '혼혈아'인 조계도시 상하이와 식민지 도시 홍콩 등의 여러 문명이
세계적 규모로 동시에 붕괴해가던 시대와 영락없이 겹쳐져 있었다. 붕
괴감각에 기반을 둔 찰나주의 — 장아이링은 자신의 청춘을 아쉬워하
며 이렇게 적고 있다.

　　시대는 너무 급작스럽게 이미 붕괴되기 시작했고, 더욱 큰 붕괴가 닥칠
　　것이다. 우리의 문명은 그것이 승화하든 천박해지든 언젠가는 반드시 과

거로 될 날이 올 것이다. 만약 내가 가장 즐겨 쓰는 단어가 '황량함'이라고
한다면, 그것은 내 마음 깊은 곳에 막연한 위협을 안고 있기 때문이리라.
(『전기』 제2판)

그리하여 장아이링은 '마치 7~8대의 축음기가 동시에 소리를 내면
서 제각기 멋지게 자기 노래를 불러 혼돈상태가 되어버린', '체계성 없
는 현실'의 소란 속에서 '사람을 울리고 눈을 반짝이게 하는 한 순간'을
발견하고는 「경성지련傾城之戀」, 「봉쇄封鎖」 등의 연애소설을 지었다.
이들 작품은 늘 문명의 본질을 날카롭게 되물으며, 가정·연애·화폐
등 상하이와 홍콩에 이식된 서구문명의 본질을 파헤쳤다. 상하이에서
활약한 여성작가로는 장아이링 외에 자전적 소설 「결혼 십 년結婚十年」
을 발표한 쑤칭蘇青(본명은 馮和儀 1914~82)이 있는데, 그녀는 현재 페미
니즘문학의 선구자로서 주목을 받고 있기도 하다.

남방 상하이의 장아이링에 대해, 베이징에서 활약한 여성작가로 메
이냥梅娘(본명은 孫嘉瑞, 1920~)이 있으며, 이
두 사람은 동갑으로 '남령북매南玲北梅'라고
병칭되었다. 메이냥은 지린吉林성 창춘長春
시의 부르주아 집안에서 태어났으며, 만주
사변으로 인해 학업을 중단하였지만 고교
3학년에 편입한 이듬해에 첫 작품집 『소저
집小姐集』을 출판하였다. 졸업 후 그녀는 형
제자매 세 명과 함께 일본으로 유학하였는
데, 와세다대학의 고학생 류룽광劉龍光과

〈그림 4-2〉 메이냥(중앙, 1952)

사귀어 결혼하였다. 1937년 겨울에 귀국하여 잇달아 작품을 발표하였으며, 1941년에는 「게蟹」로 대동아문학상을 수상하였지만, 이로 인해 인민공화국 수립 이후에는 '한간漢奸' 혐의로 박해를 당하였다.

2. 대후방의 신흥 '문화성文化城'

—충칭重慶・구이린桂林・쿤밍昆明

소개疏開하는 문화

일본군이 침략해오자 윤함구에서 약 1,000만 명이 대후방과 해방구로 이동하였는데, 그 가운데 700만 명이 대후방인 쓰촨성으로 들어갔을 것으로 추정되고 있다. 상하이・난징 등지에서 약 170개소, 우한에서 약 150개소의 공장이 장강을 따라 쓰촨 쪽으로 기계부품 및 자재를 옮겼는데, 총 20만 톤의 짐 중에서 3분의 1이 충칭으로 옮겨졌다고 한다. 대학은 전국 108개교(학생 수는 약 4만) 가운데 52개교가 대후방으로 이동했는데, 그 가운데 19개교가 충칭에 자리 잡았다. 개전 전 이 도시에는 충칭대학 등 2개교밖에 없었다. 충칭의 인구는 개전 전에는 약 34만 명이었는데, 개전 후에는 여기에 100만 이상의 새로운 이주자가 더해졌다.

우한과 광저우가 함락된 후 군사 및 문화방면의 새로운 거점으로 급부상한 광시廣西성 구이린桂林은 예부터 중원과 영남지방이 합쳐지는 요처이며, 중일전쟁 당시에는 서남과 화남·화동을 연결시키는 요지였다. 개전 전의 인구는 7만에 지나지 않았지만, 1944년에는 50만에 달하였다. 출판사는 한 곳도 없고 서점도 고작 두 곳밖에 없었던 구이린에 1938년에는 서점과 출판사가 160개나 몰려들었기 때문에, 구이린은 '문화성'이라 일컬어졌다. 중일전쟁 개전 이래 주로 상하이자본이 이동했던 홍콩이 태평양전쟁 발발 직후에 몰락하자, 많은 사람들이 다시금 구이린으로 이동했다. 구이린은 장제스과 대립관계에 놓여 있던 리종런李宗仁·바이총시白崇禧 등 광시군벌의 본거지였기에 국민당의 엄격한 문화통제가 직접 미치는 일이 없었는데, 이 역시 상하이 문화계가 대거 이동했던 까닭이라 할 수 있다.

아울러 베이징·칭화·난카이南開의 세 대학이 피난처인 윈난雲南성 쿤밍昆明에서 서남연합西南聯合대학을 조직하였으며, 선충원沈從文·원이뚸어聞一多·리광톈李廣田 등의 자유주의파 문학자들이 이곳에 모여들었다. 이 때문에 '봄의 도시' 쿤밍은 작은 베이징小北京이라 불리며 제3의 문화중심이 되었다. 이 밖에 '주체성을 극도로 강조한 항전'을 고무하며 로맨티시즘을 구가한 전국책파戰國策派라 불리는 그룹도 존재하였다. 쿤밍은 미국·영국이 인도로부터 장제스 정권에게 원조물자를 수송한 버마 루트의 요지이기도 하였다. 이리하여 대후방에 상하이의 지점支店으로서 충칭과 구이린, 베이징의 지점으로서 쿤밍이라는 세 곳의 문화도시가 갑자기 출현하였던 것이다.

이 세 도시에 대해 일본군은 '사기를 꺾기 위해' 항공기에 의한 무차별 폭격을 가하였다. 예를 들면 충칭의 경우, 1938년 2월부터 1943년 8월까지의 5년 동안 200차례 넘게 폭격했으며, 공습에 의한 사망자만

11,885명에 달하였다. 이러한 중국에 대한 전략적 폭격은 미군에 의해 질과 양에서 모두 훨씬 발전되어, 수년 후에는 일본 본토에 대한 공습으로 일본인에게 되돌아왔다. 일본군이 저지른 전략적 폭격의 잔혹함과 범죄성을 현지에서 목격하고 기록·고발하였던 이들이 바로 상하이·베이징에서 이동해온 문학자였고 신문·잡지였다는 점은 문학사의 한 페이지에 기록해두고 싶다.

전시임에도 불구하고 대후방에서는 활발한 문예활동이 전개되고 있었던바, 1942년의 통계에 의하면 1년 동안 새로이 간행된 서적은 3,879권, 잡지 호수의 총합은 4,153호였다. 하루 평균 서적과 잡지가 20권 간행되었으며, 그 가운데 문예서적이 41%를 차지하였다고 한다. 차오위曹禺의 희곡 〈베이징인北京人〉, 라오서老舍의 장편 『사세동당四世同堂』, 빠진巴金의 「게원憩園」, 마오뚠茅盾의 「부식腐蝕」과 「서리맞은 단풍은 봄꽃처럼 붉다霜葉紅似二月花」 등 근대문학사에 길이 남을 명작이 대후방에서 생산되었다. 구이린에서 왕루옌王魯彦이 편집장을 지내고 있던 월간지 『문예잡지文藝雜誌』는 3만 부의 판매고를 올리고 있었으며, 충칭에서 간행된 궈모루어의 역사극 『굴원屈原』은 한 해 동안에 1만 권을 판매하는 등, 어느 것이나 전전의 중국에서는 기록적인 수치였다.

화극의 발전

중일전쟁기에는 '화극話劇'이 눈부신 발전을 이루어 황금시대를 맞이하였다. '화극'이라 일컬어지는 중국의 근대 과백극科白劇, 신극의 역

사는 1906년 일본 유학생들이 도쿄에서 결성한 춘류사春柳社에서 비롯
된다. 이듬해 초 상연된 〈춘희椿姫〉, 〈톰 아저씨의 오두막〉이라는 연극
제목이 상징적으로 보여주듯이, '화극' 역시 신흥지식계급의 연애·자
유·해방을 추구하는 담론이었다. 1920년대에 들어서자 입센의 〈노
라〉가 이 담론의 중심적 위치를 차지했는데, 국민혁명을 거치면서 이
시기에 국민적 시장이 형성되었으며, 연애·자유·해방을 보증하는
시민사회가 형성될 전망이 생겨나던 1930년대에는 평등의 문제가 연
극의 주류를 이루었고, 좌익극단의 활동이 활발해졌다. 1934년에는 차
오위曹禺와 같은 본격적인 희곡작가가 등장하여 〈뇌우雷雨〉를 발표하
는 한편, 이데올로기 선전으로 기울어지는 경향도 역시 두드러지게 나
타났다.

전쟁 초기에는 각계각층의 국민에게 일본군에 대한 저항을 부르짖
던 항일극단이 다수 조직되었으며, 각지에서 순회공연이 행해졌다. 얼
마 지나지 않아 지구전持久戰의 상태에 접어들자 '화극'은 정부의 부패
나 사회의 암흑을 통렬하게 풍자하고, 또한 시대의 어둠 속에서 쓰러
져가는 평범한 사람들의 생활모습을 그려냈다. 차오위의 〈태변蛻變〉,
라오서의 〈잔무殘霧〉, 우쭈꽝吳祖光(1917~2003)의 〈풍설야귀인風雪夜歸人〉
등은 그 대표작이다. 동부 바다 쪽의 도시들은 일본군에게 점령당하였
기 때문에, 대후방에서는 외국영화의 수입이 중지되었고, 상하이의 영
화 배급 역시 정지되어 있었다. 영화가 사라져버린 영화관은 이들 '화
극'에 알맞은 극장이 되었다. 1941년부터 1944년에 걸쳐 충칭에서는 매
년 20편 이상이나 되는 '화극'이 상연되었다.

3. '해방구'의 인민문학

―자오수리趙樹理의 「소이흑의 결혼」과 〈백모녀白毛女〉

옌안에서의 숙청

만주사변 이래, 일본의 침략적 태도가 차츰 노골화됨에 따라 중국의 여론은 국민당 정부에게 공산당과의 내전을 중지하고 일치하여 항일로 나서도록 강력히 요구하기 시작하였다. 시안사변西安事變(1936.12)을 계기로 국민당과 공산당의 합작교섭이 시작되어, 중일 간에 전면전이 개시된 후인 1937년 9월에 제2차 국공합작이 이루어졌다. 민족통일전선의 결성에 따라 공산당 통치구는 중화민국 특구(또는 邊區) 정부로, 홍군은 국민혁명군 내의 팔로군八路軍과 신사군新四軍으로 개칭·개편되었다.

그러나 공산당은 변구 정부로 개칭한 후에도 자주독립의 원칙을 내걸고 있었다. 윤함구에도 많은 항일근거지가 건설되었는데, 일본군의 점령으로부터 해방되었다는 의미에서 흔히 '해방구解放區'라 불렸다. 항일전쟁 이후 국공내전의 과정에서 국민당 통치구로부터 빼앗은 지역을 '신해방구'라 했는데, 얼마 후 인민공화국이 수립되고 나서는 1927년 징깡산井崗山에서 생겨난 혁명근거지까지 거슬러 올라가, 건국 이전에 공산당이 지배한 구역을 '해방구'라 일컫는 것이 일반화되었다.

공산당군은 열악한 조건 아래에서 일본군과 맞서 싸웠으며, 항일전쟁에 승리한 시점에 인구 9,000만을 넘는 지역을 해방구로서 지배하고 있었다. 이 해방구의 중심이 산시陝西성 북부의 소도시인 옌안延安이었다. 옌안의 시가지는 황토고원을 흐르는 옌허延河 중류에 접한 분지에 발전하였으며, 예로부터 산시陝西 북부 교통의 요지였다고는 하지만 인구 1만 명 정도의 현성에 지나지 않았다. 중국 동남부의 쟝시江西성에서 장정長征을 떠난 홍군과 공산당 중앙은 1935년 10월에 산시 북부에 도착했고, 1937년 1월에 옌안을 거점으로 항일전쟁과 국공내전을 치렀다. 이 해에 옌안은 시로 승격되었고, 인구 역시 약 3만 명으로, 그리고 1940년대에는 4만 명으로 늘어났다.

인구 3만의 옌안에 윤함구로부터 유입된 지식인의 숫자는 수천 명이었다고 한다. 옌안에서는 18대 1이라는 극단적인 남녀 비율을 보여주었는데, 더욱이 여성의 대다수는 당 지도자의 아내였고 새로 오는 사람은 도시 출신의 젊은 여성이었다. 이러한 상황에서 예컨대 마오쩌뚱의 경우, 아내 허쯔전賀子珍(1909~84)과 억지로 이혼하고서 상하이의 여배우 출신 쟝칭江靑(1914~91)과 재혼하였다. 식량, 주택 등에서 섹스에 이르기까지 당 간부는 특권을 누리고 있었지만, 새로 온 젊은 지식인과의 마찰 또한 적잖게 존재하고 있었다고 할 수 있다. 지식인은 중국공산당의 관료주의 체제 및 간부의 특권에 대해 비판하기 시작하였지만, 대대적으로 숙청당하고 말았다. 그 가운데에는 왕스웨이王實味 등 문학자도 다수 포함되어 있었다.

문예강화와 자오수리

‘정풍整風’이라는 이름의 이 숙청 캠페인에 앞서서, 1942년 5월 마오쩌뚱은 문예좌담회를 소집하여 문학·예술이란 항일전쟁과 해방운동을 치르는 노동자·농민·병사의 요구에 따라 대중정치가의 의견을 종합하고 이를 정련하여 다시 대중에게 되돌려주는 것, 즉 공산당의 정책을 민중에게 선전·계몽하고 민중의 요구를 당에게 전하는 미디어라고 규정하였다. 이것은 ‘문예강화文藝講話’라 일컬어졌으며, 이후 오랫동안 공산당의 문학·예술에 대한 기본정책이 되었다.

‘문예강화’를 전후하여 자오수리趙樹理(1906~70)는 5·4신문학 이래의 전통을 계승하면서 대담한 혁신을 꾀한 이색적인 단편소설 「소이흑의 결혼小二黑結婚」을 발표하였다. 그는 산시山西성의 몰락한 중농 집안에서 태어났으며, 소학교 교원 등을 거친 후 1937년 공산당에 재입당하였다. 이 작품은 해방구에서 공산당 정부의 지원하에 젊은이가 미신과 구습에 저항하여 연애결혼을 쟁취하기까지를 고전백화소설의 서사양식을 이용하여 농민풍의 유머러스한 필치로 그려내고 있다.

이 작품에서는 자유연애로부터 결혼에 이르는 과정에서, 악덕지주 일가와 함께 주인공의 아버지와 여주인공의 어머니의 권위가 붕괴되는 점이 흥미롭다. 아버지는 글을 읽고 쓸 수 있고 점치는 책을 이해할

〈그림 4-3〉 자오수리(1959)

수 있는 제갈諸葛이라는 별명을 지닌 지식인이다. 어머니는 무당과 일종의 창부를 겸하고 있었기 때문에, 마을의 사내들이 모이는 그녀의 집은 정보가 오가는 중심이기도 했다. 이 두 사람에게 반역하는 자식 세대의 연애는 자영농민을 중심으로 한 농촌의 전통적인 권위와 질서를 전복시키고, 그 대신 공산당의 지배를 끌어들인다. 이러한 의미에서 이 작품은 서사양식 면에서는 고전적이고 통속적이면서, 연애와 혁명, 그리고 국민국가 건설이라는 도시 지식계급에 의한 5·4신문학의 테마를 계승하고 있으며, 이것을 궁극에까지 전개시킨 '하우투how to' 연애, '하우투' 혁명의 소설이라 할 수 있다. 이 후에도 자오수리는 「리씨 마을의 변천李家莊的變遷」(1946) 등, 지주나 일본군을 상대로 어떻게 토지개혁과 항일전쟁을 수행하는가 하는 '하우투' 소설을 계속 발표함으로써 '문예강화'가 기대하는 인민문학의 본보기가 되었다. 덧붙이자면 자오수리 자신은 「소이흑의 결혼」을 발표한 지 반년 후에 '문예강화'를 읽었다고 술회한 바 있다.

자오수리 문학이 출현한 배경으로서 신해혁명 이후 산시山西 먼로주의Monroe Doctrine를 부르짖으면서 산시성을 지배하였던 군벌 옌시산閻錫山(1883~1960)의 개명정책을 지적하지 않을 수 없다. 옌시산이 산시성의 부강을 모도하여 교육보급에 힘쓴 결과, 1919년 당시 아동의 취학률은 60%를 넘어섰는데, 당시 전국 평균 11%에 비하면 그것은 경이적인 수치였다. 개명군벌의 통치 아래에서 생겨난 수많은 농민 독자를 상대로, 자오수리는 한 마을의 상황이 곧 산시성, 나아가서는 전중국의 상황임을 해설함으로써, 공산당 이데올로기를 선전하는 소설을 제공하였던 것이다.

'커다란 시골' 옌안

기성문학자가 떠나버린 자리에 신인 여성작가가 탄생했던 상하이와 베이징. 기성작가가 모여든 데다가 신인도 가세하여 활황活況이던 충칭·구이린·쿤밍. 이들 도시나 자오수리의 산시山西 시골과는 달리, 옌안은 지식인을 흡수하기만 할 뿐 거의 아무 것도 만들어내지 못하였다. 공산당이 지배하는 해방구에 청 말 이래의 상하이·베이징이라는 두 문화도시의 전통과는 사뭇 이질적인 도시, 아니 '커다란 시골'이 출현한 것이다.

이 '커다란 시골' 옌안에는 『해방일보解放日報』 등 공산당 직속의 신문이 한두 개, 그리고 해방사解放社라는 출판사가 한 곳 있을 뿐, 잡지는 존재하지 않았다. 옌안을 찾아온 수천의 도시 청년들은 지식계급의 사명과 요구를 이야기하고자 하여도 이야기할 공간으로서의 미디어도 없었고, 애당초 청 말 이래 지식계급의 생존 기반이었던 도시 자체가 존재하지 않았던 것이다. '커다란 시골'에서 지식계급은 쓸모없는 존재였으며, 일자리를 얻어 생계를 확보하고자 한다면 옌안에서 넓은 해방구로 나와 공산당의 선전계통에서 일하는 것 외에는 달리 길이 없었다. 마오쩌뚱의 '문예강화'가 옌안의 지식인에게 강력한 작용을 했던 것은 당과 마오쩌뚱의 권위 외에, 이러한 옌안이라는 '커다란 시골'이 갖는 특수성에 의한 것이기도 했다. 그리하여 이러한 '커다란 시골'과 같은 도시 시스템은 공산당의 지배가 중국 전역에 미침에 따라 베이징·상하이에도 파급되었으며, 얼마 후 문학의 사멸을 초래하였다.

그럼에도 불구하고 옌안에는 1938년 문학·연극·음악·미술의 네

개 학부로 이루어진 루쉰예술학원魯藝이 설립되어 문예공작자를 양성하였다. 문예강화 노선에서도 선전문을 쓰는 요원이나 연극인, 음악가는 필요하였다. 또한 여배우를 지망하는 학생은 쟝칭江青의 예에서 볼 수 있듯 고급간부의 좋은 사교 파트너가 되었다.

루쉰예술학원에서 1945년 5월에 집단창작된 명작 가극으로 〈백모녀白毛女〉가 있다. 1940년대 초에 허베이河北성 서북부에 널리 퍼진 백발 선녀의 전설이 1944년에 전지복무단戰地服務團에 의해 옌안에 전해진 것이다. 지주에게 박해받아 산에 숨어든 빈농의 아가씨가 공산당군에게 구조된다는 줄거리이며, 구사회는 사람을 귀신으로 만들었지만, 신사회는 귀신을 인간으로 소생시킨다는 슬로건이다. 지주의 추격을 피해 도망친 소녀가 내를 건너고 산의 동굴에 숨어 지내며 머리카락도 옷도 하얘지는 등, 물과 대지를 배경으로 죽음과 재생의 시련을 극복한다는 신화적 구조를 내포하고 있는바, 대단히 감동적으로 구성되어 있다. 덧붙이자면, 흰색이란 중국의 습속에서는 죽음을 상징하는 색깔이다. 〈백모녀〉는 그 후 여러 차례나 수정 상연되었으며, 1950년에는 영화화되었고 문화대혁명기에는 발레극으로 꾸며졌다. 수정을 거칠 때마다 공산당의 지도라는 선전적 색채가 노골화되었지만, 한편으로는 보다 세련된 혁명신화의 작품으로 탈바꿈했다.

허베이성 바이양뎬白洋淀 호수부근에서 소학교 교사를 지낸 쑨리孫犁(1913~2002)도 1944년 옌안으로 와서 루쉰예술학원에서 공부하고 항일전에 일어선 농촌의 젊은 남녀를 서정적으로 묘사한 작품 「허화뎬荷花淀」을 발표했다. ‘백묘白描’라는 평가를 받은 아름다운 문체로, 자오수리와는 또 다른 인민문학을 개척했다.

문화계는 하나

중일전쟁기 중국어권 문학의 특징으로서 대후방과 윤함구의 상호 교류, 윤함구와 일본의 교류, 그리고 대후방 및 해방구와 구미歐美의 교류가 끊임없이 지속되었으며, 그것은 전쟁이 장기화함에 따라 쇠퇴하기는커녕 더욱 왕성해졌다는 점을 지적하고 싶다.

제2절에서 인용했던 대후방에서의 출판 통계는 상하이의 『잡지雜誌』 1944년 1월호를 근거로 한 것이다. 이 잡지는 매호 좌우 양면 2쪽에 걸친 '문화보도'란을 마련하여 대후방과 해방구의 문단상황을 상세히 소개하였으며, 때로는 "빠진은 '젊고 예쁜' 여인을 아내로 맞아 구이린에서 함께 살면서 신혼의 즐거움에 젖어 있다"는 등의 가십풍의 기사도 끼어 있었다. 일본의 침략을 받아 민국 정부가 분열되는 상황이었지만, 중국의 문화계는 하나였음을 '문화보도'란은 여실히 말해주고 있었다.

대동아문학자회의

일본군이 침략해옴에 따라 윤함구에 진출한 일본인도 많아졌다. 상하이의 일본인 숫자를 예로 들어보면, 1932년의 26,000여 명에서 일본에 함락당한 시기에는 10만 명으로 급증하였으며, 일본어 일간지 『대륙신보大陸新報』가 간행되었다. 이 신문의 쇼와昭和 19년 6월 20일자에는 상하이에 있던 중국어 전문학교인 동아동문서원東亞同文書院의 영문학 교수인 와카에 돗코若江 得行가 에세이 「애애령기愛愛玲記」를 기고하

여, "중국의 새로운 잡지가 중국 사람들과 같은 수의 일본인에게 읽혀지는 날이 이미 오고 있다. (…중략…) 신간 잡지가 나올 때마다 눈에 불을 켜고 가두를 달리는 일본인이 있다"고 서론을 시작하면서 장아이링을 찬미하고 있다. 실제로 이 잡지에는 상하이에서 활약하고 있던 번역가 무로후세 클라라室伏クララ(1918~48)가 장아이링의 「홍콩—타버린 흔적의 거리燼余錄」라는 작품을 번역하여 연재하고 있었다. 베이징의 일본어 신문·잡지 역시 메이냥梅娘 등의 신인작가들에게 관심을 기울이고 있었다는 것은 신문기자였던 나카조노 에이스케中薗英助(1920~2002)의 자전적 소설 『베이징판뎬北京飯店 구관舊館에서』(1992) 등에서도 엿볼 수 있다.

중일 양국 문학의 교류는 대동아문학자회의라는 국가적 행사로서도 행해졌다. 태평양전쟁 개전 1년 전인 1940년, 국가 정보기관으로서 정보국(총리대신이 관리하는 外局)이 설립되었으며, 이 정보국은 1942년에 문학자의 일원적 조직으로서 일본문학보국회日本文學報國會를 결성시켰다. 이 모임은 '국책을 철저히 주지시키고 선전보급에 헌신함으로써 국책의 시행과 실천에 협력'함을 목적으로 하는 공익법인이었다. 이 일본문학보국회가 행했던 주요 사업의 하나가 대동아문학자회의였다. 이 회의는 1942년 11월 도쿄와 오사카에서, 1943년 8월에는 도쿄에서, 그리고 1944년 11월에는 난징에서 모두 세 차례 개최되었으며, 일본을 비롯하여 타이완·조선·만주의 식민지 및 중국 내 윤함구와 몽골에서 대표가 참석하였다. 제2회 대회 이후 대동아문학상이 설립되어 베이징문단의 위엔시袁犀(1920~79)와 메이냥梅娘, 만주의 구띵古丁, 상하이의 판위치에潘予且(1902~89) 등이 수상하였다.

*Rickshow Boy*의 번역

구미歐美 또한 일본의 침략에 저항하는 중국에 깊은 관심을 기울이고 있었다. 에드가 스노우, 아그네스 스메들리, 테어도어 화이트 등의 저널리스트가 충칭 및 옌안에서 열성적으로 취재하고 있었을 뿐 아니라, 본국에서도 중국문학이 붐을 이루었다. 전전의 구미에서도 루쉰의 작품이 널리 읽혔으며, 전쟁이 더욱 많은 중국 작가를 국제무대에 나서게 만들었다. 1936년 미국으로 이주하였던 린위탕林語堂은 중일전쟁이 시작되자 베이징 거상巨商의 집안을 무대로 의화단사건 이래의 근대사를 그린 대하소설(『북경호일北京好日』, 원제는 *Moment in Peking*이며, 그 중국어 역명은 『京華烟雲』)을 발표하여 대호평을 받았다.

라오서의 작품 역시 널리 번역되었다. 1945년 뉴욕에서 간행된 *Rickshow Boy*, 즉 『루어투어샹쯔駱駝祥子』는 베스트셀러가 되었으며, 1948년에는 『이혼離婚』이 두 종류나 번역될 정도였다. 이리하여 라오서는 전후戰後에 미국 국무성의 초청으로 충칭을 떠나 상하이를 거쳐 미국으로 건너갔으며, 『사세동당四世同堂』의 다이제스트 번역본을 내는 등 왕성한 작가 활동을 지속하였다. 이 밖에 샤오깐蕭乾이 『대공보』지의 특파원으로 영국에서 제1차 세계대전을 취재하기도 하였다.

총력전 상황하에서 일본은 문학을 통해 중국을 이해하고자 애썼으며, 한편 중국문학을 드러내 보여줌으로써, 자신들이 이해하려 하고 있다는 의지를 중국에 전하고자 애쓰고 있었다. 구미歐美 역시 초기에는 저항하는 중국에 대한 동정에 의해, 그리고 태평양전쟁이 시작된 후에는 대일 동맹국에 대한 공감에 의해 중국문학을 활발하게 수용하고 있었다. 이러한 움직임의 배후에는 문학이란 한 국민의 정서와 논리를 다른 국민에게 깊고 넓게 전달하는 정보매개자라는 인식이 존재하고 있었다고 할 수 있다. 전쟁은 문학에 내재하는 미디어성을 전례 없이 적나라하게 드러냈던 것이다.

4. 무로후세 클라라室伏クララ가 본 중일전쟁, 국공내전기

여성 번역가 클라라의 꿈

1940년 10월 번역가 무로후세 클라라室伏クララ가 평론가이던 부친 무로후세 코오신室伏高信의 소개로 특파원의 자격으로서 중국에 가게 된 것은 그녀의 나이 22살 때였다. 클라라는 난징 왕징웨이汪精衛 정권 린보성林栢生 아래에서 선전부원이 되었으나, 실제로 담당했던 일은 중국인 고관의 부인이나 자녀에게 일본어를 가르치는 것이었다. 얼마 지나지 않아 클라라는 선전부를 그만두고 일본어 잡지사에 취직, 장아이링 등 동시대 중국문학을 여러 권 번역했다. 일본의 패전 후에도 클라라는 국민당 정부에 징용되어 상하이에 머무르면서 중일문화교류에 관한 일을 했다. 1946년 7월 10일 그녀는 후스胡適에게 편지를 보내어 다음과 같은 메시지를 전한 바 있다.

일전에 신문을 보고 선생님께서 귀국하셨다는 것을 알았습니다만, 이번엔 상하이의 호텔에서 편찮아 누워 계시다는 말씀을 듣고, 결례인줄 알면서도 편지를 드리게 되었습니다. 병환은 어떠신지요? 저는 성이 무로후세室伏이고, 이름은 클라라Clara라고 하며 무로후세 코오신室伏高信의 장녀입니다. 6년 전 가을『일본평론』사의 특파원으로 귀국에 간 이후로 상하이와 난징 두 곳에서 살았습니다. 현재는 패전국민의 신분으로 중앙선전부 대일문화 공작위원회 상하이분회의 복무원服務員이며, 귀국 정부 징용의 일본 국적 스태프로 일하고 있습니다.

클라라는 10년 전 중국어를 배우기 시작할 때 중국의 대학에 유학해서 후스胡適와 같은 위대한 사상가이자 작가에게 직접 수업을 들어보고 싶다는 생각을 하고 있었으나, 1937년 중일전쟁이 시작되고서 자기가 왔을 때는 이미 꿈에 그리던 중국이 아니라 점령하의 중국이 되었던 점을 누누이 기술하고서 다음과 같이 글을 끝맺고 있다.

저는 민국 29년 가을이 되어서야 겨우 귀국의 땅을 밟을 수 있었습니다. 그렇습니다, 이때 저는 처음으로 귀국의 땅을 밟았습니다만, 제가 찾아올 수 있었던 것은 일찍이 꿈에 본 귀국이 아니라, 귀국 측에서 말씀하시는 윤함구淪陷區였습니다. 여기서 저는 이미 꿈의 편린조차 찾아낼 수 없었습니다. 그리고 어느덧 6년이 지나 조국의 패전을 조우한 것입니다.

말하자면 저희들로서도 조국의 참패는 피할 수 없는 결과이겠지요. 조국의 패전은 모든 국민에게 너무도 큰 고통을 가져와 일본인인 저도 예외는 아닙니다만, 한편으로 우리 조국이 더욱 심한 군국주의 국가가 되는 걸 면

할 수 있었던 것을 저는 한층 위안으로 생각하지 않을 수 없는 바입니다.

〈그림 4-4〉 무로후세 클라래(중앙)

클라라는 일본의 중국침략이 그녀 자신이 꿈꾸어오던 중국과는 전혀 다른 세계인 피점령지로 변해버린 것을 통감했고, 일본의 패전을 기쁨으로 맞이했을 것이다. 클라라의 글은 번역을 제외하고는 거의 남아있지 않은데, 그런 의미에서 이 격조 높은 중국어 편지는 그녀의 현대 중국문학자로서의 성숙도를 보여주는 중요한 자료라 할 수 있을 것이다.

하지만 클라라는 독립을 되찾은 중국에서도 더는 그녀의 꿈을 찾아낼 수 없었다. 전쟁 중이던 1945년 상하이로 건너가 다케다 다이쥰武田泰淳과 함께 지내다가, 전후인 1946년 일본으로 돌아와 작가가 된 홋타 요시에堀田善衞(1918~98)에 의하면, 클라라는 "1948년 이른 봄 신경쇠약으로 자살 비슷하게 상하이에서 객사했다"고 한다. 폐결핵을 앓았었다고도 한다. 일본의 침략에 이어 국공내전으로 혼란스러운 중국에서 클라라는 본격적인 번역활동을 재개하지 못하고 사라져버린 것이다.

국민당 정권의 붕괴

국공내전기의 중국문학은 비록 짧은 기간이었지만, 멋진 모습으로 돌아왔다. 1945년 8월 일본이 항복한 직후인 29일, 충칭의 장제스는 옌안으로부터 마오쩌뚱을 맞아 정상회담을 열었으며, 이 회담에서 내전을 피하고 국공합작을 통한 신중국을 건설하기 위해 쌍십협정雙十協定을 맺었다. 1946년 1월에는 충칭에서 국공 양당에 민주동맹民主同盟 등의 여러 당파를 더한 정치협상회의가 개최되었다. 하지만 같은 해 6월 국공 양당 사이에 내전이 발발하였다. 초기에는 미국으로부터 대규모 원조를 받고 있던 국민당군이 우세하여 1947년 3월 옌안까지 점령하였다. 11월에는 국민대회(총통선출, 헌법개정 등을 행한 최고기관)의 대표와 입법원(국회에 해당) 위원의 선거가 실시되었으며, 1948년 3월에 제1회 국민대회가 개최되어 장제스가 중화민국 총통으로 선출되었고, 훈정기訓政期에서 헌정기憲政期로의 이행을 선언하였다. 이렇듯 국민당은 지배체제를 착착 강화해가는 듯이 보였지만, 실제로는 도시와 농촌 어디에서나 민중의 지지를 잃어가고 있었다.

전시이던 1943년 1월 상하이에서 일본은 난징의 왕자오밍 정권에게, 그리고 미국·영국은 충칭의 장제스 정권에 대해 각각 조계의 반환과 치외법권의 폐기를 선언하였다. 이리하여 전후의 상하이 구조계지역에 진주하였던 것은 국민당군이었지만, 상하이는 새로이 미국자본의 지배를 받게 되어 용안꽁쓰永安公司 등 난징루南京路 4대 백화점의 상품 80%를 미국산 수입품이 차지하는 등, 미국 제품이 넘쳐나고 있었다. 미국자본의 중국시장 제패는 일본의 점령 아래 시달려온 상하이의 공업에 "재난이 휩쓸고 간 뒤와 같은 결과를 초래하였다."² 여기에 국민

---

2   劉惠吾 編,『상하이 근대사』상·하, 上海 : 華東師範大學出版社, 1985～87.

당 경제정책의 실패가 더해져 겨우 2년 8개월 만에 지폐발행량은 64배에 이르렀고, 1947년 한해의 물가지수는 14.7배로 뛰어오르는 등, 경제운영은 온통 파탄의 지경에 이르고 말았다. 이처럼 화폐정책의 실패에 의해 국민당은 민족자본가로부터 소규모 상공업자에 이르기까지 광범한 도시민의 지지를 상실하였던 것이다. 농촌에서의 토지개혁에 관해서는 다음 장에서 서술하고자 한다.

1947년 7월 팔로군에서 개편된 인민해방군은 반격으로 전환하여 동북지방에서 서남을 향하여 진격을 개시하였으며, 이듬해 9월 이후 랴오선遼瀋 · 화이하이淮海 · 평진平津의 3대 전역에서 쾌승함으로써 동북 · 화북을 점령했으며, 1949년 5월까지 난징 · 우한 · 상하이를, 같은 해 가을까지는 광저우 · 충칭을 점령하였다. 인민해방군의 성난 파도와 같은 진격은 국민혁명 당시의 북벌군을 연상시켰다. 공산당은 9월에 새로운 정치협상회의를 개최하여 인민민주주의독재의 공화국 수립을 규정한 '공동강령'을 제정하고, 10월 1일에 중화인민공화국의 수립을 선언하였다. 이 두 달 사이에 국민당 정권은 광저우 · 충칭 · 청뚜成都를 전전한 후 12월에 타이베이臺北로 도망하였다.

상하이문단의 마지막 불꽃

이러한 내전의 혼란기에 문학자는 속속 상하이로 되돌아왔다. 상하이는 다시금 전국에 군림하는 문화도시로서 부활하였으며, 최후의 빛을 발하였다. 당시 가장 뛰어난 작품을 제공했던 잡지는 『문예부흥文藝

復興』이었는데, 편집은 정전뚜어鄭振鐸와 극작가이자 번역가였던 리젠우李健吾(1906~82)가 담당하였다. 전시 중에 두 사람은 숨어 다니면서 문물 보호에 분주하기도 했고, 혹은 플로베르의 작품을 번역하던 중에 일본군 헌병대에 끌려가 고문을 당하기도 하는 등, 모두 고난에 찬 윤함기 상하이를 체험하였다. 이 잡지의 창간사에서 정전뚜어는 "항일전쟁에 승리하여 우리의 『문예부흥』이 시작되었다. (…중략…) 우리는 작품을 위해 저작활동을 할 뿐 아니라, 새로운 중국의 전체적 동향에 호응하면서 민주와 절대 다수의 민중을 위해 저작활동을 해야 한다"라고 소리 높여 선언하고 있다. 이 잡지에 게재된 주요 작품으로는 빠진의 대표작 「추운 밤寒夜」과 쳰종수錢鍾書(1910~98)가 1944년 이래 일본 점령하의 상하이에서 써온 유일한 장편소설 『포위된 성圍城』, 그리고 리광톈李廣田의 「인력引力」 등이 있다.

해방구에서는 1948년에 딩링丁玲의 『태양은 상건하에 비친다太陽照在桑乾河上』, 저우리뽀周立波(1908~79)의 『폭풍취우暴風驟雨』 등, 토지개혁을 그린 장편소설이 발표되어 인민문학의 확장을 보여주기 시작하였다.

공산당 정권의 탄생은 지식인들에게 타이완으로의 도망, 구미나 홍콩으로의 망명, 신공화국 건설에의 참여라는 세 가지 선택을 제시하였다. 후스·린위탕 등 반공의식이 강하고 부패한 국민당 정권에 대해 비판의식을 품은 사람들은 구미에 남았다. 루쉰의 제자이자 리버럴리스트인 타이징농臺靜農(1902~90) 등 타이완을 선택한 이도 있었다. 선총원처럼 베이징대학의 제자들의 간청을 받아들여 중국에 남았다가 훗날 혹독한 비판을 받아 붓을 꺾은 이도 있었다. 마오뚠·궈모루어·샤오깐蕭乾 등과 같이 홍콩에서 활동하다가 건국 전후에 귀국한 이도 있었다. 장아이링처럼 중국에 남았다가 공산당 지배의 실태가 드러나자 국외로 탈출한 경우도 있었다. 수많은 지식인이 불안과 기대가 뒤섞인 심정으로 공산당 정권의 장래를 예견하면서 중국 공민公民으로서 자신의 아이덴티티의 존재방식을 되묻고 있었던 것이다.

【칼럼 4】

중국영화가 그려낸 난징南京사건
─루촨陸川 감독 〈난징! 난징!〉

중일전쟁(1937~45)이 일어나던 해 중화민국의 수도 난징을 점령한 일본군은 학살과 폭행을 자행했다. 중국 측 피해자 수는 일본의 역사학자인 친위옌秦郁彦의 추정에 의하면, 불법살해가 병사 3만과 일반인 8천~1만 2천을 합쳐 합계 3만 8천~4만 2천이고, 강간 2만이었다.[1] 또 카사하라 도쿠시笠原十九司의 추계에 의하면 "20만 명에 가깝거나 혹은 그 이상"이 된다.[2] 그리고 중국 측 주장으로는 그 수는 더욱 많아져서 30~40만이 된다. 어쨌든 중국의 수도를 무대로 수만에서 수십만이나 되는 사람들을 학살했다는 점에서 일본군 침략을 상징하는 사건이라고 할 수 있을 것이다. 이 난징사건을 그린 일본작가의 소설로는 중일 양국에서 널리 읽혀온 작품으로 이시카와 타츠조石川達三(1905~85)의 『살아있는 병사』(1938)와 무라카미 하루키村上春樹의 『태엽 감는 새』(1994~95)가 있다.

이시카와石川는 1937년 12월의 난징함락 직후에 중앙공론사의 특파원으로 한 달간 현지조사를 하게 되는데 "장교와는 거의 접촉하지 못하고 병사들 사이에서 어울리며 그들의 이야기를 듣는 데 힘을 쏟았다"고 한다.[3] 이 다큐멘터리 소설에서는 일본군에 의한 방화·약탈·강간 등이 차례로 그려진다. 예컨대 비전투원이어야 할 종군승從軍僧 카타야마片山玄澄의 전투장면은 다음과 같다.

---

1   秦郁彦, 『난징사건─학살의 구조』, 中公新書, 2007.
2   笠原十九司, 『난징사건』, 岩波新書, 1997.
3   久保田正文, 「해설」, 石川達三, 『살아있는 병사』, 新潮文庫, 1945.

<칼럼 4> 『살아있는 병사』
(1945.12 간행 단행본)

부락의 잔존세력 소탕부대와 함께 구리촌古里村에 들어온 카타야마는 왼쪽손목에 염주를 감고 오른손에는 공병工兵이 갖고 다니는 야전삽을 쥐고 있었다. (…중략…) 그리고 쉰 목소리를 휘날리면서 이 골목에서 저 골목으로 달아나는 적군을 쫓아 병사들과 함께 이리저리 뛰어다녔다. "이놈!……" 하고 탁한 소리로 외치며 종군승은 삽을 옆으로 세차게 내리쳤다. 칼이 달리지도 않았는데 삽은 쩍하고 머리통을 반으로 갈랐고, 상대방은 피를 뿜으며 푹 쓰러졌다. "이놈…… 이놈……!" 차례로 계속 죽어가고 있는 그의 손목에선 염주가 달그락 달그락 마른 소리를 내고 있었다.

일본군의 광기를 그린 『살아있는 병사』는 종합잡지 『중앙공론』에 게재되었는데 잡지는 발행과 동시에 발행금지 처분을 받았고, 이시카와石川는 발행인들과 함께 도쿄지검에 의해 기소되어 금고 4개월, 집행유예 3년이라는 판결을 받았다.

무라카미 하루키의 『태엽 감는 새』는 노몬한사건과 만주국의 기억을 더듬어가는 이야기인데, 이 장편의 '제1부 도둑까치 편, 12 마미야間宮 중위의 긴 이야기·1'장에서 노몬한전투가 시작되기에 앞서 하루하강을 정찰하던 중에 '역전의 하사관'인 하마노浜野 중사가 '신임장교'이며 당시엔 소위였던 마미야間宮에게 난징사건의 기억을 이야기하는 것이다.

우리가 지금 여기[중국대륙]에서 하고 있는 전쟁은 아무리 생각해도 제대로 된 전쟁이 아닙니다, 소위님. ……적은 거의 싸우지 않고 달아납니다. 그리고 패주敗走하는 중국 병사는 군복을 벗고 군중 속으로 몰래 들어가 버립니다. 그러면 누가 적인지 우리는 그것조차 알지 못합니다. 그래서 우리는 비적몰이, 패잔병사냥 이라고 하며 많은 죄도 없는 사람들을 죽이고 식량을 약탈합니다. 전선이 계속 앞으로 나아가는

데도 보급이 따라주지 않으니까 우리는 약탈을 할 수밖에 없는 겁니다. 포로를 수용하는 곳에서도 그들 때문에 식량이 없으니까 죽이지 않을 수 없습니다. 잘못되었습니다. 난징 주변에선 아주 엄청난 짓을 했습니다. 우리 부대에서도 했습니다. 몇 십 명을 우물에 집어넣고 위에서 수류탄을 몇 발이고 던져 넣었습니다…….

난징에서 멀리 떨어진 노몬한의 황야에서, 사건발생 후 4개월이 지난 1938년 4월에 일본군하사관이 말한 난징침략의 체험을, 반세기가 지난 현재에 전직 장교로 하여금 다시 이야기하게 함으로써, 무라카미村上는 난징사건을 『태엽 감는 새』 독자의 기억에 새기도록 하고 있는 것이다. 마미야間宮의 회상에서 하마노浜野 중사의 말은 전부 "『소위님…… 어쩐지 위태롭게 되어갑니다』"라며 이중괄호에 들어가 있지만, 앞서의 인용부만큼은 "「저는 병사니까 전쟁을 하는 건 상관없습니다,라고 그가 말했습니다,"라고 이중괄호를 풀고서 마미야間宮의 대사로 다시 기술된다. 이는 하마노浜野 중사의 난징사건의 기억이 마미야間宮의 기억으로 변화되었음을 암시하는 바일 것이다.

2009년 중국의 루촨陸川(1971~) 감독이 다시 구성해낸 사건의 기억이 130분의 장편영화 〈난징! 난징!〉이다. 이 영화는 중국영화임에도 불구하고 난징 점령 후에 하사관에서 소위로 승진한 일본인 가토가와角川를 주인공으로 그리고 있는 점이 특색이다. 영화는 일본군이 자행한 '그 밖의 차마 입으로는 말할 수 없을 것 같은 사건'을 극명하게 그렸고, 항복한 포로를 생매장하거나 태워 죽이고, 기총소사 등을 사용해서 수백 명 단위로 학살하는 장면이 되풀이된다. 또한 하마노浜野 중사가 말하지 않았던 국제 난민캠프에 침입한 일본군의 강간행위도 그려지는데, 캠프의 리더인 쟝수윈姜淑雲(高圓圓 분)도 피해를 입는다. 절체절명의 위기 앞에서 온갖 계책을 다해 위안부를 지원하는 캠프의 여성들과 그녀들을 기다리는 위안소의 비극……. 이 참혹한 상황에서도 "I study in church school"이라고 서투른 영어를 하는 가토가와角川 소위는 위안소에서 알게 된 장교용 일본인 창부 유리코百合子에 대한 마음을 버팀목으로 해서 꿋꿋이 살아가려고 하지만…….

이 영화에는 일본군의 전승축하식전에서 장병이 신여神輿를 메고 춤추는 장면이 나온다. 실제로 그런 공연이 행해졌는지 나는 과문해서 들은 적이 없지만, 루쉰의 동생이자 중화민국기의 대지식인이었던 저우쭈어런周作人(1885~1967)은 야나키타 구니오柳田國男의 『제례祭禮와 세간世間』을 원용援用하여 일본의 신여神輿 춤에서 보이는 '이성을 뛰어넘은 종교적 정서'는 중국문화와는 이질적인 것이라는 점을 지적한 바 있다. 어쩌면 루촨 감독은 이 저우쭈어런의 학설을 빌어 난징에서의 일본군의 광기를 고찰하려고 했던 것이 아닐까.

5장 암흑의 마오쩌뚱^{毛澤東}시대(1949~79년)
문화대혁명에 이르기까지

1. 건국 후 17년, 숙청과 캠페인의 시대

토지혁명과 사회주의적 집단화

1949년 10월 1일 중화인민공화국을 건국한 공산당은 소련의 1930년 대 스탈린 모델을 본받아 중공업 우선발전을 계획했고, 중공업화의 자금은 농민을 착취하는 것으로 조달하고자 하였다. 이후 1966년의 문화대혁명 발발에 이르기까지, 당의 내부에서는 마오쩌뚱의 급진주의와 그것이 낳은 극단적인 폐해를 조정하는 류사오치의 온건주의가 교대로 주도권을 장악해갔다.

건국 이전의 농촌에서는 인구의 10% 미만이던 지주와 부농이 전 경작지의 70~80%를 소유하고 있었다. 1935년 공산당 내부의 권력을 장악한 마오쩌뚱은 지주의 토지를 무상몰수하여, 그것을 농민의 소유로 하는 농민적 토지소유제 정책을 실행하였다. 이를 중일전쟁 이전에는 토지혁명이라 하였고, 건국 전후(1947~52)에는 토지개혁이라 했다. 그 당시 농촌의 계급은 지주, 부농, 중농, 빈농, 고농의 다섯 가지로 구분되었고, 중간계급인 중농은 다시 남을 고용하는 정도에 따라 상층 중농과 하층 중농으로 나뉘어졌다. 그리하여 하층 중농 이하가 좋은 출신계급으로 간주되었고, 지주, 부농과 그의 가족은 모든 면에서 박해를 받았으며, 상층 중농 역시 진학에서 취직 등에 이르기까지 차별을 받았다. 1952년 말에 토지개혁을 완료하여 전국에 3억의 자영농민이 탄생하였으며, 소농제가 생겨나고 농업생산도 순조롭게 늘어났다.

1953년부터 제1차 5개년계획이 시작됨에 따라, 농산물과 공업제품의 부등가교환에 의한 의무적 수매방식을 실시하고, 수매를 보다 확실히 하기 위해 농업의 급속한 '사회주의적 집단화'를 실시하였다. 이에 따라 농민의 생산의욕은 크게 후퇴하였으며, 1956년 류사오치, 저우언라이 등은 집단화계획을 축소할 것을 제안하였지만, 이듬해 마오쩌뚱은 '우경보수주의' 비판의 캠페인을 전개하여 자신의 정책적 파탄을 한층 과격한 정책으로 밀어붙여 돌파하였다. 이 '마오쩌뚱 모델'을 둘러싸고 야마노우치 카즈오山內一男는 다음과 같이 지적한 바 있다. "(마오쩌뚱은) 위기를 한층 강경한 정책과 수단으로 돌파하고 밀어붙이며 은폐하려 하였다. 위기는 내부로 향했고 모순은 심화하였으며, 사태는 악순환에 빠지지 않을 수 없었다."[1]

---

1   山內一男 編, 「중국 경제근대화의 모색과 전망」, 『이와나미岩波 강좌 현대중국 2－중국경제의 전환』, 岩波書店, 1989.

대약진과 기아지옥

1958년 마오쩌뚱 지도하의 공산당은 대약진정책을 제창하였다. 1959~61년의 대약진시기에는 전국에 24,000개소의 인민공사(평균 5,000가구)가 조직되어 농업집단화를 완성한 반면, 중국 전역에서 1,500~4,000만의 아사자가 발생한 것으로 추산되는데, 희생자의 대다수는 농민이었다고 한다. 대약진정책을 추진하느라 농민은 대대적인 수리건설에 동원되어 본연의 농사일은 행하지 못하였음에도, 인민공사의 공산당 간부는 농업생산고를 천문학적인 수치로 과장하여 보고하였다. 마을의 식량창고에는 농민으로부터 징발한 곡식이 넘쳐나고 있었음에도, 농민은 아사하거나 걸식하면서 유랑하는 사태조차 발생하였던 것이다. 작가인 정이鄭義(1947~)는 건국 이전의 농민에게는 아무리 착취당하고 기근에 시달릴지라도 이동하거나 도망갈 자유가 있었음에 비해, 건국 이후의 농민은 그러한 자유마저도 빼앗기고 있었다고 하면서 다음과 같이 지적한 바 있다.

지주란 지주는 모두 타도되고 토지는 한 명의 지주의 손에 쥐어지게 되었다. 이 유일한 지주는 수많은 관리인과 몽둥이를 동원하여 수억의 농민을 엄격하게 관리했다. 자유로운 이동을 허용하지 않았고 자유로운 농경을 허용하지 않았으며, 자유로운 매매를 허용하지 않았고 자유로운 휴식을 허용하지 않았으며, 그 유일한 지주의 토지에서 도망쳐 산골 오지에 숨어 사는 것조차 허용하지 않았다.[2]

---

2 鄭義, 藤井省三 監譯・加藤三由紀・櫻庭ゆみ子 譯, 『중국 땅 아래에서』, 朝日新聞社, 1993.

이 ‘유일한 지주’에 의해 야기된 위기에 대해 류사오치가 조정정책을 실행하여, 1964년 무렵 경제는 회복의 궤도에 올라서게 되었다. 그래서 1960년대 중반에는 공산당 내부에서 류사오치의 권위가 정점에 이르자, 마오쩌뚱은 권력 탈환을 노려 문화대혁명의 음모를 꾀하였다.

<그림 5-1> 정이(2003)

마오쩌뚱은 1942년 옌안延安에서 ‘문예강화’를 발표하여, 문학·예술이란 공산당의 정책을 민중에게 선전·계몽하고 민중의 요구를 당에게 전하는 미디어라고 규정한 바 있다. 그러나 앞에서 서술하였듯이 실제로는 정책선전의 기능만이 중시되고, 후자의 역할은 등한시되었다. 따라서 마오쩌뚱이 제창한 농업집단화를 비판하거나, 집단화가 초래한 기아지옥의 현실을 그린 작품은 거의 허용되지 않았다.

문화인의 숙청

하지만 농촌의 참상에 대해 도시의 지식인은 침묵하고 있었다. 그들 역시 건국 직후부터 격렬한 숙청과 캠페인에 당하고 있었던 것이다. 캠페인은 1951년 1월 영화 〈무훈전武訓傳〉 비판으로부터 시작되어, 후스비판(1954), 후펑胡風비판(1955), 반우파투쟁(1957), 빠진비판(1958) 등, 쉴 틈 없이 이어졌다. 기성의 대작가들은 침묵하였다. 궈모루어郭沫若

는 중국과학원 원장에, 마오뚠茅盾은 문화부 장관에 취임하여 창작활
동에서 벗어나 있었으며, 민국기에 아나키스트였던 빠진巴金은 사회주
의를 찬미하는 보고문학 외에 소설은 거의 쓰지 않았다. 선총원沈從文
은 공산당의 사상개조라 일컬어지는 세뇌를 견디지 못하고 자살을 시
도하였으나 미수에 그쳤고, 그 후로 동향인인 마오쩌뚱이 직접 권유했
음에도 불구하고 창작의 붓을 던져버리고 베이징 박물관의 학예원이
되었다.

유일한 예외는 라오서老舍라 할 수 있다. 그는 건국 당시에는 가족을
베이징에 두고 단신으로 뉴욕에 가서 작가활동을 하고 있었지만, 저우
언라이周恩來가 그의 이름을 직접 거명하며 귀국을 요청하자 이를 받아
들여 1949년 12월 베이징으로 돌아왔다. 귀국 후 소설가에서 희곡작가
로 전환하여 〈용수구龍鬚溝〉(1951), 〈찻집茶館〉(1957) 등의 작품을 통해,
건국 전후한 베이징의 밝아진 모습과 어두운 과거를 묘사함으로써 공
산당에게 충성을 다했으며, 1951년에는 베이징시 인민 정부의 시장 펑
전彭眞으로부터 '인민예술가'라는 칭호를 받기에 이르렀다. 그러나 훗
날 문화대혁명이 시작되자 맨 먼저 홍위병에게 린치를 당하여 주검으
로 발견되었다.

현대 중국의 연구자 천투서우陳徒手의 논문 「고골리라도 중국에 오
면 괴로워하리」(『人有病天知否──一九四九年後中國文壇紀實』에 수록)는 건국
17년 동안 공산당이 가혹한 간섭으로 작가들을 길들여 침묵하는 양으
로 개조하여 가는 모습을, 당시의 회의보고서 및 작가의 서신, 노작가
와의 인터뷰 등을 통해 그려내고 있다. 1961년 6월의 중국작가협회의
『정풍간보整風簡報』에 인용된 라오서의 문제발언은 "황제는 살쪘다고

써도, 말랐다고 써도 지도자에 대한 비아냥이라 여겨질까 두렵다"라는 것이었다. '인민예술가'조차 인물 묘사 하나를 가지고서도 당의 간섭에 시달리고 있었던 것이다.

언론자유화의 짧았던 봄이라 해야 할 '백가쟁명'시기이던 1957년 3월에 개최된 전국선전공작회의에서, 대작가들은 괴로운 심정을 다음과 같이 이야기했다. "모든 인민 내부의 모순을 작품에 반영시킨다면, 대 비극은 나올 수 없는 것이다. (…중략…) 우리들의 비극과 풍자극은 고골리처럼 쓸 수 없는 것이며, 이런 식으로 써서는 고전을 따라잡을 수 없는 것이다."(라오서) "내 생각도 마찬가지이다. 현재 비극이 있기나 한가?"(마오뚠) "결점이 있다 해도 그걸 어떻게 쓰나?"(장톈이) "중요한 건 작가 자신이 독립적으로 사고하는 것이다."(빠진) "나는 배짱이 좋은 편인데도, [건국] 이전의 30년을 쓰는 건 아직 괜찮겠지만, 작가활동 개시 후의 일은 쓰기 어렵다."(자오수리)

고골리(1809~52)는 "우크라이나를 무대로 한 환상소설에서 출발하여, 사실적이면서도 그로테스크한 풍자를 통한 수법을 창출해낸 근대 러시아소설의 원류"라고 칭해지는 작가이다.[3] 루쉰이 가장 영향을 많이 받은 작가 중 한사람으로 꼽히는데,[4] 루쉰이 생애의 말년에 해당되는 1935~36년에 병마에 지친 몸을 채찍질해가며 장편『죽은 혼』을 번역하기도 하는 등 고골리는 중국에 큰 영향을 준 작가이다.

이렇게 작가들은 막다른 골목에 내몰려 작품을 쓸 수 없게 되었다. 1965년 5월에는 문화관료의 수장격인 저우양周揚이 청년 아마추어작

---

3   『코지엔廣辭苑』제6판, 上海外語敎育出版社, 2012.

4   루쉰, 「나는 어떻게 소설을 쓰게 되었나」, 1933.

가 공작좌담회에서 느닷없이 다음과 같은 발언을 하였다고 한다. "(공
산당 기관지인) 『인민일보』 사설에 나오면 쓰고, 나오지 않으면 쓰지 않
는다. 이런 식으로 하게 되면 창작은 사라져버린다." 그러나 사태가 개
선되기는커녕, 그로부터 1년 뒤 문화대혁명이 시작되자 저우양 자신
부터 실각되었고, 문학·예술은 괴멸되고 말았던 것이다.

자오수리의 비참한 죽음

'배짱이 좋은' 자오수리조차 농촌 공산당 간부의 독선을 그린 단편
「단련하라鍛錬鍛錬」(1958)를 발표하자 비판을 당했다. 이어서 발표한 마
지막이자 미완의 장편인 『영천동靈泉洞』(1958)은 기이한 동굴을 통과하
여 빈궁한 시골 마을과 아직 개발되지 않은 풍요로운 숲을 오가면서
국민당군과 일본군이 전투를 벌이는 전쟁기를 무대로 한, 일종의 모험
소설이다. 자오수리의 테마는 현재의 정책선전에서 향수에 젖듯 과거
를 되돌아보는 엔터테인먼트로 변질하기 시작하였다고 할 수 있다.
1966년에 문화대혁명이 시작되자, 자오수리는 산시山西성의 성도 타이
위엔太原에서 열린 비판집회에서 린치를 당하고 사망하였다. '인민문
학의 별'의 비참한 최후였다.
장아이링은 전후에도 상하이에 남아 〈부인만세太太萬歲〉, 〈끝없는
정不了情〉 등 걸작영화의 각본에 솜씨를 발휘하였다. 건국 후에는 〈십
팔춘十八春〉 등 구사회의 어두움을 묘사한 작품에도 손을 대고 사회주
의체제에 순종하느라 애쓰는 모습이었지만, 1952년 홍콩으로 탈출한

뒤 1955년 미국으로 망명하였으며, 이후 중국에 돌아오지 않았다. 장아이링이 홍콩에서 발표한 장편소설『농민음악대秧歌』와『붉은 땅의 사랑赤地之戀』두 작품은 아이러니하게도 사회주의 리얼리즘의 수법을 도입하면서 공산당 지배하의 농민의 고통을 여실히 그려내고 있다. 인민공화국에서 도망침으로써만이 작가는 비참한 농촌의 참상을 이야기할 수 있었던 것이다.

백가쟁명과 반우파투쟁

구세대 작가들이 침묵을 이어가고 있을 즈음, 건국 후에 등장한 신세대 작가들도 숙청의 소용돌이에 휘말렸다. 마오쩌뚱의 음모陰謀라고도 하고, 혹은 양모陽謀라고도 하는 반우파투쟁의 발동이 그것이었다. 일련의 숙청캠페인을 거친 후인 1956년, 공산당은 학술과 문예의 일정 범위 내에서 자유를 보장하는 슬로건 '백가쟁명百家爭鳴 · 백화제방百花齊放'을 내걸었다. 문예계에서는 이에 호응하여 공산당의 부정적 측면을 그려내는 '현실 참여의 문학干預生活的文學'을 모토로 삼아, 왕멍王蒙(1934~)의 「조직부에 새로 온 젊은이組織部新來的年輕人」, 류빈옌劉賓雁(1925~2005)의 「본지내부통신本報內部訊息」 등, 관료주의에 대한 비판을 테마로 한 단편이 속속 발표되었다.

이를테면 껑룽샹耿龍祥(1930~2007)의 「입당入黨」은 대단한 풍자의 효과를 거둔 '현실 참여'의 수작이다. 이 작품은 젊은 간호사이자 혁명열사의 고아이기도 한 주인공이 진료비를 횡령하는 간부의 부정을 용납하지 않았기 때문에 몇 차례나 공산당 입당의 기회를 놓친다는 고발성 작품이다. 간호사용 스카프를 질끈 동여매고서 거물들과의 대결에 나서는 한메이韓梅의 시원스러운 태도와, 과거 혁명전쟁의 영광에 여전히 도취되어 그것을 특권 향유의 구실로 삼고 있는 병원장과 위생국장 등 특권 간부의 부패가 경쾌한 필치에 의해 대조적으로 그려지고 있다.

그러나 백가쟁명·백화제방의 이듬해, 공산당이 정책을 급전환하여 반우파투쟁(1957)을 발동하자, 왕멍·류빈옌 등 다수의 작가를 포함하여 50만 명을 넘는 지식인이 '우파 분자'로 직장에서 쫓겨나 강제수용소로 보내졌다.

그 후에도 공산당의 정책이 좌우로 동요함에 따라 문예계에서는 캠페인이 이어졌다. 1958년에는 '대약진'에 맞추어 혁명적 리얼리즘과 혁명적 로맨티시즘의 결합(이른바 兩結合)이라는 슬로건이 제창되었다. 이는 '대약진'의 무모함을 성찰하지 않은 채, 주관적으로 현실을 찬미하고 사회주의 영웅만을 그리려는 것이었다.

'대약진'이 무모한 실패로 끝나고 1961년부터 조정정책으로 방향을 전환하자, 이번에는 현실사회에서 고뇌하는 평범한 인물의 삶을 그릴 것을 주장하는 중간인물론中間人物論이 등장한다. 그러나 조정정책에 반대한 마오쩌둥은 1964년에 문예정풍을 지시하였으며, 중간인물론은 집중적인 비난을 받았다.

2. 문화대혁명에 의한 문학의 죽음

—정이鄭義의 '두 개의 문혁'론

지배자의 권력투쟁과 피지배자의 저항

1966년 '자본주의의 길을 걷는 당내 실권파'의 타도를 내세운 문화대혁명이 시작되었다. 류사오치 국가주석을 정점을 한 실권파에 대해, 마오쩌뚱이 탈권투쟁에 나선 것이다. 문화대혁명 발발에 즈음하여, 마오쩌뚱은 국방부 장관인 린뺘오林彪와 인민해방군을 방패삼아 실권파를 견제하는 한편, 신격화된 자신의 권위를 충분히 이용하여, 중학·고교·대학의 청소년을 선동하고 홍위병운동을 조직하여 사회적 혼란을 일으킴으로써 실권파의 통치기능을 마비시키는 전략을 취하였다. 정이鄭義의 자전적 중국 현대사인 「중국 땅 아래서」는 문화대혁명 중에 지배자의 권력투쟁과 공산당 지배에 대한 피지배자의 저항이라는 두 가지 상반된 현상을 보아내고 있다.

1966년 5월 마오쩌뚱의 호소(5·16 통지)에 맨 먼저 호응하여 일어선 제1기 홍위병들은 당내의 정치상황에 정통한 고급간부의 자제들이었다. 그들은 학교 당국에서부터 일반 학생에게, 나아가 시민에게까지 폭행을 휘두르며 베이징을 비롯한 대도시를 금방 적색 테러로 뒤덮었다. 그러나 마오쩌뚱이 타도대상으로 삼고 있었던 것은 다름 아닌 제1기 홍위병의 부모인 고급간부층이었다. 10월이 되자 마오쩌뚱은 투쟁방침의 대전환을 선포하여, 지식 분자, 청년학생 및 일반대중에 대한 박해를 '부르주아 반동노선'이라 비판하였으며, 투쟁의 표적을 당내 주자파에게 돌리도록 요구하였다. "이전 단계의 운동에서 혹독한 박해를 받았던 사람들에게는 바로 해방의 복음이었다"고 정이는 서술하고 있다. 여기에 건국 이래 17년간의 공산당의 부패와 무능, 그리고 착취와 압박에 대한 인민의 분노가 더해져, 민중, 그리고 정이와 같은 평범한 학생들은 두 번째 문혁에 나서서 새로운 홍위병조직, 즉 조반造反 조직을 만들었다. 그것은 "합법적인 조건을 이용하여 봉건적인 특권과 정치적 압박에 반항하는 것이었고, (…중략…) [두 가지의 문혁은] 서로 이용함과 동시에 충돌한" 것이었다고 정이는 지적하고 있다.

　얼마 후 민중이 마오쩌뚱의 '통제에서 벗어나 독립된 정치경향을 보이기 시작하자, 마오쩌뚱은 망설이지 않고 결연히 진압'한다. 마오쩌뚱은 군대를 투입하여 전국의 조반파 조직, 특히 노동자조직의 지도자를 체포하여 총살함과 동시에, 무기를 빼앗고 모든 대중조직에게 해산하도록 명령하였다. 나아가 제1기 및 제2기의 홍위병들 모두 해산할 것을 명하고, 전국 1,700만 명의 중·고등학생을 하방(당간부·학생이 농촌이나 공장에 들어가 농민·노동자에 대한 봉사정신을 배양하기 위한 운동)이라는 이름으로 도시에서 추방하였다. 그 후 중소국경분쟁(1969), 미수로 그친 반反마오쩌뚱 쿠데타였던 린뱌오사건(1971), 미국 대통령 닉슨의 중국 방문 및 중일 양국의 국교정상화(1972), 덩샤오핑의 부총리로서의 부활(1973), 저우언라이의 '4개 현대화' 보고(1975), 제1차 천안문사건과 덩샤오핑의 해임(1976) 등의 수많은 사건을 거친 후, 1976년 9월 마오쩌뚱이 사망하고 10월 마오의 부인 쟝칭江靑 등 사인방이 체포됨으로써, 10년에 걸친 문화대혁명 역시 막을 내리게 된다.

그런데 정이는 "인민대중이 참으로 조반의 깃발을 세웠던 것은 1966
년 10월 이후이며, 68년 상반기에는 노동자조직에 대한 진압이 시작되
었고 68년 8월 학생조직이 해산 당함으로써 깃발은 땅에 떨어지고 말
았다. (…중략…) 그 후 8년 동안은 마오쩌둥이 일으킨 문화대혁명의
브레이크 없는 관성운동에 지나지 않는다"라고 하여 '십 년 문혁'이라
는 용어를 강하게 유보하고 있다.

문화의 파멸과 혁명모범극

문혁은 중국문학계에서도 커다란 시련이었다. 기성작가의 대다수
는 혹독한 비판을 받았으며, 간부학교라는 이름의 수용소로 보내졌다.
린치에 의해 살해당하기도 했고 박해를 견디지 못해 자살한 작가도 상
당수에 이르렀다. '한 명의 작가와 여덟 개의 모범극樣板戲'이라 일컬어
지듯이, 소설에서는 농업집단화를 그린 하오란浩然(1932~2008)의 장편
『화창한 봄날艷陽天』, 연극·발레에서는 혁명발레극인 〈백모녀〉, 철도
원 일가족을 주인공으로 하여 중일전쟁기의 저항을 그린 혁명적 현대
경극 〈홍등기紅燈記〉 등 일군의 모범극만이 출판·공연의 허가를 받고
있었다.
건국 이전의 문예작품 역시 거의 금서로 묶였지만, 마오쩌둥에 의해
'중국 제일의 성인'으로 추앙받은 루쉰만은 전집이나 단행본 모두 지속
적으로 출판되었다. 이 루쉰을 부적으로 삼아 근대사와 근대문학의 실
증적 연구 전통이 간신히 이어졌던 것이다. 출판 통계에 따르면, 문

학·예술관계 서적은 1962년부터 66년까지 매년 3,500~4,600점, 120만~280만 부나 간행되고 있었음에도 불구하고, 67년에는 167점에 163만 부로, 69년에는 117점에 40만 부로까지 떨어지고 있었다.[5]

문혁에서 정점에 달한 숙청 캠페인과 문화적 파멸의 배경에는 도시와 농촌의 기능정지라는 상황이 있었다는 점을 다시 한 번 지적해두고 싶다. 건국 이래 도시에서는 엄격한 주민등록제도와 식량·의류·주택 등의 생활필수품의 배급제도에 의해, 도시 간 혹은 도시 농촌간의 이동은 철저한 관리 아래 놓여 있었다. 공산당 독재체제는 단지 매스미디어를 지배하였을 뿐만 아니라, 가정에서 지역, 국가 차원에 이르기까지 인간끼리의 대화조차도 지배하고 있었다. 일체의 미디어를 지배하는 것을 목표로 하고 있었다고 해도 과언이 아닐 것이다.

문화대혁명이란 공산당 '사인방'에 의한 미디어지배의 정점이었으며, 그것이 꾀하는 바는 마오쩌뚱 독재체제를 위한 가장 효율적인 선전과 세뇌였다. 상당한 분량의 『마오쩌뚱 선집』이 포켓사이즈의 『마오주석어록』으로 축소되었듯이, 다양한 해석의 가능성을 남기는 문자표현은 극한적으로 줄어든 대신, 시각과 청각에 호소하는 혁명본보기극이 집중호우식으로 공연되고 방송되었다.

쟝칭江靑 등 '사인방'은 단순화·효율화된 대량 선전에 의한 대중동원을 실행하였다는 점에서, 공산당의 집권주의적 이데올로기를 집대성하였다고 할 수 있다.

그리하여 청 말 이래 문학을 탄생시키고 키워왔던 베이징과 상하이

---

5   『중국출판연감 1980』, 商務印書館, 1980.

라는 두 도시는 인민공화국에서는 이미 도시로서 기능하지 못한 채, 거대한 마을, 혹은 사람 없는 황야에 지어진 거대한 수용소로 변해버렸던 것이다.

귀耳의 문학혁명

그런데 문화대혁명을 '귀의 문학혁명'의 한 단계로 파악하는 언어학자도 있다. 히라타 쇼지平田昌司는 5·4시기의 문학혁명이란 "'소리音'를 무시하고 '글자字'의 공통성을 강조하는 태도이며 (…중략…) '눈目의 문학혁명'이었다"고 평가했다. 그는 "'국민'이 귀로 듣는 언어규범을, 음절을 초월한 글文이나 담화의 차원에서는 어떻게 정할 것인가, '귀耳'의 국민문학을 어떻게 만들 것인가"라는 의식에 기반을 두어, "음성언어를 이용한 문학예술의 '귀의 문학혁명'의 기원은 화극과 언어학 연구, 그리고 라디오방송이 시작된 연도 등을 고려해볼 때 1926년 전후"라고 주장한다. 그리하여 "최종적으로 완성한 국어규범이 문자·연극·영상·음악 등 모든 미디어를 통해 전국에 군림했던 시대 — 문화대혁명은 그렇게 파악할 수 있다"고 지적하고 있다.

확실히 도시에서든 농촌에서든 매일 『마오주석어록』이 낭송되었고, 라디오·영화라고 해보아야 '한 명의 작가와 여덟 개의 모범극'만이 되풀이하여 방영되고 있었으므로, 인민은 '보통화', 즉 베이징어에 기반을 둔 표준어에 세뇌당했던 것이리라.

3. 저널리스트 오야 소이치大宅壯一가 본 문혁

조무래기혁명에 대한 보고서

문화대혁명이 발발한지 넉 달이 지나, 10월의 마오쩌뚱에 의한 투쟁 방침이 크게 바뀌기 직전인 1966년 9월, 오야 소이치大宅壯一(1900~70)가 네 명의 측근 저널리스트를 이끌고 17일간에 걸쳐 중국을 방문취재하였다. 중국 측은 이를 '오야고찰조'라 불렀다.

오야는 도쿄제국대학 문학부 사회학과의 학생시절에 사회주의에 공감하였지만, 전후戰後에는 무관의 매스컴 제왕으로서 반反권력으로 일관하였다. 그는 사회학적인 발상으로 세상사를 정통으로 해부하여 그것을 간명하고 알기 쉬운 말로 서술하였기에, 도시 중산계급으로부터 폭넓은 지지를 받아 신문이나 주간지, 그리고 텔레비전에서 크게 활약하였다.

전후의 신제국립대학을 '도시락[6]대학'으로, 텔레비전 붐을 '일 억의 백치화' 등으로 비꼬았듯이, 조어造語의 천재이며 입이 걸다는 점에서도 초일류이다.

오야의 관심은 '하나의 이데올로기라던가, 하나의 사상이라고 하는 것, 또는 어떤 지도자가 한 민족을 어느 정도까지 변화시킬 수 있을까'라는 데에 있었다. 그는 광저우 중산대학이나 베이징 칭화대학에서 홍

6　원문은 '에키벤驛弁'으로, 일본의 기차역에서 파는 도시락을 가리키는데, 여기서는 '개성 없고 획일적인 맛'이라는 의미로 사용되고 있다.

위병들과 좌담회를 가졌지만, 그들이 공식적인 발언만을 열정적으로 되풀이하는 데 기가 질려버리고 말았다. 예를 들면, 연애나 섹스에 관하여 묻는 오야 일행에게 여자 홍위병들은 이렇게 대답하였다. "우리의 현재의 중요한 임무는 중국혁명의 달성에 있습니다. 한 마음으로 이 길을 걷고 있는 우리에게는 그런 일을 생각할 틈이 없습니다." 그리하여 반달 이상에 걸친 현지시찰 후에, 오야는 홍콩에서 가진 일본인 특파원과의 기자회견에서 다음과 같이 발언하였다.

홍위병운동은 일종의 조무래기 혁명 내지는 레저leisure혁명이라 할 수 있다. 외국에서는 대학생이 리드하지만, 이쪽은 중·고등학생이 주체이기에 지적 수준이 낮다. 일반 민중은 외면하고 있다. (…중략…) 지금까지 중공을 방문한 일본인들이, 날마다 100만, 200만의 인민이 분주히 돌아가는 힘을 보고 단순히 위대하다고만 느낀다면 그건 좀 위험하다. 이 위대하다는 생각에만 빠진다면, 일본은 다시 한번 메이지 코스로 돌아가게 될 것이다. 일본과 중국은 국가가 다르다. 저쪽이 덤프트럭이라면, 일본은 트랜지스터이다. (…중략…) 그러나 이 거대한 중국이 우리의 바로 이웃에 있다는 점은 사실이며, 두 나라는 더욱 서로 잘 알아야 한다.

동시대 중국에 대해 깊은 관심을 지닌 연구자일수록 문화대혁명에 공감하는 경향을 보이던 당시의 분위기 속에서, 문화대혁명에 대해 시종일관 구경꾼 같은 저널리스트의 자세로 냉정하게 접근한 오야시찰단의 보고는 소중하다고 할 수 있다.

다만 "인민공사의 논리라는 것은 전체적으로 사회주의 내지 공산주

의 이론으로 구성되었다는 의미에서는 대단히 정교한 정책과 경험을
가진 것으로 (…중략…) 아시아적 빈곤에서 농민을 해방시킨다는 의
미의 시험으로서는 크게 높이 평가해야 할 것"이라는 커다란 오해를
했던 적도 있었지만.

【칼럼 5】

강제수용소 속의 사랑과 식인食人
—왕빙王兵 감독 〈바람과 모래夾辺溝〉

1956년 중국공산당이 일정 범위 내에서의 언론자유를 보장하는 '백가쟁명·백화제방'을 내걸자, 지식인 사이에서는 관료주의 비판이 일었다. 그러나 이듬해 공산당은 정책을 급전환했고, 50만 명 이상을 '우파 분자'라고 하여 '노동개조'라는 명분으로 강제수용소에 보냈다. 마오쩌뚱의 음모陰謀라고도 하고 '양모陽謀'라고도 하는 반우파투쟁이다.

'백가쟁명'시기에 데뷔한 왕멍王蒙(1934~), 류빈옌劉賓雁(1925~2005) 등 당시 젊은 작가들 대부분이 '현실에 관여하는 문학關于生活的文學'을 발표했다가 수용소로 보내졌다. 게다가 마오毛는 1958년에 무모하게 '대약진'정책을 발동했다가 크게 실패하여, 1959년부터 3년 동안 1,500~4,000만 명의 아사자가 생겨났던 것으로 추정된다.

이 마오쩌뚱시대의 강제수용소를 그린 영화가 〈바람과 모래夾辺溝〉이다. 감독은 다큐멘터리 〈철서구鐵西區〉로 알려진 왕빙王兵(1967~)이다. 〈바람과 모래〉의 무대인 깐쑤甘肅성의 변방 고비사막에 있는 협변구夾辺溝수용소에서는 정치범이 되어버린 우파 분자들이 동굴에서 거주하며 혹한의 겨울을 보내고 있는데, 배급식량이 격감되자 영양실조로 인한 아사자가 속출한다. 이 때문에 개간작업은 정지되었고, 우파 분자는 잡초나 쥐를 먹으며 버텼지만, 3,000명 중 살아남은 건 겨우 40명이었다고 한다.

개발을 돕겠다고 자원하여 변방에 왔다가 우파가 되어버린 전직의사가 아사한 상황에서, 마찬가지로 의사인 젊은 아내가 그 사실을 알지 못한 채 상하이에서 5일 걸려 찾아왔다. 남편의 유체를 인수하고 싶다고 간절하게 원하는 그녀 앞에서, 한국전쟁의 영웅이었던 옛 전사는 곤혹스러워한다. 굶주림 끝에 동료 죄수들이 옷은 식량과 바꾸고 유체는 먹어버렸기 때문이다……

1970년대의 구소련에서는 반체제작가인 솔제니친이 처참한 고문과 처형의 실태를 고발하는 문학적 르포르타주 『수용소군도』를 국외에서 발표하여 세계에 충격을 주었다. 〈바람과 모래〉는 극한상황에서의 식인마저 그려내고, 잊혀진 강제수용소의 기억을 파낸 것이다. 중국에서는 공개상영은 불가능했지만 큰 반향을 불러일으켜, Yahoo China에서 '왕빙王兵 협변구夾边溝'를 입력하면 2011년 8월, 약 4,000건이 검색된다.

영화 〈바람과 모래〉의 원작은 양셴후이楊顯惠(1946~)가 쓴 『협변구기사夾边溝記事』(廣州 : 花城出版社, 2008)인데, 이 소설은 19편의 이야기로 구성되어 있다. 첫 번째 이야기이자 영화 〈바람과 모래〉의 원작 단편 중 하나인 「상하이여자上海女人」는 다음과 같은 서술로 시작된다.

이 이야기는 리원한李文漢이라는 우파 분자가 내게 말해준 것이다. 그는 후베이湖北사람으로, 고교 졸업 후 1948년에 인민해방군에 참가했고 건국 후엔 인민의용군에 입대하여 한국전쟁에서 싸웠다. 전장에서 부상을 입어, 늑골 3대를 미군 폭탄에 날려버렸다. 귀국하여 치료를 받은 후 공안부에 남아서 일했다. 그의 말로는 나중에 출신이 대자본가의 가정으로 정해졌기 때문에 (…중략…) 1957년에 우파가 되어 공직에서 해직되고 협변구에서 노동개조를 하도록 보내졌다.

〈칼럼 5〉 『협변구기사』(2008)

1949년 인민공화국 건국 당시 고졸이라는 학력은 현재의 대졸 이상의 가치를 지니는 것이었고, 한국전쟁에서 북조선을 지원하는 중국군에 지원하여 미군과 싸워 중상을 입었다고 하는데도, 부모가 대자본가였기 때문에 우파 분자가 되었다고 하는 것이다. "1960년 12월 이후 협변구 농장의 우파는 전부 석방되어 원래의 직장으로 돌아갔지만 그에게는 돌아갈 '집'이 없었다"고 하는 것은 공안부에서 해직되었기 때문만이 아니라, 가족이 외국으로 망명했던가 숙청되었기 때문일 것이다.

이 리원한의 이야기를 독자에게 전하는 '나'가 누구인지는 분명치 않지만, "그(리원한)는 우리가 제14중대 목축분대의 방목원이 되었을 때, 나와 양치는 목장 옆의 가건물에서 함께 살았다. 오랫동안 함께 지냈던 것이다. 서로 이해하고 신뢰하게 되었던 까닭에 그는 협변구 농장의 이야기를 나에게 하나씩 해주기 시작했다"고 한다. 작자 양셴후이는 문혁 전에 란저우蘭州 생산건설병단의 농장에서 일했던 것으로 알려져 있으므로, '나'는 작자자신일 것이라고 설득당하게 되는 것이다. 어쨌든 수용소현장의 목격자인 제1 화자 리원한은 이름부터 경력까지 상세히 소개되어 있어 이야기의 신빙성을 높이고 있다.

영화에서는 상하이 여성이 리李등의 도움을 얻어 유체를 화장한 후 유골을 가지고 돌아가는 장면에서 끝나는데, 소설에는 후일담도 쓰여 있다. 유체를 싸기 위해 리李가 한국전쟁의 전리품인 미군병사의 모포를 내놓으며, 자신도 곧 죽을 거니까 반송할 필요 없고, 만약 살아서 수용소를 나갈 수 있으면 상하이의 당신 집으로 가지러가겠다, 는 슬픈 농담을 한다. 여자는 그의 노트에 주소를 적지만, 추위에 얼어붙은 동료 죄수가 노트를 장작 대신으로 태워버린다. 30년 후 상하이로 출장을 간 리李는 늙은 아내에게 줄 선물로 옷을 사려고 화이하이루淮海路를 걷던 도중 문득 여자의 친정이 엘리자베스 양복점이었던 것을 생각해내고 손님으로 붐비는 가게 안으로 발을 들여놓는데……

또 3년 반을 함께 지내며 동고동락을 함께 한 청자聽者이자 제2 화자인 '나'는 시베이西北 사범학교에 입학하게 되는데(작자 양셴후이도 1975년에 깐쑤甘肅 사범대학 수학과를 졸업) 1996년에 란저우에서 제1 화자 리원한과 재회하여 이 후일담을 듣게 되는 것이다.

『협변구기사』는 2010년 10월까지 4쇄 3만 2천 부가 간행되었다.

6장 덩샤오핑시대와 그 후(1980년~현재)
천안문사건과 고도경제성장

1. 이의제기으로서의 상흔문학과
빠진巴金의『수상록隨想錄』

화궈펑華國鋒 정권하에서 발표된 작품「담임선생님」

문화대혁명은 1976년 10월에 종식되었지만 바로 그 뒤를 이은 화궈
펑華國鋒(1921~2008) 정권은 문혁과 마오쩌둥 노선이 계속되고 있다고
주장하고 있었다. 중국 공산당이 정식으로 문혁을 부정한 것은, 덩샤
오핑 체제가 확고해진 후인 1980년 12월의 일이었다. 문예계는 문혁
종식 후에도 계속해서 수년간 마오쩌둥毛澤東의『문예강화』에 속박되
어 있었다. 처음에는 조심조심하다가 곧바로 대담하게『문예강화』에
서 제시된 문학의 또 다른 측면, 즉 현실 정치에 대한 이의제기적 수단
으로서의 기능을 발휘하기 시작한 것이었다. 그 첫 작품이 베이징의

『인민문학人民文學』 1977년 제11기에 발표된 류신우劉心武(1942~)의 단편 「담임선생님班主任」이다.

1977년 봄, 중학교 3학년의 어느 학급에 불량학생이 전학을 오게 되자 공청단共靑團(공산당청년단)의 서기書記를 위시한 여학생들이 크게 소란을 떤다. 담임교사가 학급위원들과 함께 경찰에서 받아온 그 불량학생의 소지품을 검사했다. 소지품에 들어있던 장편소설을 펼치다가, 남녀가 대화하고 있는 삽화를 보게 된 공청단의 서기 여학생은 "부르주아 계급의 음란서적이야!"라고 화를 냈고, 이에 대해 불량학생은 팔아먹을 요량으로 도서관에서 훔쳤으며, 앞으로는 절대로 이런 '음란서적'은 읽지 않겠다며 반성한다. 교사는 결코 음란서적이 아니라 오히려 양서良書라 해야 할 만한 이 책에 동일한 반응을 보인 모범생 공청단 서기와 불량학생이 실은 모두 '사인방'의 우민정책이 만들어낸 정신적 기형아라고 생각한다. 그리고 그는 "사회주의 건설의 더욱 강력한 후계자를 육성하기 위하여" 독서를 통해 그들의 정신을 풍요롭게 해야 하며, 우선 그 문제의 소설부터 읽혀야겠다, 고 결의하게 된다. 작가 류신우는 문혁을 직접 타깃으로 삼지는 않았지만, 이 작품을 통해 '사인방'에 의한 교육체제의 붕괴와 경직된 이데올로기의 강요를 비판한 것이다.

그런데 그 문제의 책이란, 아일랜드의 여류작가 보이니치가 쓴 『등에The Gadfly』[1]를 말한다. 1840년대 이탈리아의 통일을 위해 투쟁한 혁명가를 주인공으로 하여, 부르주아 가정과 가톨릭교회를 무대로 부모와 자식의 갈등, 불륜적 로맨스 등이 짜인 소설로, 중국에서는 문혁 이

---

1 에델 릴리언 보이니치, 李俍民 譯, 『등에』(New York : Henry Holt and Co., 1897), 中國靑年出版社, 1953.

전에 100만 권이 훨씬 넘게 팔리는 베스트셀러가 되었지만, 문혁 중에는 다른 국내외 문학작품과 마찬가지로 금서의 반열에 올랐다. 『등에』의 혁명영웅은 문혁의 예고편이던 문예정풍 때 비판당한 중간인물이었는데, 문혁이 비판되던 시기에 중간인물을 그린 소설을 등장시킨 것, 다소 문제가 생길 수도 있는 마오쩌뚱시대 초기의 작품이 아니라, 전前 세기 서구 혁명문학의 걸작을 소도구로 사용한 데 있어서는 작가의 고민을 엿볼 수 있다. 덧붙여 말하면『등에』는 일본에서도 번역되었으며,[2] 1950년대에는 좌익청년의 필독서였다고 한다.

이어 이듬해 상하이의 『문회보文匯報』 8월 11일자에 실린 것은 루신화盧新華(1954~)의 단편소설 「상흔傷痕」이었다. 문혁 초기에 여고생 딸이 당의 배신자로 비판당한 간부 출신 어머니를 내버려둔 채 동북지방의 농장에 '하방下放'되었다가, 9년 후 문혁이 종료되자 명예회복된 어머니와 재회하기 위해 상하이로 돌아오지만, 어머니는 병으로 죽게 되어 결국은 만나지 못하고 마는 모녀母女 가정의 비극을 그렸다. 이 딸의 사고가 항상 당의 무오류성無誤謬性을 대전제로 하고 있었던 점은 주목해야할 것이다. 「상흔」 발표 이후 3년가량, 문혁에 의해 가족·친구·연인 등의 인간관계가 붕괴되는 비극을 다룬 작품이 속속 발표되어, '상흔문학'이라고 하는 장르가 생겨나기도 했다.

상흔문학이 일세를 풍미하던 1970년대 말이라는 시점은, 덩샤오핑파가 마오쩌뚱의 후광아래 있던 화궈펑 체제를 무너뜨리고, '4개 현대화'에 의해 인민공화국의 위기를 극복하면서, 개혁개방 경제정책을 확

---

² 山越史郎 譯, 『말벌』, 1952; 佐野朝子 譯, 『등에』, 1971.

립하여 덩샤오핑시대로 이행해가는 시기에 해당된다. 마오毛 사후의 공산당 내 노선투쟁을 배경으로, 당의 권위를 훼손하지 않으면서 마오가 발동한 문혁에 대한 원한을 호소한 상흔문학은 덩鄧파 이데올로기를 잘 대변하고 있었던 것이다.

상흔의 호소와 가해자로서의 고백

문혁에 대한 문제제기가 체제전복에 대한 위험이 아니라, 오히려 덩鄧파 이데올로기에 합치하고 있음이 분명해지자, 1979년에는 반우파투쟁이나 '대약진'의 오류를 고발하고 공산당 자체의 부패를 정면으로 비판하는 작품이 속속 등장한다. 루옌저우魯彦周(1928~2006)의 중편 「톈윈산天雲山이야기」는 '우파'라고 하여 마부로 좌천된 톈윈산天雲山 특구의 지도자가 그 후 꾸준히 산간지역山區의 조사를 진행하다가 마침내 옛 연인의 도움으로 명예를 회복하고 지도자로 복귀하기까지의 과정을 그린 작품이다. 루즈쥐엔茹志鵑(1925~98)의 단편 「잘못 편집된 이야기」는 성실한 농민 공산당원과 예전에는 헌신적인 유격대장이었지만 지금은 농민 위에 군림하는 거만한 당 간부의 두 사람이 주인공이다. 1947년 국공내전과 1958년 '대약진'이라는 두 시간이 교차하고, 농민의 전폭적인 신뢰를 얻고 있던 과거의 당과, 농업정책의 실패로 절망에 빠진 노老당원에게도 버려진 현재('대약진'시기)의 당과의 사이에 큰 틈이 벌어져 있다.

류빈옌劉賓雁의 보고문학報告文學 「인간과 요괴 사이人妖之間」는 작품이 발표되던 해 4월에 적발된 헤이룽장성黑龍江省 어느 현縣 지부서기의 오직汚職 수뢰사건을 그린 것이다. "당 간부는 여기저기 온통 마음을 쓰지만 인민공화국의 주인인 인민에 대해서만은 마음을 쓰지 않는다", "공산당은 모든 것을 관리하지만, 공산당만은 관리하지 않는다"라고 하는 경구는 당시로서는 전례를 찾아볼 수 없는 파격적인 것이었다. 시인 예원푸葉文福(1944~)의 장편시 「장군, 이러시면 안 됩니다將軍, 不能這樣做」는 문혁 후에 복권되자 호화주택을 건설하기 위해 유치원을 철거하게 하는 등 차마 눈뜨고 못봐줄 만큼 특권을 행사하는 데만 빠져있는 노장군을 풍자한 것으로, 인민해방군조차 이미 성역이 아니라 고발의 대상이 되었던 것이다.

문혁 후에는 많은 작가·지식인이 '노동개조소(강제수용소)'에서 출소하여 잇달아 명예를 회복하고 스스로를 문혁의 피해자라 칭했다. 그 중에서도 유독 빠진巴金은 "나는 가해자"라고 고백하여, 건국 이래 숙청에 협조하고 결국은 문혁의 발발을 허용하고만 지식인의 책임문제를 제기했다. 그리고 1978년부터 8년간 계속해서 쓴 에세이 『수상록隨想錄』 전5권에서, 공산당 독재하에서 "바른 말 한 마디 할 용기도 없이" 두려움에 몰려 마오쩌뚱에 대한 '개인숭배의 탑'을 세우고 결국은 자신도 파멸의 수렁에 서게 되었음을 밝히고, 숙청된 유명무명의 벗들의 영혼을 향해 "자신이 행한 일에 대해 구역질이 나고 부끄러움을 느낀다"고 고백하면서, 보수파의 반동에 대해서는 "혁명을 가장한 봉건주의"라고 날카롭게 비판했다. 빠진이야말로 '중국의 양심'이라는 호칭에 어울리는 문학자일 것이다.

2. 모더니즘과 홍위병세대의 복권

─까오싱젠^{高行健}과『오늘^{今天}』파 시인

'민주의 벽'과 민간 잡지

화궈펑^{華國鋒}파와 덩샤오핑파 간의 권력투쟁은 1978년 정점에 달했고, 양 파의 균형에 의해 권력의 공백기가 생겼다. 당시 하방^{下放}되어 갔던 곳에서 도시로 속속 귀환하던 홍위병세대는 바로 이 공백기를 틈타 제1차 민주화운동을 시작하며, 공산당 독재체제에 물음표를 제시했다. 이때 베이징에는 '민주의 벽'이 등장했다. 베이징의 중심가인 창안졔^{長安街}와 시단따졔^{西單大街}가 교차되는 지점 동베이쟈오^{東北角}에 있는 높이 2m가 넘는 벽에, 무명의 시민·학생들이 문혁 중에 자신들이 겪은 억울한 사연을 달필로 적은 대자보를 내다 붙이는 한편,『사오논단^{四五論壇}』,『탐색^{探索}』 등의 정치평론 동인지가 팔리고 있었다.

인민공화국에서는 당국의 허가를 받지 못한 민간 잡지는 활판인쇄가 허용되지 않았기 때문에 이들 동인지는 등사판으로 인쇄한 갱지를 호치키스로 고정시킨 검소한 장정이었고, 잡지의 기사나 논문은 서구 민주주의의 역사에 대한 개론적 설명에서부터 사회주의 본연의 모습을 되묻는 것까지 여러 가지였는데, 공통점은 모두가 개혁의 열기로 넘치고 있다는 것이었다. 정이^{鄭義}의『중국 땅 아래서』는 산시성^{山西省}의 산촌에 하방된 홍위병그룹이 낮 시간의 고된 육체노동을 마친 뒤, 운동의 좌절을 곱씹으면서 잉크병을 사용해 손수 만든 램프에 의지해

서 마르크스주의의 문헌에서부터 칸트·헤겔, 나아가 사르트르 등의 실존주의 철학까지를 독파하고, 마오쩌뚱 및 인민공화국에의 신앙을 스스로 부정하면서 극복해가는 모습을 회상하고 있다. 홍위병, 특히 제2기 홍위병들은 하방에 의해 농촌의 비참한 현실을 알고 자발적 학습을 통해 마오쩌뚱 사상과 공산당 이데올로기에 도전하는 데까지 성장하고 있었던 것이다.

『오늘今天』과 망커芒克

그러나 '베이징의 봄'은 짧았다. 1980년 후야오빵胡耀邦이 공산당 총서기가 되고, 자오쯔양趙紫陽이 총리에 취임하자, 덩샤오핑 체제가 채 확립되기도 전에 공산당은 민주화운동에 탄압을 가했다. 먼저 급진적 민주주의를 외친 잡지『탐색』의 편집장 웨이징성魏京生(1949~)이 1979년 3월에 '반혁명죄'로 체포되고, 연이어 그 재판기록을 출판한『사오논단四五論壇』의 편집장 류칭劉靑(1946~)도 11월에 체포된다. 이 민주화운동의 멘탈리티mentality를 가장 섬세하면서도 웅변적으로 이야기한 것이 베이따오北島(1949~), 망커芒克(1950~) 등 홍위병세대에 의한 신시운동이었다. 그들은 민간 잡지『오늘今天』을 창간, 발간사에서 "과거는 이럭저럭 지나갔고, 미래는 아직도 아득한 저편에 있다. 우리 세대에게는 오늘, 오직 오늘이 있을 뿐!"이라고 말한 바 있다. 『오늘』은 1980년 9월에 발금發禁 처분을 받기까지 등사판 인쇄로 9호까지 간행되었고, 분방한 상상력을 구사한 시작詩作을 남겼다.

망커는 문혁 중에 베이징 남쪽 100km, 티엔진天津 서쪽 100km에 있는 바이양뎬白洋淀이라는 늪지대에 하방되자 자신의 청춘에 대해 "잊지 말게나 / 기쁠 땐 말이지 / 모든 고깃배와 다 함께 술잔을 주고받는 거라네"[3]라고 노래했고, 『오늘』창간의 해를 "나는 너무나도 보고 싶다 / 내일 혹은 그보다 먼 미래에 / 이곳에 개간하러 오거나 / 나를 애도하기 위해 온 사람들을"[4]이라고 서정적으로 노래하고 있다. 이 시들은 평론가나 젊은 독자들 사이에서는 "중국 시와 세계 시의 역사적 관계를 회복했다"고 하여 대대적으로 환영을 받은 한편, 『문예강화』이데올로기로 똘똘 뭉친 문예관료로부터는 '몽롱시(의미를 이해할 수 없는 시)'라고 비판되었다. 『오늘』동인으로는 쟝허江河, 꾸청顧城, 뚜오뚜오多多 그리고 여류시인 수팅舒婷(1952~) 등이 있다.

제3세대 시인 라오무老木

중국 현대시에서는 건국이전의 모더니즘 시인들을 '제1세대'라고 칭하고, 베이따오나 망커, 수팅 등 문혁 중에 청춘을 보내고 1970년대부터 시작詩作을 시작한 사람들을 '제2세대', 그 뒤를 이어 80년대에 등장한 시인을 '제3세대'라고 칭하고 있다. 그 '제3세대'인 라오무老木(1963~)는 1979년에 쟝시성江西省 핑샹萍鄕시의 고교를 졸업하고 16살의 나이에 베이징대학北京大學 중문학과에 입학했다. 덩샤오핑시대가 시작되

3　「시월의 헌시 — 바이양뎬」, 『今天』, 1974.
4　「황야」, 『오늘』, 1978.

려 하고 있었지만 아직도 중국사회의 폐쇄
적 상황은 지속되고 있었고, 대부분의 청
년은 새로운 전망을 개척하고자 문학을 지
망했다고 한다. 베이징에서는 제1차 민주
화운동이 계속되고 있었고, 라오무도 '민
주의 벽'에 나가 각종 잡지를 탐독하던 중
『오늘』을 접하고는 충격을 받아 모더니즘
문학 공부에 몰두한다. 학내의 문학 동아

〈그림 6-1〉 라오무(1993)

리 '5·4문학사五·四文學社'에 참가하여 시작詩作을 시작한 것이었다.

졸업 후 라오무는 교사로 근무하면서 『신시조시집新時潮詩集』을 편
찬하여 '5·4문학사'에서 간행했다. 이것은 건국 후 40년의 중국 출판
역사상 처음으로 당국의 허가를 받지 않고 활판으로 인쇄한 민간서적
이다. 시집은 베이따오·수팅에서부터 망커를 거쳐 장짜오張棗·자이
용밍翟永明·따오쯔島子 등 이른바 '제3세대'에 이르기까지 총 86명의
시인을 망라하는 선집anthology이었다. 서점 등 정규의 판매루트는 통
할 수는 없었지만 1년 안에 상하 2만 권을 모두 팔았다고 하는 경이적
인 기록을 세웠다.

라오무는 1987년에는 중국작가협회에서 간행하던 주간지 『문예보』의
편집부로 자리를 옮겨, '제3세대'의 시선집 『코듀로이 행복의 춤灯心絨
幸福的舞蹈』을 편집했다. 선집의 후기인 「미인, 기묘한 손님, 또는 다른
것」이라는 글에서 그는 1978년 이래 시단의 중심적 존재였던 베이따오
등 몽롱시파朦朧詩派가 "고양된 휴머니즘 정신으로 시와 역사에 들어갔
고, 역사·시대·인류의 대변자·증인·영웅적인 것으로 시의 형식을

확립했다"고 지적했다. 그러자 1980년대 중반에는 수많은 젊은 '제3세대' 시인들이 나타나, 베이따오 등의 타도를 외쳤다고 한다. 그들은 반문화反文化, 반이성反理性, 반서정反抒情, 그리고 심하게는 반시反詩를 외치며, "베이따오 등을 향해 장갑을 내던지고" 결투를 신청한 것이다. 라오무가 말한 이 젊은 도전자는 상하이의 '실험'파, 쓰촨성의 '망한莽漢'파, 그리고 각 대학의 학생시인들이었다. 그들은 "진지한 구어口語로 / 시를 짓고 / 일상생활에 기묘하고 불가사의한 색채를 입히겠다"고 주장하고, "대장간이나 큰 밭의 촌부村婦를 그리며, 노동자에게 헌정하기 위해 술집에서 낭독"했다. 캠퍼스 시인들은 흐르는 듯한 도시의 이미지와 소녀의 도약을 노래했다. 이러한 '제3세대'의 시는 곧 중국전역으로 확대되어 1980년대 후반을 풍미하게 된다.

까오싱젠高行健의 부조리극

『오늘』파가 부활시킨 모더니즘은 중국 사회와 문화가 처해있던 전통적 구조로부터 벗어나고자 하는 본원적인 회의懷疑정신을 가리키는데, 이는 19세기 말부터 20세기 초 유럽에서 성행한 부르주아 문화에 대한 급진적 비판으로서의 아방가르드 예술운동에 전형적으로 드러난다. 덩샤오핑시대의 모더니즘도 『문예강화』에 대한 근원적 비판으로서 등장한 것이다.

『오늘』파의 활약에 이어 서구 모더니즘을 이론적, 체계적으로 소개하고 이를 소설·희곡 방면에서 창작으로 실천한 것이 까오싱젠高行健

(1940~)이다. 그는 1957년 대학 입시 직전
에 고등학교 도서관에서 우연히 손에 넣은
소련 작가 에렌부르그(1891~1967)의 회상
록을 읽으면서, 수학과를 지망하려던 본래
의 계획을 변경하여 베이징 외국어대학 프
랑스어과에 입학했다고 한다. 에렌부르그
의 회상록에 묘사된 1910년대 파리의 카페
에 모인 쉬르 레알리즘 작가와 예술가의

〈그림 6-2〉 까오싱젠(2005)

일상생활에 매료되어, 그는 평생 수학문제만 풀면서 일생을 보낼 게
아니라 파리의 카페야말로 가볼만한 곳이다, 고 깨닫고는 이과에서 문
과로 옮기게 된다. 대학 입학 후에는 수업에도 거의 나가지 않고 도서
관에 틀어박혀 원서나 잡지를 읽는 동안 브레히트의 존재를 알고는 충
격을 받아 갈매기극단海鷗劇社을 조직, 〈사천의 선인〉 등을 부분적으로
상연하기도 했다. 문혁 때문에 청춘시절을 정치투쟁과 하방에 허비한
홍위병세대와 달리 까오싱젠은 서구적 교양을 착실히 갖출 수 있었던
세대였다고 할 수 있을 것이다. 이 브레히트의 작품은 중국의 어느 가
공의 땅의 수도를 무대로 하는 것으로, 독일어의 '세촨Sezuan'은 중국 쓰
촨四川성에 해당하는 글자로 읽을 수 있기 때문에, 중국에서는 이 희곡
작품을 '쓰촨의 호인四川好人'이라 번역했던 것이다.

　1979년 이후 까오싱젠은 계몽적 성격의 이론서 『현대소설 기교초
탐』(1981)에서 소설의 기교는 계급과 민족을 뛰어넘는 수단이라고 기
술하고, 그 때까지 부르주아문학의 특징으로 되어있던 의식의 흐름이
나 부조리적 스토리 등의 수법을 높이 평가했다. 또한 새뮤얼 베케트

나 이오네스코 등 현대 프랑스의 부조리극에 관한 평론을 쓰기 시작했으며, 1982년에는 시간과 공간을 자유로이 이동하면서 등장인물의 내면을 그려낸 〈절대신호絶對信號〉를 발표했다. 이 연극은 베이징 인민예술극장의 식당을 이용하여 중국최초로 소극장 방식에 의해 상연되었으며, 100회 공연을 넘는 성공을 거두었다. 〈절대신호〉가 궁극적으로 리얼리즘극의 틀을 따르지 않았다고 하는 비판에 대해, 까오싱젠은 부조리극 〈버스정거장〉 상연을 위한 타협적 산물로서 〈절대신호〉를 썼다고 대답한 바 있다. 그 〈버스정거장〉은 이듬해에 발표·상연되었는데, 때마침 당시에 시작된 '정신오염' 추방캠페인에서 "서구의 현대문예를 맹목적으로 숭배하고, 경제개혁에 대한 희망은 조금도 찾을 수 없다"고 심하게 비판당하고 말았다. 1993년 파리에서 필자가 그를 만나, 왜 베케트와 이오네스코에게 공감을 보였느냐고 묻자 까오싱젠은 "부조리극은 본래 형이상학적 세계의 것이지만 중국에서는 현실 그 자체인 것입니다. 중국의 현실은 그 자체가 부조리의 어두운 세계인 것입니다. 그래서 어떤 저항도 없이 그들을 받아들이게 된 겁니다"라고 대답한 바 있다.

왕멍王蒙과 의식의 흐름

의식의 흐름은 19세기 말 서구문학에서 사용하기 시작한 수법으로, 인간의 내면세계의 부조리한 흐름을 계속 쫓아가는 것을 말한다, 제임스 죠이스의 『율리시즈』(1922) 등이 그 전형적 작품이고, 중국에서는

1930년대에 신감각파가 이에 가까운 창작을 하고 있었다. 문혁 후에 의식의 흐름 기법을 사용해서 훌륭한 작품을 쓴 것은 자신이 '우파' 분자로서 부조리한 현실을 살아온 왕멍王蒙이다. 의식의 흐름의 대표작이 된 『나비胡蝶』(1980)는 반우파투쟁 때 아내와 이혼하고 문혁 때는 실각을 하는 등 파란만장한 생애를 산 고급간부의 내면을 그리고 있다. 다만 왕멍은 서구 모더니즘의 의식의 흐름 수법을 공부한 것 뿐 아니라 오스트로프스키 등 소비에트문학으로부터의 압도적 영향하에 심리묘사를 특색으로 하는 포스트 문혁시기의 문학을 형성했다고 하는 지적도 있다.[5]

또 모더니즘의 대표적 작가 찬쉬에殘雪(1953~)의 『황토길黃泥街』(1986) 등의 작품은 온통 괴기스런 이미지만을 거듭해서 반복적으로 펼쳐보이면서, 색다른 정신적 세계를 그리고 있다. 부조리한 스토리와 의식의 흐름 수법이 기묘하게 결합되어 있다고 할 수 있다.

뿌리찾기尋根 문학

『오늘』파의 선구적 활동과 까오싱졘 및 왕멍의 모더니즘 소개와 창작실천은 얼마 지나지 않아 문예계에 큰 결실을 가져왔다. 그것은 1985년 홍위병세대의 청년작가들이 일제히 외치기 시작한 '뿌리찾기 문학'이다. 한사오궁韓少功(1953~) 등 뿌리찾기 문학파 작가 대부분은

---

5   小笠原淳, 「왕멍王蒙소설에 보이는 소비에트문학적 표현에 대하여」, 『일본중국학회보』 제62집, 2010.

10대에서 20대의 청년기를 문혁이 한창이던 시절에 보냈고, 여러 해에 걸친 하방과 방랑의 체험을 가지고 있다. 그들은 고향과 하방되어간 농촌을 무대로 하여 토착적 관습이나 전설을 받아들인 작품을 쓰기 시작한 것이다.

뿌리찾기 문학파는 종종 유가의 전통적 문화에 대항하여, 일찍이 향토에 꽃피운 전통문화에서 자신들의 문화적 근원을 찾는다고 주장해왔다. 중국에서는 이러한 주장에 대해 한漢 문화라고 하는 것은 진한대秦漢 이래 2000년의 역사 흐름 속에서 융합되어온 것인데, 그들이 찾는 근원이란 것이 과연 현존하는 것인가라고 하는 비판이 이어졌다. 하지만 뿌리찾기 문학파가 비판하는 '유교적 정통문화'는 반드시 공맹孔孟의 도를 가리키는 것이 아니라, 인민공화국을 지배하는 공산당 이데올로기를 암시하는 것이기도 했다. 독재적 체질이라는 면에서 유가와 일맥상통한다는 의미로 유교의 이름이 언급된 것이었으며, 그들의 표적은 공산당이었던 것이다. 중국에서는 래디컬한 체제비판의 경우 공개적 간행이 허용되지 않고, 종종 숙청의 위험이 수반되기 때문에 이와 같은 비유가 선택되었을 것이다.

변경으로의 하방체험을 그리면서도 정치적 이데올로기는 완전히 씻어내고 청춘드라마에 충실했던 아청阿城(1949~)의 『장기왕棋王』(1984), 물 부족으로 고생하는 태행太行산맥의 마을을 무대로 농촌공동체 천 년의 역사, 그리고 1980년대에 일어난 대변동을 리얼하면서도 환상적으로 그린 정이鄭義의 『오래된 우물老井』(1985) 등은 뿌리찾기 문학의 성과라고 할 수 있겠다.

모옌莫言(1956~)은 나이로 볼 때는 홍위병세대보다 젊고, 라오무老木

등 '제3세대'에 가까운 작가이지만, 스타일
면에서는 뿌리찾기 문학파에 가깝다고 할
수 있겠다. 모옌 문학은 눈이 팽팽 돌 듯
어지럽게 넘나드는 서술의 시공간時空間,
기발한 에피소드를 특징으로 하는 마술적
리얼리즘의 세계이다. 이에 대해 중국의
문예비평가 장즈중張志忠은 "과거와 현재,
그리고 현재를 뛰어넘은 미래 사이에서,

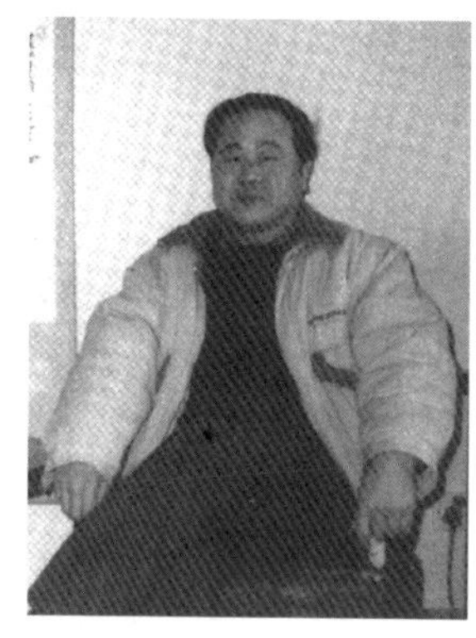

〈그림 6-3〉 모옌

거대한 시간대와 짧은 순간이 융합하여 일체가 되고, 천・지・인天地人
의 거대한 공간과 주먹만 한 공간이 서로 이어져, 시간적 요소는 공간
적 요소로 바뀌고, 공간적 풍경은 시간적 이미지로 전환한다"고 지적
한 바 있다.[6]

중국의 근현대문학자가 전부 도시 출신이거나 혹은 도시에서 교육
받은 지식계급인데 반해 모옌은 거의 유일한 농촌 출신이었다. 게다가
그의 집은 상층중농이었기 때문에 건국 후에는 출신성분으로 인해 박
해를 받았으며 소학교도 문혁 중에 중퇴했다. 모옌의 특이한 시공時空
감각의 근저에 있는 것은 중국 자영농민의 멘탈리티mentality라고 할 수
있겠다. 이 시기의 대표작으로 『붉은 수수 가족紅高粱家族』(1987), 「금발
의 영아嬰兒」(1985) 등이 있다.

단편 「흰 개와 그네」(1985)는 문화대혁명과 개혁개방기인 1980년대
라는 두 개의 시대를 오가면서, 화자인 남성과 소꿉친구였던 여성간의

---

6   張志忠, 『모옌론』, 北京 : 中國社會科學出版社, 1990.

소년소녀기와 성인이 된 후의 심리적 굴절을 묘사하고 있는데, 고난의 운명을 받아들이면서도 끝내 굴복하지 않는 시골여성의 모습을 선명하게 반영해내고 있는 모옌의 문단 데뷔작이라 할 수 있다. 모옌이 가와바타 야스나리川端康成의 『설국』 도입부의 "검고 당당한 아키타견秋田犬이 거기 있는 디딤돌에 올라앉아 오랫동안 물을 핥고 있었다"라는 대목을 읽고, 이 작품을 구상하게 되었다고 하는 에피소드는 무척 흥미진진하다.

리타李佗의 '마오 스타일毛文體' 비판

1980년대 중반에 출현한 모더니즘과 뿌리찾기 문학에 대해, 평론가 리타李佗는 아래와 같이 지적한 바 있다 ─『문예강화』가 발표되고 인민공화국이 수립된 이래로, 인민문학은 정통적 언어 시스템으로 군림해왔다. 거기에서는 가족이나 지역공동체의 사이에서 생겨난 사랑과 연대, 그리고 계급을 넘어 전인류적 범주로까지 확대될 수 있는 인간애, 이런 것들은 모두 부정되고, 공산당, 특히 마오쩌둥에 대한 절대적 충성만이 거론되고 있었다. 인민문학이란 마오毛가 중국을 통일하고 인민을 지배하기 위해 쌓아올린 언어적 시스템인 것이다. 이에 대해『오늘』파나 뿌리찾기 문학은 일상적 인과율을 부정하고 시간의 흐름에 따른 선형적線形的사고를 교란한다. 그것의 등장은 마오쩌둥의 언어체계 = 마오문체毛文體를 파괴하고, 인민문학의 질서를 뒤엎는 것이었다.[7]

인민공화국 건국 이후, 특히 문혁이 발발하면서 사멸의 위기에 몰렸

던 문학은 문혁 종결 직후에 다시금 제 목소리를 내게 되는데, 이에 그
치지 않고 『문예강화』의 틀에 대해 문제제기를 했을 뿐 아니라, 과감
하게도 '마오 문체'의 파괴에 나섰던 것이다. 사회에 대하여 이의를 제
기하는 문학이 절정기를 맞고, 모더니즘이 활동을 개시한 1979년은
5·4운동이 있었던 1919년과 함께 중국 현대문학사에서 기억되어야
할 것이다.

3. 오에 겐자부로大江健三郎의
정이鄭義, 모옌莫言에 대한 공감

위다푸郁達夫를 닮은 복스런 귀

　일본 문단에서 덩샤오핑시대의 뿌리찾기 문학에 초창기부터 깊은
관심을 보인 것은 오에 겐자부로大江健三郎(1935~)이다. 뒤에서 기술할
'피의 일요일'사건 직후, 지하에 잠복한 정이鄭義에 대해 오에大江는 "나
는 이 작가의 장편소설을 오리지널로 한 영화 〈오래된 우물老井〉을 봤
을 뿐이지만, 중국문학자가 쓴 평론을 읽어보고, 또는 수년 전 중국계
미국인 작가와 함께 한자漢字를 보면서 몇 단락 번역해본 경험으로 말

7　李佗, 「서문을 대신해서-눈사태는 어디서」, 『액시던트』(위화 단편집), 1989.4.

하자면, 그의 원작은 훌륭한 소설이라고 생각한다"[8]라고 적고 있다. 『오래된 우물』의 일본어판이 번역출판된 것은 그로부터 1년 후의 일이었다.

오에大江는 1960년과 1984년에 중국을 방문하여, 마오쩌뚱·저우언라이周恩來·궈모루어郭沫若·마오뚠茅盾·라오서老舍·빠진巴金·자오수리趙樹理 그리고 후야오빵胡耀邦 등 현대 중국의 '거대한 인간적 존재'들을 만났고, 그들을 '생생하게 기억하고 있는' 것이다. 애초에 오에 겐자부로大江健三郎는 태어날 때 귀가 위다푸郁達夫를 닮았었다고 하는 에피소드가 있다. 오에大江의 어머니는 그가 7남매 중에서 가장 용모가 처지기 때문에 결혼상대를 찾지 못하는 게 아닐까 걱정을 하면서도, 한편으로 이 아이의 귀가 중국작가 위다푸郁達夫를 닮은 복귀이니까 반드시 위郁씨처럼 대작가가 될 것이라 믿고 있었다고 한다. 오에大江가 아홉 살 되던 해 아버지가 죽고 가계가 어려워지자, 대학에 갈 수 있는 것은 형제 중 단 한 명 뿐이라고 하는 상황에서, 어머니가 특별히 오에大江를 선택했던 것도 그런 이유 때문이었다. 오에大江는 중국의 문예지 『세계문학』의 쉬진롱許金龍 부편집장과의 인터뷰에서 다음과 같이 답변한 바 있다.

[어머니의] 일기에 의하면, 30년대 초 어머니는 아버지와 함께 중국을 방문하셨습니다. 두 분은 우선 상하이로 갔고, 거기서 루쉰魯迅이 창간한 잡지 『역문譯文』을 사셨습니다. 그것은 외국문학 작품의 번역소개 및 비평이

---

8 『도쿄신문』, 1989.8.15 석간.

실리던 전문적 문학잡지로, 그 후로 어머니가 오랫동안 애독하시던 잡지 중 하나가 되었습니다. 1936년 어머니는 신문에서 중국의 저명한 작가 위다푸가 도쿄東京를 방문한다고 하는 기사를 보시고는, 겨우 돌을 넘긴 나를 아버지와 시어머니께 맡기고, 혼자 도쿄에서 2주 동안에 걸쳐 그의 강연을 들으셨던 겁니다.[9]

상상력의 공화국

또 오에大江가 1994년에 노벨문학상을 수상했을 때, 그의 어머니는 "아시아의 작가 중에서 노벨문학상에 가장 어울리는 것은 타고르와 루쉰입니다. 겐자부로健三郎는 그에 비하면 많이 떨어지지요"라고 말했다고 한다. 또한 정이와 모옌에 대하여, 오에大江는 그해 12월 스톡홀름에서의 노벨문학상 수상강연에서 두 사람의 이름을 거명하면서 "표현의 자유를 잃어가고 있는 중국에서 활동하는 뛰어난 소설가들의 운명을 걱정하고 있습니다"라고 호소한 바 있다. 그리고 2000년 9월 베이징 강연에서는 정이鄭義의 문학이 말살되어가고 있는 중국에 대해 과감하게 다음과 같은 발언을 한 바 있다.

그건 바로 중국에서 국민국가가 만들어지고, 계속해서 국민국가로서 보전되어야 하며, 문학이 그것을 리드해가야 한다고 하는 사명감입니다. 문

---

9   『인민중국』, 2001.4.

혁 종식 후, 빠진巴金 선생이 팔순이 넘은 나이에 활동을 재개하게된 것도 1920년대 상하이에서의 경험이 반세기를 지나서도 여전히 살아있었기 때문이라고 나는 생각하고 있습니다. 역으로, 젊은 세대인 모옌의『붉은 수수 가족』이나 정이의『오래된 우물』이 나로 하여금 찬탄을 금치 못하게 하는 것은, 그들이 명확히 표현해내고자 하는 어떤 의지, 오늘날 중국인들의 생활현실을 과거의 심원함과 연결하여 그들의 독자적인 상상력 속에서 공화국을 건설하고자 하는 의지 때문인 것입니다.

그리고 오에大江는 "일본문학은 특히 최근 30년간, 지금 예로 든 모옌이나 정이처럼 야심만만하면서도 리얼하게 그들의 대지와 민중에 뿌리 내린 표현을 만들어내지 못했다. 현실에 상응할 만한 상상력의 공화국을 만들어내지는 못했다"고 자성한 바 있다.

4. 천안문사건과 에미그런트emigrant 문학

대학입시의 재개와 제2차 민주화운동

문혁 말기 중국에서는 농촌과 도시에서 모두 국가경제가 막다른 길로 접어들었음이 현저하게 드러나고 있었고, 덩샤오핑체제는 이를 해소하기 위해, 1970년대 말부터 대내적으로는 경제개혁, 대외적으로는 개방정책을 실행했다. 대학 등 고등교육기관은 문혁에 의해 괴멸적 타격을 받고 있었지만, 이 개혁·개방정책 추진에 필요한 기술관료를 양성하기 위해 속속 다시금 문을 열게 되었다.

전국적 통일입시가 재개된 것은 1977년 12월이었다. 새해가 되자 위로는 반우파투쟁 때 추방된 세대로부터 아래로는 월반으로 올라온 16~17세의 소년에 이르기까지 여러 연령층의 학생이 대학 등 고등교육기관에 들어갔다. 재개된 제2회 통일입시는 학년말인 1979년 7월에 시행되었고, 전국에서 약 470만 명이 시험에 응해 27만 5천 명이 입학했다. 그 후로는 순조롭게 새로운 지식청년층이 양산되어 갔지만, 그들은 이미 공산당에게 더는 신뢰나 충성심을 갖지 않고, 서구 자본주의 나라들에 동경을 느끼고 있었던 것이다. 덧붙여 말하면 과거의 입학자 수는 1949년 3만 1천 명, 1957년 10만 6천 명, 1965년 16만 4천 명이었다.

그러던 1989년 2월, 당시로부터 10년 전의 제1차 민주화운동 때에 투옥된 웨이징성魏京生의 석방을 요구하는 작가와 연구자, 저널리스트 등 33명이 공개서한을 발표했다. 이것이 도화선이 되어 다시 민주화요구의 기운이 높아졌다. 2개월 후 학생층의 요구를 비교적 이해하는 입장에 있던 후야오빵 전前 총서기가 급서하자, 제2차 민주화운동이 발발하여 베이징에서는 100만 명이 데모를 하는 상황으로까지 발전한 것이다. 그것은 개혁·개방 노선을 채택한 지 10년이 지난 시점에서, 공산당 이데올로기를 벗어난 포스트 문혁세대의 엘리트지식계급이 민주화라고 하는 자신들의 권리확대 요구를 공산당에게 들이대며 집단행동을 취한 운동으로, 피지배자에게 있어서의 문혁 및 제1차 민주화운동의 정신을 계승한 것이라고 말할 수 있겠다. 마오毛문체를 해체

한 덩샤오핑세대의 신문학을 읽고 자란 라오무老木 등의 세대는 바로 정치적인 이의제기를 하고, 인민공화국의 이데올로기를 부정하기 시작한 것이었다. 공산당은 이 운동을 독재체제를 뒤흔드는 것이라고 적대시하고, 6월 4일 전차를 투입하여 시민·학생을 살해했다. 천안문사건(또는 '피의 일요일사건', 중국어로는 '六·四')의 비극이다.

제2차 민주화운동에는 많은 문학자가 참가했다. 처음 33인의 공개서한 발기인이 베이따오北島와 라오무老木였다. 정이는 산시성山西省 따퉁大同에서 업무 협의차 베이징에 나왔다가 우연히 민주화운동을 목도하고 적극적으로 관여하여, 단식투쟁의 전술을 전수하는 등, 학생운동의 상담역이 되어주기도 했다.

파리로 뉴욕으로

천안문사건 후에 다수의 문학자가 지하에 잠복하거나 국외로 망명했고, 머지않아 그들은 파리와 뉴욕을 주요 거점으로 에미그런트(이민·망명자)문학을 형성해간다. 사건 전에 출국해 있었던 베이따오가 에미그런트 문학자들을 규합하여 1990년 8월에 노르웨이에서 복간復刊한 제2차 『오늘今天』은 그 중심의 하나이다. 편집위원에는 새 멤버가 다수 늘었으며, 그 회원은 베이따오北島, 장허江河, 꾸청顧城, 뚜오뚜오多多 등의 시인, 까오싱젠高行健, 아청阿城, 류쑤오라劉索拉 등 희곡가·소설가, 평론가이며 신흥지식계급의 이론적 지도자 류짜이푸劉再復(1941~) 등이다.

복간 제1기를 장식한 까오싱젠의 희곡 〈도망逃亡〉은 제2차『오늘今天』 가운데서도 '피의 일요일'사건을 제재로 한 소수의 작품 중 하나이며, 청년과 중년의 세대차이 및 남과 여라고 하는 두 성性 사이에 가로놓인 넘기 힘든 도랑을 그려내면서, 도망치기 위해 기다린다고 하는 〈버스정거장〉 이래의 테마를 파고든 결정도結晶度 높은 작품이다. 베이따오도 동지同誌에 발표한 작품을 시집『하늘 끝天涯에서』(1993)에 모아 옥스퍼드대학출판사에서 간행했다.

정이는 사건 직후 당국에 의해 체포령이 떨어졌기 때문에 지하에 잠적했다. 문혁 때 하방을 겪으며 익힌 목수일을 직업으로 삼아 산촌을 떠돌아다니면서, 그 사이에 인민공화국체제를 고발한 자전적 중국 현대사『중국 땅 아래서』를 집필했고, 도망 중에 써서 모아둔 원고를 외국에서 간행하기 위해, 1992년 3월 아내 베이밍北明(1956~, 본명은 趙曉明, 평론가)과 함께 홍콩으로 탈출하였으며, 이듬해 1월에 미국에 망명하였다.

'피의 일요일'사건과 그 후의 보수반동

사건 후 중국문예계에서는 보수파의 반격이 있었으며, 포스트 문혁 이후에 활약해온 많은 작가들은 침묵하는 수밖에 없었다. 1949년에 창간된 이래 인민공화국 문학의 중심적 존재로서 문예계에 군림해온 잡지『인민문학』은 1980년대 중반에 류신우劉心武를 편집장으로 초빙하고 공산당 문예정책의 선전기관적 존재에서 탈피하려 하고 있었다. 그러나 1990년 3월, 류劉는 "사회주의문학의 길에서 벗어났다"는 비판을 받아 해임되었고, 후임으로 보수파의 원로 류바이위劉白羽(1916~)가 뽑혔다. 이 해 7·8월 합병호의 권두논문 「90년대의 소환」에서는 "마르크스주의, 마오쩌뚱사상, 중국공산당의 정책을 견지하라"는 절규와 함께 문예가 중국공산당 독재체제를 찬미할 것이 요구되었다. 합병호에 신설된 '독자의 소리'란에 올라온 투서 6통 전부가 류신우 편집체제를 비난하는 것인데다, 그중 2통은 모옌莫言을 지명하여 비판한 것이었다. 이렇게 해서 모옌의 작품은 사실상 발표금지가 되었다.

이 보수반동에 대해 중국의 지식인, 특히 수도 베이징에 거주하는 사람들은 '고의의 공백'으로 저항했다. '고의의 공백'이란 천안문사건 이후 베이징의 신문·잡지·영화는 보지 않고 읽지 않으며 기고도 하지 않는 것을 말한다. 문장을 발표할 때는 상하이나 광저우廣州등 비교적 통제가 느슨한 남방의 도시의 매스컴에 보낸다고 하는 것으로 일종의 지적인 사보타주라고 할 수 있을 것이다. 일찍이 반우파투쟁이나 문화대혁명시대에 지식인은 공산당에 대한 환상과 그 독재권력에 대한 공포 때문에 거의가 어쩔 수없이 잔혹한 탄압·숙청에 농락당하고 있었다. 하지만 1970년대 말과 80년대 말의 두 차례 민주화운동을 거치고 나자, 그들은 침묵하기보다 저항하면서, 암묵의 연대를 맺었던 것이다.

1991년은 후스胡適 탄생 100주년 그리고 루쉰魯迅 탄생 110주년이 되는 해였다. 1949년 건국직전에 미국에 망명했던 후스는 이 보수반동의 역류에 처해 중국공산당 계열의 어용평론가들로부터 매국적 전면 서구화론의 원조로 심하게 비판당했다. 그와 같은 폭론이 소용돌이치는 가운데 베이징 루쉰박물관의 학술잡지 『루쉰 연구 월간』은 연속특집

'루쉰과 동시대인의 연구'라고 이름을 내걸고 새로 발견된 후스의 서간과 「루쉰, 천뚜시우陳獨秀, 후스의 정신사적 비교 연구」, 「후스와 저우쭈어런周作人」 등의 논문을 연재했다. 이것은 실질적으로는 후스胡適특집호로서, 학문적으로도 높은 수준을 보이고 있다. 루쉰과의 동시대성에서 후스를 재평가하고자 하는 이 특집호에서는 새삼 중국지식인의 유연한 지성, 강한 저항을 엿볼 수 있는 것이다.

신구문학자의 활약

중국국내에 남은 문학자들도 굴복하지는 않았다. 망커芒克는 이른바 '제3세대'인 따오쯔島子(1956~) 등과 함께 1991년에 민간 잡지 『현대한시現代漢詩』를 계간으로 창간한다. 천안문사건 후 2년간이나 침묵을 강요당해온 모옌도 『인민문학』 1991년 8월호에는 개혁·개방체제하에서 붕괴되어가는 농촌을 묵시적으로 그린 「꽃다발을 안은 여자」를 발표하며 부활했다. 그 사이에 문단에는 예자오옌葉兆言(1957~), 위화余華(1960~), 쑤퉁蘇童(1963~), 꺼페이格非(1964~) 등 젊은 세대 작가들이 탄생하고 있었다.

통속소설가 왕수오王朔(1958~)의 유행도 무척 흥미롭다. 그는 소설에서 베이징 젊은이의 은어를 능숙하게 구사해내는 대화를 통해, 브로커 일을 하거나 미인계를 써서 사기를 치는 젊은이 등, 개혁·개방노선과 함께 생겨나게 된 이른바 풍속사범들의 모습을 그려내고 있다. 작품의 주된 무대가 되고 있는 대도시는 건국 후 거대한 시골, 혹은 황량한 수용소로 변했다가 개혁·개방노선하에서 도시로 재생한 베이징인 것이다. 1979년 이래의 개혁·개방노선은 대도시에 재생을 가져왔고, 도시인에게 탈이데올로기적 생활의 경쾌함을 가르쳐주었다. 왕수오는 이 1980년대 젊은이들의 경쾌함이라 해야 할지 경박함이라 해야할지 모를 그런 감각을 그려내고 있다. 물론 그의 작품 중 영화〈햇빛 찬란한 날들陽光燦爛的日子〉(1994)의 원작「동물흉맹動物凶猛」처럼, 문혁시기 해방군 장교 주택단지의 밝은 소년시절을 덩샤오핑시대로의 대변모를 이룬 베이징이라고 하는 시점視點으로부터 상실감을 갖고 그려낸 걸작도 있기는 하다.

5. 개혁개방의 가속화와 상하이의 부활

고도경제성장과 문예지의 쇠퇴

1992년에 접어들자 '피의 일요일'사건의 책임자인 덩샤오핑이「남순강화南巡講話」를 발표하며 다시금 개혁·개방노선으로 기울기 시작했고, 동년 10월의 중공 제14회 당대회, 1993년 3월의 전국 인민대표대회를 거쳐, 중국의 정치·경제·문화 각 분야에서 개혁·개방을 다시금 가속화 할 것이 결정되었다. 특히 덩鄧이 경제성장 정책의 마지막 카드로 상하이 재개발이라는 호령을 내린 것은, 문학사를 상하이·베이징

두 도시 이야기로서 읽어온 우리들로서는 간과해서는 안 될 것이다. 황푸黃浦강을 사이에 두고 구상하이 조계지구浦西의 강 건너편 350㎢(조계의 약 11배)에, 거대한 산업단지로 '상하이푸뚱신취上海浦東新區'를 건설할 것을 결정한 것은 1990년 4월의 일이며, 그 후 상하이의 급속한 발전은 주지하는 대로이다. 이 시기에는 문화계에서도 빠진巴金 · 샤이엔夏衍 · 류신우劉心武 등 40명이나 되는 저명 문화인의 에세이나 담화를 담은 『'좌경화'방지 비망록防'左'備忘錄』이 출판되면서, 보수파에 대한 비판이 행해지고 있었다.

고도경제성장과 문예지의 쇠퇴

덩샤오핑의 남순강화로 개혁 · 개방이 다시금 가속화한 이후, 중국의 시장경제화는 급속히 추진되어, GDP(국내총생산)성장률은 1990년대 전반前半에는 매년 10%를 넘었고 후반 이후에도 2003년까지는 8%전후를 유지하고 있었다. 2003년의 1인당 GDP는 1,090달러로 처음으로 1,000달러를 돌파했으며, 가장 풍요로운 상하이시나 베이징시는 각각 4,600달러와 3,800달러에 달했다(다만 가장 가난한 지역인 꾸이저우貴州성은 435달러, 홍콩 2만 2,988달러, 타이완 1만 3,157달러, 일본 2002년 3만 1,200달러).

한편으로 이제껏 신문 · 텔레비전 등 '당의 목소리'와 마찬가지로 엄격한 국가통제를 받는 한편 극진한 보호를 받아온 문예계는 시장경제화에 의해 큰 타격을 받았다. 건국후의 문예지는 관립단체인 작협作協(중국작가협회)이 관리하고 있었으며, 각 성시省市의 작협지부가 발행하는 종합 문예지는 사실상 각지의 '문예공작 뉴스레터'에 불과했다. 이들은 결국 시장경제의 물결에 끝까지 저항하지 못해서, 예컨대 빠진이 주편主編으로 있던 상하이 작협의 기관지 『수확收穫』은 1980년대 최전성기의 발행부수 120만 부에서 1996년의 10만 부로 급감했다.

21세기에 접어들자 "실적이 나쁜 문예지는 대학에 그것을 떠 넘기겠다"고 하는 말까지 나올 지경이었다.[10] 다른 한편, 베이징·상하이에서는 마이홈·마이카·여행·건강의 붐에 힘입어, 이와 관련된 도서나 잡지의 매상은 최고조에 이르렀다.

모옌의 '소설의 카니발'

그래도 모옌은 유방콤플렉스의 금발 혼혈남성을 주인공으로, 중일전쟁으로부터 개혁·개방이 본격화된 1980년대 중반까지의 산뚱山東성 농촌을 묘사하여 공산당 농업정책의 실패를 폭로한 『풍유비둔豊乳肥臀』(1995), 그리고 의화단사건(1899)과 산뚱山東성 까오미高密현을 배경으로 하여 독일의 침략에 저항하는 사람들과, 산뚱 순무巡撫, 省長이자 대군벌인 위엔스카이袁世凱와의 사이에서 고뇌하는 현지사들의 모습을 그린 『박달의 형벌檀香刑』(2001) 등 걸작을 잇달아 발표한다. 특히 『술의 나라酒國』(중국판 1993, 타이완판 1992)는 일본이나 구미의 평론계에서도 주목된 바 있는데, 예컨대 "메타 미스테리에서 시작되어, 서간체소설,

---

10 朱自奮, 「문예지는 대학으로 돌아가는 것인가?」, 『원후이文匯독서주보』, 2002.11.29.

그리고 여러 스타일의 단편들로 이루어진 이 책은 실로 ‘이야기의 교향악’이자 ‘이야기의 주연酒宴 혹은 야단법석’이라 해야 할 것이다. 소설의 카니발이랄까 아니면 격식 없이 떠드는 술자리”[11]라고 하여 모옌적莫言的 리얼리즘의 극한을 보여주는 작품으로 높이 평가되고 있다.

왕샤오뽀王小波(1952~97)의 『황금시대』(중국판 1994, 타이완판 1992)는 문혁세대의 황당무계한 청춘을 그리고 있으며 유머문학의 걸작으로 평가받고 있다. “나는 21살 때 윈난雲南에 하방되어 갔다. 천칭양陳淸揚은 그때 26살로, 내가 하방되어 갔던 그곳의 의사였다”라는 경쾌한 리듬으로 작품이 시작되는데, 키다리 왕얼王二과 베이징 의대 출신의 미인 여의사 천陳과의 사이에 기상천외한 섹스가 전개된다. 그것은 문혁의 대혼란기에 대도시에서 변경의 깊은 산속으로 보내져 자기자신을 잃고 그야말로 아무렇게나 청춘의 와중에 놓여있던 그들 세대의 부조리해 보이는 사변적인 세계관을 이야기하는 것이기도 하다. 제3부는 1990년, ‘나’는 40으로 불혹의 나이이지만 갈피를 못 잡은 채 살아가는 인생으로, 이혼도 경험했고 불륜에 대한 바람도 지속되고 있다. 그러던 중 가끔씩 문혁 중에 투신자살한 전직 간부 허賀노인 일을 떠올린다. 머리는 완벽하게 갈라져 있었다고 하는데 왜 거시기는 발기해 있었던가라고 말이다. “적어도 한 가지 분명한 것은 허賀씨의 몸에는 아직 충분히 살 수 있는 힘이 있었던 것이다. 다른 건 아무것도 알 수 없다”는 말은 중국이란 부조리로 가득 찬 세계에서는 확실히 휴머니스트로서의 울림을 가진다. 왕王은 샐린저의 『호밀밭의 파수꾼』이나 쇼지

---

11 風間賢二, 『문학계』, 1997.3.

카오루庄司薫의『조심해요, 붉은 두건』과 통하는 작풍을 확립했다고 이야기할 수 있지만 안타깝게도 1997년 4월에 심장병으로 돌연사 했다.

또 뿌리찾기 문학인『빠오씨 마을小鮑莊』(1985) 등에 의해 상하이문단을 대표하는 여성작가가 된 왕안이王安憶(1954~)는 1946년 미스상하이 콘테스트 3등에 입상한 여성이 국민당 고관의 애인이 되는 것을 시작으로 1980년대까지 5명의 남자와 관계해가는 이야기를 쓴『장한가長恨歌』(1995), 민국기民國期에서부터 문혁 종결까지를 배경으로 상하이의 뒷골목에서 살아가는 엄마와 딸을 그린『잘 자란 복숭아나무桃之夭夭』(2003) 등을 통해 올드 상하이가 끝나고 현대 상하이가 시작되기까지의 긴 암흑시대를 회상하는 이야기를 그리고 있다. 또한 베이징의 여성작가 장캉캉張抗抗(1959~)도『붉은 폭풍赤彤丹朱』에서 공산당의 혁명투쟁에 청춘을 바치면서 혁명에 배신당해 굴욕과 고난의 반생을 보내야만 했던 부모의 이야기를 딸의 시점視點에서 그리고 있다. 아버지의 사상공작에 의해 무장봉기에 참가하고, 건국 후에 아버지로 인해 연루된 '노老 전우'는 문혁시기에 고문을 받으면서 가슴 속으로 "당신한테 속았어. (…중략…) 평등하고 민주적이고 공평한 신사회란 게 이런 것이었어?"라고 계속해서 되묻고 있었다고 고백한다. 이는 인민공화국의 존재 그 자체를 의심하는, 근원적인 질문이라고 할 수 있을 것이다.

묵살당한 노벨문학상

이와 같이 1990년대 이후로 고도의 경제성장이 다시금 속도를 내게 된 대전환기에서, 문혁세대의 작가들은 20세기의 중국을 시민과 농민의 시점에서 회고한 뛰어난 작품을 발표하게 된다. 까오싱젠高行健의 2000년 노벨문학상 수상작품인 『영산靈山』(1990)과 『한 사람의 성경一個人的聖經』(1999)은 이와 같은 회상적 작품의 부류로 위치지어질 것이다. 후자는 국가권력으로부터 계속해서 도망치는 지식인의 여성편력을 둘러싼 적나라한 자전적 소설이고, 전자는 1980년대에 전설적 성지 '영산'을 찾아 중국 오지의 산간을 계속 떠돌아다니는 '나'와 '너'가 보고 듣는 소년과 젊은 여자, 노인, 야인野人에 소수민족, 그리고 전설·신화 등 각종 에피소드를 집적한 것이다.

덧붙여 이야기하면 1927년에 스웨덴의 탐험가 헤딘S.A. Hedin이 루쉰을 노벨문학상에 추천하려고 했을 때 루쉰은 "얼굴색이 노란색이라고 해서 특별히 관대하게 대우를 하면 오히려 중국인의 허영심을 증가시켜줄 겁니다"라고 말하고 사퇴한다. 까오싱젠은 중국인작가로는 이 상의 첫 번째 수상자였는데, '피의 일요일' 사건을 비판하고 프랑스로 망명 중이었기 때문에 중국의 매스컴이나 출판계는 이 낭보를 묵살했다. 이와는 대조적으로 타이완에서는 그때까지도 까오高의 작품을 간행하고 희곡을 상연해온 바 있으며, 천수이벤 총통이 축사를 보내고 출판사가 1주일 만에 각 작품을 3만 부 증쇄하는 등 축하무드에 싸여 있었다.

중견여성작가 중에는 츠리池莉(1957~)『물과 불의 뒤엉킴』처럼 덩샤오핑시대의 대변혁기를 배경으로 사랑과 이상을 양식糧食으로 살아가는 1958년생 커플의 성장과정을 그린 작품도 있다. 츠리의 소설 대부분이 텔레비전 드라마화를 전제로 해서 간행되는 등 상업성이 특히 두드러지는 점은 이른바 순문학계 작가와는 좀 다르다.

티에닝鐵凝(1957~)의 장편소설 『목욕하는 여인들大浴女』(2000)은 문혁 중에 유소년기를 거치면서 부친의 부재와 모친의 불륜을 경험했고, 그 결과 생겨난 아기가 죽는 것을 못본 척 눈감아버린 트라우마에 시달리던 여성이 사랑을 하고 유능한 편집자로서 부사장이 되는 성장 이야기이다.

6. 포스트 덩샤오핑시대의 사회와 문학

독재체제와 시장경제

1997년 2월 19일 '중국의 최고실력자'라 불리던 덩샤오핑이 사망하면서 1970년대 말부터 약 20년 정도 이어져온 덩鄧체제가 명실 공히 종언을 고했다. 천안문사건 때 해임된 자오쯔양趙紫陽을 대신해서 총서기에 취임한 쟝쩌민江澤民(1926~)은 1993년 국가주석에 취임하여 5년의 임기를 두 번 마치고, 2003년 후진타오胡錦濤(1942~)가 새로 국가주석에 취임했다. 1997년 이후의 정치체제는 쟝쩌민기, 후진타오기로 불러야 할 것이다.

하지만 덩샤오핑시대가 개막되면서 펼쳐진 정치체제는 공산당 독재, 경제체제는 개혁개방에 의한 시장경제화라고 하는 양대노선은 현재까지도 계속되고 있고, 덩의 사망을 전후해 중국의 사회, 문화가 크게 변했다는 점에 주목해, 본서에서는 1997년 이후를 포스트 덩鄧시대라고 부르고자 한다. 포스트 덩鄧시대의 중국사회는 대도시를 중심으로 일본이나 구미의 선진국 사회를 따라왔으며, 그것을 상징하는 문화현상이 바로 무라카미 하루키村上春樹 붐이었다.

포스트 덩鄧시대의 개막을 즈음하여 홍콩지 뿐만 아니라 중국의 인문지까지 중국경제의 심각한 상황을 솔직하게 이야기하는 것은 인상적이었다.

베이징의 삼련서점이 발행하는 하이브로우high brow한 인문잡지『독서讀書』의 1월호를 예로 들어보자.『농촌공사農村公社, 개혁과 혁명』이라는 번역서에 대한 장문의 서평을 보면, 제정러시아 말기의 개혁을 소개하고 스톨리핀Stolypin 개혁과 덩鄧의 개혁의 유사함을 시사하는 듯 했다. 토지사유화와 자본주의적 재산소유권의 확립에 따라 1907년에서 1914년에 걸쳐 러시아경제는 고도성장을 계속하고 '스톨리핀의 기적'으로 불리었지만 황제는 이미 국민정신의 지주가 될 수 없었고, 빵집의 품절을 계기로 1917년 2월혁명이 갑자기 시작되면서, 로마노프왕조는 맥없이 무너졌던 것이다. "불공정한 '개혁'이 야기한 반개혁反改革에 대한 '혁명'은 역사상 드문 일이 아니다"라고 하는 서평 필자 쑤원蘇文의 말은 포스트 덩鄧시대에 대한 절실함을 포함하고 있는 것이 아닐까.

『독서讀書』는 이 서평에 이어 조심스럽게 '구서신독舊書新讀'란에, 1983년 중국어로 번역된 바 있는 영국인 학자의 저작『소련의 경제논쟁에 흐르는 정치적 복류伏流』에 대한 장문의 서평을 게재했다. 서평의 필자 왕위에성王躍生은 구소련권의 사회정치 면에서의 개혁을 회고하면서 중국의 현재의 심각한 상황을 지적했다. 국유기업의 파산, 노동자실업

에 대해 버텨낼 힘이 사회에 없다고 하는 점, 재산권의 다원화와 시장
화는 인민의 재산이 관료에 의해 개인화, 사유화하는 것을 의미한다고
하는 점, 보도의 자유가 없는 사회는 부패의 범람을 초래한다고 하는
점 등등……. 중국의 지식인은 덩샤오핑의 개혁의 향방에 대해 심각한
위기감을 가지고 있었던 것이다.

정이鄭義의 에미그런트 소설

이때 미국에서 망명생활을 하던 정이鄭義가 장편소설 『신수神樹』(1996)
를 타이완에서 간행했다. 산시성山西省 산골마을에서 수령樹齡 4천 년의
거목에 갑자기 꽃이 피고, 마을사람 앞에는 건국에서부터 현재에 이르
기까지 중국공산당의 숙청과 기아정책의 희생이 되었던 조상의 원령
怨靈이 나타나 원한을 이야기하기 시작한다. 이 신수神樹야말로 역사의
증인이었던 것이다. 농민에게 역사의 기억이 되살아날 것을 우려한 당
중앙은 전차사단을 투입하여 신수를 벌채하려 하지만 깜깜한 밤이 되
자 일찍이 이 마을을 근거지로 하여 일본군과 싸웠던 팔로군의 영령들
이 나타나 해방군에게 게릴라전을 건다…….

개혁·개방정책이 밀려드는 현대농촌을 무대로 정이는 환상과 현
실, 과거와 현재가 자유자재로 교차하는 가공할만한 마술적 리얼리즘
의 이야기를 하고 있는 것이다.

당시의 중국에서는 농촌의 노동인구가 전체 노동인구의 5할을 차지
했지만 GDP에서 차지하는 비율은 15%에 지나지 않았다. 잡지 『독

서』의 저자는 국유기업의 파산, 노동자실업, 그리고 인민의 재산을 관료가 사유화의 문제를 지적하고 있지만, '삼농(농업 · 농촌 · 농민)'문제는 더욱 더 심각할 것이다. 정이가『신수』에서 그려내는 종말론적 세계는 중국의 위기를 예견한 것이라고 할 수 있을 것이다.

2003년 10월 정이는 일본 팬클럽 초청으로 망명지인 미국에서 처음으로 일본을 방문하여 WiP Writers in Prison 옥중작가의 날에 열린 심포지엄 '자유를 위해 쓴다'에서 오에 겐자부로大江健三郎와 대담하면서 다음과 같이 말했다.

> 망명생활은 이처럼 매우 슬픈 결말을 맞이할지도 모르겠습니다만, 우리는 그래도 러시아혁명 직후의 망명작가 보다는 행복한지도 모릅니다. 그것은 공산주의는 반드시 붕괴하고, 중국에도 자유로운 사회가 온다고 확신하고 있기 때문입니다. 확실히 저도 망명으로 인한 대가를 치렀습니다만 그 속에서 많은 것을 배우기도 했습니다. 진정한 인생, 진정한 예술, 사랑과 문학과의 관계를 알 수 있었던 것입니다.[12]

'단위' 붕괴와 대학의 시장경제화

이처럼 포스트 덩鄧시대의 막이 오르던 당시에는 비관적 관측도 적지 않았으나, 쟝쩌민 정권은 애국심교육 등 안으로 향한 정치경제적

---

12 『세계』, 2004.2.

내셔널리즘을 발동하는 한편, 2001년에는 세계무역기구WTO에 가입하여 외자계 기업을 끌어들이며 수출을 늘렸다. '민공'이라 불리는 노동자, 농민의 도시진출이 증가하도록 하면서 고도의 경제성장을 유지시켰다. 그 결과 2010년에는 국내총생산GDP에서 일본을 앞지르고 세계 2위로 등극하는 한편, 중국사회에는 대변동이 생겨났다.

예컨대 인민공화국의 독특한 도시 제도로서 존재해왔던 '단위單位' 공동체가 붕괴한 것을 들 수 있다. 건국 이래 도시민이라면 누구라도 모두 어떤 '단위'에 속하여, 급여·주거·연금 등은 일체 '단위'가 제공해주었으며, 탄생에서부터 죽음까지 보살펴줘 온 것이다. 바로 이 '단위'란 공산당 및 국가의 기본 조직이 되어왔던 것으로, 민국기民國期까지의 전통적 대가족제도를 대·중·소의 공장과 회사 규모로 확대한 것이라고 상상하면 좋을 것이다. 이 '단위'사회가 개혁·개방정책과 시장경제 이후 소리를 내며 붕괴되기 시작한 것도 1990년대이다.

그리고 '단위'붕괴에 따라 여러 가지 사회적 변화가 생겨나고 있는데, 그중에서도 학생과 시민층에게 큰 영향을 주고 있는 것은 주택과 대학의 시장경제화일 것이다. '단위'사회의 주택부족이나 주거환경의 악화에 대응하기 위하여 공산당 정권은 공유주택을 불하하고 일반 상품주택을 건설, 판매를 촉진하는 개혁을 추진했다. 이리하여 "주택공급 기능을 국가 및 기업으로부터 분리, 주택을 개인이 화폐로 구입할 수 있는 상품으로 새롭게 인식하고, 상품화된 주택이 거래되는 주택시장을 육성"했기 때문에, "상품주택 판매면적은 1991년의 2,745만㎡에서 2000년에는 1억 6,570만㎡로 대폭 증가(6.0배, 연22.1%의 증가율)했고, 특히 상품주택 판매의 개인구매율은 2000년에 87%에 달했다"고 한다.[13] 예전에는 기본적으로 기혼자만이 소속 '단위'로부터 주거를 배당받을 수 있었으나, 포스트 덩鄧시대에는 독신자와 미혼커플도 주택을 구입하거나 임차하는 것이 가능해진 것이다. 베이징·상하이 등에서도 덩鄧시대까지는 이어져온 '거대한 농촌'의 상황도 "단위" 붕괴에 의해 점차 해소되었고, 도시가 부활하기 시작했다고 할 수 있을 것이다.

주택의 시장경제화에 이어진 것은 대학의 시장경제화였다. 대학졸업자 수는 덩鄧시대 초기인 1982년에는 45만 명에 불과했으나, 2002년에는 134만 명으로 20년간 3배 증가했다. 1999년에 학생정원이 대폭 확대되어 2003년에는 188만 명으로 전년대비 40% 증가했으나, 2009년에는 531만 명으로 7년 사이에 4배나 증가한 것이다. 대학진학률도 약 30년 동안 2~3%에서 2007년에는 23%까지 급증한다.[14] 이에 따라 취업률은 2003년도 60%로 급락하고 초임도 큰 폭으로 내려가 베이징대학 졸업생이라도 수년전 3,000~4,000위엔元 받던 데서 절반으로 줄었다고 한다.[15]

---

13 熊谷直次, 「IT도입이 시작되는 중국의 주택 금융제도 개혁」, 『IT솔루션프론티어』, 2002.7.

14 중화인민공화국국가통계국 편, 『중국통계연감』, 北京 : 中國統計出版社, 1988·1998· 2010; 중화인민공화국교육부발전규획사조 편, 『중국교육통계연감』, 北京 : 中國統計出版社, 2008.

15 「대학초임의 하락」, 『최신 비즈니스 레포트』, 茨城縣上海事務所, 2004.6(http://www.pref.ibaraki.jp/bukyoku/seikan/kokuko/shanghai/business/04/repo0406_2.htm, 최종검색일 2013.12.6).

'미녀 작가'들

이러한 사회변화를 배경으로 하여 등장한 것이 '치링허우(70後)'(포스트 세븐티즈)라 불리는 1970년대 생 '얼터너티브 작가' 혹은 '미녀 작가' 들이다. 몐몐棉棉(1970~), 웨이후이衛慧(1973~), 저우졔루周潔茹(1976~) 등 상하이를 중심으로 활약하는 여성작가는 덩샤오핑시대라고 하는 상대적 안정기에 성장하고 푸딴復旦대학 중문학과를 졸업하는 등 높은 교육을 받아온 세대이다. 그녀들 대부분이 취직을 했다가 몇 년 후에 회사를 그만두고 '단위'사회로부터 멀어져 개인적으로 생활하고 있는 데, 프리타free arbeiter풍으로 일하고, 펑크음악에 빠지거나 약물을 체험 하는 등장인물들의 분방한 사랑과 성을 테마로 자신의 도시생활을 작 품화하고 있는 것이다. 건국 이래 50여 년의 문학사를 뛰어넘어 장아이 링張愛玲에게 경도되어 있다. 여성작가 청칭程靑(1963~)은 이들 작가들을 모델로 문화산업 속에서 현실을 극복해가는 젊은이들을 따뜻하고, 때로는 유머러스 하게 그린 「미녀 작가」(2001)라고 하는 소설 까지 발표한 바 있다.

웨이후이衛慧의『상하이 베이비上海寶貝』(1999) 는 '코코'라는 이름의 '나'가 주인공. 그녀는 명문 푸딴復旦대학 중문과를 졸업하고 잡지 사의 편집자가 되었으나, 작가가 되고 싶은 열망이 강해 회사를 그만두고 카페에서 웨 이트리스 아르바이트를 하고 있다. 어느 날

〈그림 6-4〉 웨이후이(2005)

애서가愛書家인 단골손님 톈톈天天으로부터 '당신을 사랑하고 있다'는 메모를 건네받고는 부모의 아파트를 나와 그가 사는 고급 맨션에서 동거를 시작한다. 톈톈은 스페인으로 돈을 벌러 간 어머니가 보내주는 돈으로 자기가 좋아하는 그림을 그리는 등 고등 룸펜의 생활을 보내고 있는 청년이지만, 돈을 벌러 간 곳에서 아버지가 급사하고 어머니가 스페인 사람과 재혼한 사실에 충격을 받고 성불구가 되었다. 코코는 얼마 후에 어느 술집의 파티에서 독일인 마크를 알게 되자 여자화장실에서 성교를 하는 등 과격한 섹스를 반복한다. 톈톈과 마크라고 하는 영혼과 육체 두 가지 사랑에 끼여 있으면서, 그녀는 밤마다 바에 파티에 몰려다니고 낮에는 출판하고 말 것도 없는 소설을 계속해서 쓰는 것이었다……

　중국인남성은 성적으로 불능이고 외국인남성이 섹스로 여주인공을 매료시킨다고 하는 설정이 보수파의 노여움을 샀던 것인지, 중국에서는 '성체험을 자랑으로 하는 철면피'라는 등 매스컴의 집중포격을 받고 일부지역에서 발매중지가 되었다. 한편 일본이나 구미에서는 도리어 화제가 되어 각국에서 번역이 되었는데, 그것은 오로지 「'성性묘사본' 중국에서 물의를 일으키다」[16]라는 기사제목이 보여주는 것처럼 단순한 흥미에 의한 것이었을 것이다. 실제 작품은 예컨대 다나카 야스오田中康夫의 『왠지 모를 크리스탈』(1980)에서 유독성 스노비즘을 제거한 듯한 맛이며, 차라리 단편집 『물속의 처녀水中的處女』(2000)에 수록된 「웨이후이衛慧처럼 미쳐서」 같은 작품이 오히려 깊이가 있다 할 것이다.

　「웨이후이처럼 미쳐서」는 『상하이 베이비』보다 1년 빠른 1998년에

16　『요미우리신문』, 2000.6.4.

난징南京의 문예지『종산鍾山』에 게재되었다. 무대는 1990년대 후반 아직 삐삐(휴대용 무선호출기)가 최첨단이던 시절의 상하이이지만 고도 경제성장하에 '천지를 뒤엎을 정도로 충분한 자유'를 누리는 등장인물들에게 있어 '결혼 따위는 이미 아무런 권위도' 갖지 못한다.

은행 국제부에서 일하는 여성 아비阿碧는 학생시절부터 유창한 영어를 구사해왔고, 기혼남성들과의 불륜을 거듭한 끝에 컴퓨터 비즈니스로 억만장자가 된 노인과 결혼하여 영국으로 이주한다. 상하이시의 국제부문에 소속된 메이얄媚眼兒이라고 하는 미남 청년은 부잣집 여성과의 결혼을 노리고 '북유럽의 여성에게 교묘하게 빌붙는' 자이지만 그 여성의 예전 애인인 흑인의 칼에 찔려 죽고 만다.

이런 양극단의 친구를 가진 주인공 '나'는 '작은 시골'에서 자랐는데, 10살 되던 때, 다시 말해 개혁·개방정책이 막 시작되었던 1980년대 초에 아버지가 오직汚職에 연루되어 자살을 한다. 그리고 어머니의 재혼상대인 계부에게 성희롱을 당한 '나'는 14살 때 떠돌이 기타연주자를 미친 듯이 사랑했지만 배신당한 트라우마를 안고 살아간다. 지금은 '기억으로부터 벗어나' 상하이에 와서 북동부의 묘지 자리에 지어지는 뉴타운의 내장공사도 하지 않은 황량한 맨션에서 자전적 소설을 쓰고 있는 바이지만……. 단위單位사회가 붕괴된 상하이는 '화이트칼라'의 길로 향하는 대변모를 이루어가고 있는 중이며, 웨이후이는 이 같은 젊고 현대적인 상하이의 형성기를 '나'의 '크레이지한' 시점에서 그려냈다고 할 수 있을 것이다.

아무튼 대졸에 잡지기자라고 하면 1990년대까지의 중국에서는 초엘리트로 취급받았는데, 여주인공이 작가가 되기 위해 잡지사를 그만두고 카페의 웨이트리스가 되고, 남자친구와 고급맨션에서 동거한다고 하는 이야기가 리얼리티를 가지는 것은, 바로 그것이 대학과 주택의 시장경제화가 내려준 하사물이기 때문인 것이다. 이제까지 중국에서는 혼외정사를 그린 소설이란, 결혼이 허락되지 않는 학생의 경우는 밤의 대학캠퍼스 벤치였고, 기혼자라면 배우자가 외출 중인 '단위'사택을 무대로 하고 있었던 것이다.

시장경제화는 문예계에도 파급되어, 문학의 상업성은 일본 및 구미와도 별반 다르지 않은 수준이 되었고, 그러면서 문학의 자유화도 착실히 진행되었다 — 천안문사건이나 소수민족 문제와 같은 것들은 여전히 변함없는 터부이기는 했지만. 이에 따라 현대 중국문학은 한층 더 다양함을 나타냈다. 1990년대에는 문화대혁명 등 중국공산당의 실정과 압정을 묘사한 모옌의 『풍유비둔』이 사실상 증쇄금지 처분을 받기도 했다. 하지만 포스트 덩鄧시대에는 모옌이 『생사피로生死疲勞』(2006)에서 농촌의 50년사를 묘사했지만, 서정적인 필치로 인해 정치적 탄압을 일으키지는 않았다.

문혁에서 현대까지를 묘사한 『형제』

위화余華의 장편소설 『형제』(2006)는 상하이에서 100km 정도 떨어진 지방 소도시를 무대로 문화대혁명부터 현재에 이르기까지 대조적인 두 형제의 삶을 묘사하고 있다. 상권에서는 명예롭지 못한 사고로 남편을 잃은 리란李蘭과 상처喪妻한 송판핑宋凡平이 재혼해서 일가를 이루고, 주인공 리광터우李光頭는 일곱 살 되던 해에 자기보다 한 살 많은 송강宋鋼과 의붓형제가 된다. 문혁이 발발하자 박식한데다가 만능 스포츠맨으로 동네에서 인기가 좋았던 송판핑은 잔혹한 적색테러에 학살되었고, 리란李蘭은 지주 아들의 부인이라고 해서 린치를 당한다. 다정다감하고 내성적 성격의 어머니가 계속 구타를 당하면서도 남편에 대한 사랑을 내내 간직하고, 어린 형제들이 온갖 괴롭힘에도 굴하지 않고 서로 돕는 모습은 감동적이다.

상권 제1장에서 리광터우가 태어나던 날 그의 아버지는 공중변소에서 여성의 엉덩이를 훔쳐보다가 분뇨더미에 빠져 익사했고, 14년 후에는 그도 마을에서 가장 예쁜 미인 린홍林紅의 엉덩이를 훔쳐보다가 체포되는데, 여자 엉덩이 목격담을 팔아먹는 것은 그가 얼마나 상술이 뛰어난지를 예고하는 것이기도 하다. 하권에서는 중국이 문혁에서 개혁개방 경제체제로 전환하는 가운데 리광터우가 소도시에서의 폐품수집으로 장사를 시작하여 일본에서 중고 의류를 수입해서 파는 사업이 대성공을 거두고, 다시 '전국 처녀막 올림픽 콘테스트'를 개최하는 등 금전욕과 성욕을 활짝 열어간다.

한편 정직하고 따뜻한 성격의 송강宋鋼은 동생을 저버리고 린홍林紅과 결합하지만, 직장이던 국유기업에서 정리해고 된 후에, 가슴커지는 크림을 파는 사기꾼과 패거리가 되어 거리에서 제품을 선전하기 위해 남성인 자신이 가슴확대 수술까지 받았지만 결국은 몰락의 길을 가게 된다. 이 책은 상권은 비극적 홈드라마를 통해, 그리고 하권에서는 그로테스크한 경제 코미디를 통해 현대 중국 40여 년의 어두운 면을 폭로하고 있다. 작가 위화는 '신흥부자'와 정리해고 된 실업자라고 하는 양극의 계층을 내밀하고 깊은 동정과 공감으로 감싸 안으면서, 짙은 페이소스로 묘사해내고 있다.

하권 18장에서 자칭 작가라고 하는 류劉가 "리광터우는 루쉰 선생이 묘사해낸 인물 같았다"라고 지적하고 있는데, 류劉가 생각해내지 못했던 이름은 '아큐'였다. 청조에서 중화민국으로의 전환기에 루쉰이 「아큐정전」을 통해 중국인의 국민성을 비판한 것처럼, 위화도 대변혁기 인민공화국에서 국민성비판의 문학을 성취해냈다고 할 수 있을 것이다. 마찬가지로 마오쩌뚱시대의 농촌을 묘사한 위화의 『인생活着』(1992)은 1994년 장이모張藝謀 감독에 의해 영화화되어 칸느 국제영화제에서 심사위원 특별상과 남우주연상을 수상했으나, 중국 국내에는 상영이 금지되었다.

포르노 정치소설과 에이즈마을의 이야기

옌롄커閻連科(1958~)의 경우, 문혁기 해방군 사단장의 젊은 부인과 당번병간의 불륜 끝에 마오쩌뚱 상을 있는 대로 파괴해버리고 마는 포르노 정치소설 『인민을 위해 복무하라』도 허난성의 매혈 에이즈촌을 묘사한 『딩씨마을의 꿈』과 함께 2005년 발매금지 처분을 받았다.

모옌, 위화 등이 소시민, 소인물을 주인공으로 하여 인민공화국의 반세기를 그려낸데 반해, 대도시 청춘들의 현재적 삶을 묘사해낸 얼터너티브 작가들의 작품도 재미있다. 나중에 다루게 될 『안녕 비비안告別薇安』(2002)으로 데뷔한 안니바오베이安妮寶貝(1974~)는 대도시에서 홀로 온 중병에 걸린 여성과 마음에 병이 있는 남성이 티벳에서 만나, 함께 야루창포강을 여행하면서 사랑과 신앙, 생명의 본질을 다시 깨닫게 된다는 내용의 장편소설 『연화蓮花』(2006)를 발표하여 호평을 얻었다.

티엔위엔田原(1985~)은 록그룹의 보컬로 데뷔하던 당시 우한武漢시의 고등학생으로 16세에 불과했지만, 가사는 모두 자신이 영어로 썼다. 2002년에 최초의 소설 『얼룩말의 숲斑馬森林』을 간행했고, 그로부터 2년 뒤에는 레즈비언 역을 맡아 영화계에도 데뷔했다. 20살이 채 안된 시점에 가수와 작가, 여배우라고 하는 세 가지를 겸한 중국문화계의 히로인이 된 것이다. 『물의 저편雙生水莽』(2007)은 외국어방면의 명문 베이징 어언대학에서 자신의 학창생활을 제재로 한 소설로, 물질적으로 풍요롭고 자유로운 생활을 하고 있음에도 무거운 고민을 안고 파멸해가는 학생 커플을 애달픈 필치로 묘사하고 있다.

그 티엔위엔이 영화 〈즐거운 인생高興〉(阿甘 監督, 2009)에 출연했는데, 대도시 시안西安에서 동생의 대학진학을 위해 성풍속업소의 마사지걸이 되는 농촌 출신 아가씨 역을 맡았다. 〈즐거운 인생〉은 농촌에서 생계가 막히자 시안西安으로 돈벌이 하러 나와 폐품수집업자가 된 중년 남성의 이름이며, 두 사람의 이루어지지 않는 사랑이 영화의 주제이다. 코미디이면서, 다른 한편으로는 중국영화에서는 거의 다뤄지지 않은 '민공民工'(도시에 돈벌이 하러나온 농민, 노동자)의 고난을 그리고 있는 이 영화는 쟈핑와賈平凹(1952~)의 동명소설을 원작으로 했다.

민공과 실업자를 그린 '저층서사底層敍述'

중국의 고도경제성장과 더불어 빈부의 차가 극대화되면서 '민공'들이 버리고 온 마을, 그들이 찾아온 대도시의 국유기업 실업노동자 등 현대 중국의 저변층을 묘사한 문학이 21세기에 들어와 속속 등장하고 있으며, 2004년에는 '저층서사底層敍述'라는 명칭까지 얻게 되었다. 그 대표적인 작가가 차오정루曹征路(1949~)로, 단편집『거기那兒』(2005)에서 정리해고된 중장년 노동자와 황폐해진 농촌을 묘사해서 주목을 끌었다. 그런 그가 2009년에는 1980년대 경제특별구가 설치된 이래 급성장해온 신흥도시 선전深圳을 무대로 한 장편소설『어둠 속에서問蒼茫』를 써냈다.

선전深圳은 '누구나 태양이 될 수 있는 곳'이라는 선전문구로 내지에서 돈 벌러 오는 농민을 불러 모으고 있지만, 사실상 외자계 바오다오사寶島社에서는 6개월의 실습기간 중에는 저임금으로 노동하게 하고 해고시키는 것으로 이윤을 챙기고 있다. 그 와중에 구인출장을 나간 회사간부들은 돈벌이를 희망하는 여고생들의 '초야권'을 요구한다. 그런 한 편으로 부동산업으로 돈을 번 선전부근의 시골에서는 촌장이 대표이사가 되어 대학 교수들을 브레인으로 앉히고, 도산한 국유기업 노동조합 서기장은 외자계 기업의 노무담당으로 영입된다.

주인공 중 한사람인 여성노동자 류예예柳葉葉는 난항을 거듭하던 산재보상 교섭에 절망하여 친구가 자살한 사건을 겪었고, 양심적인 회사간부에게 호의를 갖게 된다. 간부의 격려로 야간대학에 다니면서 시를 쓰기 시작하여 '노동자문학'가로 데뷔한 그녀는 세 차례의 공장 스트라이크를 통해 성장하게 된다.

바오다오사寶島社의 젊은 여사장은 인민공화국 건국 당시 상하이에서 도망친 이른바 타이완 '외성인'의 딸로, 미모를 무기로 강한 욕망을 갖고서 회사경영을 해나가고 있다. 중국에서는 2007년 6월 노동자의 권리보호를 목적으로 하는 '노동계약법'이 만들어졌다. 작품『어둠 속에서』에서 자본가들은 일본과 비슷하게 인재파견회사를 만들어 이 법을 빠져나가는 한편, 류예예 등은 이 새로운 법에 의지하여 '공민대리'가 되어 인권옹호를 위해 일어서려 하고 있다. 이 작품은 모든 가치관이 변하고 있는 현대 중국을 묘사한 전체소설이라 할 수 있을 것이다.

류샤오뽀劉曉波와 노벨평화상

위지에余傑(1973~)는 쓰촨성 청뚜成都에서 천안문사건을 맞았다. 이 '피의 일요일'에는 청뚜에서도 민주화를 요구하는 시민들의 피가 흘렀다고 한다. 『천안문의 기억香草山』(2002)은 위지에余傑 자신을 모델로 한 베이징대 대학원생 평론가와 양저우揚州에 있는 홍콩계 투자회사의 유능한 커리어우먼이자 문학애호가인 독자가 서신왕래를 통해 사랑을 키워가고, 마침내 결혼에까지 이르게 되는 과정을 그린 연애소설이다. 또 이 작품은 루쉰魯迅, 위다푸郁達夫, 샤오홍蕭紅에서 왕샤오뽀王小波, 망커芒克에 이르기까지의 현대 중국의 작가들과 셀리, 러셀에서 솔제니친, 카이코 다케시開高健에 이르는 동서양의 외국문학이 언급되고, 사랑과 이상에 대한 이야기가 오가는 청춘소설이다.

또 젊은 엘리트 두 사람이 자신들의 가족사를 펼쳐보이자, 문화대혁명시기의 잔혹한 언론탄압 상황이 회고되었고, 현재의 도시 실업자와 농민의 비참한 생활에 대한 동정도 더해졌다. 일부의 중국작가들이 고도의 경제성장에 취해 인권문제, 혹은 사회적 약자나 루저의 구원문제를 망각하고 있는 작금의 상황에서 주인공들의 정의감 넘치는 사회비판은 신선함을 준다.

그 후에 민주화운동가로 활동한 위지에余傑에게 공산당 정권은 2004년 12월 구류 1박2일과 컴퓨터압수라는 폭거를 행한 바 있다. 위지에는 자신이 존경하는 루쉰조차 받은 적이 없는 가혹한 탄압을 감내해야 했다. 정이鄭義 등 해외의 망명작가와 2010년 노벨평화상을 수상한 류샤오뽀劉曉波(1955~) 등 중국 국내의 자유주의 작가들이 2001년 독립중문작가펜클럽獨立中文作家筆會을 만들어 국제 펜클럽에도 가입한 바 있는데, 위지에는 이 모임에서 부회장을 맡고 있다. 또한 열렬한 크리스천인 그는 중국에서는 비합법으로 되어있는 가정교회의 대표로서 2006년 5월 11일 미국 백악관의 부시대통령과 면담을 하기도 했다.

7. 무라카미 하루키 칠드런

동아시아 포스트모던의 기점

무라카미 하루키는 일본의 현재를 동아시아적 시간과 공간에 위치 지은 작가로, 동아시아 공통의 현대문화, 포스트모던 문화의 원점이 되었던 작가이다. 실제로 무라카미 문학의 주인공은 동아시아의 역사적 기억을 더듬어가며 크고 작은 모험을 계속 이어간다. 데뷔작『바람의 노래를 들어라』(1979)의 '나'는 '재즈바'의 마스터로 '상하이 교외'에서 '종전 이틀 후에 자신이 매설한 지뢰를 밟고' 죽은 숙부의 일을 이야기한다. "그래……. 많은 사람이 죽었으니까. 그러나 모두 형제야"라고 부드럽게 말을 받아주는 중년남성 제이는 중국인이다. 사실 그는 한국전쟁과 베트남전쟁이라고 하는 중미 양국 간 격돌의 시대에 재일미군기지에서 일한 적이 있고, 그 어두운 과거가 밝혀지는 것은 '나'와 친구 '쥐'가 만주국의 망령과 대결하는『양을 쫓는 모험』(1982)에서였다. 이 모험 이야기의 전작『1973년의 핀볼』(1980)에서 '쥐'는 제이가 사는 바닷가 마을을 아쉬운 마음으로 떠나려 하고 있었다 ―. "제이……. 왜 그의 존재가 이처럼 자신의 마음을 어지럽게 만드는지 쥐는 알 수 없었다"라고 하면서.

이처럼 무라카미 하루키의 이른바 청춘 삼부작(1978~82)이란 '나'와 그 분신인 '쥐', 그리고 두 사람보다 20살 연상인 중국인 제이의 세 사람이 이야기해가는 역사의 기억인 것이다. 그 뒤에 나온『태엽 감는 새』

(1992~97)는 노몬한사건과 만주국의 기억을 더듬어가는 이야기이고, 「중국행 슬로보트」, 「토니 타키타니」 등의 단편소설들은 중국에 대한 속죄의 의식, 역사망각에 대한 성찰이며, 『해변의 카프카』(2003)와 『어둠의 저편』(2004)은 홍콩에서는 '내면에 잠재하고 있는 폭력의 씨앗을 반성하고 있는 일본인에게 호소하는 작품'으로 읽혔다.

중국어권의 무라카미 수용

중국어권에서 무라카미 하루키가 처음 번역된 것은 1985년으로, 타이완 잡지 『신서월간新書月刊』 8월호에 라이밍주賴明珠(1947~)가 무라카미 소특집 코너를 만들어 단편소설을 소개했던 것인데, 이는 무라카미 문학의 세계최초의 번역이기도 하다. 이듬해 중국의 잡지가 이 소특집을 그대로 차용해서 게재했기 때문에, 무라카미는 중국에서도 주목을 끌게 되었다.

이어 『노르웨이의 숲』이 일본에서 베스트셀러가 되면서, 타이완, 중국, 홍콩에서는 도합 6종의 번역이 간행되었고, 많은 무라카미 문학 번역가가 생겨났다. 홍콩의 보이博益출판사는 당초부터 번체자 중국어판의 판권을 취득하여, 예후이葉蕙(1953~)의 번역으로 『노르웨이의 숲』, 『양을 쫓는 모험』, 『댄스·댄스·댄스』의 세 작품을 간행했지만, 중국과 타이완의 출판사에서는 해적출판을 하고 있었기 때문에 같은 무라카미작품에 몇 종류의 번역이 간행되는 사태가 생겨났다.

이처럼 중국어권에서의 무라카미 하루키 수용의 역사는 4반세기 이

전부터 시작되었고, 그 사이 두 차례나 큰 전환기를 맞이했다. 첫 번째 전환기는 저작권법의 정비가 진행되던 1990년대로, 타이완에서는 1994년 스빠오時報출판사가 무라카미 하루키에게서 번체자판 중국어역의 판권을 취득하여, 그 이후로 현재에 이르기까지 30종 이상을 간행했는데, 주로 라이밍주가 번역을 맡아왔다. 이렇게 되자 홍콩의 보이출판사는 판권을 잃었다.

중국에서는 1998년경 구이린桂林시의 리쟝漓江출판사가 간체자판 판권을 획득, 새 판본으로 『노르웨이의 숲』을 간행함으로써 중국에서 2차 무라카미 붐의 실마리가 되었다. 2000년에는 리쟝출판사의 판권계약이 끊어지게 되자 상하이의 상하이 역문출판사가 새롭게 판권을 취득, 이듬해부터 무라카미의 작품을 속속 간행했는데, 2006년 『도쿄기담집』, 2007년 『우천염천雨天炎天』에 이르기까지 30종 이상을 출판했다. 리쟝출판사와 상하이역문출판사 모두 중국해양대학 외국어학원 교수 린사오화林少華(1952~)에게 번역을 의뢰했다. 이렇게 중국어권에서는 1990년대 말까지 두 종류의 중국어 자체字體에 기반을 둔 두 종류의 판본으로 무라카미 문학을 출판하는 두 출판사의 과점화寡占化가 진행되어, 라이밍주와 린사오화라는 양대 번역가의 "경역競譯" 체제가 확립되었다.

중국에서는 자체가 간략화된 간체자簡體字가, 홍콩, 타이완에서는 번체자繁體字라 불리는 정자가 사용되고 있어, 외국어 저작의 중국어 판권은 번체자, 간체자의 두 판版에 각기 주어지는 것이 일반적이다.

무라카미 현상의 4대 법칙

이러한 중국·홍콩·타이완에서의 무라카미 수용현상에서는 네가지의 법칙이 발견된다. '무라카미 하루키 현상'은 첫 번째, 타이완→홍콩→상하이→베이징의 시계방향 회전으로 전개된다. 두 번째, 타이완에서는 1989년, 상하이에서는 1998년으로 각 지역의 고도경제성장이 점차 반감하는 시기에 발생한다. 또, 중국어권에서는 (한국도 마찬가지지만) 1980년대 말에 민주화운동이 발발했는데, 무혈의 개혁에 의해 민주화를 실현한 타이완과 저 비극적인 1989년 6월 4일 천안문사건으로 민주화의 전망을 잃게 된 중국은 명암이 엇갈렸다. 하지만 이 민주화운동이 각지의 무라카미 수용에 각기 정도의 차이는 있지만 대체로 강한 영향을 주었다. 위의 현상들을 각각 '시계방향으로의 회전', '경제성장의 조정국면', '포스트 민주화운동'의 법칙이라 부를 수 있을 것이다.

그리고 네 번째 법칙이 '**삼고양저**森高羊低'다. 일본에서는 『노르웨이의 숲森』(1987)을 계기로 무라카미 붐이 일어났으나 영역英譯에서는 오히려 『양을 쫓는 모험羊』이 앞서나가, 1989년에 알프레드 반바움의 번역이 나왔고 『노르웨이의 숲森』은 2000년에 간행되었다. '**삼고양저**'의 경향은 프랑스·독일·러시아에서도 마찬가지여서, 여러 가지 『양을 쫓는 모험羊』의 판본이 1990·91·98년에 간행된데 반해, 『노르웨이의 숲森』은 1994·2001·2003년으로 각기 4년에서 10년까지 늦게 나온 것을 보면 알 수 있다. 『태엽 감는 새』, 『해변의 카프카』도 구미에서는 높은 평가를 받았지만, 세계문학에서는 무라카미와 동아시아사를 둘러싼 일본인의 기억을 유럽인에게 말하는 작가라고 위치지을 수도 있을 것이다.

이에 대하여 타이완·홍콩·한국에서의 무라카미 붐은 1989년 '100% 순정·솔직'(타이완판의 카피문구)이라는 『노르웨이의 숲森』 번역본이 대히트하면서 시작되었다. 한편으로 『양을 쫓는 모험羊』의 번역은 늦어, 타이완에서는 라이밍주의 번역이 1995년에 나왔고, 중국에서는 린사오화의 번역이 1997년(한국어역도 마찬가지)에 간행되어, 『노르웨이의 숲森』보다 수년이나 늦어진데다가, 작품해설도 생략되어 있는 등 다소 냉대되기도 했다.

중국어권의 무라카미 수용에는 4대 법칙이 공통되는 한편, 분명히 상위점도 발견된다. 타이완에서는 멋진 카페 '노르웨이의 숲'과 '해변의 카프카'가 젊은이들에게 인기를 얻고, 고급맨션 '리치 무라카미'가 중년층의 구매의욕을 촉진하는 등, 무라카미 붐은 문학의 범주를 넘어서 사회현상이 되었다. 홍콩의 웡카와이王家衛(1958~, 상하이 출생) 감독은 『노르웨이의 숲』을 읽고 명작 〈중경삼림重慶森林〉을 찍어 예술영화 감독이 되는 등 영화계에 미친 영향도 매우 두드러진다.

중국의 무라카미 칠드런

중국에서는 무라카미 칠드런이라 할 만한 작가들이 활약하고 있다. 웨이후이衛慧의 『상하이 베이비』에 등장하는 코코, 톈톈과 마크의 삼각관계는 『노르웨이의 숲』의 와타나베와 나오코, 미도리의 관계와 매우 유사하며, 남녀간의 성性이 바뀌어 있다. 안니바오베이安妮寶貝의 『안녕 비비안』에 실린 단편들은, 문체의 측면이나 상하이 '쁘띠小資'로서 풍요로우면서도 고독하고 느슨한 생활을 하고 있는 등장인물들의 측면을 보아도, 그리고 등장인물의 이름을 한자가 아닌 로마자로 표기해놓은 것에서도 무라카미 하루키의 영향이 느껴진다.

하지만 웨이후이와 안니는 무라카미 문학으로부터의 영향을 묻는 질문에 대해서는 모두 부정적인 답변을 한 바 있다. 예컨대 안니는 2001년 상하이로 이주한 후 단편소설집 『코끼리의 소멸』을 읽고 재미있다고 생각했지만, 『노르웨이의 숲』을 위시한 다른 무라카미의 작품은 읽어본 것이 없다고, 필자와의 인터뷰(2006.12)에서 밝힌 바 있다. 다만 그녀는 2011년 봄 자신이 편집을 맡고 있는 『따팡大方』이라는 화려한 문예지를 창간할 때, 전년도 여름 「무라카미의 롱인터뷰」[17]의 중국어역을 전문 게재했을 뿐 아니라 무라카미 하루키를 다룬 『생각하는 사람』이라는 잡지의 표지를 그대로 『따팡大方』의 표지로 사용하는 등, 무라카미 문학에 대해 깊은 관심을 갖고 있는 듯했다.

앞서 말한 '포스트 민주화운동의 법칙'에서처럼 중국에서도 천안문 사건 직후에 간행된 린사오화 번역의 『노르웨이의 숲』에 의해 1차 무라카미 붐이 일었지만, 판권을 가진 구이린 리쟝출판사의 커버에는 여성이 세미누드를 하고 있고, 제6장에도 「달밤의 누드녀月夜裸女」라는 희한한 장제목을 붙이는 등, 『노르웨이의 숲』을 거의 포르노 소설처럼 판매하기도 했다.

---

17 『생각하는 사람』, 新潮社, 2010 여름.

중국에서 본격적으로 무라카미 하루키 붐이 생겨난 것은 천안문사건이 발생하고부터 10년쯤 경과한 1998년으로, 포스트 덩鄧시대를 맞이한 상하이에서 『노르웨이의 숲』의 브레이크에 의한 것이었다. 주택과 대학이 시장경제화함에 따라 상하이의 청년층은 『노르웨이의 숲』의 등장인물들의 도시생활에 공감하기 시작했고, 고도의 경제성장이 조정국면에 접어듦과 동시에 급속한 경제성장에서 잃었던 것을 돌이켜보기 시작한 것이 바로 이 2차 붐의 원인이었을 것이다.

웨이후이와 안니바오베이라고 하는 '치링허우70後'세대, 즉 덩샤오핑시대에 자란 여성작가들이 무라카미의 영향을 인정하지 않는 데 반해, '바링허우80後'(포스트 에이티즈)라 불리는, 1980년대에 태어나 고등학교, 대학교 시절에 포스트 덩시대와 2차 무라카미 붐의 도래를 체험한 작가들은 무라카미로부터의 영향을 적극적으로 말하고 있는 점은 매우 흥미롭다. 앞서 말한 티엔위엔田原은 고등학생 시절부터 『노르웨이의 숲』과 『태엽 감는 시계』, 『해변의 카프카』, 그리고 『1Q84』를 읽었으며, 무라카미를 통해서 일본문화에 관심을 갖게 되었고, 새롭게 재즈와 요리를 알게 되었다고, 필자와의 인터뷰에서 답한 바 있다.

남성작가 한한韓寒과 궈징밍郭敬明

'바링허우80後'에는 두 명의 개성 있는 남성 베스트셀러 작가가 있다. 한한韓寒(1982~)은 상하이 출생이며, 1999년 신개념 작문콩쿠르 고일高一부문에서 우수상을 수상했고, 이듬해에는 중국판 『호밀밭의 파수꾼』이라 해야 할 중학생활을 묘사한 유머소설『삼중문三重門』이 베스트셀러가 되는 바람에 유급하게 되자, 고등학교를 중퇴하고 가수와 카레이서로 활약하면서 시대를 반영한 소설을 발표했다. 2010년에는 문예지『독창단獨唱團』을 창간했지만, 예리한 사회비판으로 인해 당국의 압력을 받았던 탓인지, 간행이 중단되어 버렸다. 같은 해 천안문사건의 그림자가 농후한 페이소스 넘치는 소설『1988』을 간행했다.

귀징밍郭敬明(1983~　)은 쓰촨성 쯔꿍自貢시에서 태어났으며, 2003년 청춘기의 사랑과 슬픔, 고독과 분노를 간결한 문체로 써내려간 판타지 소설『환성幻城』으로 데뷔하여, 젊은 층 특히 10대 여성들로부터 절대적인 인기를 얻었다.『슬픔이 역류하여 강이 된다』(2006),『어린시절 1.0 절지시대切紙時代』 등의 밀리언셀러 소설로 2007·2008년 2년 연속으로 중국작가 부호랭킹 1위를 기록했고, 2009년에는『어린시절 2.0 허동시대虛銅時代』가『인민문학』(제600기)에 게재되었다. 이들 '바링허우80後' 남성작가들과 무라카미 하루키의 영향관계도 흥미있는 테마이다.

2009년 양빙징楊炳菁과 장밍민張明敏이 무라카미 하루키 관련 박사논문을 써, 두 논문은 각기『포스트모던 컨텍스트의 무라카미 하루키』(北京 : 中央編譯出版社)와『타이완에서의 무라카미 하루키 문학의 번역과 번역문화』(臺北 : 聯合出版)로 간행되었다. 또 상이어우尚一鷗도 같은 해에『무라카미 하루키의 소설예술 연구』라는 논문으로 중국의 동북사범대학에서 박사학위를 수여받음으로써, 중국어권에서 최초의 무라카미 박사가 같은 시기에 세 사람 탄생한 것이다. 금후의 무라카미 연구는 이런 젊은 세대의 사람들이 주도해 나갈 것이다.

로우예^{婁燁} 감독이 그려낸 천안문사건
― 〈여름 궁전〉

1989년 중국의 어느 출판사가 무라카미 하루키村上春樹를 포르노 소설이라고 하며 팔았던 적이 있다. 그 중국어판 『노르웨이의 숲』은 표지를 기모노차림의 세미누드 여성으로 장식하고 본문에 「제6장 달밤의 누드녀月夜裸女」, 「제7장 레즈비언의 불행同性戀之禍」이라고 하는 원작에는 없는 이상한 장章제목을 붙였던 것이다. 그러나 간행 직전에 베이징에서 발생한 어떤 정치사건이 이런 포르노의 이미지를 날려버리고 중국의 젊은이에게 『노르웨이의 숲』을 상실과 전향의 문학으로 받아들이도록 했다. 그 사건은 자유주의파 후야오빵胡耀邦 전 총서기의 급서를 계기로 시작된 학생·시민의 민주화운동을 중국공산당이 인민해방군 전차부대를 투입하여 수백 명 또는 1만 명의 사람을 학살했다고 하는 천안문사건(중국어로는 '류쓰六·四')이다.

떵샤오핑은 천안문사건 후에 후야오빵과 마찬가지로 리버럴한 스타일의 자오쯔양趙紫陽(1919~2005) 총서기를 자택연금하고 그 후임으로 쟝쩌민江澤民을 앉히는 한편, 1992년부터는 시장경제화를 제창하고 개혁·개방에 박차를 가하여 현재에 이르는 고도 경제성장노선을 확정했다. 지속되는 경제성장으로 인해 중국공산당은 독재의 '합법성'을 찾았다고 할 수 있을 것이다. 그리고 천안문사건은 터부가 되었다.

그 때문에 이 사건을 학생이나 시민의 관점에서 그린 소설이나 영화가 전무했는데, 2006년에 로우예婁燁(1965~) 감독이 터부를 깨고 영화 〈여름 궁전〉을 제작했다. 이 영화는 사건 2년 전에 히로인 위홍余虹이 중국과 북한의 국경 도시 투먼圖們의 잡화점에서 베이칭北淸대학의 입학허가서를 우편으로 받는 장면으로 시작된다. 아버지의 가게를 돕는 그녀는 투먼을 떠나기 전날 밤 남자

친구인 우편배달부 샤오쥔曉軍과 처음으로 섹스를 경험한다. 베이칭北淸대학
이란 베이징의 북서쪽 교외에 있는 명문 베이징北京대학과 칭화淸華대학을 모
델로 한 것으로 보인다.

변경의 작은 도시에서 상경한 위홍은 베이징에서의 새로운 생활에 대한 감
격과 위화감을 일기로 엮는다. 중국의 대학은 모두 기숙사 생활을 하도록 되어
있는데, 4인실의 룸메이트는 마더콤플렉스가 있는 동동冬冬을 비롯하여, 입학
하자마자 바로 애인을 만들어 자기 침대에서 노닥거리는 주웨이朱緯, 거기에 화
를 내는 성실한 학생인가 했더니 도서관 장서의 상습절도범인 송핑宋萍으로, 모
두 개성 있는 친구들이었다. 당시의 실제 학생기숙사는 6인실이 표준이었고,
석사대학원 4인실, 박사대학원 2인실이었다.

위홍이 초연히 건물 밖에서 혼자 담배를 피우자, 그런 그녀에게 예술가 리
티李緹가 호의를 보이고, 베를린에서 유학하던 그녀의 남자친구가 잠시 귀국
하면서 그의 친구인 잘생긴 수재 저우웨이周偉를 소개한다. 넷이서 회식을 마
치고 바에 디스코를 추러 가는 동안 위余와 저우周는 사랑을 하게 되는데, 주말
이라 현지 학생들이 집으로 돌아가고 비어있는 리티李緹의 방에서 사랑을 나
누고, 학교 근처에 있는 이화원頤和園의 드넓은 호수에 보트를 띄우는 것이었
다. 분명히 1980년대 후반의 베이징에는 외국인 주재원이나 유학생을 고객으
로 하는 바가 출현했고, 중국의 젊은 시인과 예술가들은 그곳을 드나들며 예
술론을 주고받고 시를 낭독했던 것이다.

하지만 위홍의 격정적인 기질에 저우웨이周偉는 숨이 막혀 다른 여학생을
사귀기도 하고, 위홍도 다른 남자의 유혹에 응한 까닭에 둘의 관계는 몇 번인
가 위기를 맞는다. 곧 1989년 봄이 오자 사랑의 괴로움에 정치의 계절이 오버
랩되어, 젊은이들은 고통을 부르짖고 노래를 부르면서 학생 기숙사에서 천안
문 광장을 향해 돌진해간다. 그런 광란 속에서 저우웨이周偉와 리티李緹가 섹
스를 했는데, 이번엔 밀고를 당했는지 대학경비원에게 잡혀간다. 연인과 친한
친구에게 배신당한 위홍이 정신적 혼란의 정점에 달했을 때 돌연 천안문사건

이 발발하고, 투먼圖們에서 부랴부랴 달려온 샤오쥔曉軍이 그녀를 구해내 고향으로 데리고 돌아가며 영화의 전반부가 끝난다.

학생에게 있어(그 수는 현재의 10분의 1 이하로, 당시 중국의 대학생은 초엘리트였다) 민주화운동이란 청춘을 노래하고 고뇌하는 축제의 장이기도 했던 점을 로우예婁燁 감독은 정교하게 그려낸다. 그리고 그런 젊은이의 축제가 돌연 총성에 의해 날아가 버리고 마는 공포마저도.

〈칼럼6〉〈여름 궁전〉(원제 〈頤和園〉, 2006)

후반부에서는 대학을 중퇴하고 장강長江 중류의 대도시 우한武漢에서 공무원이 된 위홍과, 리티李緹를 베를린의 남자친구 곁으로 보내주러 갔다가 현지에 잔류한 저우웨이周偉와의, 사건 후 10여 년에 걸친 후일담이 전개된다. 우한武漢의 위홍은 화이트칼라 유부남과 불륜으로 임신했다가 중절을 하고, 또 다시 젊은 블루칼라와 사랑을 하여 구혼을 받지만, 아무래도 저우웨이周偉를 잊지 못하고 혼자 장강 상류의 대도시 충칭重慶으로 옮겨간다. 한편 저우웨이周偉도 베를린에서 프리터(일정한 직업이 없이 아르바이트 형태로 여러 가지 일을 하는 자유직업인)로 지내고, 중산계급의 아내가 된 리티李緹와 불륜의 관계를 맺기도 하지만, 또 다시 위홍余虹을 생각하며 충칭重慶으로 돌아가는데……

위홍余虹과 저우웨이周偉는 무거운 상실감을 안고 중국 안팎을 계속 떠돌았을 것이다. 사건 최대의 배후인물인 덩샤오핑鄧小平이 1997년에 사망한 후 쟝쩌민江澤民시대가 시작되었고, 2003년에 후진타오胡錦濤가 국가주석에 취임하고 나서, 그 이후는 후胡시대라고 불러야할지도 모른다. 하지만 고도 경제성장에 등을 돌리고, 잃어버린 사랑을 그리워하고, 잃어버렸기 때문에 새로운 사랑을 구하는 위余와 저우周 두 사람에게 포스트 덩鄧시대가 계속될 뿐인 것이다.

위홍(여홍)이 일기에 적은 내용 중 "욕망은 경박하게 여겨지고 행동은 저지되고 있다"는 구절이 있다. 사랑하고 있는 자신의 감정에 충실하고자 했던 위홍余虹과 저우웨이周偉는 천안문사건 후의 중국, 특히 버블경제의 증상을 보이는 포스트 덩鄧시대로부터 낙오한 것이리라. 교통사고 후에 병원에서 이름이 뭐냐는 질문을 받은 위홍이 "여분余分의 여余"라고 대답했을 때 나는 저우웨이周偉의 이름도 주변, 주위라는 뜻의 '저우웨이周圍'와 동음으로 설정되었다는 걸 깨달았다. 고도 경제성장의 주변에는 잉여인간들이 사랑하며 살고 있는 것이다.

　무라카미 하루키의 『노르웨이의 숲』은 1987년 독일의 함부르크공항에 도착한 '나'가 18년 전의 학생운동 시절에 경험한 삼각관계를 회상하는 이야기이다. 로우예婁燁 감독은 사건 후 10여 년 동안 위홍이 체험한 많은 삼각관계를 그리고 있으며, 히로인 위홍은 『노르웨이의 숲』의 나오코直子와 미도리綠를 합쳐놓은 듯한 여자라고 할 수 있을 것 같다. 영화 〈여름 궁전〉은 바로 중국 포스트 덩샤오핑 시대의 『노르웨이의 숲』이다.

7장 홍콩문학사 개설

1. 아편전쟁부터 제2차 세계대전까지 – '주변문화'의 시대

영국의 할양

아편전쟁 후에 체결된 난징조약의 결과, 청조가 영국에 홍콩섬을 할양한 것은 1842년의 일이다. 뒤이어 1860년에는 홍콩 섬 맞은 편 쥬룽九龍반도의 끝부분인 쥬룽九龍지역을 할양했으며, 1898년에는 선전강深圳河 이남의 신계新界지역을 조차하면서 홍콩의 면적은 1,000㎢ 넘도록 확장되었다. 덧붙여 말하면 할양된 홍콩 섬 및 쥬룽지역의 면적은 각각 76㎢와 9.6㎢이며, 홍콩 섬의 크기는 도쿄를 중심으로 봤을 때, JR 야마노테 라인山水線의 안쪽 정도의 면적에 지나지 않는다. 홍콩 섬의 인구는 당초에는 불과 5,000명에 지나지 않았다고 하는데, 약 60년이 지난 20세기 초반에는 약 28만으로 증가했으며, 런던으로 유학가던 중이곳에 기항寄港한 일본 작가 나쓰메 소세키夏目漱石는 홍콩 섬 북쪽의 중심가 퀸즈로드Queen's Road에 큰 건물들이 줄지어 서고, 빅토리아 피크Victoria Peak에는 "온 산에 보석을 박아놓은 것 같은" 야경이 전개되는 것을 목격했다.[1]

난징조약에서는 홍콩 섬 할양과 함께 5개 도시의 개항이 결정되었다. 그중에서도 창장長江 하류에 위치한 상하이가 가장 번영을 구가하여 동양 제일의 국제도시로 성장했는데, 인구는 1930년에 314만(그중 서양인이 약 3만, 일본인이 약 2만)으로 팽창했다. 한편 화남華南의 주장珠江 유역을 상권으로 하는 지방도시 홍콩의 인구는 1931년에도 85만으로 상하이의 3분의 1 이하였으며, 거기에 주둔하고 있던 영국군에게는 상하이 조계방위의 임무가 주어지는 등, 홍콩은 상하이의 동생뻘이었던 것이다. 그래도 구광철로(九廣鐵路, 廣州~九龍間 179km, 중국 측에서는 廣九鐵路라고 한다)가 1911년에 개통되었으며, 1936년 6월 월한粵漢철도가 개통됨에 따라 홍콩~광저우廣州~우한武漢~베이징이 철도로 연결되기에 이르렀다.

광동에서 돈벌이하러 나온 거리

전전戰前의 홍콩은 중국인에게 있어 뿌리내리고 오래 살 곳이 아니라, 주로 광동에서 돈벌이하러 나온 사람들의 거리였다. 홍콩 주재 중

₁ 夏目漱石, 『소세키 일기』, 1900.9.19.

국인의 남녀비율은 1872년(인구 약 10만)에 7대 2, 1931년에도 4대 3이었다고 한다.[2] 이와 같은 홍콩의 문화상황에 대해 오랫동안 하버드 등 미국의 대학들에서 중국 현대문학을 강의한 리어우판李歐梵(Leo Ou-fan Lee, 1939~)은 「홍콩문화의 '주변성'·서설」이라는 논문에서 다음과 같이 지적한 바 있다.

홍콩은 상하이와 밀접한 자매도시 관계를 형성하고 있었는데 상하이가 주인의 지위에 있었던 것이다. 똑같이 조계항租界港이면서 — 어쩌면 홍콩은 영국에 할양되어 진정한 식민지가 되어 있었기 때문인지도 모르지만 — 홍콩은 문화가 미치지 않는 곳, 주변의 주변이 되었다 (…중략…) 100년간 홍콩은 상하이에 '예속'되어온 것이며, 더욱이 식민주의 지배하에서는 문화적 아이덴티티를 만들어낼 수 없었던 것이다.

또 리어우판은 엘리트주의를 계승하고 있던 대륙의 근대적 지식인은 선두의식과 중심의식에 집착해 있었기 때문에 "홍콩과 같은 주변지역에 흥미를 갖는 따윈 더더욱 있을 수 없었다"고 기술하고 있다. 리어우판에 의하면 일본 점령하의 상하이에서 「경성지련傾城之戀」 등 홍콩의 이야기를 쓴 장아이링張愛玲도 이국정취의 문학으로, 그 세계에서는 "홍콩이 하나의 '타자他者'로서 나타나고, 상하이인 '자아'의 역逆으로 된 형상이 된다. 더구나 상하이라고 하는 너무나도 서구화된 대도시에 의해 더욱 로맨틱한 색채를 더하게 되는 것이다. 현재의 '포스트콜로

---

2   Norman Miners, *Hong Kong Under Imperial Rule 1912~1941*, Oxford University Press, 1987.

니얼' 담론으로 말하자면 식민문화의 이미지"인 것이라는 말이다.

실은 홍콩의 지식계급도 예전에는 이 종속적 지위에 만족했고, 오로지 대륙의 신문화를 소개하고 모방하는 경향이 강했다. 중국대륙의 홍콩문학 연구자 자오시팡趙稀方은 20세기 초에는 청 말 혁명파가 홍콩에서 '신소설' 계통의 문예지를 창간했지만 "이들 홍콩에서 창작된 문학의 테마는 홍콩을 표현하는 것이 아니었고, 혁명파의 관심은 전적으로 대륙에 있었으며, 문화선전의 목적은 만주족이 세운 청조의 타도에 있었다"고 지적한 바 있다. [3]

중일전쟁기의 홍콩

홍콩문학 연구자 정수선鄭樹森, 황지츠黃繼持, 루웨이란盧瑋鑾 세 교수는 홍콩신문학의 맹아를 1927년에서 찾고 있다. 이 해 2월에 루쉰이 홍콩에 와서 문화계의 보수파를 비판했고, 신문에도 구어문이 사용되기 시작했으며, 최초의 신문학문예지로 불리는 『반려伴侶』가 그 이듬해에 창간되었던 것이 그 구체적 이유이다. [4] 이 시기에는 19세 때 홍콩으로 돌아온 미국화교 루헝盧衡(생몰년 미상), 쥬룽九龍 출신의 뤼룬侶倫(광동어로는 로이론, 1911~1988) 등이 홍콩을 배경으로 걸작을 썼는데, 특히 뤼룬侶倫은 1980년대까지 작가로 활약했다. [5]

---

3   趙稀方, 『소설 홍콩』, 北京 : 三聯書店, 2003.
4   鄭樹森・黃繼持・盧瑋鑾, 『초기 홍콩신문학작품선』, 香港 : 天地圖書, 1998.
5   袁良駿, 『홍콩소설사』 제1권, 深圳 : 海天出版社, 1999.

1937년 중일전쟁 발발 후 중국이 연해부에서 내륙부에 걸쳐있는 주요도시를 일본군에게 점령당하자, 홍콩은 상하이를 대신하여 중국최대의 유통창구가 되었고, 중국무역의 50%를 처리하게 된다. 전쟁경기로 들끓은 홍콩에는 본토로부터 100만 명의 난민이 몰려오자, 인구는 일거에 배로 늘어나 200만을 넘어선다. 상하이의 상공업자와 부유층도 대거 홍콩으로 이동했다. 1940년대가 되자, 홍콩은 형뻘인 상하이와 어깨를 나란히 할 정도의 커다란 아우로 성장해 있었던 것이다.

이처럼 중일전쟁 전반기前半期(1937~41)에 홍콩은 점령구로부터 이동하는 대륙문화인의 임시거처였고, 또 항일 거점으로서도 중요한 의미를 갖는 문화도시로 변신하고 있었다. 쉬디산許地山, 마오뚠茅盾, 샤오홍蕭紅등 저명작가들이 속속 홍콩으로 남하하여 항일 전쟁문학의 필봉을 휘두른 것이다. 이 점에 대하여 자오시팡趙稀方은 "당시 홍콩은 중국의 대후방大後方에 지나지 않아, 모든 문화활동은 국내의 전쟁을 둘러싸고 진행되고 있었다. 여기서 태어난 문예명작은 중국 현대문학이라고 해야지, 홍콩 현지문학이라고 할 수는 없다"는 점을 지적하고, 홍콩의 부랑아가 대륙으로 건너가 팔로군에 참가하게 되는 이야기『샤치우전蝦球傳』(1947년 홍콩 신문에 연재, 1957년 단행본 출판)처럼 홍콩 출신 황구리우黃谷柳(광동어로는 웡콧라오, 1908~77)가 쓴 소설조차 나중에는 항전기 국민당통치구의 문학으로 분류되었던 것을 기술하고 있다.

그러나 1941년 12월 8일, 태평양전쟁이 발발하자, 일본군은 개전과 동시에 홍콩에 맹공을 가하여 2주일여 만에 영국군을 항복시키고 홍콩을 점령했기 때문에, 이들 대륙 문화인은 대거 대륙의 국민당 지배지역으로 달아났다. 홍콩에 남은 다이왕수戴望舒(1905~50)와 예링펑葉靈

鳳(1904~75) 두 사람은 일본군의 항일언론 탄압 때 체포되어 옥중에 갇힌 적도 있었지만, 전시戰時의 폐쇄상황하에서 홍콩의 역사·민속을 연구하기도 했다. 이것이 나중에 기술할 홍콩 아이덴티티의 맹아가 된다.

전시이던 1943년 1월, 일본은 난징의 왕자오밍汪兆銘 국민 정부에게 조계 반환과 치외법권의 폐기를 선포한다. 미국·영국도 그 직후에 충칭重慶의 장제스蔣介石 국민당 정권에 거의 같은 선고를 했으므로, 적어도 조약상으로는 아편전쟁 이래 35곳이나 되던 조계는 소멸되었지만 영국은 유일한 예외로서 홍콩에 집착했다. 1945년 8월 일본이 항복하자 영국은 주권을 주장하는 국민당 정권보다 빠르게 홍콩을 재점거하고 식민지지배를 부활시켰다.

상하이의 번영을 계승함

그 후 홍콩은 경이적인 부활을 이루어, 일본점령하에서 60만으로 감소되었던 인구가 1947년에는 180만이 된다. 국공내전을 거쳐 1949년에 공산당이 대륙을 통일하고 지배권을 확립하자 대량의 난민이 몰려들어 2년여 만에 인구는 50만 이상이나 증가했다. 이들 난민 중에는 상하이에서 이주해온 자본가, 기술자, 숙련공, 그리고 문화인 및 암흑가의 조직원이 다수 포함되었다고 한다. 이리하여 1950년대에는 홍콩은 이제까지의 중계무역항이라고 하는 얼굴에 더하여 공업도시이자 금융도시라고 하는 모습을 갖추게 되었는데, 이는 예전 상하이의 번영을 계승한 것이었다.

한편 전후戰後 홍콩문단에는 국공내전을 배경으로 하여 국공 양兩파의 대립항쟁이라는 새로운 국면이 전개된다. 국공내전과 인민공화국 건국시기에 공산당지배로부터 도망쳐 홍콩에 망명·이민해온 지식인을 홍콩에서는 '남하문화인'이라고 부른다. 그 대부분은 공산당에 의해 멸망의 위기에 몰려있던 전통적 중화문화를 '문화사막'의 땅인 홍콩에서 계승 부흥하고자 했고, 고전을 중시하는 보수적이고 향수적인 nostalgic 학풍을 구축했다. 홍콩정청政廳도 대륙으로부터의 영향을 최소한으로 억제하고자 하여 교육·문화행정에 있어서는 '적극적 불관여'정책을 집행했고 '남하문화인'의 학풍을 채용했다고 한다.

홍콩은 대륙의 공산당 정권에게는 대외 선전공작의 창구였으며, 미국이 '죽의 장막'이라 하던 봉쇄정책의 시대에는 문화공작자가 서방 사회로 나가기 위한 경유지였다. 『따꿍빠오大公報』 등 대륙계 신문사도 남아 있었다. 홍콩에 남은 예링펑葉靈鳳은 자신의 저널리스틱한 자세를 무너뜨리는 일 없이 좌우 양파와 교류를 계속하여 홍콩문화계에서 독자적 입장을 만들어갔다. 또한 상하이의 세인트존즈 대학 졸업생인 류이창劉以鬯(1918~)의 『술꾼酒徒』(1963)은 1930년대 상하이 신감각파를 계승하면서 의식의 흐름 수법으로 쓴 작품인데, 원고료 수입으로 생활하는 '남하문화인'의 고뇌와 고독을 그린 소설로 높은 평가를 받고 있다.

〈그림 7-1〉 류이창

2. 문혁에서 홍콩반환까지

—홍콩 아이덴티티의 맹아와 시인 예쓰也斯

중국으로의 반환이라는 악몽

1966년 중국본토에서 문화대혁명(~76)이 시작되자 홍콩에서도 좌파의 선동에 의한 파업이 격렬해졌는데, 이에 대해 홍콩 정청은 1967년 이후 특히 매클레호스 총독시대(1972~82)에 고층주택을 많이 짓고 지하철을 건설하는 등 사회개혁에 힘을 쏟았다. 이리하여 홍콩의 경제적 약진은 계속되었고 1984년에는 국민 일인당 GNP가 미화 6,300달러에 달하여, 중국 본토의 20배 정도가 되는 준선진국의 경제력을 갖게 되었다. 이렇게 홍콩은 100년 이상 지속적으로 '상하이에 예속되어 있다'고 하는 의식에서 해방되어, 자립에의 기초를 공고히 했던 것이다. 덧붙여 말하면 같은 해 일본은 8,195달러, 영국은 8,530달러, 중국은 310달러였다.

그러던 홍콩에 1984년 거대한 악몽이 엄습한다. 홍콩의 중국반환이었다. 쥬룽지구 북방에 펼쳐진 신계新界는 중국으로부터 영국이 99년간 조차한 땅이었기 때문에 1997년에는 반환해야만 했다. 홍콩의 9할 이상의 면적을 차지하는 신계는 홍콩섬과 쥬룽에 물과 식량 등을 공급해주고 있었기 때문에 이것 없이 스스로 존속하고 발전한다는 것은 생각할 수도 없었다. 1980년대에 들어서자 1997년 문제가 홍콩인의 시야에 크게 부상하여 심각한 정치불안이 확대되었고 경제활동도 반半 패

닉상태가 되었다. 1982년 9월에 시작된 중영中英 교섭은 난항을 거듭했지만 1983년 말에는 영국이 전면 양보하여 일괄반환을 결정했다. 이듬해 12월, 베이징에서 홍콩문제에 관한 공동성명의 정식 조인식이 행해져, 1997년 7월1일을 기해 중국으로 홍콩이 반환되는 것이 결정되었다. 공동성명에서는 홍콩의 자본주의체제 등 현행제도는 반환 후에도 50년간 바꾸지 않는다고 하고 홍콩을 '고도의 자치권'을 가지는 특별행정구로 하는 이른바 '1국 2제도'가 확정되었다. 1990년 4월에는 반환 후 홍콩의 소헌법小憲法이 되는 '홍콩 특별행정구 기본법'이 중국의 전국인민대표대회에서 채용되기는 했으나, 반환 후의 입법기관인 입법회의(60의석)의 직접선거 의석수는 1997년 단계에는 20석, 1999년에는 24석, 2003년에는 30석이 되는 것으로 확정되어, 최대가 되더라도 과반수에는 미치지 못한다. 또한 기본법에는 '홍콩에서 동란이 일어날 경우 전인대全人大가 비상사태를 선언'(18조)하고, '중앙 정부의 전복을 꾀하거나 국가기밀을 훔치는 행위를 금지'(23조)한다는 등의 조항이 들어 있어, 홍콩시민이 '항인치항港人治港(홍콩인이 홍콩을 통치함)'이라는 원칙에 대해 품고 있던 불안은 가중되었다.

홍콩으로부터의 탈출

애초부터 공산당 정권이 싫어 대륙을 도망쳐 나온 사람이 다수를 차지하고 있는 홍콩의 시민들은 '1국 2제도'의 구상을 공수표로 보고 다시 이민을 떠난다. 1980년부터 12년간 38만 4천 명이 홍콩을 떠난 것이다. 저 참혹했던 1989년 '피의 일요일'사건 이듬해에는 6만 2천 명이나 되는 사람이 이민을 간다. 한편 1970년대에 들어서자 홍콩에서 자라고 홍콩에서 고등교육을 받아 스스로를 홍콩인이라고 생각하는 전후戰後 세대가 나타나고 있었다. 비교문학 연구를 하는 동시에 창작활동을 해왔던 예쓰也斯(광동어로는 야시, 본명 梁秉鈞, 1949~2013)는 그 대표적인 인물이다.

예쓰(1949~2013)는 원적이 광동성 신후이현新會縣이며 어려서부터 홍콩에서 자랐다. 뱁티스트 칼리지(현재의 홍콩 뱁티스트대학) 영문과를 졸업한 후 1970년부터 8년간 언론계에 몸담으면서, 칼럼이나 시와 소설을 썼다. 1978년부터 84년까지 미국에 유학, 캘리포니아 주립대학 샌디에고캠퍼스U.C.Sandiago에서 비교문학을 공부하여 박사학위를 취득했고, 홍콩대학 비교문학과의 고급강사를 거쳐 링난嶺南대학 중문과 교수를 지냈다.

『기억의 도시·허구의 도시』(1993)는 예쓰가 10년의 세월을 걸고 집필한 자전적소설이다. 뉴욕과 샌프란시스코, 그리고 파리, 타이베이에서의 만남을 통해 1970년대 유학생인 '나'는 생각한다 ― 문학·예술이란 무거운 기억이 아닌가, 그것은 망각해서는 안 된다며 사람들을 각성시키는 것이다. 복잡하게 뒤얽힌 도시에서 생활하는 우리에게 어떤 사회현상에 대해 그것은 왜 그런가 하고 생각할 실마리를 제공해주는 것이다. 그렇다면 변방의 도시, 문화사막, 환승할 비행기를

〈그림 7-2〉 예쓰(2003)

기다리는 곳에 불과할 뿐인 홍콩이라는 도시에서 문예란 대체 뭐란 말인가, 하고 '나'는 계속해서 묻고 있다. 후기에서 예쓰는 이렇게 말한다.

홍콩에서 성장한 세대가 다른 문화와의 접촉을 통해 어떻게 자기성장의 과정을 반추하는지, 밖에서 무엇을 배우고 홍콩에 돌아온 후에 어떻게 급격한 현실의 변화에 대응하는지, 나는 그런 것을 써보고 싶었던 것이다.

1977년 '홍콩문화' 탄생의 해

홍콩 신문 『화교일보華僑日報』는 1948년 이래 1995년까지 B5판 사이즈의 『홍콩연감』을 간행해왔는데, 그중 「제2편 홍콩전모」에는 '개설'로부터 시작되어 '1년간의 홍콩정치', '1년간의 홍콩재정' 등등 정치·경제·상업·교육·매스컴에서 '홍콩목축', '홍콩광업'에 이르기까지 30여 개의 항목이 열거되어 백수십 쪽에 이른다. 마치 만화경 같은 홍콩사회의 온갖 면모를 망라하여, 바로 '홍콩전모'를 우리에게 보여주고 있는 듯하다.

하지만 이 「홍콩전모」에는 오랫동안 '1년간의 홍콩문화'라는 항목이 빠져 있었으며 그 연감에 '홍콩문화'가 등장한 것은 실로 창간 이래 30년 후인 1977년의 일이었다. 덧붙여 말하자면 제1회 '1년간의 홍콩문화'란에는 '홍콩예술센터', '제4회 예술제', '박물관사업의 확대' 등이 소개되어 있다. 그리고 2년 후 같은 난에는 이미 '오늘날의 홍콩은 이제 문화사막이 아니다'라는 소제목을 내걸고 다음과 같은 내용이 기술되어 있는 것이다.

　‘문화사막’으로 일컬어지던 홍콩도 최근에는 다방면에 걸쳐 발전하여, 차제에 이 간판도 떼어지고 있는 중입니다. 매클레호스 홍콩총독은 1979년 1월 3일 침사추이尖沙咀의 문학오락관 기공식에서 지난 5년간 홍콩의 예술활동은 공전의 확장을 이루었다고 했습니다.

　이렇게 보면 적어도 『홍콩연감』에서는 1970년대 말부터 80년대 초에 이르러 돌연 ‘홍콩문화’가 등장했고 ‘문화 오아시스’라는 자부심을 갖게 되었다고 말할 수 있을 것이다. 홍콩문화의 출현에는 홍콩정청이 1967년 이후 특히 매클레호스시대에 사회개혁의 일환으로 기획해냈다고 하는 배경이 있는 것이다. 이렇게 1977년에 ‘탄생’한 홍콩문화는 영국 홍콩정청이 주도한 것이었으나 그와 동시에 홍콩시민 자신에 의해 홍콩 아이덴티티가 모색되고 있었다.

3. 『홍콩단편소설선』으로 더듬어보는
전후 홍콩문학사

1950년대 편

『홍콩단편소설선』 전 5권은 전후戰後 50년간 홍콩문학이 낳은 수작秀作 단편을 1950년대부터 90년대까지 10년 단위로 각 1권씩 모은 것으로, 홍콩 굴지의 출판사인 티엔디도서天地圖書에서 1997년부터 이듬해인 98년에 걸쳐 간행되었다.

『50년대』 편은 홍콩문단의 원로 류이창劉以鬯이 편집했는데 수록작품에는 홍콩이라고 하는 개성을 찾아볼 수가 없다. 단편들에는 홍콩의 풍경이 그려지지도 않고 현지의 지명조차 등장하지 않는다. 이를테면 '무국적'의 중국소설로, 거기에 홍콩은 없다. 그중 인상 깊은 작품을 굳이 들자면 장아이링張愛玲의 「오사유사五四遺事」 정도라고나 할까. 그러나 1920년대 신문화운동기에 청년남녀를 열광시킨 연애혁명의 결말을 풍자적으로 그린 이 작품의 무대는 중국대륙의 항저우시杭州市로 설정되어 있다. 즉 홍콩에 체류한 바 있는 여성작가의 작품이라고는 해도 홍콩을 그린 작품은 아닌 것이다.

1950년대의 홍콩에서는 좌우 양파가 각각 중국과 미국의 지원을 받으면서 문단을 형성해가고 있었으며, 그 사이에서 '남하문화인'은 먹고 살기 위해 소설과 에세이를 대량으로 생산해내지 않으면 안 되었다. 하지만 이데올로기 선전이건 대량생산이건 간에 그중 뛰어난 작품이 없다고 할 수는 없다. 예컨대 오락영화를 들자면, 중국을 탈출한 장아이링이 홍콩을 경유하여 미국으로 망명한 후에 쓴 〈애정의 세계는 전쟁터와 같다情場如戰場〉(1957), 〈남북일가친南北一家親〉(1962) 같은 뛰어난 코미디 대본들이 있다. 전자는 홍콩 부르주아의 대저택을 무대로 하여, 부르주아 자제의 화려한 연애이야기를 경쾌한 터치로 그리고 있다. 이 영화에 등장하는 고고학자이자 히로인인 아가씨를 차지하고자 부르주아 청년과 격투를 하던 허何씨 성을 가진 교수의 우스꽝스런 명연기는 잊혀지지 않는다. 전쟁 후 얼마 안 되어 가난한 나날을 보내고 있던 홍콩시민은 이 풍요로운 무대에서 전개되는 연애전쟁을 보고 일상의 고달픔을 잊었을 것이다.

1960년대 · 1970년대 편

『60년대』 편을 편집한 예쓰는 서문에서 1950년대 문학과 60년대 문학의 차이를 말하며, 이미 좌우의 정치적 대립이라는 '냉전모델'로는 설명할 수 없다는 점을 밝힌 바 있다. 그리고 그 이유로는 전후 홍콩 출생의 세대가 성장하고 구미의 영향이 증가하여, 모순이 늘어가는 홍콩 사회에 불만을 품을 수는 있지만 그렇다고 문혁이 진행되고 있는 중국에 대해 자기 아이덴티티를 갖지는 못하게 되었던 점, 그리고 홍콩정청의 주도에 따라 중국인과는 다른 아이덴티티가 만들어지고 있는 점 등을 들었다. 아울러 예쓰는 사회적 · 문화적으로 복잡한 상황을 지적한 다음, 쿤난崑南(광동어로는 쿤남, 1935~)의 「바람을 품은 아가씨携風的

姑娘」, 뤼치스綠騎士(광동어로는 록케시, 1947~)의 「선물禮物」에 나타난 중국에 대한 거리감 등을 지적하고 있다. 위 선집에는 류이창劉以鬯이 쓰레기통이나 최루탄, 시체 등 길거리에 나뒹구는 것들의 시점에서 1967년 좌파폭동을 스케치 풍으로 그린 작품 「동란動亂」도 수록되어 있다.

예쓰는 편집방침으로서 "소설의 예술성을 주로 하였으며, 더욱이 이 선집을 통해 1960년대라는 시대와 당시의 사회문화적 관계를 검토하고 이해할 수 있기를 바란다"라고 적어놓기는 했지만 걸작이라 평가할 수 있는 작품은 여전히 적다.

하지만 홍콩 아이덴티티의 형성이 진전된 『70년대』 편(편자는 馮偉才)이 되면 견실한 작품도 드문드문 보인다. 예컨대 하이신海辛(광동어로는 호이쌈, 1930~)의 『삼단 같은 머리』는 미용사가 아름다운 머리칼의 소녀와 십 수 년 후에 사찰에서 다시 만나는 이야기로, 소녀는 부모가 정한 혼담을 거부하고 사랑의 도피를 한 뒤 상대 남자에게도 실망하여 출가를 하고 만 것이다. 이것은 자유연애의 추구 혹은 '노라의 가출'이라고 하는 5·4신문학 이래의 전통적 테마를 계승한 것이지만, 앞서 소개한 장아이링의 「오사유사五四遺事」와 마찬가지로 결혼하지 않은 노라의 가출이 꼭 이상을 실현시켜주는 것은 아니라고 하는 냉엄한 현실을 진지하게 그리고 있다. 출가에 의해 자유연애라는 거대한 과제를 초월하고 만다는 해결방법은 좀 편의주의적이라 하겠지만, 「오사유사」처럼 자유연애를 추구하다가 처첩妻妾이 한집에 함께 사는 구식 대가정제로 되돌아가버린다고 하는 출구 없는 안타까움보다는 그래도 독자에게 호감을 불러 일으켰을 것이다. 구제도에 맞선 개인의 도전이 성공하지는 않았다 하더라도 완전히 실패한 것은 아니라고 하는 이야기는, 고도경제성장이 시작되어 홍콩드림이 실현되기 시작한 1960년대 홍콩의 사회의식을 반영하고 있는 것일지도 모르겠다.

펑차오蓬草(광동어로는 퐁쪼, 1946~)의 「우리들의 나이아가라」는 십 수 년 전에 대학을 졸업하고 남편과 함께 캐나다의 토론토로 이민한 홍콩 여성의 정처 없는 생활상을 페이소스 넘치게 그리고 있다. 1980년대 이후 급증한 해외이민의 선두주자로서, 이민지인 북미에 안주하여 「우리들의 나이아가라」라고 연호連呼할 수 있다는 것도 홍콩 아이덴티티가 아직 희박했던 1970년대의 상황이라고 할 수 있겠다.

1970년대에는 홍콩을 풍물시처럼 그려낸 시시西西(광동어로는 사이사이, 1938~)의 소설 『나의 거리我城』(1979, 초판)도 간행되었다.

걸작이 풍부했던 1980년대

메이쯔梅子가 엮은 『80년대』 편에는 걸작이 많이 있다. 종샤오양鍾曉陽(광동어로는 총효용, 1962~)의 「추이슈翠秀」는 50줄에 접어든 중년자산가의 후처로 살아가는 30대 상하이 여성의 불륜을 그리고 있는데, 홍콩판 『보바리부인』 같은 느낌이다. 이는 작가가 19살 때 쓴 작품으로, 얼마 지나지 않아 홍콩을 대표하는 유행작가가 되는 그녀의 조숙한 재능이 드러나고 있다. 황삐윈黃碧雲(광동어로는 웡삐완, 1961~)의 「태평한 사랑」은 대륙에서 온 여자 대학원생과 대학 전임강사와의 연애결혼의 파탄을 그렸고, 장쥔모張君默(광동어로는 짱콴막, 1939~)의 「위쥐에玉玦」는 불법 이주자인 젊은 대륙여성과 이를 돕는 초로의 남성 사이의 기담奇談이다. 그 한편에서 예쓰(1949~2013)의 「섬과 대륙島和大陸」은 홍콩 지식인의 중국에 대한 굴절된 생각을 담담히 그려내고 있다.

　1970년대 말부터 80년대 초에 걸쳐 당시 홍콩인구의 10% 가까운 40만 명이 합법·비합법의 '신이민'으로, 대륙에서 건너왔다. 또한 홍콩인도 홍콩·대륙 간을 빈번히 왕복하게 되었고, 그 수는 1985년 1년 동안에만 대략 연 1,100만 명에 이르렀다.[6] 홍콩인에게 있어 대륙인은 지극히 가까운 존재가 되었던 것이다. 여기에 든 작품들은 대륙인을 타자他者로 하여 여러 각도에서 그려내고 있다고 할 수 있을 것이다. 대부분의 작품에서 대륙인은 홍콩인에 비해 경제적으로나 혹은 사회성의 측면은 미성숙하지만 스스로의 욕망과 논리에 충실하고, 차츰 주위의 홍콩인을 초월해가는 것이다. 홍콩의 작가들은 이와 같은 주변부周邊部의 타자他者로서의 대륙인을 발견해감에 따라 새삼 홍콩시민을 직시하고 홍콩인을 발견해가는 것이다. 이와 같은 타자他者와 자신의 발견의 과정은 말할 것도 없이 이 시기에 두드러진 홍콩 아이덴티티 형성에서 일익을 담당하고 있는 것이다. 동시대의 홍콩영화와 비교하면 아이덴티티 형성의 과정은 더욱 상세히 설명할 수 있는 것이다.

6　野村總合硏究所香港有限公司 編, 『홍콩과 중국』, 朝日新聞社, 1997.

4. 리비화^{李碧華}, 『연지구^{胭脂扣}』 − 노면전차와 기생의 유령

노면전차와 지하철

홍콩 섬 북쪽의 중심가를 달리는 노면전차가 개업한 것은 1904년의 일이고, 현재는 영업거리가 연 16km에 달한다. '5년에 한번은 풍경이 변해'버리는 홍콩에서, 이 시속 10km/h라고 하는 완만한 속도로 달리는 2층 노면전차란 바로 홍콩 근대사의 산 증인이라고 할 수 있을 것이다. 홍콩 섬 깜종金鐘(admiralty)과 쥬룽반도 쿤통觀塘(Kwun Tong)을 잇는 홍콩 최초의 지하철 쿤통선觀塘線이 개통된 것은 76년 뒤인 1980년 2월의 일이었다. 덧붙이자면 이때도 전차는 매일 36만 명이나 되는 승객을 나르고 있었다.

리비화李碧華(광동어로는 레이삐와, 생년미상)의 소설 『연지구胭脂扣』는 이 지하철 개통으로부터 2년 후의 홍콩을 무대로 하고 있는데, 애당초 존속이 의심스럽던 노면전차는 도입부에서 주요한 배경으로 등장한다. 화자이자 신문사 광고부 부주임인 위엔용딩袁永定은 어느날 해질 무렵 이상한 젊은 여자 루화如花의 방문을 받는데, 집으로 돌아가는 노면전차에 다시 루화가 나타난다. 차안에서 구극舊劇의 이름을 열거하는 루화의 옛날 이야기를 듣는 동안 위엔袁은 그녀가 자신과 같은 개띠이지만 1958년이 아니라 1910년생이고, 50년 전의 유령이라는 사실을 알고는 공포에 떨면서 "나는 평범한 소시민이라 역사에 관해서는 아무 것도 모릅니다. 옛날 대입시험에서도 나는 역사에서 H(가장 낮은 평가)

를 받았어요"라고 무심코 말한다.

이 한 장면으로부터 명기名妓의 망령이 역사에 무지한 현대 홍콩인에게 50년 전의 홍콩을 설명한다고 하는 『연지구』의 주제를 일부나마 알 수 있을 것이다. 게다가 여기서 이야기하는 역사란 정치사도 아니고 경제사도 아니며, 겨우 22살이란 젊은 나이에 동반 자살한 기생의 낮은 시선에서 바라보는 홍콩의 풍경이며 풍속인 것이다.

〈그림 7-3〉 리비화, 『연지구』(1998, 홍콩, 제19판)

그건 그렇고 현대인 위엔용딩이 50년 전에 동반자살한 루화와 공유하고 있던 거의 유일한 기억이 노면전차뿐이었다고 하는 설정은 매우 흥미롭다. 『연지구』란, 전차가 좋았음을 기억하는 시간조차 잃어버린 바쁘고 불안한 위엔袁의 일상에 여자 유령이 갑자기 나타나 들려주는 먼 옛날 아름다웠던 홍콩의 슬픈 사랑 이야기라고 할 수도 있을 것이다. 이룰 수 없는 사랑 때문에 십이소十二少(열두번째 도련님)와 동반자살하고 지옥에서 50년이나 기다렸다가, 십이소가 그리운 나머지 내세의 명을 희생해서 다시 현세로 되돌아온 루화—그녀의 일편단심에 감동한 위엔용딩과 그의 연인이자 같은 신문사에서 연예부 기자로 근무하는 링추쥐엔凌楚娟은 전력을 다해 십이소 찾기에 협력하게 된다. 그 결과 "역사에 관해서는 아무것도 모르는" 위엔袁이 도서관에까지 가서 『홍콩백년사』를 비롯하여 창기사娼妓史 등을 조사하고 고물상에 쌓여있는 옛날 신문더미 속에서 루화의 자살 사건을 전하는 기사를 발견해내기에 이른다. 기사의 내용에 의하면 십이

소가 결정적인 순간에 겁에 질려 실행에 옮기지 않을 것을 두려워한 여자가 아편을 먹이기 전에 술에 수면제를 타두었지만, 오히려 그 때문에 십이소는 목숨을 건지게 되었던 것이다.

뿐만 아니라 위엔袁은 도서관에서 돌아오는 길에 루화를 데리고 일찍이 십이소의 생가가 커다란 한약방을 운영하던 도매상이 즐비한 원셴시제文咸西街를 찾아가기도 한다. 약방의 중년남자가 누가 드실 거냐고 묻자, 위엔袁은 순간적으로 아차하면서 "저희 할아버지가 미국산 고려인삼 장사를 하셨는데…… 성이 천陳이고, 함자는 전빵振邦이라 하셨습니다……" 하고 얼버무린다. 천전빵은 십이소의 본명이다. 이리하여 위엔袁은 '평범한 소시민'의 뿌리찾기를 하는 향토사가로 변신하는 것이다. 홍콩의 교육체제에서 생각하면 위엔袁이 중 고등학교에서 배운 역사란 영국이나 중국의 역사였다. 그런 의미에서 루화와 만나서 처음으로 홍콩의 역사를, 그것도 식민지 지배자나 공산당의 시점에서가 아니라 상인商人 집안의 큰 도련님과 기생이라고 하는 사회 중하층의 시점에서 처음으로 본 것이라 말할 수 있을 것이다.

위엔용딩의 이름을 살펴보면 인연('인연'이라는 뜻의 한자 '緣'은 '袁'과 중국어 발음이 같다)은 '영원히 정해진 인연'이라 하여 역사가에게 어울리는 이름이 지어진 것이다.

50년 후의 귀환

그런데 왜 작가는 루화를 40년 후가 아니라 50년 후의 홍콩으로 되돌려 놓은 걸까. 하루 동안 홍콩의 거리를 정처 없이 떠돈 뒤 루화가 위엔袁과 링凌 커플에게 "거리 모습이 완전히 변해 버려서 전혀 알 수가 없고 길이 너무 북적거려요. 우리 때에는 차라고는 전혀 없어서 다들 걷거나 인력거를 탔었어요"라고 하자 링凌이 못된 농담으로 응수한다.

> [1997년은] 우리의 수명인거에요. (…중략…) 그때는 우리도 함께 치파오旗袍를 입고, 골목길을 걷거나, 인력거를 타고 아편을 피우면서, 그게 우리의 운명이라고 체념할 수밖에 없었겠죠. 이상을 실현할 수 없으니, 사랑에 빠질 수밖에 없지요. 모두 50년 뒤로 돌려요. 당신이 그때 왔으면 참 좋았을 텐데. 잘 적응할 수 있었을 테니까.

『연지구』의 시간적 배경은 1982년으로 설정되어 있는데, 영국의 대처수상이 중국을 방문하여 덩샤오핑과 1997년 문제를 둘러싼 정상회담에 임한 것은 이해 9월의 일이고, 당시 홍콩에는 심각한 정치적 불안이 확대되어 주가가 전성기 대비 3분의 1로, 홍콩달러도 그때까지의 최저로 폭락했다. 위엔袁과 링凌 두 사람이 1997년 이후를 비관적으로 보고 있는 것도 무리는 아닐 것이다. 곧바로 1983년이 되면 영국은 입장을 전면 양보하여, 일괄반환을 결정하게 되고, 『연지구』도 그 결정 직후에 간행된 것이다.

중영中英 공동성명에서 홍콩의 자본주의적 제도와 생활양식은 장차 50년간 변하지 않도록 한다고 하는 '1국 2제도'구상이 정해졌지만, 이 50년 불변의 의미에 대해 사회학자 터너는 어떤 사회라도 "50년 동안 변하지 않고 남아있을 수 있는 것은 없다"고 말하고, 사회적 변화가 어떻게 해서 합법화될 수 있는 것인지, 홍콩의 장래에 관한 합의의 핵심에는 애매한 표현이 있으며, 그건 거의 아무것도 의미하지 않는다고 해석할 수 있을 것이라는 점을 지적하고 있다.[7] 대체 과거 50년간 홍콩의 '생활양식'에는 어떠한 변화가 생겨난 걸까. 그 변화의 크기를 남녀 간 사랑의 존재방식을 통해 여실히 나타내준 것이 1982년의 홍콩으로 돌아온 루화인 것이었다.

'통속'소설과 홍콩 아이덴티티

아이덴티티와 문화의 관계가 공고히 이어지기 시작한 1980년대 홍콩에서, 리비화李碧華는 노면전차에 의해 연결된 50년 전의 과거로부터 여주인공을 소환하여 홍콩 땅에서 생겨난 목숨 건 사랑이야기를 하도록 했다. 사랑 때문에 목숨을 버렸고 사랑 때문에 50년을 기다린 루화의 변함없는 일편단심과 아름다움이 아편중독자가 된 십이소의 늙고 추하고 곤궁한 모습과 대조를 이루고 있는데, 사랑 = 이상을 추구하는 자야말로 아름다운 것이고, 겁쟁이로 사는 자에게는 가혹하고 추악한 여생이 기다릴 뿐이라고 독자에게 말하고 있는 것 같다.

이와 같은 시민적 윤리는 홍콩에서 이미 반세기의 역사를 가지는 것인데, 그처럼 사랑을 위해 혹은 자유와 독립을 위해 목숨을 거는 홍콩인의 전통에서 아이덴티티를 발견함에 따라, 향후 커다란 변화가 예상

---

7   Matthew Turner, "60's / 90's : Dissolving The People", *HongKong sixties : designing Identity*, 香港藝術中心, 1995.

되는 '1국 2제도'하의 50년을 꿋꿋이 살아가겠다고 하는 메시지를 『연지구』는 전하고 있는 것이 아닐까. 그리고 이에 대한 홍콩시민의 폭넓은 공감이 이 소설을 베스트셀러로 밀어올리고, 영화로 발레로 장르를 초월하여 개작되는 바일 것이다. 하지만 홍콩의 비평가 중에는 기생의 자유연애에 대해 위화감을 갖는 사람도 있다. 예컨대 리줘슝李焯雄은 다음과 같이 기술하고 있다.

> 작품 속에는 자주 루화와 십이소 / 링추쥐엔과 위엔용딩의 애정이 대비되는데, 도처에서 옛날이 좋았으며 (…중략…) 당시의 탕시塘西(기루거리)에만 참 사랑이 있었던 것으로 독자가 생각하게끔 한다. (…중략…) 이런 류의 매몰되어버린 풍속에 대한 애석함은 홍콩의 역사에 대한 각성이 아니라 복잡한 배경을 지닌 역사현상(娼妓)에 압축시켜 버림으로써 흥미위주의 읽을거리만을 제공하고 있는 것이다.[8]

하지만 중국에서는 1940년대까지 여성은 기본적으로 집 밖에 나가는 것이 허용되지 않아, 자유연애를 할 수 있는 사람은 대학 등 고등교육을 받은 극소수의 여성뿐이었다. 1930년의 통계에 의하면 연애 예비군이라고도 할 만한 중등학교의 여학생 수만 전국에서 겨우 9만 명에 불과했다. 1930년대의 홍콩에서 젊은 남녀의 만남이 있고 사랑을 할 수 있는 곳이라곤 기루妓樓밖에 없었던 것이다.

---

8   李焯雄, 「이름 이야기 ― 리비화, 『연지구』 문체 분석」, 陳炳良 編, 『홍콩문학 탐방』, 香港 : 三聯書店, 1991.

5. 1997년 중국으로의 반환 전후

압권의 1990년대

다시 『홍콩 단편소설선』으로 돌아가 보면 『90년대』 편은 정말 압권이다. 동권同卷 「서문」에서 편자 리하이화黎海華는 편집에 즈음하여 "누구로 인해, 무엇 때문에, 독자가 이 거리의 세기말적 존재에 대해 좌표와 명암을 찾게 되는 것일까"라고 묻지 않을 수 없다고 적었다. "역사(시간)·도시(공간)에 대해, 우리의 작가는 확실히 '허구', '뒤틀림', '창조'의 공정에 참여하고 있다"고 단언한 리하이화는 이 책을 읽는 것이 '미궁 같은 홍콩의 심장'으로 이끌고 있다는 점과, 무엇보다도 '도시란 본래 좁은 새장'에 불과하다는 점, 그리고 흥망성쇠는 '도시의 리듬과 멜로디'라는 사실을 지적한다.

확실히 수록작품들이 홍콩의 시공간적 좌표를 나타내고 있다는 점에서는 모두 부족함이 없다. 예컨대 동치장董啓章(광동어로는 동타이총, 1967~)의 「용성계 홍망사永盛街興亡史」는 1989년 '피의 일요일' 사건의 해에 양친과 캐나다로 이민 간 청년이 4년 후 다시 단신으로 홍콩에 돌아와, 소년기와 학생시절에 지낸 할머니의 옛집에 정착하고, 지도에서 사라진 환상의 마을 용성계永盛街와 가족의 기억에서 지워져가고 있는 조부모와의 역사를 찾아가는 이야기이다. 아편굴과 도박장을 경영하던 외가쪽 증조부, 광동에서 이민해온 조부 등을 조사하는 동안에 밝혀진 선조들의 여러 가지 삶, 그중에서도 여가수이자 조부의 첩으로, 청년이 유일하게 낯익은 기억을 갖고 있는 조모의 모습은 청년이 지금 이 옛집에서 동거 중인 가라오케 호스티스와 오버랩되어 가는데…….

가족사를 소설화하겠다고 결심한 청년은 독백한다. "식민지가 끝나가고 있는 이때, 우리는 갑자기 우리의 머리가 텅 비었다는 것을 깨닫고 황급히 자신의 신분을 확인하고 싶었지만, 픽션 외에는 우리가 의지할 만한 것이 없는 것이다. 역사의 기록이 소설류로 변형되면, 누구라도 그걸 자료정리라고 위장해갈 수는 없는 것이다." 일찍이 대륙으로부터의 이민지였던 홍콩이, 이제는 북미대륙으로 이민을 떠났던 사람들이 뿌리를 찾으러 돌아오는 고향으로 변한 것이다.

여기서 우리는 『연지구』의 한 대목을 생각해내도 좋을 것이다. 위엔용딩은 유령인 루화를 데리고 일찍이 그녀가 사랑하던 남자의 집안에서 큰 한약방을 경영하고 있던 도매상가 원셴시졔文咸西街를 찾아가고, 점원으로부터 누가 쓸 약이냐는 질문을 받자 "저어, 제 할아버지는 미국산 고려인삼 장사를 하셨는데, 옛날, 이 근방에도 가게가 있었습니다. 그 후 집안이 이민을 가는 바람에 (…중략…) 영국으로 갔습니다. 이번에 제가 돌아온 것은 할아버지를 대신하여 옛 친지를 방문하기 위해서입니다"라고 얼버무렸던 것이다.

『연지구』와 「용성계 흥망사」 사이에는 다음과 같은 대칭성과 대응성을 지적할 수 있을 것 같다. 멀리서 돌아온 여성과 남성, 홍콩에 관한 기억의 발굴, 과거의 사랑과 현재의 사랑. 그런 의미에서 「용성계 흥망사」는 10년 전에 발표된 『연지구』에 대한 답변적 성격의 소설이라고 할 수 있겠다. 더구나 동董의 작품은 아이덴티티 추구를 정면에 주제로 내세우고 있으며 소설이야말로 이 아이덴티티 추구의 유일한 수단이라고 선언하고 있는 점은 신선하다. 『연지구』에서 '통속문학'을 통해 슬며시 시도된 소설에 의한 아이덴티티 형성은 1990년대 중반에 이르러서는 공공연하게 순문학으로 인정받게 된 것이다.

『빅토리아 클럽』과 『광성난마狂城亂馬』

이 밖에도 중국으로의 반환 전후 홍콩의 미친 듯 시끄러운 모습을 과장되고 황당무계하면서도 해학적인 수법으로 그린 신위엔心猿(광동어로는 삼윤)의 걸작 『광성난마狂城亂馬』(1996), 그리고 반환 후 1년이 지난 1998년 7월 1일, 타이베이의 밤길에서 총격으로 사망한 홍콩인 사업 매니저의 허무한 방탕의 인생을 내성적으로 회상하는 홍콩 문화계의 재주꾼 천꽌중陳冠中(광동어로는 짠쿤쭝, 1952~)의 『아무 일도 없었다什麼都沒有發生』(1999) 등의 장편소설이 주목된다. 또 천후이陳慧(광동어로는 찬위)의 『십향기拾香紀』(1998)는 이웃집에 사는 부부와 아이 10명의 유쾌한 인생을 막내딸 스샹十香이 도합 11장에 걸쳐 이야기하는 소설로, 1996년 장남 따요우大有의 캐나다 출국으로 끝을 맺는다. 홍콩반환이라고 하는 대사건이 일어난 1990년대는 홍콩문학의 황금시대였다고 말할 수 있을 것이다.

타이완 출신 작가 스수칭施叔青(1949~)은 1977년부터 1994년까지 홍콩에서 생활했는데, 홍콩을 다룬 그녀의 작품 중 대표작으로 『빅토리아 클럽』(1993)이 있다. 1981년 2월11일, 홍콩에서 전통과 명예를 자랑하는 빅토리아 클럽에서 발생한 사건을 그린 이 소설은 상하이 출신으로 구매담당 주임이던 쉬화이徐槐가 수뢰죄로 체포되는 사건을 통해 번영과 부패, 그리고 희망과 욕망의 거리 홍콩에 살고 있는 중국인과 영국인과 혼혈인들의 과거와 현재를 그려냈고, 타이완과 중국과 서구인의 시점에서 각기 '세기말 홍콩'의 전체상을 드러내고자 했다.

예쓰也斯는 음식을 둘러싼 풍경을 빌어 서로 사랑하면서도 감정의 골이 깊은 남녀와 복잡한 국제정치를 유머와 페이소스로 그린 「푸드스케이프Foodscape」(食事地域誌)와 단편소설 「포스트 콜로니얼 음식과 사랑」(2000)등을 계속 발표한다.

21세기에 들어와서도 홍콩문학은 착실함과 성숙함을 더해가는데, 예를 들어 동치장董啓章의 『천공개물天工開物』은 1930년대부터 지금에 이르기까지 빅토리아시에서 살아가는 가족 삼대의 이야기를 묘사한 작품으로, 홍콩반환 후의 최고 걸작으로 평가되고 있다.

6. 광동어와 홍콩영화, 그리고 무협소설

뒤떨어진 의무교육제도

베네딕트 앤더슨이 『상상의 공동체』에서 지적하고 있듯이 18세기부터 19세기에 걸쳐 유럽 제국이 국민국가를 형성해갈 즈음에 출판 자본주의로 일컬어지는 인쇄업·출판사 그리고 신문·잡지 등 활자미디어가 큰 역할을 하게 된다. 그중에서도 문학은 '상상의 공동체'인 국민국가를 사람들이 상상하도록 하는 데 강력한 작용을 한 것이다. 19

세기 후반의 일본, 20세기 전반前半의 중국도 마찬가지로 국민국가를 형성했다. 그러나 홍콩의 경우는 아이덴티티 형성이 1960년대부터 시작되어 80년대에 본격화되었기 때문에 문학과 더불어 텔레비전과 영화가 강한 영향력을 가지고 있는 점을 특징이라 할 수 있을 것이다.

더구나 대륙으로부터의 대량이민이 계속되어 의무교육 제도가 늦어진 까닭에 1960년대에도 초등학교 취학률은 54.1%로 과반수를 겨우 넘는 데 지나지 않았고 문맹률은 25.4%에나 달했다고 한다.[9] 홍콩에서 초등교육의 무상의무화는 1971년에 실현되었고 그 4년 후에는 아동입학률이 98%에 달했다. 덧붙여 말하면 중등교육의 무상의무화는 1978년에 실시되어, 입학률은 1961년의 16.1%에서 1979년에는 97%에 달하게 되었다. 이와 같은 악조건의 1960년대에는 영상미디어가 특히 커다란 영향력을 가졌던 것이다.

언문불일치

낮은 식자율識字率과 취학률은 과거의 일이라 하더라도 홍콩에서는 지금도 구어와 문어가 다른데, 이 언문불일치의 문제를 쯔지 노부히사 辻伸久는 「홍콩의 언어문제」에서 다음과 같이 지적하고 있다.

식민지 건설 이전(19세기 중반)부터 대도시 광저우廣州의 '지역공통 구

어'Lingua Franca인 동시에 링난嶺南지역에서 광범위하게 통용되던 광동어廣東語의 존재는 홍콩에 커다란 이점을 제공하였다. 광동어는 홍콩인 인구의 90% 이상을 차지하는 중국계 주민Ethnic Chinese이 출신지 방언이나 국적을 불문하고 공통으로 사용하는 언어로서, 특히 최근 20년 간에는 실질적으로 홍콩의 공통구어로 정착된다. 이런 의미에서 홍콩의 중국계 사회는 이미 다多방언 사회에서 광동어 사회로 이행되었다고 말할 수 있을 것이다. (…중략…) 광동어 및 그와 유사한 계통으로 간주되는 방언들은 '위에위粵語'로 총칭된다. 중국어의 각종 방언을 사용하는 사람의 수는 정확하게 알 수 없지만, 위에위의 경우 제2, 제3언어로 말하는 사람을 포함하여 사용자 인구가 5,000만 명 정도로 추정된다.[10]

그런데 중국에서의 문어文語는 1910년대의 문학혁명을 계기로 만들어진 베이징어에 기초를 두는 것으로, 민국기에는 '구어위國語'라 했고 인민공화국시대로 들어서면서 부터는 '푸퉁화普通話'로 불렸다. 광동어와 베이징어 두 언어 사이에는 문법에서부터 어휘·발음에 이르기까지 큰 차이가 있는데, 이를테면 영어와 불어 두 언어 사이의 차이 정도가 된다고 한다. 그리고 홍콩에서는 소학교에서부터 대학에 이르기까지 영중英中 2개국어로 교육을 하고 있으며 이 경우 중국어란 광동어를 가리킨다. 그 때문에 홍콩인은 광동어로 사고하면서 베이징어 문장을 쓰고 있는 것이다. 그런 언어상황은 일본인으로서 말하자면 구두점도 훈점訓點도 달려있지 않은 한문漢文을 쓰거나 훈독하는 것에 가까울지도 모른다.

---

10   辻伸久, 「홍콩의 언어문제」, 可兒弘明 編, 『홍콩 및 홍콩문제의 연구』, 東方書店, 1991.

이와 같은 언문불일치의 이중언어적 성격이 명확히 나타나는 것이 영화의 대사와 자막의 차이일 것이다. 일반적으로 현재의 홍콩영화에서 대사는 광동어로 하고 여기에 베이징어 자막이 붙어있는 것이다. 구어와 문어, 문장표현과 영상표현과의 차이는 역으로 상호비평의 관계를 발생하게 한다고도 말할 수 있을 것이다.

21세기의 홍콩문학은 앞으로 어떠한 발전을 보여줄 것인가. 그것은 홍콩영화, 그리고 홍콩 아이덴티티, 민주적인 홍콩사회의 발전과도 밀접한 관계를 가지고 있는 것이다.

홍콩문화 중에서도 영화와 함께 세계적인 유행문화 시장에서 폭넓게 유통되고 있는 것은 바로 무협소설이다. 중국의 '협俠' 개념은 옛날 전국시대 사상가 한비韓非(?~B.C.234?)의 저작 『한비자』에 보인다. 진秦의 시황제가 애독했다고 하는 이 법가法家의 책에는 철저한 법치주의의 입장에서 "유자儒는 문文으로써 법法을 어지럽히고亂, 협객俠은 무武로써 금령禁을 범한다犯"라고 하여, 협객을 유자와 마찬가지로 법치를 방해하는 자로 보고 소멸을 꾀해야 할 것이라고 했다.

이에 대하여 한대의 사마천司馬遷(B.C.145~86)은 협俠의 신의信義를 높게 평가하여, 『사기』에 「유협열전」을 따로 두었다. 그 후로 임협任俠의 풍風은 중국문학의 전통이 되어 당대 이백李白은 "사람 죽이기를 풀베듯 한다"(「白馬篇」)고 노래했고, 협객소설이 나와 송대와 명대에 걸쳐 『수호전』의 영웅상이 형성되어 갔다. 20세기에 근대적 출판시장이 확립되면서, 협객의 문학은 더욱 발전하여 현재에까지 이르고 있다.

중국 근대문학사가로 유명한 천핑위엔陳平原은 무협소설론 『천고문인협객몽千古文人俠客夢』(1992)에서 "협객의 기본적인 자태는 대부분 문학적 전통의 추이에 따라 결정되는 것으로, 작가에 의해 완전히 독립된 상상물도 아니고 현실사회의 스케치는 더더욱 아니다. (…중략…) 협객의 이미지란 작가와 독자가 꾸는 '영웅몽英雄夢'의 투영인 것이다"라는 시각을 제시하며 다음과 같이 말한 바 있다.

태평천하라고 유협의 존재가치가 없는 것은 아니다. 난세가 되면 민중이 협객에게 정의를 수호해달라고 하고픈 염원이 더욱 강렬해지는 것이기 때문에, 윤리와 도덕이 폐하고 질서가 어지러워질수록 협객의 활동 여지는 넓어지는 것이다. 난세의 시인이 협객을 노래하고, 무협소설이 난세를 배경으로 하는 것도 그러한 까닭이다.

중일전쟁과 국공내전, 그리고 마오쩌뚱시대의 홍색테러로 이어진 중국대륙에서 소강상태에 놓인 식민지 홍콩으로 도망쳐온 사람들이 무협소설을 좋아했다는 것은 이상할 바 없다. '남하문화인'이 타향의 이민생활을 꾸려가느라 홍콩에 난립한 신문 등에 검극劍劇소설을 연재한 것도 무리는 아닐 것이다. 전후 홍콩에서 무수히 지어지고 읽힌 무협소설 중에서 타이완, 동남아시아의 화교, 그리고 떵샤오핑시대 개혁개방 경제체제하 중국의 독서시장에서 압도적인 성공을 거두고, 일본·한국 등 외국시장에서도 대성공을 거둔 것은 진용金庸(광동어로는 깜윤, 본명은 査良鏞, 1924~)이다.

그는 저장浙江성 하이닝海寧현 출신으로, 그의 선조로는 명말 문인 사계좌査繼佐와 청 초의 시인 사신행査愼行 등이 있다. 진용은 애초에 외교관이 되고자 중앙정치학교에 입학했으나, 설화舌禍사건으로 퇴학당했다. 전후에는 상하이의 유력지『대공보』기자가 되었고, 얼마 지나지 않아 홍콩지사로 파견되었다가 1949년 인민공화국 건국을 맞게 된다. 한때는 베이징에 가서 외교관이 되고자 하는 생각도 했으나 결국은 이루지 못했고, 부친이 반동지주로 체포되자 홍콩에 정착할 것을 선택하게 된다. 1955년 첫 번째 무협소설『서검은구록書劍恩仇錄』을 발표하여 일약 인기작가가 되었고, 1959년에는 독립해서『명보明報』를 창간, 경영을 하는 한편 매일 사설과 소설을 집필했다. 1972년에는 단필斷筆 선언을 하고, 그 후 10년 동안은 예전에 쓴 작품을 수정·보완하여 1982년 14편의 장·중·단편을 모아『진용 작품집』으로 간행한다. 이 책은 중국대륙에서만도 4,000만 부가 팔렸다고 하며, 일본·한국에도 번역되었다. 마술적 리얼리즘 작가 모옌莫言은 장편『술의 나라』의 등장인물 중 한 사람인 '모옌'의 입을 빌어 "온통 거짓말인줄 분명히 알면서도 어떻게 그렇게 도취해버렸을까요? 무협소설이 어른들의 동화라고 하더니, 완전히 그 말 그대로군요. 무협소설을 몇 십 권이고 읽어보면 스타일이 대충 정해져 있다는 걸 파악하게 됩니다. 이리저리 엮어서 한 권 만들어내는 건 그리 어려운 일이 아니지만, 진용金庸이나 구룽古龍의 경지에 다다르는 것은 결코 쉬운 일이 아닙니다"라고 말한 바 있다.

21세기의 홍콩문학은 앞으로 어떻게 전개되어 나갈 것인가. 그것은 홍콩영화, 홍콩 아이덴티티, 그리고 민주적인 홍콩사회의 발전과 밀접한 관계를 갖고 있는 것이다.

【칼럼 7】

홍콩영화와 무라카미 하루키
―윙카와이王家衛 감독 〈아비정전〉 외

윙카와이王家衛(1958~, 상하이 출생) 감독은 〈중경삼림〉(1994), 〈화양연화〉(2000)에서부터 〈2046〉(2004)에 이르는 스타일리쉬한 영상으로 세계의 영화팬을 사로잡아왔는데, 현지 홍콩에서는 '영화계의 무라카미 하루키'로 일컬어진다. 예를 들면 윙카와이의 초기작품 〈아비정전阿飛正傳〉(1990)은 레슬리·창(장국영)이 연기하는 돈 많은 불량청년이 매기·창(장만옥)이 연기하는 축구장의 음료수 판매원을 유혹하는 다음과 같은 장면으로 시작된다.

> 내 시계를 1분 동안만 봐요……. 1960년 4월 16일 3시 1분전, 당신과 나는 함께 있고, 우리 둘은 이 1분을 잊지 않을 거예요. 지금부터 우리는 1분 동안의 친구예요. 이 사실은 당신에게도 바꾸지 않아요. 이미 지나간 과거니까.

나른한 홍콩의 오후에 불량기 넘치는 위디旭仔가 매점의 수리전蘇麗珍에게 걸어오던 작업성 멘트는 얼마나 달라졌을까? 하지만 그 근원은 무라카미 하루키 『태엽 감는 새』가 시작하는 대목의 괴전화에 있을 것이다. 실업 중인 주인공 '나'가 아내를 일하러 내보낸 후 부엌에서 스파게티를 삶고 있는데 갑자기 걸려온 전화에서 여자가 "10분이면 되니까 시간을 주세요. 그러면 우리는 서로를 잘 이해하게 될 거예요"라고 말을 꺼내며 사건이 시작된다.

무라카미의 윙카와이에 대한 영향은 1989년에 시작되는 홍콩의 무라카미村上 붐 이후에 나온 작품인 〈아비정전〉과 붐이 일기 이전의 윙카와이 영화를 비교해보면 잘 이해할 수 있을 것이다. 무라카미村上 붐이 시작되기 1년 전에 만든 감독데뷔작 〈열혈남아旺角卡門〉(1988)는 "미청년 건달, 의리와 인정에 죽는

터프가이가 나오고 폭력장면에서는 피비린내를 풍기며 클라이맥스로 치닫는다고 하는 패턴"으로 정형화 되어있고 "홍콩느와르에서의 판에 박힌 이미지"[1]로 남아있었다.

이에 비해 무라카미村上 붐 이후의 작품 〈아비정전〉은 남녀 간 네 가지의 삼각관계와 두 가지의 남자끼리의 우정으로 이루어진 이야기다. 주인공 위디旭仔는 1960년대 홍콩의 반항하는 청년으로 탈주의 욕망을 갖고 있지만, 양엄마로부터 생활비를 받아 놀면서 지내는 건달에 지나지 않는다. 어느 날 콜라를 사러 갔다가 판매원 수리전蘇麗珍(광동어로는 소라이창)을 유혹해 자기 아파트로 데리고 가지만, 수蘇가 결혼을 하자고 하니까 그녀를 버리고 대신 나이트클럽의 댄서 미미咪咪를 귀걸이로 유혹하여 아파트로 데려간다. 이것이 첫 번째 삼각관계다.

그런데 위디旭仔의 동생뻘 되는 잽歪仔이 미미에게 한눈에 반해버리면서 두 번째 삼각관계가 생겨난다. 한편 수蘇는 위디旭仔와 화해하기 위해 아파트로 찾아가지만 미미와 장난치고 있던 위디에게 차갑게 거절당하고, 야간순찰중인 경찰 타이드超仔에게 실연의 고통을 하소연한다. 타이드는 그녀에게 호의를 갖고, 얘기하고 싶으면 자기가 담당하는 지역의 공중전화로 전화를 걸면된다고 알려주어, 매일 밤 순찰할 때마다 공중전화 앞을 서성거린다. 이렇게해서 세 번째 삼각관계가 생겨난다.

나이트클럽을 경영하는 위디旭仔의 양모는 그가 자기를 버리지 않도록 생모가 있는 곳을 가르쳐주지 않는 한편, 위디는 양모의 애인들을 눈엣가시로 여기고 쫓아버리는 등 두 사람은 서로가 서로를 구속하기도 하고 반발하기도 했지만, 양모는 결국 결혼하여 미국으로 건너가게 되면서 생모의 주소를 위디旭仔에게 알려준다. 생모가 필리핀에 있는 걸 안 위디는 자동차를 잽에게 주고 미미에게는 아무것도 알려주지 않은 채 홍콩을 떠난다. 위디와 양모와 생모 사이에서도 일종

---

1   野崎歡, 『홍콩영화의 길모퉁이』, 靑土社, 2005.

의 모자 삼각관계를 알아차릴 수 있을 것이다.

타이드는 병환에 시달리던 엄마가 죽고 수蘇에 대한 사랑도 이루지 못한 까닭에 경찰을 그만두고 선원이 되어 마닐라에 기항寄港한다. 이때 생모에게 면회를 거부당하여 마음에 상처를 입고 술에 취해 길바닥에 쓰러져 몸에 지닌 것을 몽땅 털린 위디를 도와주게 되면서, 두 사람 사이에는 위디와 잽의 우정에 이어 두 번째 남자의 우정이 생겨나는데…….

『노르웨이의 숲』에서 숲森을 나타내는 글자가 세 그루의 나무로 이루어진 점에 주목하면서 이 소설을 '나'·기즈키·나오코直子, 그리고 미도리綠·'나'·나오코, 다시 레이코·'나'·나오코라고 하는 '나'를 둘러싸는 여러 가지 삼각형의 '사랑'의 갈등을 그린 것이라고 해설한 건 가와무라 미나토川村湊였다.[2] 홍콩에서 『노르웨이의 숲』의 붐이 인 직후에 〈아비정전〉을 제작한 웡카와이는 『노르웨이의 숲』에서 여러 가지 삼각관계라는 구성을 계승하면서 새롭게 자식과 양모·생모라고 하는 부모와 자식의 삼각관계를 더하고, 거기에 또 두 개의 남자의 우정도 그렸다. 가족과 우정이라는 것은 1950년대 이래 홍콩영화의 중요한 테마이며 이와 같은 『노르웨이의 숲』의 변용은 매우 홍콩스러운 것이라 할 수 있을 것이다.

웡카와이는 청년남녀의 삼각관계를 소재로 상실과 고독을 탐구해간다고 하는 무라카미村上풍의 테마를 그리고, 숫자와 연도에 대한 다소 극단적인 집착에 의해 스스로의 세계를 확립하면서 〈2046〉에 이른다. 웡카와이야말로 홍콩영화계, 아니 세계영화계에서 최대급의 무라카미村上칠드런이라고 할 수 있을 것이다.

덧붙이자면 홍콩탈출을 소원하던 위디旭仔가

〈칼럼 7〉〈아비정전〉(원제 〈阿飛正傳〉, 1990)

2　川村湊, 『무라카미 하루키를 어떻게 읽을까』, 作品社, 2006.

필리핀에서는 생모에게 면회를 거부당하고 위조 패스포트로 미국으로 건너
가려고 하다가 갱과의 총격전에서 중상을 입고 홍콩인 친구에게 안겨 죽는다
는 이야기는 홍콩인은 홍콩을 버려서는 안 된다고 하는 결의를 역설적으로 말
하는 것 같다. 위디旭仔는 죽을 때까지 계속해서 날고 있는 '발 없는 새'의 전설
을 반복해서 이야기하지만, 발 없는 새라도 살기 위해서는 홍콩에 착지하지
않으면 안 되는 것이다.

〈아비정전〉은 1980년대를 거치며 형성되어온 홍콩 아이덴티티를, 1989년
천안문사건 후라고 하는 시점에서, '홍콩인'이라는 개념이 처음 등장한 60년대
로 거슬러 올라가 다시 한 번 묻고자한 영화라고 할 수 있을 것이다. 그때 웡카
와이가 실마리로 한 것이 무라카미 하루키의 『노르웨이의 숲』에서의 기억과
시간이라는 테마이며, 여러 가지 삼각관계라고 하는 구성이었던 것이다.

8장 타이완문학사 개설

1. 네덜란드 통치기와 정씨鄭氏 통치기

초기의 외래 정권

타이완에는 예로부터 오스트로네시아계의 원주민이 살고 있었고, 16세기 이후에는 중국대륙의 푸젠福建성과 광동廣東성에서 한漢족이 이민해온다. 그리고 1624년에는 네덜란드 동인도회사가 타이난臺南에 무역과 통치를 위한 기구를 두고 최초의 외래 정권으로서 38년간 군림했던 것이다. 천사오신陳紹馨은 네덜란드 통치기 타이완 내의 한족인구를 약 10만으로 보고, 그중에서도 직접적으로 네덜란드의 통치를 받던 한족인구를 1661년 기준 3만 4천 명으로 추정하고 있다.[1]

네덜란드인은 원주민에게 기독교를 선교하기 위해 교회와 학교를

---

1 陳紹馨,『타이완의 인구변천과 사회변천』, 臺北 : 聯經出版, 1997.

설립했는데, 1638년에는 네 개 마을의 학교에 도합 400명의 학생이 적을 두고 있었고, 원주민 언어인 신항어新港語를 알파벳으로 표기해가며 교리를 공부했다고 한다. 게다가 1657년에는 원주민 목사를 양성하기 위해 정원 30명의 신학원이 설립되었는데, 네덜란드어 교육도 진행되었다. 1656년에는 네덜란드 통치하의 원주민 1만 109명 중 6,078명이 교의敎義를 이해했고 2,784명이 단순한 기도祈禱의 수준을 넘어서서 교의를 이해하고 있었다고 한다.[2] 이 네덜란드에 의한 선교교육의 시도도 1661년 정청공鄭成功(1624~62)이 거느린 한족漢族 군대 2만 5천 명의 공격으로 네덜란드 통치가 종식되면서, 이와 함께 종말을 고한다.

정청공은 만주족 정복왕조인 청조에 멸망당한 명조의 회복을 꾀하고, 타이완을 반청복명反淸復明의 기지로 하여 이민을 장려했는데, 당시 한족인구는 1680년 기준으로 20만 명에 달했던 것으로 추정된다(陳紹馨). 교육제도에 대해서도 사학社學・부학府學・학원學院의 피라미드 형태로 잘 정비되어 있었다고 하는 주장[3]과 "학교교육보다도 군비확장과 정치, 경제의 안정을 중시했다"고 하는 주장[4]으로 나뉜다. 어찌되었건 간에 정씨鄭氏 일족에 의한 타이완 지배는 3대代 22년으로 끝나고 1683년부터 타이완은 청淸의 판도로 들어간다.

네덜란드 통치기와 정씨 통치기에는 각각 선교교육과 과거科擧교육에 의한 문화정책이 시도되었지만, 둘 다 통치기간은 20년에서 40년이

2　臺灣省文獻委員會, 『중수重修 타이완성 통지通志 권6 ─ 문교지文敎志 학행교육편學行敎育篇』, 臺灣省文獻委員會, 1993.

3　汪知亭, 『타이완교육사료 신편』, 臺北 : 臺灣商務印書館, 1978.

4　李園會, 『일본 통치하에서의 타이완 초등교육의 연구』, 臺中 : 臺灣省立臺中師範專科學校, 1981.

채 안 되는 짧은 기간이었기 때문에 뒤에 이어지게 될 청淸→일본→
국민당의 3대로 이어진 외래 정권처럼 타이완 주민의 아이덴티티 형
성에 결정적인 영향을 주지는 못했다고 할 수 있을 것이다.

2. 청조 통치기의 과거科擧문화 시스템

한족의 급증 및 원주민과의 통혼

청조 통치기는 인구가 급증한 시기이기도 했다. 천사오신陳紹馨의 추
계에 의하면 1680년부터 1810년까지 한족인구는 180만 명 증가하여 200
만 명이 되었는데, 그 후 1890년까지 청조淸朝 통치기의 마지막 80년 간
에는 50만 명이 증가하는 데 그쳐, 1년당 증가율은 1.8%에서 0.3%로 급
감했다. 타이완 내부에서 일어나는 반란에 대한 대책과 19세기 후반 타
이완에 진출하고자 하는 여러 나라에 대한 대책 때문에 청조의 지방 행
정기구도 정비가 진행되어, 초창기 타이완 서남부에 1부府 3현縣을 설치
했던 데서, 1885년 타이완성省이 독립을 선포하던 때는 3부府 11현縣 3청
廳 1직예주直隸州로 발전하여 전全 타이완을 망라하기에 이르렀다.

이민 온 한족 남성의 다수가 원주민여성과 통혼했기 때문에 혼혈이
발달했다는 설도 있다. 타이완에서는 주진이朱眞一,[5] 린마리林媽利[6] 등

---

5   朱眞一, 「포도당 G6PD로 본 타이완 에스닉의 혈연」, 『타이완의계』 제42권 제4호, 1999.

의 DNA분석에 의한 혼혈관계 연구가 진행되고 있고, 타이완인은 평균 94%의 원주민혈통을 가지고 있다는 견해까지 제기된 바 있다.[7]

또한 19세기에 한족이민은 제사를 지내는 대상으로 중국대륙의 조상인 '당산조唐山祖'가 아니라, 타이완 내에서의 혈연집단의 기초를 구축한 조상인 '개대조開台祖'를 제사지내는 종족 조직을 형성하기 시작했다. 집단 간의 대립, 투쟁의 형태에서도 초기에는 대륙의 출신그룹별로 '분류계투分類械鬪'를 했으나, 얼마 못가 종족 간의 대립으로 변화하고 만다. 대륙 출신의 사회그룹이 재편되고 타이완에 뿌리를 내린 한족 사회조직이 성숙되어 갔던 것이다. 천치난陳其南은 이 같은 한족이민의 타이완 정착, 즉 '토착화'의 진행과 통치 시스템의 정비에서 1860년대가 대략 그 분기점에 해당된다고 한 바 있다.[8]

청조 통치기의 과거科擧에 대해서는 인장이尹章義의 연구가 상세하다. 1687년부터 1725년 간에는 1부 3현에 부학府學·현학縣學이 연이어 설립되어 총 정원은 64명이 되었다. 본토에 적籍이 있으면서 본토의 부학·현학에 들어갈 수 없는 자가 타이완 적籍으로 속이고 타이완에 신설된 이들 학교에 입학하고자 타이완으로 건너오는 등 과거科擧 커뮤니티의 유입이 성해졌다. 그 후에도 타이완이 경제적으로 발전하고 인구가 증가하고 행정기구가 정비됨에 따라, 1890년까지 부현학府縣學의 수는 13개소, 입학생 총수는 155명에 달하였으며, 18세기 말 가경嘉慶연간에는 타이완 적籍인 자가 대륙 적으로 속이고 대륙의 부현학에 입

---

6   林媽利, 「타이완 원주민의 유래」, 『타이완의계』 제44권 제8호, 2001.

7   連根藤, 「이민사관에서 본토사관까지」, 『타이성바오台生報』, 2001.4.25.

8   陳其南, 『타이완의 전통 중국사회』, 臺灣 : 允晨文化實業, 1987.

학하는 역현상까지 생겼다고 한다.[9]

과거합격자 타이완 정원의 확대

한편 중앙 정부 측도 과거합격자 정원을 정책적으로 조정하는 것을 통해 타이완과 중앙과의 관계를 보다 강화하고자 노력했다. 1687년에는 깐쑤甘肅와 닝샤寧夏지역을 본따 변방 타이완의 수험자에게도 푸젠성福建省의 향시鄕試 합격자로서 거인擧人 정원 1명이 할당된 것을 위시하여 서서히 타이완 정원이 확대되었고, 1854년부터 58년 사이에는 태평천국군 토벌의 군사비 거액을 헌금한 까닭에 타이완의 거인擧人 정원은 7명이 되었다. 또 거인 수험생에서 진사進士를 선발하는 과거의 최종관문인 회시會試에서는 1739년 타이완인 수험생 10명에 대해 진사 1명이라는 정원을 확보하게 되었고, 1757년에는 최초의 타이완인 진사가 생겨났다. 그 후 1850년대의 타이완인 거인 정원의 확대에 힘입어 1823년부터 94년까지 71년 사이에 26명이나 되는 타이완인 진사가 탄생하는 것이다.[10]

과거제도가 타이완의 내지화內地化와 유교화를 촉진하는 한편, 토착화 되어가는 과거 커뮤니티는 원주민소유지 보호를 목적으로 하는 청淸의 법체계에 따라 원주민과 계약을 하는 등 농지개발에도 큰 공헌을

9　尹章義, 「타이완 ↔ 푸젠福建 ↔ 경사京師 – '과거 커뮤니티'가 타이완 개발 및 타이완과 대륙의 관계에 미친 영향」, 『타이완 개발사 연구』, 臺灣 : 聯經出版事業, 1989.
10　위의 글.

했고 스스로 이민개척사회의 지도층을 형성했다. 또한 향시나 회시會
試를 보러 가는 수험생에게 편의를 주기위해 자금을 제공하거나, 회관
會館을 정비하기도 했다. 이에 수험을 위한 긴 '순례 여행'이 늘어나면
서 타이완 섬 내 과거 커뮤니티 간의 교류가 촉진되는 한편, 중앙과 주
변의 관계도 강화되었다고 한다. 또 인장이尹章義는 필리핀 · 인도네시
아 · 싱가포르에도 타이완과 거의 같은 시기에 한족 이민이 시작되었
음에도 불구하고 타이완이 이들 지역과는 다른 길을 걸은 원인을 과거
제도로 갖춰진 정치 · 사회 · 문화 및 경제적 조건에서 찾고 있다.

소수엘리트로서의 과거 커뮤니티

인장이尹章義는 타이완의 과거 응시자가 청 말 광서光緒 연간(1875~
95) 에는 약 7,000명에 달했을 것으로 추계하고 있다. 하지만 청조 통치
기의 한족인구가 250만이었고 응시자의 연령이 10대에서 60대까지 미
쳤던 것을 생각하면 7,000명이라는 수는 결코 많은 것이 아니며, 이는
오히려 타이완의 소수 엘리트였다고 할 수 있을 것이다.

한편 리위엔후이李園會나 왕즈팅汪知亭이 지적하는 바와 같이 부학,
현학은 매일 수업을 하는 학교가 아니라, 월 1~2회 월과月課라는 시문
詩文 지도를 하고 공자묘의 제례를 행하던 교육행정기구였다. 이와 유
사한 것으로 사립私立 서원書院이 있다. 이에 반해 실제 교육기관으로
는 의학義學 · 민학民學 또는 서방書房이 있었는데, 그곳에서는 문언문文
言文의 읽고 쓰기와 주판을 가르쳤고, 과거시험을 위한 경서 강독이 행

해지고 있었다. 교육의 언어로는 중앙 정부 관료의 공용어인 베이징관화北京官話가 아니라 타이완어가 사용되었다.

일본의 통치가 시작된 후에도 서방書房은 존속되었는데, 식민지가 된 직후인 1898년에는 서방書房의 수가 1,707개에 교원의 수도 그와 같은 1,707명, 학생 수는 2만 9,876명이라는 통계가 남아 있다. 이들 수치는 그 후 3년 동안은 계속 감소한 뒤 1903년에 거의 같은 수로 회복되었다가, 이듬해에는 학생 수 2만 1천여 명으로 감소했다. 이어 총독부가 설치한 타이완인 대상의 초등 교육기관인 공학교公學校 학생 수에 추월당하여, 1919년에는 302개교에 학생 수 1만 1천 명이 채 안 되었고, 1941년에는 7개교에 254명으로 거의 사라질 지경이 되었다.[11] 또 위의 자료에서 알 수 있는 것은 청 말 서방書房의 학생 수는 약 3만 명이었고, 그중 성적이 우수한 상급자와 졸업생이 과거 수험생 7,000명을 구성하였으며 식자율識字率은 10% 미만이었다는 것이다.

일본 통치 말기에는 인구 568만(1941년) 중 타이완인 소학교 학생 수는 약 74만 4천 명(이는 1942년의 통계)[12]이었으며, 거기에 중학(5895)·고등여학교(3354)·농림학교(1854)·공업학교(998)·상업학교(1675), 실업보습학교(9141), 사범학교(497) 등 중등교육기관 재학생 수 2만 3,354명이 존재했으며 일본어 이해율은 57%에 달했다. 이와 비교하면 청 말 타이완은 과거 커뮤니티를 핵심으로 문화권을 형성하고 있었다고는 해도 거기에 참여하고 있던 사람은 극소수였다.

11　臺灣敎育會 編, 『타이완교육연혁지』(1939 복각판), 東京 : 靑史社, 1983; 鍾淸漢, 『일본식민지하에서의 타이완교육사』, 東京 : 多賀出版, 1993.
12　鍾淸漢, 위의 책, 177쪽.

3. 후진적 미디어환경과 타이완 민주국의 좌절

News Hunger

이와 같은 엘리트 과거 커뮤니티는 어떠한 미디어환경을 구축하고 있었을까. 타이완 미디어사史 연구자인 리청지李承機에 의하면, 정씨 통치기에는 목판 인쇄기술이 타이완에 도입되었다고 추정되지만, 한자漢字 활자 인쇄는 청 말에도 도입되지 않아, 류밍촨劉銘傳이 1886년부터 발행한 관보『저초邸抄』조차 목판인쇄였다. 1860년대 이래 개항을 함에 따라 상품경제가 성해져 '신문을 갈망하는news hunger' 상황이 생겼던 것으로 추정되지만, 신문·잡지는 발행되지 않았다고 한다.[13] 이에 비해 중국본토에서는 기독교 선교사가 편집한『하이관진遐邇貫珍』(홍콩 1853년 창간),『육합총담六合叢談』(상하이 1857년 창간) 등 한자잡지가 일찍부터 창간되었고, 일본에서는 1870년에『요코하마 마이니치 신문橫浜每日新聞』이 창간된다.

타이완이나 대륙이나 식자율은 모두 10%정도였던 것으로 추정되므로, 1865년 시점에 이미 인구 69만 명에 달했던 상하이,[14] 1872년 시점에 중국인 총인구 약 10만의 홍콩과, 1896년에도 인구 약 4만 7천 명에 불과했던 타이베이의 거주자 수의 차이가 신문출현에 큰 영향을 주었을 것이다.

---

13 李承機,「타이완 근대 미디어사 연구서설」, 도쿄대학 박사논문, 2004.
14 鄒依仁,『구舊 상하이 인구변천의 연구』, 上海 : 上海人民出版社, 1980.

타이완 내에는 교통수단도 아직 발달하지 않았다. 청 말에도 시가지와 촌락을 잇는 폭 30cm 정도의 좁은 길이 있을 뿐이어서 사람들은 걸어 다니든가 외바퀴 손수레, 혹은 가마를 타고 이동했다. 타이완섬 서부의 항구마을은 오로지 배에 의존하여 푸젠성福建省 취엔저우泉州나 장저우漳州와 교역하고 있었고 근대적 교통로는 거의 개척되지 않았다. 이 때문에 타이베이에서 1석石에 5엔円 36전錢하던 쌀이 남부 쟈이嘉義에서는 3엔 20전이었고, 거꾸로 쟈이에서 100근에 1엔하던 석탄은 타이베이에서는 34전이라는 이상한 물가상황이었다.[15]

일본의 큐슈九州 정도의 면적이면서도 섬 전체를 커버하는 통일적 시장이 형성되지 않았던 것이다.

청조통치 말기에도 낮은 식자율에 머물렀고 근대적 출판미디어가 부족했으며 철도 등 교통망이 발달되지 않았던 타이완 사회는 사회학자 하버마스가 말한 공공권公共圈[16]에서는 좀 먼 지평에 놓여 있었다고 할 수 있을 것이다. 이처럼 예부터 전해 내려온 과거科擧문화 시스템이 청조 통치기에는 그런대로 유효하게 기능하고 있었다 해도, 타이완사람들이 세계사의 흐름에서 스스로 진로를 택하고자 할 때에는 큰 장애가 되었다. 1895년 타이완이 청조에 의해 일본에 할양되었을 즈음 건국된 타이완 민주국의 상황을 되돌아보자.

황자오탕黃昭堂의 연구에 의하면 1895년의 시모노세키下關조약에 의해 일본으로의 할양이 결정되자 토착세력들이 청淸의 조정에서 파견되어 있던 타이완 순무부臺灣巡撫府의 관료들과 결합하여 자신들의 종

---

15 鶴見祐輔, 『고토 신페이』 전4권, 勁草書房, 1965~67.
16 J. 하버마스, 細谷貞雄 譯, 『공공성의 구조전환』, 東京 : 未來社, 1973.

래의 권익을 지키고 랴오동 반도에만 쏠려있던 삼국간섭을 타이완에
도 유치하여 일본 통치를 전복하고자 했다.[17] 그들은 독립선언에서
"모든 국무國務를 공민에 의해 공선公選된 관리를 써서 운영"할 것을 주
장하고, 타이완을 국가영역으로 한다는 뜻을 명확히 했으며 최초의 건
국운동을 감행했던 것이다. 타이완 민주국의 부총통이던 츄펑쟈邱逢甲
가 "타이완은 우리 타이완 사람의 것인데 어찌해서 남이 멋대로 주고
받고 할 수 있다는 것인가……. 청淸 조정이 우리를 버렸다고 해서 우
리가 어찌 자신을 버릴 수 있단 말인가"라고 부르짖는 등 일부 식자에
게는 타이완을 범주로 하는 타이완인 의식이 싹트고 있었다.

국민병國民兵의 부재

당시 타이완에 주둔하던 청군淸軍은 대륙의 광동병廣東兵으로 거의 일
본군과는 싸워보지도 않고 폭도로 변하여, 시민들은 차라리 일본군에
의한 치안회복을 기대하는 형편이었다. 민주국을 위해 싸우는 국민병
이 부재했던 것이다. 무리하게 총통으로 추대된 광동인 탕징송唐景松도
병사들과 마찬가지로 타이완 주민과는 말이 통하지 않았는지 건국 후
겨우 10일 만에 대륙으로 도망간다. 한편에서는 독립선언을 드높이며
민주국의 이념을 구가하고 있었지만, 이를 인쇄하여 공표할 활자 인쇄
나 신문은 존재하지 않았고, 목판인쇄로 수백 부를 찍었다 해도, 그것을

---

17   黃昭堂, 『타이완 민주국의 연구―타이완 독립운동사의 한 단면』, 東京 : 東京大學出版會, 1970.

운반할 철도는 고작 지룽基隆·신주新竹 간 100km를 열악한 기술로 간신히 연결해 놓은 정도였으며, 도보나 배편으로 중남부로 운반한다 해도 이것을 읽을 수 있는 사람은 열 명 중 한 명 정도밖에 없었던 것이다.

대략 6개월에 걸쳐 대일 항전을 끝까지 치러낸 것은 일반주민에 의한 지방조직이었다. 황자오탕黃昭堂은 타이완 민주국이 전쟁을 개시한 타이완 공방전을 '타이완인 의식 형성의 출발점'으로 평가하는 한편 "각지에서 일본군의 침입에 반발하여 거의 자연발생적으로 일어났지만 조직 자체는 아직 미숙한 소집단이 많았다. 타이완 민주국 정부와 무력저항은 오히려 일본에 대한 전통적인 멸시와, 상륙해온 일본군의 행위에 대한 반감에 의해 야기된 것이 많았고, 반드시 민주국 정부의 지도에 의한 것은 아니었다. 일반주민 중에는 완강히 일본군에 저항한 이가 있었던 반면 저항에 관심이 없는 사람들도 많았고, 일본군에 협력하는 이조차 적지 않았다"고 총괄하고 있다.

청조 통치기는 210년간 지속되었고, 초기부터 과거문화 시스템을 수립하려는 의도를 갖고 있었지만, 식자층을 중심으로 중화공동체 의식 혹은 타이완인 의식이 형성된 것은 과거科擧를 통해 진사가 12명이나 배출된 동치同治(1862~74) 및 광서光緒 연간의 청 말 30년 정도가 되어서라고 말할 수 있을 것이다. 19세기 타이완에 토착세력을 형성한 이민 자손들은 청조로부터 주어진 과거문화 시스템을 주체적으로 수용하면서 타이완 지배층으로서의 과거 커뮤니티를 형성할 수 있었지만, 일본으로의 할양이라고 하는 타이완의 위기에 처해서는 타이완 민주국을 수립할 정도의 근대적 타이완 아이덴티티 형성으로부터는 아직 먼 지점에 위치하고 있었던 것이다.

4. 일본 통치기의 일본어 국어 시스템

시사詩社와 신문과 철도

장워쥔張我軍(1902~55)은 1924년에 청조 통치기 타이완의 구문학에 대해 언급하면서 "타이완에는 시 외에 다른 장르의 문학은 거의 없었다"라고 지적한 바 있다. 소설이나 희곡이 쓰이지 않았던 것은 독서시장이 협소했던 탓도 있지만, 대륙과의 무역이 성했던 까닭에 대륙의 통속적 고전문학이 바다 건너 푸젠성 등지에서 들어오고 있었기 때문이기도 했다.

과거 커뮤니티의 이데올로기는 주로 그룹 내의 관료나 대지주들의 연석宴席에서의 시의 응수를 통해 형성되고 있었던 것으로 상상되며, 시의 응수를 제도화한 것이 바로 시사詩社였다. 예스타오葉石濤는 시사의 시초를 정씨鄭氏 통치기 선꽝원沈光文이 창설한 동음사東吟社라고 했지만,[18] 황메이링黃美玲은 청조통치 말기 탕징송唐景松이 츄펑자邱逢甲 등과 목단시사牧丹詩社를 설립하고부터 시사詩社의 관습이 퍼졌다는 점을 지적한 바 있다.[19] 과거문화 시스템이 성숙기를 맞이하고서 점차 시사도 늘어났을 것이다. 이 시사는 일본 통치 초기에 유행하게 된다. 이에 대하여 렌야탕連雅唐(1878~1935)도 1924년 「타이완시회발간서臺灣詩薈發刊序」에서 "이 넓디넓은 바다가 온통 불구덩이로 변하고 난 뒤에,

---

[18] 葉石濤, 中島利郎·澤井律之 譯,『臺灣文學史』, 研文出版, 2000.
[19] 黃美玲,『렌야탕連雅堂 문학 연구』, 臺北 : 文津出版, 2000.

처음으로 비로소 시 읊는 즐거움을 느껴 보았노라. 이로써 가슴을 내리누르는 그 답답하고 억눌린 기운을 없애보고자 하네. 한번 읊으니 백인이 화창하며, 남북에서 서로 다투듯 음사吟社를 만들어낸 것이 어느덧 칠십여 개"라고 기술한 바 있는데, 1934년의 시사 수는 98개를 헤아렸다고 한다.

청조 통치기의 유산이라고 해야 할 시사詩社가 일본 통치기가 되면서 성해진 원인으로는 첫째로 일본인이 타이완 각지에서 처음으로 창간한 일본어신문의 영향을 지적할 수 있을 것이다. 예를 들어 1898년 창간한 『타이완일일신보臺灣日日新報』에는 한문漢文란欄이 있었고, '사림詞林·문원文苑'란에는 일본과 타이완 독자의 한시를 게재했다. 20세기 초 문예독자의 수는 200~300명으로 추정되는데,[20] 렌야탕 같은 대표적 문화인도 1899년 이래 여러 차례 이들 일본어신문 한문란의 주필을 맡게 된다. 극소수의 유복하고 저명한 사대부만이 평생 몇 권의 시집을 출판할 수 있었고, 수백 부씩 간행하던 과거문화 시스템시대와 달리 일본 통치기가 되면, 그 당시 처음으로 타이완에 도입된 뉴테크놀로지인 활자 인쇄로 찍어내는 신문은 불과 며칠 전 지어진 한시를 연일 몇 수에서 몇 십 수씩 게재했고, 그 발행부수도 1920년에는 약 1만에서 2만 부로 올라갔던 것이다. 작시에서 발표까지 소요되던 기간이 급격하게 단축되었고, 작품 유통범위가 대폭적으로 확대되었다고 하는 한시응수 시공간상의 큰 변화에 구 과거 커뮤니티는 놀랍고도 기뻤을 것이다. 그들 한시인漢詩人들은 대량의 작품을 생산했고, 반일反日

---

20 島田謹二, 『화려도 문학지華麗島文學志』, 明治書院, 1995.

을 포함한 여러 가지 담론과 멘탈리티를 풀어내면서 일본인이 경영하는 신문을 매개로 하여 청 말을 훨씬 능가하는 광범위함으로 결집될 수 있었던 것이다. 렌야탕連雅堂은 1905년경에 지은 오언고시 「초협招俠」에서 다음과 같이 망국의 한을 노래하고 있다.

사고풍운급四顧風雲急　사방을 둘러보니 바람과 구름이 빨리 지나가고

창망천지추滄茫天地秋　아득한 천지의 세월이여

막설강산호莫說江山好　강산이 좋다 말하지 말게

유국무인모有國無人謀　나라가 있어도 도모하는 사람이 없네

증군일신검贈君一神劍　그대에게 신검神劍 하나를 바치고

위군일광구爲君一狂謳　그대에게 미친 듯 외쳐보네

원군학대협願君學大俠　그대여 큰 협사를 배우게나

강개보국수慷慨報國讐　비장하게 나라의 원수를 갚아주시게나

또 예스타오葉石濤는 '타이완에 온 일본의 관리와 막료로서 시문을 이해하는 자가 많았기' 때문에 신사紳士층에 대한 회유책으로서 한시가 동원되었다는 점을 지적하고 있다. 분명히 타이완 총독 고다마 겐타로兒玉源太郎과 총독부 이인자이던 민정장관 고토 신페이後藤新平는 1900년에 시회詩會인 양문회揚文會를 개최하고 고토後藤가 '일신지학日新之學, 문명지덕文明之德' 보급을 제창한 바 있다. 그 자리에 초대된 151명의 명단은 당시 신문 한시란의 주요 투고자를 망라하고 있었을 것이다. 게다가 그 반수 가까이가 타이베이에 모여 있었기 때문에 장차 정기적인 대회·분회를 계획할 수 있었는데, 그 배경에는 고토 신페이後藤新平 민정장관

에 의한 도로망과 종관철도의 건설이 있었다. 고토後藤는 1898～1906년까지 8년의 임기 동안에 너비 1간間(180cm)의 도로 5,600km, 1간間 이상의 도로 2,900km, 3간間 이상의 도로 800km, 4간間 이상의 도로 80km를 건설한다. 1899년에 착수한 구철도선개량과 신선新線건설은 1908년에 완공되어 타이완 종관철도는 지룽基隆・까오슝高雄의 전장全長 395km를 잇게 된다.[21]

양문회揚文會는 그 후 거의 활동을 하지 않았지만 1902년 타이중臺中에 역사櫟社, 1909년 타이베이臺北에 영사瀛社와 타이난臺南에 남사南社 등 유력 시사詩社가 각지에 설립되었고, 1921년 영사瀛社가 주최한 전도全島 시인대회에는 100명이 넘는 한시인漢詩人이 결집했다고 한다.[22] 이처럼 타이완 각지의 일본어신문 한문란과 철도・도로망에 힘입어, 청조 통치기의 과거문화 시스템의 유산인 시문詩文은 일본 통치도 사반세기가 넘은 1920년대 초두에 최고의 전성기를 맞게 된 것이다.

일본어 이해자의 급증

일본 통치기에는 일본어를 이해하는 타이완인을 '국어해자國語解者'라 칭했으나 본고에서는 이를 '일본어 이해자'라고 부르는 것이 적합할 것 같다. 일본어 이해자율을 총독부 관련자료 등에 의해 정리하면 다음과 같다.

---

21   北岡伸一, 『고토 신페이』, 中公新書, 1988.
22   葉石濤, 中島利郎・澤井律之 譯, 『타이완문학사』, 研文出版, 2000.

타이완의 일본어 이해자율[23]

연도	타이완의 총인구 (1만 미만은 절사함)	이해자수	지수 (1905를 1로)	이해자율
1905	309만(1907년으로 대체)	11,270	1	0.38%
1915	341만	54,337	4.82	1.63%
1920	353만(1919년으로 대체)	99,065	8.79	2.86%
1930	440만	365,427	32.42	8.47%
1931	437만	893,519	79.28	20.4%
1933	461만	1,127,509	100.04	24.5%
1937	510만	1,934,000	171.60	37.8%
1940	552만	2,885,373	256.02	51.0%
1941	568만	3,239,962	287.48	57.0%

　　1920년의 타이완에는 인구의 3%가 채 못 되는 10만 명 가까운 일본어 이해자가 있었던 것이다. 서방書房의 쇠퇴를 이에 결부지어 생각해 본다면, 필시 이 시기에는 고전중국어의 식자층과 일본어 이해자는 질량 면에서 거의 대립하고 있었던 것은 아닐까.

사토 하루오佐藤春夫의 「여계선기담女誡扇綺譚」

　　정신의 근저에 "'시와 비평이 강렬하게 공존'하고 있는 '전위예술가'(…중략…) 일본에 나타난 최초의 '20세기 작가'"[24]라고 나카무라 신이

23　1905년부터 1930년까지는 타이완총독부, 『타이완현세요람 쇼와 15년판』(1940) 및 『타이완경제연보 쇼와 16년판』(1941), 1931년부터 1937년까지는 『타이완사정 쇼와 14년판』(1939), 1940·41년은 鍾淸漢, 『일본 식민지하에서의 타이완교육사』(東京 : 多賀出版, 1993)에 의거한 것이다. 1931년의 인구가 전년보다 감소한 것은 인용자료가 달랐던 데서 기인한 것이다.

24　『스바루』 1월호, 1995.

치로中村眞一郎가 일찍이 극찬한 바 있는 사토 하루오佐藤春夫의 타이완 방문은 1920년 여름에 이루어졌고, 그가 소설 「여계선기담」을 발표한 것은 그로부터 5년 후의 일이다. ― 화자인 '나'는 타이완인 친구 스와이민世外民의 안내로 어느 폐항廢港을 방문하여, 부잣집 딸의 유령이 나타난다고 하는 대저택에 들어갔다가, 젊은 여자가 "어떻게 된 거예요? 왜 더 일찍 오시지 않고……"라고 하는 소리를 듣게 된다. 유령이 나타나는 거라고 하는 스와이민世外民의 주장에 대해, 타이난의 신문사에서 기자로 근무하는 일본인인 '나'는 폐가에서 연인을 기다리고 있던 산 사람일 것이라 추리를 한다. 다시 한 번 그 폐가를 찾아가자 침실에 남아있던 부채에 "남편이 재취하는 것은 당연하지만, 부인이 두 번 시집간다는 말은 들은 적이 없다夫有再娶之義, 婦無二適之文"라고 쓰여 있었다. 여성의 재혼을 금하는 이 말은 부덕婦德을 설명한 『여계女誡』의 한 구절이고, 그 책은 『한서漢書』의 작자 반고班固의 여동생 반소班昭가 지은 것이다. 얼마 안있어 이 폐가에서 젊은 남자가 목매죽은 시체가 발견되고, '나'는 『여계』의 부채를 단서로 이 사건을 풀어나가는데……. 일본인에게 저항하고 사랑 때문에 자살하는 타이완인 남녀를 탐정소설 풍으로 그리면서, 사토佐藤는 타이완 내셔널리즘의 탄생을 역설적으로 선포하고 있는 것이다. 「여계선기담」은 다이쇼大正문학의 걸작이기도 하지만 타이완 일본어문학의 원류라고도 할 수 있을 것이다.

　일본의 식민지 지배하에 있던 타이완의 지식인 중에는 식민지 시스템에 저항하여, 대륙에서 1910년대 후반에 시작된 5·4신문화운동 이후 국민국가건설의 혁명운동에 공감을 보낸 사람도 있었다. 라이허賴和(1894~1943), 장워쥔張我軍 등의 지식인은 대륙의 표준어 및 구어문체의 형성에 관심을 보였고, 구어문에 의한 신문학운동을 전개하여 루쉰·후스胡適 등의 작품을 소개하는 한편 자신의 창작을 시도했지만, 라이허의 작품 대부분은 습작의 경계를 벗어나지 못했다. 또한 대륙 구어문의 기초가 된 베이징어는 타이완 방언과는 발음·어휘 등에서 현저히 달랐기 때문에, 국민시장을 형성하고 있는 대륙에서 분리되어 있던 타이완인에게 대륙의 구어문학을 수용한다는 것은 어려웠다.

일본어창작의 본격화

한편 식민지 타이완은 착실하게 일본경제에 편입되어 갔다. 이와 더불어 식민지당국은 동화정책, 일본어교육의 보급을 꾀했기 때문에, 1933년에는 소학교 취학률이 37%, 일본어 이해자율은 25%가 되었다. 이리하여 일본어에 의한 창작도 본격화되었다. 프롤레타리아 작가 양쿠이楊逵(1905~85)의 「신문배달부」(1934)가 도쿄의 문예지『문학평론文學評論』에 입선하고, 롱잉종龍瑛宗(1910~99)의 「파파야가 있는 마을」(1937)이 당시 일본의 대표적 종합잡지『개조改造』현상소설에 입선하는 등 차차 성과를 올리고 있었다.

1937년의 중일전쟁 및 1941년의 태평양전쟁의 개전에 따라 일본의 남방진출이 본격화되자 타이완총독부는 타이완인을 남진의 첨병으로 동원하기 위해 관혼상제의 일본화에서부터 병역제도에까지 이르는 황민화운동을 제창했다. 그 결과 일본어 이해자율과 소학교 취학률은 10년이 채 못 되는 사이에 배로 늘어나 각각 6할과 7할에 달했고 일본어 독서시장이 320만 명 규모로까지 급성장했으며, 거기에 총독부는 황민화선전을 위한 황민문학을 등장시킨다. 한편 통제경제라는 명분 하에 진행된 계획경제는 군수관련 산업의 급성장을 꾀했기 때문에 1939년에는 공업생산이 농업생산을 상회했고 타이완은 공업화사회로 돌입했다. 1940년부터 1941년에 걸쳐서는 타이베이에서 잇달아 발행 부수 3,000부의 문예지 두 종이 창간되어 문예시장의 격렬한 쟁탈전이 전개되기도 했다. 이리하여 식민지 타이완에도 하버마스J · Habermas가 말하는 '공중公衆과 공공권公共圈'이 등장했던 것이다.

장원환張文環(1909~78), 뤼허루어呂赫若(1914~47), 왕창슝王昶雄(1916~ 2000), 저우진뽀周金波(1920~96) 등이 이 시기에 활약했다. 저우진뽀에 대해서 종래에는 "친일노선을 걸은"[25] 황민작가로 비판되어 왔지만, 최근에는 "찢겨진 아이덴티티의 괴로움을 호소"했다고 하는 재평가가 행해지고 있다.[26]

우용푸巫永福(1913~2008)는 1932년 메이지明治대학 문예과에 입학하 여 요코미츠 리이치橫光利一, 고바야시 히데오小林秀雄 등의 지도를 받았 고, 타이완에서는 초창기에 속하는 모더니즘 소설 「머리와 몸통」(1933) 을 발표했다. 그 후에는 프롤레타리아문학의 테마를 다룬 「잠자는 봄 살구」(1936)를 발표했으나, 전후에는 2 · 28사건 이후로 베이징어 학습 을 중단했다.

타이완 황민문학이란 일본인이 아니면서도 자신은 일본인과 대등 하고, 새롭게 일본의 점령지가 된 지역의 민중보다 우월한 존재라고

---

25 葉石濤, 中島利郎 · 澤井律之 譯, 『타이완문학사』, 硏文出版, 2000.
26 垂水千惠, 『타이완의 일본어문학』, 東京 : 五柳書院, 1995.

생각하는 타이완사람들의 논리와 멘탈리티를 그린 것이라고 할 수 있을 것이다. 이와 같은 논리와 멘탈리티는 문예지 등을 매체로 독서시장에 유통되어, 독서 → 비평 → 신작 → 독서라고 하는 생산 · 소비 · 재생산의 사이클을 빠른 속도로 반복하면서 타이완 공중에게 공유되어갔던 것이다. 타이완공중은 독서를 통해 이와 같은 논리와 감정에 공감하고 그들이 하나의 공동체에 속한다고 상상해갔다고 말할 수 있을 것이다. B · 앤더슨은 내셔널리즘의 생성에 관하여 "국민이란 이미지로서 마음에 그려진 상상의 정치적 공동체이다"라고 기술한 바 있다.[27] 어쩌면 전중기戰中期의 타이완 공민은 타이완 황민문학을 중심으로 내셔널리즘을 형성하고 있었거나 혹은 내셔널리즘 형성의 일보 직전까지 다가와 있었다고 생각해도 좋을 것이다.

일본은 '대동아전쟁' 개전에 즈음하여 전쟁목적으로써 '대동아공영권 건설'을 내세웠다. '대동아공영권'이란 실제로는 중국을 침략하고 구미식민지였던 동아시아를 일본 식민지로 전환하는 것을 의미하는 것이었으며, 동아시아 여러 민족에게 해방을 가져다주는 것은 아니었다. 한편 타이완에서는 전쟁의 진행과 함께 탄생한 공중이 주체적으로 타이완 내셔널리즘을 형성하고 있었던 것이다.

당시의 교육 시스템에 관해 최근 천페이펑陳培豊은 다음과 같이 지적한 바 있다.

일본 통치하의 국어교육에 대해 타이완인은 문명을 받아들이는 데 있어

27　베네딕트 앤더슨, 白石さや · 白石隆 譯, 『상상의 공동체─내셔널리즘의 기원과 유행』, NTT出版, 1997.

서의 의의를 깨닫고 국어교육을 빙자한 '문명에의 동화'에 적극적으로 공감해왔다. 근대문명을 갈망하면서 국어교육을 수용한다는 것은 고토 신페이後藤新平가 의도한바 '동화정책과 차별교육'이라는 개념을 뒤집고, 문명의 진화 즉 평등을 향해 기능해간다. 이를테면 '보급에 의한 붕괴'인 것이다. 그런 가능성을 만들어낸 것은 타이완인의 '수용에 의한 저항'의 자세이다.[28]

일본의 국어 시스템이 성숙해진 것은 식민지지배 반세기의 후반 약 3분의 1에 상당하는 1930년대 중반 이후의 일이며, 일본어 이해자가 24.5%에 달한 1933년이 하나의 분수령이 되었다 할 수 있을 것이다. 덧붙이자면 이듬해 9월 타이중에서 창간된 『타이완문예』는 중국어와 일본어가 반반씩 섞인 시스템이었지만 실제로는 일본어 기고가 많아, 1935년 4월호의 편집후기에 "[중국어의] 백화문이 적은 데 대해 원고를 제한한 건 아닌가 하는 질타를 받고 있지만 결코 그렇지 않습니다. 오히려 너무 적어서 애를 먹고 있습니다"라는 내용을 다름 아닌 일본어로 기술하고 있는 것은 매우 시사적이다.

28　陳培豊, 『동화의 동상이몽―일본 통치하의 타이완 국어교육사 재고』, 三元社, 2001.

5. 국민당 통치기의 베이징어 국어 시스템

2·28사건부터 민주화시기까지

태평양전쟁에서 일본이 패한 결과 타이완은 중국에 복귀되었고, 1949년 대륙이 공산당에 의해 통일될 즈음, 대륙의 각 성으로부터 102만 명의 사람들이 국공내전에 패한 장제스蔣介石 국민당 정권과 함께 이민해왔다. 이들 '외성인外省人'의 수는 당시 타이완 '본성인本省人'인구의 약 6분의 1에 해당했다.[29] 대륙과는 다른 근세와 근대의 역사를 걸어온 본성인 사이에는 외성인에 대한 위화감이 존재했다. 여기에 국민당의 실정이 더해지자 반反국민당, 반反외성인 감정이 고조되어, 1947년에는 본성인에 의한 반국민당 봉기 '2·28사건'이 발발, 국민당군의 무력진압에 의해 1만 8천에서 2만 8천이나 되는 본성인이 학살당했다고 한다.

'2·28사건'에서의 타이완인의 과감한 봉기에 대해서는 전시戰時에 형성된 타이완 내셔널리즘도 커다란 영향을 주었을 것으로 생각되는데, 이 사건 후에는 타이완 독립운동이 끈질기게 전개되는 것이다. 국민당의 대탄압도 물론 중요한 원인이 되었겠지만, 애당초 식민지 시스템하에서 자란 작가들에게는 베이징어를 기본으로 하는 '국어'를 통한 표현이 곤란했기 때문에 본성인 문학은 침묵의 시대를 맞이하게 된다. 예를 들면 1949년에 체포되어 12년이나 되는 오랜 기간 동안 훠사오다

---

[29]　若林正丈, 『타이완―분열국가와 민주화』, 東京大學出版會, 1992.

오火燒島의 감옥에 보내진 양쿠이楊逵라는 작가가 있다. 그가 감옥에서 '국어'의 수행을 쌓고 베이징어로 문필활동을 할 수 있게 된 것은 출옥하고 난 1960년대의 일이다. 이리하여 1950년대에는 국민당의 어용작가와, 대륙에 대한 향수를 호소하는 외성인문학이 활개를 쳤던 것이다.

〈그림 8-1〉 양쿠이

이런 열악한 상황에서 독재체제에 저항하는 작가도 있었다. 보양柏楊(본명은 郭衣洞, 1920~96)은 선양瀋陽에서 반공反共적 논조의 신문을 간행하던 중, 1949년에 타이완으로 도망해왔다. 1960년 보양柏楊이라는 필명으로 타이베이의 신문에 사회비판적 내용과 국공내전을 소재로 한 소설을 썼는데, 장제스·장징궈蔣經國(1910~88) 부자를 풍자했다고 하여 1969년부터 76년까지 투옥되어 있었다. 1985년에는 국민성을 비판한 에세이집 『추악한 중국인』을 발표하여, 해외에서도 베스트셀러가 되었다.

일본 통치기에 일본어작가로 데뷔했다가 국민당 통치기에 베이징어 작가로 재출발한 작가도 있다. 예스타오葉石濤(1925~2008)는 타이난臺南 주립제이중학을 졸업한 후, 당시 타이베이 문단의 중심적 작가이던 일본인 니시카와 미쯔루西川滿(1908~99)의 서생書生이 되어 문예지 『문학 타이완』의 편집을 도우면서 작가수업을 시작했고, 전후에는 국민당의 가혹한 탄압을 받으면서도 소학교의 교사로 근무하면서 베이징어를 습득하여 소설·평론을 발표했으며, 1965년경부터는 문학사 연구를 시작하여 『타이완문학사강臺灣文學史綱』을 발표하였다.

커쟈인客家人 우쥐리우吳濁流(1900~76)는 자신이 일본어로 창작한 작품을 전후에 중국어로 번역하여 발표했는데, 일본 통치기에서 전후 2·28사건까지의 타이완사회를 그려낸 자전적 장편『무화과』(1970)가 이듬해인 1971년에 발매금지 처분을 받자, 다시『동트기 전의 타이완 夜明け前の臺灣』(1972)에 수록하여 일본에서 출판했다. 마찬가지로 커쟈 인이었던 종리허鍾理和(1915~60)는 일본 통치기에 사숙에서 고전 중국 어 교육을 받았고, 동성同姓의 연인과 자유연애를 관철하기 위해 만주 국으로 탈출했다가, 1941년 베이징에서 중국어 창작활동을 시작했고 1946년에 타이완으로 돌아왔다.

정칭원鄭淸文(1932~)은 구제舊制 중학 재학 중에 종전을 맞은 '전후 2 세대'로, 은행에서 근무하면서, 1958년에 작가로 데뷔했다. 리챠오李喬 (1934~)도 전후에 신주新竹 사범학교를 졸업하고 1959년 작가로 데뷔, 청 말부터 일본 통치가 끝날 때까지를 묘사한 대하소설『한야寒 夜』(1979~81) 등을 발표했다.

국민당은 1949년에 국공내전에서 참패하고 타이완섬으로 도망쳐오 는 시점을 전후해서 통화개혁과 농지개혁을 단행하고 경제안정의 계 기를 잡는다. 아울러 이듬해 6월 한국전쟁이 발발한 후에는 공산당의 타이완 공략을 저지하는 쪽으로 정책을 전환한 미국으로부터 대량의 원조를 받게 된다. 1960년대 중반에는 대담한 외자도입을 행하고 베트 남전쟁 특수를 지렛대로 하여 고도경제성장을 실현했다. 타이완에서 는 경제발전이 확고한 기반을 굳히자, 1980년대 중반 이후로는 정치의 민주화가 급속히 진행되었다. 1986년에 야당결성이 합법화되고 87년 7월에는 38년 만에 계엄령이 해제되었으며, 이듬해 1월 아버지 장제스

蔣介石의 사후에 국민당주석을 맡고 정부총통을 지낸 바 있는 장징궈蔣經國(1910~88)가 사망하자 본성인인 리덩후이李登輝(1923~)가 새 총통에 취임했다. 리李총통 아래서 1991년에 국민대회(총통선출기관), 다음 해에 입법원(국회) 각 의원, 그리고 1996년에는 총통을 타이완 도민島民 자신이 뽑는 첫 직접선거가 차례로 행해졌고 민주화가 완성의 수순을 밟아가고 있다.

현대문학과 향토문학

고도의 경제성장 단계로 진입한 1960년대에 타이완사회는 전기를 맞이했다. 동서 냉전구조가 고착되면서 타이완은 정치경제문화 각 방면에서 미국의 강한 영향하에 들어가 대륙과는 분명하게 분리된 것이다. 텔레비전 방송이 시작되었고 신문 저널리즘이 모습을 드러냈으며 미국 영화가 전도全島를 석권했다. 이 시기에 타이완대학의 학생이었던 바이셴용白先勇(1937~), 왕원싱王文興(1939~) 등 외성인 자제와 천루어시陳若曦(1938~) 등이 카프카와 까뮈의 영향하에 예술지상주의적인 현대문학파를 형성하게 된다. 또한 천잉전陳映眞(1937~), 황춘밍黃春明(1939~) 등 본성인 신세대작가가 등장하여 향토문학이라 불리는 현실주의적인 사회파문학을 형성했다.

이 시기에는 대중소설이 크게 유행하기 시작한다. 전후 상하이에서 이주해온 총야오瓊瑤(1938~)는 1963년에 교사와 여고생 사제지간의 사랑을 그린 자전적 소설 『창밖窓外』을 출판하여 일약 이름을 날렸고,

1970년대 후반경 '총야오 붐'을 일으켰는데, 이 붐은 1980년대 후반 이후에는 중국으로 옮겨갔다. 홍콩에서 태어난 구룽古龍(1936~85)은 1950년부터 타이완에 거주하기 시작했다. 1957년 단쟝淡江 영어전문학교(현 단쟝대학) 야간부 영어과에 입학했다. 재학 중 댄서와 동거했고, 생활을 위해서 무협소설을 쓰기 시작했는데 요시카와 에이지吉川英治의 『미야모토 무사시宮本武藏』 등 외국소설을 통해 많은 것을 배웠으며, 늘 새로운 취향에 열중했다.

1970년대에 들어 타이완 경제가 안정화되고 사회구조가 급변하게 됨에 따라 문화계에서는 타이완 본토주의가 싹트게 된다. 이는 급격한 산업화, 서구화에 맞서 자기 자신의 발밑을 다시 응시하고자 하는 운동이었다. 본토주의의 대두에 따라 1970년대 후반이 되면 현대문학파와 향토문학파 사이에 '향토문학논쟁'이라 불리는 격렬한 논쟁이 전개된다.

청조 통치기와 일본 통치기 사이에 시문詩文에 의한 과거문화 시스템과 일본어에 의한 국어 시스템이라고 하는 커다란 단절이 있었던 것처럼, 일본 통치기와 국민당 통치기 사이에도 베이징어 국어 시스템으로의 전환이라고 하는 큰 변화가 생긴다.[30] 국민당은 일본어 통치기에 높은 소학교 취학율과 중등교육 진학률을 달성하고 있던 학교 교육제도를 이용하여 타이완인 교사에게 베이징어 교육을 실시했고, 교육시설이나 신문·잡지·방송국 등 매스컴기관을 접수하여 단기간에 베이징어 국어 시스템으로의 이행을 실현한 것이다.

---

30 黃英哲, 『타이완 문화 재구축─1945~1947의 빛과 그림자』, 創土社, 1999.

일본 통치가 시작된 이래 40년 넘도록 시문詩文이 매스미디어에서 사용되었던 데 반해 국민당은 타이완 진주 후 1년 남짓 만에 신문·잡지에서의 일본어사용을 금지하는 등 훨씬 엄격한 언어정책을 취했다. 그것은 일본어가 공용어로서 시문보다도 6배 정도나 광범위하게 보급되어 있었기 때문이기도 했겠지만, 그 일본어를 보급시킨 원동력이 되었던 구정권의 학교제도나 매스컴산업을 국민당은 베이징어 보급에 최대한으로 이용했던 것이다. 여기에도 외래 정권 사이에서의 문화유산 계승현상이 보이는 바이다.

전후 15년 정도가 지난 1960년대에는 새로운 시스템하에서 새로운 국어교육을 받은 본성인 젊은이들이 아마추어작가로 데뷔하게 된다. 1982년에는 리앙李昂이 『남편 죽이기殺夫』를 발표했는데, 1987년의 독일어판을 위시하여 일본과 구미 각국의 언어로 번역되어 세계적으로 높은 평가를 받은 바 있다. 그것은 마치 1930년대 전반前半에 일본어작가가 먼저 동인지에 작품을 발표하고서 얼마 지나지 않아 속속 일본의 중앙문단에 진출했던 상황을 방불케 한다.

6. 메이리따오美麗島사건의 충격과
'타이완의식'의 분출

정치의식의 각성

타이완의 베이징어문학이 중국의 한 지방문학으로서가 아니라 '타이완문학'으로서 국제적 인지를 얻게 되는 데는 타이완 및 타이완문학이라고 하는 아이덴티티의 형성이 필요했다. 메이리따오美麗島사건(1979.12)은 국민당이 민주화운동을 탄압한 정치적사건으로, 타이완 민중은 이 악랄한 사건을 계기로 타이완의식의 필요성에 눈을 뜨게된다.

메이리따오사건의 피고에는 왕투어王拓(1944~), 양칭추楊青矗(1940~)라는 향토문학 계열의 두 명의 작가가 포함되어, 타이완문학계는 큰 충격을 받았다. 타이완문화 연구자 샤오아친蕭阿勤의 논문 「1980년대 이래의 타이완 문화민족주의의 발전」(『臺灣社會學硏究』 제3기, 1999)은 1964년에 창간되어 대부분의 본성인 작가와 시인을 결집하고 있던 『타이완문예臺灣文藝』와 『삿갓笠詩刊』을 중심으로 타이완 문예계의 변화를 논한 것이다.

샤오아친에 의하면 두 문예지는 애초에 '타이완의식'이라 할 만한 것은 거의 찾아볼 수 없었고, 그보다 오히려 중국인의 핏줄, 혹은 타이완문학이 중국문학의 일부임을 강조하는 '중국의식'이 농후했다고 한다. 『삿갓笠詩刊』은 외성인 시인의 시에 나타나는 서구적 경향에 저항하는 자세를 취한 바 있고, 이에 더하여 베이징어의 표현능력이 떨어지는

타이완인 시인이 제재를 신변에서 찾았던 까닭에 그러한 스타일이 향
토문학파에 가깝다고 간주되었던 것에 지나지 않았다. 그리고 향토문
학파라 해도 일본 통치기 타이완인 작가의 '향토문학'과는 거의 계보적
관계를 갖지 않고, 중국적 내셔널리즘에 깊은 공감을 품고 있었다는
것이다. 예스타오葉石濤조차도 그 기념비적 문학사론인 「타이완의 향
토문학」(1965) 등에서 타이완의 역사·사회·문화의 특수성을 강조하
는 한편, 타이완의 지방적 아이덴티티와 중국민족으로서의 아이덴티
티 양자가 공존가능하다고 이야기했다. 다만 이런 주장의 배경으로서
국민당 통치기의 언론탄압, 백색테러의 가혹함에 맞선 자기방위 의식
이 작용한 점도 고려할 필요가 있을 것이다.

하지만 메이리따오사건은 문학자에게도 강렬한 정치의식을 각성시
켰다. 예컨대 소설가 리챠오李喬(1934~)는 이 사건으로부터 9년이 지
난 후에 "나도 예전에는, 예술은 현실로부터 독립되어 있는 것으로, 정
치와 관계가 없다는 등의 망언을 했다 (…중략…) [하지만] 현재의 타이
완작가에게 있어서는 정치적 요소가 없는 문학은 거짓이다"라고 했고,
소설가 쏭쩌라이宋澤萊(1952~)도 "사건 이후, 우리는 갑자기 변했다. 하
룻밤에 딴 사람이 되었던 것이다 (…중략…) 인간의 본 모습이 거기서
드러났다. 모든 역사의 진상은 결국은 그런 것이었다"라고 기술했다.

이리하여 타이완인 문학자들은 2·28사건 이래의 반공계엄령하에
서 민족 / 국가 아이덴티티의 문제를 때로는 은밀하게 또 때로는 드러
내어 이야기하면서 국민당의 통치에 이의를 제기하기 시작한 것이다.
리챠오는 예스타오 등의 이론을 근거로 하여 타이완문학이란 "400년
이래 대자연과의 투쟁과 공존의 체험, 반봉건·반압제의 체험, 그리고

정치 경제적 식민지주의에 반항하며 자유와 민주를 쟁취해낸 체험"을 그리는 것이라고 정의한 바 있다.[31]

'자산'으로서의 식민지 체험

타이완인 문학자들이 외성인과는 다른 자신들의 역사체험과 집단 기억을 이야기로 만들어가자, 일본 통치기는 저항을 통해 타이완문학 토착화의 기초가 다져진 시기로 평가되었고, 식민지 체험은 '부채'가 아닌 '자산'으로 전환되어갔다. 게다가 1986년에 결성된 민진당民進黨 이 1989년을 전후해서 푸라오福佬(閩南語人) 계열의 색깔을 희석시키고 다른 에스닉 그룹Ethnic group(族群)으로 지지층을 확대하기 위해 '4대 에스닉 그룹(福佬·客家·외성인·원주민)'에 의한 상호평등의 운명공동체 형성이라는 주장을 펼치기 시작했다. 아울러 타이완 운명공동체의 이데올로기로서 타이완 문화민족주의가 제창되었고, 예스타오의 명저 『타이완문학사강臺灣文學史綱』(1987)이 간행되었다.

1990년대에 들어오면 신화·전설·노래 등 수천 년의 역사를 갖고 있는 원주민의 문학과, 강렬한 지방색을 띠는 한족의 민간문학을 원용하여 '타이완문학은 중국문학에 귀속되어서는 안 된다'는 논리가 등장하면서 타이완문학의 독립이 논의되기 시작한다. 더욱이 관제국어인 베이징어가 아닌 타이완어(특히 福佬語, 즉 閩南語)를 통해서라야 타이완

---

31 『타이완문예』제6·7기, 1983.

민족문학은 스스로의 표현 도구를 소유하게 되는 것이라고 하는 논의로 발전한다. 이상, 메이리따오사건 후에 등장한 '타이완민족'의 개념이 최근 20여 년간 타이완의 문화민족주의와 타이완 민족문학의 논의를 활성화하고 있다고 하는 것이 샤오아친蕭阿勤 논문의 요지이다.

메이리따오사건은 현대 타이완의 정치 뿐 아니라 문학의 원점이기도 하다고 말할 수 있을 것이다.

7. 백화百花가 만발한 현대문학

왕더웨이王德威 편『현대소설가 시리즈』

왕더웨이王德威(David Wang, 1954~)는 타이완대학 외국문학부를 졸업한 후 미국에 유학하여, 콜롬비아대학 교수를 거쳐 현재는 하버드대학 교수로 현대 중국문학을 강의하고 있다. 왕은 중국어권에서는 문예비평가로도 유명하며, 1990년대 후반에는 타이베이의 마이티엔麥田출판사에서 그의 기획으로『현대소설가 시리즈』20권을 간행했다. 이 시리즈에는 타이완·중국·홍콩의 작가를 대상으로, 한 작가 당 한권의 분량으로 1990년대의 대표작 내지 대표 단편들이 수록되어 있는데, 매권마다 왕王의 긴 분량의 권두비평이 실려 있다. 이 20권 중 11권이 타이완인 작가에게 할당되어 있는데, 비평가 왕더웨이에 의한 선택은 현대 타이완문학에 관한 하나의 신뢰할 수 있는 기준이라고 말할 수 있을 것이다. 본절에서는 이 왕더웨이의 타이완작가론을 소개하고자 한다. 더욱이 이 시리즈 권두작가론은 『현대소설 20인』(『跨世紀風華－當代小說20家』, 麥田出版, 2002)이라는 제목으로 한 권에 정리되어 있다.

① 주티엔원朱天文(1956~)

아버지는 소설가로 1949년에 국민당군과 함께 타이완에 내려온 주시닝朱西寧, 어머니는 타이완인으로 일본문학 번역가인 류모사劉慕沙, 여동생은 다음번에 소개할 주티엔신朱天心이라고 하는 문학가족 출신이다. 타이베이臺北에서 쥐엔춘眷村이라 불리는 군인·공무원을 관리하기 위해 국민당 정부가 만들어 놓은 공무원숙사 동네에서 자랐다. 전후 타이완에서는 베이징어 국어 시스템이 시행되었지만, 1949년 5월에 계엄령이 시행된 후로는 루쉰을 위시한 대부분의 민국시기 문학은 금서가 되었다. 국민당은 타이완인에게 국어로서 일본어 대신 베이징어를 강조했음에도 불구하고 정작 이 국어를 만들어낸 현대 중국문학의 아버지라고 할 수 있는 루쉰을 읽는 것은 금했던 것이다. 그중에서 거의 장아이링만이 예외적으로 출판이 허용되어, 주티엔원도 그녀의 연애소설을 애독했다. 또 전시에는 장아이링의 애인이었고 전후에는 일본으로 망명한 후란청胡蘭成(1901~81)이 타이완에 강의 차 초빙되어 주씨 일가와 친하게 지내고 있던 터라, 그녀는 후胡의 동양미학론 등에서도 큰 영향을 받는다. 단쟝淡江대학 영문과에 입학한 후 산산수팡三三書房을 설립하여 에세이나 소설집을 간행했으며, 1980년대에는 영화감독 허우샤오시엔侯孝賢(1947年 廣東省梅縣 출생)의 의뢰로 〈비정성시悲情城市〉 등 영화의 대본을 쓰기도 했다.

대표작 『황인수기荒人手記』는 게이인 주인공이 예전에 성적 교섭을 가졌던 8명의 연인들을 회상하는 수기형태를 취하고 있다. 그중 2명은 여성 역할이었고 6명은 남성 역할이었는데, 이들 게이는 댄서나 무대감독, 작가 등 예술가들이다. 비평가 스수뉘施淑女(施叔青·李昻자매의 언니)가 "대도시 타이베이臺北의 신인류, 신부족新部族, 그리고 그와 연관된 잡다한 서브컬처가 잇달아 모습을 드러낸다 (···중략···) 이 작품은 지금도 타이완 문화에서 주변부로 밀려난 여성적 관능官能의 경전經典이며, 현대적 과학기술에 기초한 권력구조에 대한 감성선언이라고 할 수 있을 것이다"라고 높이 평가한 반면, 비평계의 중진인 야오이웨이姚一葦(남성)는 일본·로마·베니스·나일강·인도로 뒤얽힌 무대에, 레비스트로스, 푸코 등의 이론과 미학을 인용하여, 지나치게 복잡한 구성을 하고 있다고 심하게 비판한 바 있다.

② 주티엔신朱天心(1958~)

주티엔원朱天文의 여동생, 타이완대학 역사학과 재학 중 언니와 함께 산산수팡三三書房의 설립에 참여, 1977년에 에세이와 단편집을 간행하면서 학원소설풍의 작가로 데뷔했다. 그 후 단편집 『기억속에서······』(1989)에서는 스타일이 바뀌어 타이완 내셔널리즘과 에스닉 그룹을 둘러싼 사회현실로 관심을 돌린다. 1977년 간행된 단편집 『고도古都』가 가와바타 야스나리川端康成가 교토京都를 무대로 쓴 동명소설을 염두에 두었다는 것은 말할 나위도 없다. 지금은 미국에 거주하고 있는 학생시절의 동성친구를 일본 교토京都까지 불러낸 중년의 외성인 여성이 이국의 고도를 두루 돌아다니는 동안, 자신이 소녀기와 청춘기를 보낸 고도古都로서의 타이베이로 돌아오게 된다고 하는 이야기다. 예전에 가와바타川端가 쓴 명소안내기 스타일의 소설에서 멋지게 환골탈태하여 현재로부터 과거로 순례하는 영혼의 이야기로 마무리하고 있다. 단편집 『고도』가 쓰인 것은 수도 타이베이에서 민진당의 천수이벤이 시장에 당선되고 본성인 리덩후이가 첫 민주적 직접선거에서 총통재선을 이루어, 타이완내셔널리즘이 공전의 고조를 보이던 시기로, 1980년대까지는 특권적, 지배적 입장에 있었던 외성인이 급속하게 중심적 위치를 잃어가는 중이었다. 주티엔신은 외성인 2세대의 입장에서 이와 같은 역사 다시쓰기가 진행되어 가는 타이베이를 중심으로 한 '우리시대의 기억'을 글로 쓴 것이다.

왕더웨이王德威는 『기억 속에서……』 이후의 작품에 나타난 시간·기억과 역사에 대한 끝없는 성찰을 지적한 뒤에 『고도』가 작가 자신이 걸어온 문학적 여정에 대한 순례인바, 그녀의 이전 작품에서의 중요한 신scene들 — 충칭남로重慶南路에서 시먼띵西門町, 중산북로中山北路에서 딴수이제淡水街에 이르는 — 이 다시금 그녀의 발길로 재현되고 있다고 기술하고 있다.

외성인 2세 작가의 활약

③ 핑루平路(본명은 路平, 1953~)

까오슝高雄 출생이며, 원적은 산뚱성山東省이다. 미국 아이오와대학에서 통계학 석사학위를 취득한 후 잠시 미국 회사에서 일하다 1982년부터 문학활동을 시작했다. 왕더웨이王德威는 테마의 발굴이나 패러디풍의 이야기 기교의 측면에서는 인정을 하면서도, 후술할 리앙李昻의 정치와 섹스에 대한 노골적인 묘사나 주티엔원朱天文의 세기말적인 과잉에 비하면 핑루의 문장은 평담平淡하다는 면을 지적한 바 있는데, 어쩌면 이와 같은 성숙한 말투가 그녀의 특징이라고 할 수 있을지도 모른다.

단편 「기적의 타이완」은 타이완의 경제성장에 매료된 미국에서, 급격히 타이완화化하는 미국을 불안한 마음으로 지켜보는 타이완인 특파원의 시선을 그린 장대한 패러디소설인데, 국회의원이 국회에서 주먹다짐을 하고, 평범한 회사원이 업무는 소홀히 하면서 주식투자나 복권에 빠지며, 엠파이어 스테이트빌딩 옥상에 '문화성文化城'이라는 이름의 마사지점店이 불법으로 증축되기도 한다. 1990년에 이 소설이 발표되던 당시 미국경제는 아직 1980년대의 불황을 질질 끌고 있었던데 비해, 타이완경제는 매우 호조여서 미국에서도 '타이완의 기적'이 화제가 되고 있었던 만큼, 묘한 리얼리티가 있다고 볼 수도 있겠지만, 다른 한편으로는 버블경제에 취한 타이완인에 대한 통렬한 풍자의 문맥으로 읽을 수도 있는 것이다.

왕더웨이王德威는 "핑루平路는 처음에는 어쩌면 미국의 각도에서 타이완을 비판했을지도 모르지만 그러한 의식적 지향성에도 불구하고 나중에 가서는 타이완의 입장에서 미국을 비판하게 하지 않을 수 없게 되었다. 타이완의 '기적'의 유해함이라고 하는 결과는 지구전체의 미국화라고 하는 이야기의 속편으로서 이해되지 않으면 안 된다"라고 지적하고 있다. 미국을 잘 아는 작가를 잘 이해하는 것은 역시 미국을 잘 아는 연구자인 것이다. 1994년에 발표한 장편『하늘 끝까지行道天涯』는 중화민국의 국부·국모인 쑨원孫文과 송칭링宋慶齡의 스캔들러스한 사생활을 솜씨 좋게 폭로해낸 소설이다.

이상 3인은 말하자면 '외성인 2세'이다. 앞에서도 기술했듯이 메이리따오사건 후인 1980년대 문단은 본성인작가가 일제히 정치의식, 에스닉ethnic의식에 눈뜨고 향토문학을 더욱 발전시켜 가고 있었지만, 1990년대에 접어들면 오히려 주씨朱 자매나 핑루平路, 그리고 왕더웨이의 책에서 특별히 장章을 만들어 언급하지는 않았지만 역시 중요한 작가인 장따춘張大春(1957~) 등 '외성인 2세'의 활약이 두드러진다. 장따춘의 영향을 받은 작가로 뤄이쥔駱以軍(1967~)이 있다.

주티엔원의 단편「에덴은 이제」(1982)는 쥐엔춘眷村에서 자란 여대생이 텔레비전 스타가 되지만 유력한 감독과의 불륜 끝에 자살하고 만다는 이야기인데, 이 여주인공의 쥐엔춘眷村 시절 친구로, 그보다 한걸음 먼저 텔레비전 스타를 그만둬버리는 여대생이 있다. 미지米姬라는 이 여자는 아버지의 공장을 거들어주는 아동阿冬이라는 청년과 결혼을 하는데 이 본성인과의 갭이 작품 속에서 다음과 같이 그려진다.

아동阿冬은 그녀와 전혀 다른 세상 사람이었다. 그를 만나고서 제일 먼저 미지가 견딜 수 없었던 것은 그가 너무나 조잡한 표준어로 그녀에게 사랑을 고백하려한 것이다. 아동은 스시를 먹고 생선회에 와사비를 묻히고 사케를 마신다. 정말 너무나 심했던 것은 손중산孫中山(孫文의 호) 선생이 광동의 중산현 출신인 것도 제대로 알지 못한다는 사실이었다. 미지는 몹시도 기가 막혀 경멸하는 마음마저 생겼다.

예전에 텔레비전 방송 3사나 『중국시보中國時報』, 『연합보聯合報』의 양대 신문이나 모두다 국민당과 외성인이 그 경영을 좌지우지하고 있었고, 베이징어 국어 시스템에 대한 순응도가 높았던 외성인과 그 자제들이 감독이나 배우, 기자 등의 직위를 차지하고 있었던 사정을 「에덴은 이제」는 교묘하게 전하고 있다. 정계와 관계는 외성인 천하였고, 본성인은 중소기업을 경영하여 경제력을 기르고 있었다. 그들이 베이징어 국어 시스템으로 파고들고자 하면, 문예를 통해 타이완의 현실을 그리는 것이 가장 확실한 방법이었던 것이다. 하지만 1980년대 말 민주화의 진전에 의해 정관계政官界와 매스컴, 탤런트의 세계가 본성인에게도 열렸다. 작가 왕투오王拓가 민진당의 입법위원이 되고, 『자유시보自由時報』가 창간되었으며, 텔레비전방송 언어규제가 철폐되어 타이완어, 커쟈어客家語 방송이 생겨났고, 민간자본에 의한 케이블 텔레비전이 국민당계열의 방송 3사를 추격해왔기 때문에, 본성인이 미디어에서 활약할 수 있는 장이 급격히 늘어나게 되었고, 문예는 이런 다양성 중에서 선택하는 것 중 하나에 지나지 않게 되었다.

주朱씨 자매가 발흥하는 타이완 내셔널리즘에 섞여있는 거친 요소에 이의를 제기한 것처럼 외성인 2세대들은 기억과 공간을 둘러싼 자기성찰적 이야기를 풀어가기 시작한 것은 아닐까.

리앙李昂의 페미니즘문학

④ 리앙李昂(1952~)

리앙은 타이완 서해안 중부에 있는 장화현彰化縣 루깡鹿港 출생이며 본명은 스수뚼施淑端이다. 루깡은 18세기 말에 타이완미臺灣米를 대륙의 푸젠福建성으로 옮기기 위해 만들어진 타이완에서도 손꼽히는 항구도시였는데, 루깡 계곡의 급류가 날라 오는 토사에 의해 20세기 초에는 이미 폐항廢港이 되어 있었다. 리앙의 소녀시대, 폐가가 줄줄이 늘어선 루깡의 어두운 길가에는 가는 곳마다 유령이 나온다는 소문이 있었다고 한다. 그리고 상업항으로서 번성했던 이 항구도시에는 대륙이나 일본과 왕래하던 뱃사람들의 수많은 이야기들이 전설로 남아있었다.

조숙한 작가였던 언니들의 영향으로 리앙도 중학교 2학년 때부터 소설을 쓰기 시작했는데, 고1 때 「꽃의 계절」이라는 작품이 신문 문예란에 실리면서 소녀작가로 데뷔했다. 덧붙여 말하면 리앙의 두 언니인 스수뉘施淑女, 스수칭施叔青은 각각 평론가, 작가이며 타이완문단의 '스

〈그림 8-2〉 리앙(2004)

씨 집안의 세 자매施家三姉妹'로 알려져 있다. 1970년 리앙은 원화文化대학 철학부에 입학하여 타이베이로 오게 되면서 고향 사람들을 주인공으로 한 『루청이야기鹿城物語』 시리즈를 쓰기 시작했다. 대학졸업 후인 1975년 리앙은 미국 오레곤주립대학 연극학과 대학원으로 유학을 떠났고, 1978년 귀국한 뒤에는 왕성한 창작활동을 함과 동

시에 신문·잡지의 칼럼니스트, 티브이평론가로 폭넓게 활동하며 현재에 이르고 있다.

『루청이야기鹿城物語』는 주로 1940년대부터 60년대까지의 고도 경제성장시기 이전의 타이완 지방도시를 그린다. 거기에는 토속적인 습속이나 규범이 사람들을 옭아매고 있으며, 어두운 그림자가 드리워져 있다. 동 시리즈의 주요작인 『남편 죽이기殺夫』의 무대는 1940년대인지 1890년대인지 알 수 없는 루깡. 주인공은 린스林市라는 몰락한 선비 집안의 후예인 젊은 여성. 그녀가 어릴 때 아버지는 세상을 떠났고, 굶주림 때문에 병사에게 몸을 맡겼던 어머니는 일가친척에 의해 강물에 던져지게 된다. 린스는 혼기가 되자 곧바로 비열한 숙부에 의해 얼마 되지 않는 돼지고기와 교환하는 조건으로 백정 천쟝수이陳江水에게 시집보내진다. 천陳이 린스에게 가하는 잔인한 능욕, 이웃집의 요사스런 노파, 풍만한 육체를 가진 창녀 진화金花와 천陳의 정사 등 처참한 장면이 이어진 뒤 굶주림과 공포와 절망에 의해 정신착란에 빠진 린스는 도살장에서 사용하는 도구로 남편을 죽이고 사체를 토막 내어 바다에 흘려버린다.

중국에서는 『금병매』의 반금련을 전형으로 하여, 여자의 남편 죽이기는 간통 때문인 것으로 그려져 왔다. 이에 대해 리앙은 학대를 견디지 못해 남편을 죽이는 여자, 혹은 그 남편에 의한 학대를 용인하는 사회제도에 대한 반역으로서 살인하는 여자를 그렸던 것이다. 이 작품은 여성차별에 대한 묘사를 통해 아내를 폭력적으로 억압하는 남편이나 그 주변의 사람들 역시 전통사회에서는 모두 고독하고 슬픈 존재라는 점도 멋지게 부각시키고 있다.

『미로의 정원迷園』(1991)은 타이완의 전통 있는 집안에서 태어나 일본과 미국에서 유학한 현대여성을 주인공으로 하여 청일전쟁 후의 식민지화에서부터 전후 국민당의 강권적 지배를 거쳐 1970년대의 고도 자본주의화 사회에 이르기까지의 타이완을 그린 장편소설이다. 플래시백, 삼인칭과 일인칭의 혼용문체 등의 수법이 주목을 끌었고, 또한 이 작품의 대담한 성묘사도 화제를 불러일으킨 바 있다. 단편집『누구나 향을 꽂는 베이깡北港의 향로』(1997)에서는 과거 국민당 독재 정권에 대해 저항했고, 국민당과 함께 지배층을 형성하고 있던 외성인에 대해 본성인의 권리회복을 요구하는 등 진보적 운동을 담당해온 혁명당파 내부에도 심각한 성차별의 문제가 존재하고 있었다, 고 하여 정치와 섹스 문제를 대담하게 제기하고 있다.

여성들의 집단기억『자전소설』

그리고『자전소설自傳の小說』(2000)은『남편 죽이기』,『미로의 정원』과 나란히 루청鹿城 3부작을 구성한다. 주인공인 타이완공산당 여성지도자 셰쉬에홍謝雪紅(1901~70)은 타이중현臺中縣 장화지에彰化街에서 태어났고, 본명은 아뉘阿女였다. 11살 되던 해에 양친을 잃고 그 장례비를 대기 위해 타이중臺中의 홍가洪家에 민며느리로 팔려갔다. 그러나 그 후 일본 고베神戶에서 일본어와 중국어를 배우고 상하이에서 사회주의 운동에 참가한 후 모스크바 동방대학에의 유학을 달성하여, 빙설천지氷雪天地에서 붉은 경전을 배운 것을 기념한다는 의미로 셰쉬에홍謝雪紅이라는 이름을 짓게 된 것이다. 1927년 상하이에서의 타이완공산당 결성과 일본영사관 경찰에 의한 검거, 이듬해 타이베이에서의 제1회 타이공臺共 중앙위원회 개최와 중앙위원으로의 승격, 노선투쟁 패배 후 제명, 총독부경찰에 체포되어 13년 형 판결, 반反국민당봉기인 2·28사건(1947) 때 타이중시臺中市에서 인민 정부 성립 선언, 대륙망명 후 타이완 민주자치동맹 주석에 취임, 반우파투쟁(1957)에서의 실각, 문화대혁명 중 '대우파大右派'로 홍위병으로부터 린치를 받고, 1970년에 폐암으로 사망 — 셰쉬에홍은 이 같은 파란만장한 인생을 보냈다. 그동안에 그녀의 성장을 도왔던 것이 세 명의 애인들이었다.

본서에는 셰쉬에홍과는 별도로 또 한 명의 주인공이 있다. 그녀는 셰謝와 같은 세대의 동향인이었던 백부를 가진 화자 '나'이다. 유교적 가부장제에 충실하고 우스꽝스러울 정도로 남존여비를 내세우는 백부는 옛날 이야기를 좋아하여, 그의 자식이나 조카들에게 셰쉬에홍이 얼마나 꺼림칙하고 겁나며 영웅적인 여자였던가를 계속 반복해서 이야기했다. 소설은 백부의 돌연사에 대한 '나'의 기억으로부터 시작되어 셰謝의 파란만장한 이야기가 전개되어 가는데, 그 과정에서도 자주 '나'에 의해 백부의 옛날이야기가 회상된다.

『자전소설』은 일본과 중국 사이에서 '타이완인을 위한 타이완'을 모색하는 타이완, 그리고 그 타이완에서 전통적 유교 시스템으로부터 공산주의운동에 이르기까지 연면히 이어지는 가부장제 속에서 격투하는 여자들의 집단적 기억인 것이다.

리앙은 그 후에도 단편집 『누구나 향을 꼽는 베이깡의 화로-정조대 찬 마귀 시리즈』(2002)와 음식을 소재로 한 『원앙춘선鴛鴦春膳』(2007),

그리고 장편소설『칠대에 걸친 인연의 타이완 / 중국 연인』(2009) 등을
써서 건필을 과시하고 있다.

레드와인과 세기말

⑤ 스수칭施叔靑(1949~)

고교시절에 단편소설로 데뷔, 타이베이의 대학에 진학, 미국 유학…….
리앙李昻과 거의 같은 코스를 3년 정도 먼저 걷고 있던 스수칭施叔靑이
홍콩이야기를 직접 다루게 된 것은 은행원이던 미국인 남편이 홍콩지
점에 부임하게 되어 이 영국식민지 도시로 건너오면서부터의 일이다.
홍콩이야기의 대표작『빅토리아 클럽』에 관해서는 7장 홍콩문학사개
설을 참조하시기 바란다.

그녀가 20년 가까운 홍콩생활을 끝내고 타이베이로 거처를 옮긴 것
은 1997년이었고, 99년에 간행된 귀환 후 첫 장편『미훈채장微醺彩妝』으
로 화제를 불러일으켰다.『미훈채장微醺彩妝』은 1990년대 말 무역자유
화와 소비생활의 고급화에 따라 타이완에서 프랑스산 적포도주가 크
게 유행한 이야기이다. 재벌 왕홍원王宏文의 시음회에서 와인에 눈뜬
신문기자 뤼즈샹呂之翔이 와인비즈니스를 시작한 후 곧바로 후각을 잃
고 병원에 실려오는 데서 이야기는 시작된다. 뤼呂의 주변에는 점점 악
화되어 가는 타이완 외교를 단념하고 비즈니스를 해서 마지막 꽃을 피
우고자 하는 전직 외교관 웰링턴 탕唐, 탕唐과 작당해서 한 밑천 잡겠다
고 와인시장에 뛰어든 남부상인 홍지우창洪久昌, 뤼呂의 주치의이자 집

안에서 이혼직전인 양촨자이楊傳梓, 와인 감정사인 미녀 로리타 등이 배치되고, 주색의 바다에서는 버블경제가 팽창해간다. 뭐니뭐니해도 1990년 인구 2,100만이던 타이완에 3,000만 병이나 되는 와인이 수입되는 것이다.

왕더웨이는 중국작가 모옌莫言의 『술의 나라酒國』가 수십 년간 이어져온 금욕적 사회주의 끝에 폭발한 음식飮食과 성애性愛의 욕망을 그리고 있는 것에 반해, 이 책은 등장인물의 합종연횡合從連橫을 통해 세기말 타이완 사회와 문화에 대한 관찰을 말하고 있는 것이라고 기술하고 있다. 작품 제목의 네 글자 『미훈채장微醺彩妝』는 얼큰하게 취한 상태와 화려한 화장을 의미하고 있어, 타이완의 세기말 감각을 거침없이 짚어낸 말이라고 할 수 있을 것이다.

이상의 작가들 외에도 타이완 국내외에서 높이 평가되는 작가, 작품들이 많다. 이를테면 바이셴용白先勇은 전후 국민당을 따라 타이완으로 건너온 외성인을 주인공으로 한 단편집 『타이베이 사람들臺北人』(1971)로 유명한데, 그에게는 1970년대 타이베이 신공원新公園(현재는 2·28 기념공원으로 바뀜)의 밤 시간을 무대로 하여 남성 동성애자들을 묘사한 장편소설 『죄악의 자식孼子』(1983)도 있다. 1994년에는 치우먀오진邱妙津(1969~95)이 레즈비언소설 『어느 악어의 수기鱷魚手記』를 발표하여 타이완 동성애소설에 큰 영향을 주었으나, 그녀는 타이완대학 심리학과를 졸업하고 신문기자로 근무하다가 파리로 유학을 떠났고, 그곳에서 자살했다.

우허舞鶴(1951~)는 1990년대 중반에 데뷔한 작가로, 『여생』(1997) 등의 작품으로 관심을 모은 바 있다. 1998년에 데뷔한 네트작가 차이즈

헝蔡智恆(1969~)은 『아이리쉬커피愛爾蘭咖啡』(2003)라고 하는 타이베이를 무대로 한 산뜻한 연애 이야기를 출간한 바 있다. 지미幾米(1958~)는 치유의 내용을 담은 그림책 작가로, 젊은 사람들의 엇갈린 사랑을 그린 『네가 있는 곳向左走向右走』, 그리고 여행길에 오른 시각장애 소녀를 그린 『지하철』(2001)은 중국과 일본에서도 호평을 받았으며, 영화화되고 있다. SF작가로는 장시궈張系國(1937~)가 유명한데, 미국 대학에서 컴퓨터 사이언스를 강의하면서 단편집 『성운조곡星雲組曲』(1980)을 간행하기도 했다.

일본어에서 중국어로 건너 뛴 '과어세대跨語世代'를 대표하는 시인은 천첸우陳千武(1921~2012)가 있고, 외성인 시인으로는 일본 점령하의 상하이에서 시를 쓰기 시작한 모더니스트 루이스路易士(紀弦, 1913~몰년?)와 난징南京에서 태어난 위광중余光中(1928~) 등이 있다. 또 지셴紀弦의 모더니즘과 예이츠의 낭만주의에서 영향을 받은 양무楊牧(1940~), 그리고 정욕과 요리와 정치를 엄숙하게 해학적으로 풀어낸 시집 『완전 강장 레시피完全壯陽食譜』를 쓴 시인 쟈오통焦桐(1956~) 등이 있다.

8. 크레올문화로서의 타이완문학

남양에서 건너온 열대문학

남양이라 하면 남중국해에 펼쳐진 남방지역을 말하는 것으로, 이 지역에는 2,000만 명이 넘는 화인華人이 살고 있다. 이 남양에 있는 말레이시아와 싱가포르는 일찍이 영국의 식민 지배를 받으면서도 중국의 근대문학 탄생과 거의 동일한 시기에 베이징어문학의 역사가 시작되었다. 말레이시아의 면적은 약 33만km²로 일본의 약 0.9배이고, 2009년 현재 인구 2,831만 중 중국계가 약 25%인 700만 명이며, 나머지는 말레이계가 66%, 인도계가 약 8%라고 한다.[32]

이러한 남양 말레이시아의 젊은 화인들이 1950년대 말부터 타이완의 대학과 대학원에서 유학하면서 문학활동을 시작하여, 지금은 '타이완 마화馬華문학'이라는 독자적인 장르를 형성하고 있다. 일본에서는 이를 '타이완 열대문학熱帶文學'이라 부른다. 리용핑李永平(1947~)은 보르네오섬에서 출생하여 고등학교 졸업 후 타이완에 왔다. 1967년 타이완대학 외국어문학과에 입학하여, 바이셴용白先勇·천루어시陳若曦와 함께 잡지 『현대문학』을 창간했다. 대표작 『지링이야기吉陵春秋』는 가공의 화인華人마을에서 일어나는 이야기이다. 황진수黃錦樹(1967~)는 죠홀주州에서 출생했고, 타이완대학 중문학과에서 유학한 후 작가가

---

32 外務省, 「각국 지역정세―아시아 말레이시아」, 2011(http://www.mofa.go.jp/mofaj/area/malaysia/data.html, 최종검색일 2013.12.6).

되어, 말레이시아의 역사와 지리를 배경으로 화인들의 고독한 삶을 그려내고 있다.

원주민작가와 일본어문학

원주민작가들의 활약이 놀라운데, 대표적인 작가로는 파이완족의 시인 모나논莫那能(漢名 曾舜旺, 1956~), 란위도蘭嶼島 출신의 야미족(혹은 타오족) 작가 샤만 라포간夏曼 藍波安(漢名 施努來, 1957~), 타이얄족 왈리스 노간瓦歷斯 諾幹(漢名 吳俊傑, 1961~), 그리고 의사이기도 한 브눈족의 토파스 타나피마拓拔斯 搭瑪匹瑪(漢名 田雅各, 1960~) 등이 있다.

일본어 가인歌人 구펑완리孤蓬萬里(본명은 吳建堂, 1926~98)는 타이베이에서 출생으로, 1945년 구제 타이베이고교 재학 중에 이누카이 다카시犬養孝에게 단가短歌를 배웠고, 타이베이제국대학 의학부를 졸업한 후에는 68년 타이베이 단가회臺北短歌會를 발족하여 잡지『타이베이 가단臺北歌壇』을 발행했고, 87년『타이완 만요슈臺灣萬葉集』를 출판했다. 이 책은 주로 타이완에서도 일본어를 교육받은 세대들의 생활감각을 노래했고, 소박하면서도 사실적인 가풍歌風을 특색으로 인정받아 기쿠치칸상菊池寬賞을 수상했다. 또 황링즈黃靈芝(1928~)는 쿠니에 슌세이國江菁 등의 일본어 이름을 필명으로 사용하면서 일본어로 단편소설집『송왕의 도장宋王之印』(2002)을 출판하는 등 창작을 이어갔다.

210년 동안의 청조 통치기에서 마지막 30년 정도는 과거科擧문화 시스템의 성숙기였고, 반세기 동안의 일본 통치기에 있어서는 마지막 십

수 년이 일본어 국어 시스템의 성숙기였다. 민주화이전의 구舊국민당 통치기가 30여 년간 이어졌고, 그 후반부에 베이징어 국어 시스템을 맞이하여 오늘날에 이르고 있다. 타이완인은 각각의 외래 정권이 가져온 문화정책을 주체적으로 수용함에 따라, 타이완 아이덴티티를 성숙시키고 각 정권하에서 성숙기를 맞이해왔다. 그러면서 1990년대 이후에는 타이완에 민주적인 국민국가를 실현한 것이다.

그러면 타이완 아이덴티티에 의한 국민형성 후 과연 국어는 어떻게 변해가게 되는 것일까. 그리고 국어의식의 변화는 이미 크레올적 성격이 짙은 타이완문학에 어떠한 발전을 가져오는 것일까. 무라카미 하루키村上春樹 혹은 합일족哈日族이라고 하는 외국문학·문화의 유연한 수용은 타이완문화의 크레올성이 촉진한 것이고, 또한 그 주체적 수용행위를 통해 현대 타이완의 크레올성도 모습을 바꾸어 가는 바일 것이다.

【칼럼 8】

역사의 기억과 동화童話의 논리
―웨이더성魏德聖 감독 〈하이자오 7번지海角七號〉

2008년 타이완 영화사상 공전의 히트를 기록한 영화가 바로 웨이더성魏德聖
(1969~) 감독의 〈하이자오 7번지〉이다. 아가阿嘉는 타이베이에서 록가수를 꿈
꾸었지만 결국은 실패하고 남부의 고향으로 돌아온 우편배달부이다. 그는 지
역 활성화를 위해 초청한 일본인 가수 공연의 앞무대에서 세미파이널을 담당
하도록 급조된 아마추어 악단에 가입하여, 초등학생과 80세의 노老음악사, 그
리고 원주민 교통경찰 등으로 이루어진 단원들과 좌충우돌 하며 연습에 진력
하다가, 급기야는 일본 측 매니저인 토모코友子와 사랑에 빠진다. 한편 그는
식민지시대의 일본인 교사가 옛날 여제자에게 보냈던 60년이 지난 러브레터
를, 아무도 모르는 '하이자오 7번지'라는 주소로 배달하고자 자전거를 타고 거
리를 이리저리 돌아다니는데…….

현대 타이완의 아름다운 해변 도시 헝춘恒春을 무대로 현재와 과거의 두 쌍
의 타이완과 일본인 커플을 둘러싼, 이상하게 시작해서 곧 슬퍼지다가 결국은
해피엔딩으로 끝나는 러브스토리이다. 아가阿嘉 역의 판이천范逸臣이 처음엔
불만에 가득 찬 현대 타이완 청년을, 토모코友子 역의 일본인 여배우 다나카 치
에田中千繪가 타국 땅에서 일이 잘 풀리지 않아 성을 마구 내는 난폭한 일본여
자를 맡아 좋은 연기를 보이고, 그 외에 개성있는 타이완의 전문배우와 노老음
악사가 조연의 역할을 단단히 한다.

그리고 일본의 패전으로 인해 연인을 버려야만 했던 교사와 현대일본의 인
기가수를 아타리 코스케中孝介가 일인이역으로 소화해내는 것도 흥미롭다. 그
는 타이완과 일본 사이에 있는 섬 아마미오시마庵美大島 출신이다.

그렇다 해도 청춘에 좌절하여 귀향하지 않을 수 없었던 아가阿嘉뿐 아니라

헝춘恒春의 현지사람들이 모두 불행하게 설정되어 있는 것은 자못 이상하다. 구의회 의장은 양가의 자식들이 꺼리는 바람에 아가阿嘉의 엄마와 재혼하지 못하는 한편, 아타리 코스케中孝介 라이브 공연을 기획한 외지자본 리조트호텔에 현지 밴드를 기용하라고 강요하면서 "취미는 시비, 싸움, 살인, 방화. 최대의 소원은 이 헝춘恒春을 몽땅 다 불태워버리고 모든 젊은이를 이 마을로 불러들여 새롭게 출발시키는 것"이라며 으름장을 놓는다. 우편배달원 마오茂할아버지는 위에친月琴의 명수로, 무대에 서고 싶다는 일념에 록밴드 성원들에게 잘 보이려고 노력하지만 탬버린을 배정받자 심통을 부린다. 라오마勞馬는 원주민 교통경찰로 민요에서 록까지를 모두 소화해내는 음악 애호가인데, 예전 타이베이의 기동대에 근무하던 중에 달아난 아내를 잊지 못한다. 마라상馬拉桑은 같은 현 이웃마을의 커자客家계 본성인으로 원주민의 지방주 '마라상'의 판로 개척차 온 영업사원이지만, 의장 등의 배타적 애향심 때문에 술은 전혀 팔지 못한다. 외성인 2세로 오토바이 수리공인 수이와水蛙는 드럼광狂으로, 세 아이의 엄마인 점장 부인에 대한 짝사랑으로도 만족해한다. 다다大大는 현지 교회에서 피아노반주를 하던 초등학생 여자아이로, 의장에게 재능을 인정받아 밴드의 키보드를 맡게 되지만 협조성이 부족하다. 그녀의 어머니인 호텔 청소부 밍주明珠는 "이미 내 마음은 벌써 죽어버렸어요"라고 하며 일본인에 대한 증오의 감정을 품으면서 혼자서 딸 다다大大를 키우고 있다.

그리고 일본 통치기 타이완의 일본인 교사는 일본의 패전으로 1945년 12월에 타이완인 제자이자 애인인 코지마 토모코小島友子를 항구에 두고 떠나면서 귀국선에서 회한의 편지 일곱 통을 썼다. 이처럼 저주받은 거리 헝춘恒春에는 코지마 토모코에서부터 아가阿嘉에 이르기까지 루저들이 배회하고 있다. 분노에 가득 찬 토모코友子가 쉽게 들어갈 수 없는 곳이기에, 영화의 앞부분에서 그녀와 서양인 모델을 태운 마이크로버스는 도시입구의 작은 서문西門으로 들어가는 걸 거부당하게 된다. 또 38식 소총을 오른손으로 쏘아야만 하던 국민개병國民皆兵시대의 일본인교사가 왼손잡이라니, 이 또한 비현실적이다.

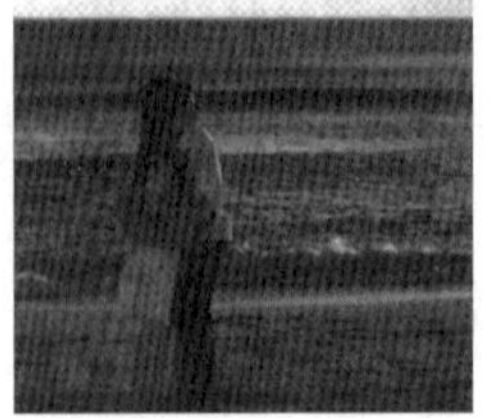

〈칼럼 8〉『하이자오 7번지』(원제 『海角七號』, 2008)

그런 이상한 마을 헝춘恒春의 루저들을 치유해주는 곳이 해변이다. 특히 작곡이 마음대로 되지 않는 까닭에 괴로운 나머지 바다에 누워, 하늘을 바라보며 떠다니는 아가阿嘉의 모습은 어머니의 자궁으로 돌아간 태아 같다. 그런 아가阿嘉에게 토모코友子는 놀기만 한다고 화를 내지만 그의 이마에 남은 소금을 맛보는 행위는 아가阿嘉와 일체화 되어가는 통과의례 같기도 하다. 만취하여 가사상태가 된 토모코友子를, 아가阿嘉가 물을 마시게 해서 재생시키면서 사랑을 회복해간다.

재생한 토모코友子는 사랑과 부를 상징하는 원주민의 목걸이를 밴드 단원들에게 주고, 토모코友子로부터 '용사의 구슬'로 축복받은 아가阿嘉가 백마 탄 기사처럼 자전거를 타고, 다리를 건너 아무도 모르는 하이자오 7번지로 사랑과 회한의 편지를 배달하러 간다 — 그렇게 해서 네버랜드였던 하이자오 7번지와, 그곳에 사는 마녀 같은 코지마 토모코小島友子의 마법이 풀림에 따라 저주받은 루저의 마을이었던 헝춘恒春이 사랑의 마을로 재생한다. 영화『하이자오 7번지』는 루저의 죽음과 재생을 그린 해변의 동화라고 할 수 있을 것이다.

『하이자오 7번지』에서는 동화童話의 논리와 함께 역사의 기억도 중요한 테마가 되고 있다. 헝춘에서는 1871년에 이곳에 표류한 미야코지마宮古島 섬사람이 원주민에게 살해당하자 일본이 출병했던 미야코지마 도민조난사건(牧丹社사건)이 일어나고, 토모코友子의 마이크로버스를 거절한 헝춘 고성古城의 서문西門은 당시 일본군의 공격에 대비하여 건설된 것이었다.

또 코지마 토모코小島友子와 밍주明珠가 1945년과 1990년대에 일본인 남성에게 배반당했다고 하는 체험은 식민통치의 종언과 1972년의 중일국교정상화에 따른 일본과 타이완 간 국교단절이라고 하는 정치사를 상기시키는 것이기도 하다. "여기 남아! 아니면 내가 널 따라간다"라고 하는 아가阿嘉의 프로포

즈를 토모코友子가 수락하는 것은 일본과 타이완 사람들의 역사적 화해라고도
할 수 있을 것이다.

〈하이자오 7번지〉는 1895년부터 반세기동안 계속된 일본에 의한 식민통치
와 전후 일본과 타이완 관계라는 긴 역사의 기억을 동화童話의 논리로 그려낸
멋진 엔터테인먼트 영화이다.

역자 후기 ————

이 책은 일본 도쿄대학 문학부 후지이 쇼조藤井省三 교수의 『중국어권 문학사』(東京大出版會, 2012)를 완역한 것이다. 나는 지난 20여 년간 18권의 중국 관련 서적을 번역했고, 그중 후지이 교수의 책은 『100년간의 중국문학』, 『현대중국, 영화로 가다』에 이어 이번이 세 번째이다. 그 18권의 번역서 중에는 소설도 있고 학술서도 있었으며, 중국어 원서도 있고 일본어 원서도 있었는데, 전에는 가끔씩 나에게 중국문학을 전공한 사람이 어떻게 일문서적을 번역했느냐고 묻는 분들이 있었다. 물론 그때마다 설명을 했지만, 여기서 다시 한번 내가 일본의 중국학 연구자료에 관심을 갖게 된 배경을 말하자면, 사연은 대략 이러하다.

1980년대, 우리 사회의 어느 일각에서건 그 시절을 경험해본 사람이라면 그 뜨겁던 불의 시대를 기억할 것이다. 독재와 냉전체제가 균열되어 가기 시작하던 당시 사회 각계에서는 신新과 구舊가 격렬하게 충돌하고 있었고, 가치규범도 서서히 바뀌어 가고 있었지만, 여전히 보수적이던 기성 학계에서 '중국 현대문학'을 연구한다는 것은 쉽지 않았다. 당시에는 중국을 '중공'이라 하여 '적성국가'로 분류하였고, 당시 내가 전공하고자 했던 '중국 현대문학'은 이른바 '공산권 연구'의 영역에 속하여 관련 자료를 접하는 것조차 쉽지 않았다. 당시에 접할 수 있는 것들은 관변학자들에 의해 철저히 반공주의적 시각에서 쓰인 자료이거나 홍콩을 통해 흘러나온 것으로 추정되는 대륙의 자료들이었다. 새로움을 추구하면서 중국 현대문학 공부를 시작한 나에게 반공주의적 자료들은 너무 낡은 것으로 보였고, 이른바 '중공'쪽 자료들은 문혁의 분위기를 완전히 벗어나지 못한 것들로 체제 선전적 내용이 많아 이 역시 공감하기가 어려웠다.

그러면서 내 관심은 자연스레 일본자료 쪽으로 옮겨갔다. 내가 졸업한 대학의 지하 서고에는 방대한 양의 일본서적이 소장되어 있었는데, 해방 전의 것부터 해방 후에 이르기까지 차곡차곡 잘 정리되어 있던 그 책들은 중국혁명과 중화인민공화국 수립 후 중국 사회에 대한 나의 궁금증을 풀어주었기 때문에, 나는 1주일에 2~3회씩 서고에 내려가 일본 책을 뒤졌다. 사람이 거의 오지 않는 지하 서고에서 나는 몇 시간씩 현대중국의 정치, 경제, 지리, 역사, 문화 등 다방면에 걸친 자료를 보며 희열에 가득 차 책장을 넘겼고, 얼굴이 벌게진 채 눈부신 바깥세상으로 나오곤 했다. 시간이 지나자 나는 서고에 있는 중국관련 일본 서적들의 위치까지 거의 파악할 수 있을 정도로 익숙해졌다. 나는 강의실에서 배우지 못한 것을 서고에서 배웠으니, 말하자면 내가 졸업한 학교의 지하 서고가 내겐 진정한 학교였던 셈이다.

예전에 번역한 후지이 교수의 책 『100년간의 중국문학』 역시 내겐 너무도 새로웠다. 러시아 맹인 시인 에로셴코와 루쉰魯迅의 관계, 루쉰의 「고향」과 치리코프의 관계, 마오뚠茅盾의 『자야』와 치파오의 이야기, 선충원沈從文의 고난에 찬 하방下放 시절과 『고대 복식 연구』라는 저작, 장아이링張愛玲 작품 속 문명비판의 코드, 왕멍王蒙 작품 속 소년 볼

세비키와 아름다웠던 '공화국'의 이야기, 베이따오北島와 1차 천안문사건, 자시다와扎西達娃와 티벳의 역사, 리앙李昻과 계엄령 시대의 타이완 사회, 망명 작가 정이鄭義와 6·4천안문사건의 이야기……. 끝없이 펼쳐지는 중국 현대문학의 흥미진진한 이야기들을 읽은 후 나는 이 책을 번역하지 않을 수 없었고, 당시 나는 역자 후기에서 이 책을 '개성 넘치고, 자유로움으로 충만해 있으면서, 학문적 심도도 잃지 않은' 책이라 적었던 기억이 난다.

그 후로 후지이 교수와의 관계 속에서 잊을 수 없는 일은 1999년 12월 일본 도쿄대학에서 개최된 '동아시아 루쉰 학술회의'에 참석했던 기억이다. 후지이 교수의 초청으로 국내 중국 현대문학 학계의 여러 선배 연구자들과 함께 갔던 그 학회에서, 일본과 중국 뿐 아니라 타이완, 홍콩, 싱가포르, 호주의 중국학 연구자들이 한데 모여 루쉰에 대한 경험을 각기 자기의 위치에서 이야기하는 것이 내겐 너무도 인상적이었다. 당시의 분위기는 정말 독특한 데가 있었다. 발표회장 안에서는 루쉰에 관한 이야기가 진행되고 있었지만 회의장 밖에서는 외국 연구자들끼리 삼삼오오 모여서 곧 다가올 '타이완 대선'에 관한 이야기들을 나누고 있었다. 당시 나를 포함한 한국 연구자들은 '타이완 대선'에 대해서는 관심이 많지 않았고, 무관심하다는 그 사실 조차 내게는 새롭게 느껴졌다. 왜 나는 타이완의 정치현실적 문제에 대해 관심이 없었던 것일까. 아시아의 두 소국으로서, 일본의 식민 지배와 50년대 이후의 군부독재라는 깜깜한 터널을 빠져나온 타이완과 한국이, 80년대 후반 이후로 다시금 새롭게 민주주의의 길을 간다고 하는 것은 너무도 중요한 현실이었고, 타이완 대선이 동아시아 정치질서의 향방과 관련

해서 갖는 의미 역시 실로 적지 않은 것이었음에도, 왜 나는 그때까지 관심이 없었을까. 그것은 정치에 대한 무관심이라기보다 국제적 감각이 부족했던 탓이라 해야 할 것 같았다.

학회를 마친 후에는 도쿄 시내 짐보쵸의 서점가를 다녀보았다. 현대 중국의 사회, 문화에 대한 다양한 전문서적들과 각종 공구서들, 그리고 타이완, 홍콩에 관한 서적들은 나를 매료시켰고, 지하 서고에서 먼지 쌓인 일본책들만을 보아왔던 나는 새롭게 막 출판된 일본 책들의 매력에 빠져, 학회에서 지급해준 여비 보조금을 다 써서 새 책을 샀다. 당시의 서적 구매는 내가 그 뒤로 '타이완문학'이라는 새로운 연구 영역으로 빠져들게 된 계기가 되었다. 한편 그 학회에서 후지이 교수의 스승인 마루야마 노보루丸山昇 교수를 만난 것도 행운이었다. 마루야마 교수의 『루쉰 평전』은 80년대 중문과 학생들에게 사랑받던 책이었고, 나는 당시 학회에서 발표한 논문에서 『루쉰 평전』을 잠시 언급했다. 나는 당시 이 책에서 마루야마 선생님은 중국혁명을 하나의 거울로 삼아 일본의 좌익운동의 관념성을 비판하고 있는데, 자국문화에 대한 비판적 글쓰기의 비교대상으로 중국문학을 이야기하는 것은 좋지만, 그렇다면 결국 이것은 중국론인가, 아니면 일본론인가 하는 문제가 남아 있다고, 다소 대담한 발언을 했다. 내 발언으로 인해 장내가 잠시 술렁였고, 발표가 끝난 후 질의시간에 어떤 외국 학자가 손들고 일어서서, 격앙된 어조로 내 발언의 당돌함을 지적하기도 했다. 아마도 대가의 글을 비판한 내 발언이 좌중을 불편하게 한 모양이었다. 또 다시 장내에서 웅성거리는 소리가 들리자, 이번에는 마루야마 교수가 직접 나서서 발언 기회를 구한 후 그 책은 아주 옛날에 쓴 것이라고 하면서 몇 가지 보충설명을 했고, 당신은 건강이 안 좋은 편인데 내 발표를 듣고서 몇 년은 더 살 수 있을 것 같다고 농담으로 마무리해주었다. 그 후로 마루야마 교수와 개인적으로 만나, 일본 공산당원인 그의 정치적 입장 등에 관해 이야기를 나누었고, 귀국 후에도 여러 차례 서신을 주고받았다. 1999년, 나는 그해에 막 전임이 된 신출내기 교수였고, 열정은 있었을지 모르나 국제적 감각은 전무했다. 그러던 내게 국제적 시야를 넓혀준 그 학회 TODAI INTERNATIONAL SYMPOSIUM은 나의 연구자 생애에서 가장 중요한 계기가 되었다.

후지이 교수와의 다음 인연은 2006년 내가 대학에서 처음으로 맞이한 연구년 때 다시 이어졌다. 당시에 나는 컬츄럴스터디 같은 새로운 연구 영역을 개발해볼까 하는 생각으로 문화학, 지역학 연구자들이 모여 있는 도쿄대학의 코마바駒場캠퍼스를 선택해서 그곳에서 중국 사상사를 연구하는 무라타 유지로村田雄二郎 교수를 호스트로 방문연구를 시작했다. 코마바캠퍼스의 연구 환경은 좋았지만, 새로운 연구영역 개발은 마음 같지 않았고 나는 다시 예전의 문학 연구 쪽으로 관심을 돌리면서 홍고本鄕캠퍼스에서 후지이 교수가 주도하던 공부모임에 참석하게 되었다. 중국문학과 타이완문학에 관한 모임이 각각 하나씩 월 1회 꼴로 열리고 있었는데, 경향각지의 전공교수들과 도쿄대학 대학원생들, 그리고 중국 및 중화권에서 온 연구자들이 참석하여 발표회를 가졌고, 끝난 후에는 늘 술자리를 가졌다. 거기서도 나는 재미있는 발표들을 들을 수 있었고, 다양한 사람들을 만날 수 있었다. 도쿄대학이나 와세다대학 도서관을 드나들면서 모교 지하 서고의 자료보다 훨씬 다양한 일본자료들을 접할 수 있었고, 당시의 경험들은 그 후에도 내 연구 활동에 큰 도움이 되었다.

연구년 1년을 도쿄에서 보낸 후 후지이 교수와는 더욱 가까워져서, '동아시아와 무라카미 하루키村上春樹', '동아시아 루쉰 '아큐'상의 계보' 등의 국제 공동연구에 참여하면서 견문을 넓힐 수 있었다. 2007년 이후 후지이 교수와는 1년에도 몇 차례씩 동아시아 여러 도시의 국제학술대회에서 만났고, 발표를 마친 후에는 늘 함께 술잔을 기울이면서 많은 대화를 나누었다. 대화의 과정에서 나는 예전에 자료만으로 독학했던 일본 중국학에 대한 여러 의문들을 풀 수 있었다. 아무튼 2000년대 이후의 그런 기회들을 통해서 나는 차츰 국제적 감각에 눈을 뜨게된 것 같다.

후지이 교수는 다케우치 요시미竹內好, 오노 시노부小野忍, 마루야마 노보루丸山昇 등 도쿄대학 출신 중국 현대문학 연구자의 계보를 이어, 현재도 왕성하게 연구 활동을 하고 있는 일본 중국문학 학계에서 가장 권위 있는 연구자 중 한사람이다. 후지이 교수는 루쉰 연구자로 출발하여 『러시아의 그림자—나쓰메 소세키와 루쉰』, 『루쉰 「고향」의 풍경』과 같은 초기저작을 남겼고, 그 후로는 도시 연구, 영화 연구, 타이완 연구, 중일 비교문학 연구, 문학사 연구 등으로 광범위하게 연구 시야를 넓혀, 『현대 중국문화 탐험』, 『에로셴코의 도시 이야기』, 『중국영화』, 『100년간의 타이완문학』, 『무라카미 하루키 작품 속의 중국』, 『20세기의 중국문학』, 『중국 견문 150년』, 『동경외어 지나어부』, 『루쉰 사전』을 위시한 많은 인문학 명저들을 남겼으며, 중국, 타이완, 홍콩의 문학작품들도 다수 번역했다.

본서 『중국어권 문학사』는 『100년간의 중국문학』 이후 문학사 연구, 타이완 연구, 영화 연구방면의 노력들이 새롭게 결집된 책이다. 책의 특징은 제목이 말해주는 것과 같이, 20세기 문학의 흐름을 중국대륙뿐만 아니라, 타이완, 홍콩 등지의 사정도 함께 연결해서 한 권으로 이었다는 것이다. 다방면에 걸친 장기간의 관심과 실천이 만들어낸 성과라 할 수 있다. 그리고 실제 기술에서도 대부분 자신의 연구적 경험과 독서 경험들이 기초를 이루고 있으며, 사회학적 자료들이 적절히 활용되고 있어 내용이 훨씬 설득력 있게 다가온다. 기존에 문학사라는 이름으로 쓰인 책들 중에는 작품명에 대한 소개가 많은 부분을 차지하고, 필자의 건조한 기술이 나머지를 메우는 책들이 적지 않았는데, 본서는 그와는 정반대이다. 일체의 권위적이고 공허한 서술은 배제되어 있다. 전문 연구자들부터 대학원생이나 학부생까지 중국, 타이완, 홍콩의 현대문학과 영화에 관심 있는 분이라면 일독을 권한다. 중국어권 세 지역의 역사, 사회적 배경과 문학의 생산, 소비, 유통에 이르는 과정을 후지이 교수의 통찰력 있는 안목과 세련된 감각, 날렵한 글솜씨를 통해 접할 수 있을 것이다.

계산해보니 올해로 나의 교수생활 시간 중 절반 정도가 지나갔다. 지난 절반의 세월을 돌이켜보면 늘 새로운 것에 대한 발견과 모험의 시간이었고, 그 새로운 세계의 '입구'에 후지이 교수가 있었다. 무라카미 하루키의 『1Q84』에 나오는 그 '입구'인 것이다. '입구'가 되어준 후지이 교수께 감사드린다.

2013년 11월 10일
동국대학교 법학관 4층 연구실에서
김양수

참고문헌 ————

1장 ＼ 청말민초(19세기 말～1910년대 중반)

藤井省三,『魯迅「故鄕」の讀書史』, 創文社, 1997.

________,「第1部 魯迅とその時代－(2)東京時代」,『魯迅事典』, 三省堂, 2002.

________,「第4章 夏目漱石」,『中國見聞一五〇年』, 日本放送出版協會(NHK生活人新
　　　書), 2003.

北岡正子,『魯迅日本という異文化のなかで－弘文學院入學から'退學'事件まで』, 吹田
　　　：關西大學出版部, 2001.

愛宕元,『中國の城郭都市』, 中央公論社(中公新書), 1991.

嚴安生,『日本留學精神史』, 岩波書店, 1991.

永嶺重敏,『雜誌と讀者の近代』, 日本エディタースクール出版部, 1997.

樽本照雄,『淸末小說論集』, 法律文化社, 1992.

________,『淸末小說叢考』, 東京：汲古書院, 2003.

________,「漢譯コナン・ドイル小說目錄」,『漢譯ホームズ論集』, 東京：汲古書院, 2006.

2장 ＼ 5・4시기(1910년대 후반～20년대 후반)

大東和重,『郁達夫と大正文學－'自己表現'から'自己實現'の時代へ』, 東京大學出版會, 2011.

島田虔次,「中國」,『大百科事典』, 平凡社, 1985.

藤井省三,『エロシェンコの都市物語――一九二〇年代東京・上海・北京』, みすず書房, 1989.

________,「第一部 百年の中國文學」,『中國文學この百年』, 新潮社, 1991.

________,「戀する胡適－アメリカ留學と中國近代化論の形成」,『岩波講座 現代思想 2－
　　　二〇世紀知識社會の構図』, 岩波書店, 1994.

________,「ニューヨーク・ダダに戀した胡適－中國人のアメリカ留學体驗と中國近代
　　　化論の形成」, 沼野充義 編,『とどまる力と越え行く流れ』, 東京大學大學院人文

社會系研究科多分野交流プロジェクト, 2000.

鈴木正夫, 『郁達夫－悲劇の時代作家』, 研文出版, 1994.

浜野成生 編, 『アメリカ文學と時代変貌』, 研究社, 1989.

徐曉紅, 「施蟄存の初期戀愛小説について」, 『東方學』122輯, 2011.7.

星野幸代, 「徐志摩とケンブリッジ」, 松岡光治 編, 『都市と文化』, 名古屋大學大學院國
　　際言語文化研究科, 2004.

櫻庭ゆみ子, 「女校長の夢」, 魯迅論集編集委員會 編, 『魯迅と同時代人』, 汲古書院, 1992.

夏曉虹, 清水賢一郎・星野幸代 譯, 『纏足をほどいた女たち』, 朝日新聞社(朝日選書), 1998.

胡適・凌叔華 外, 藤井省三 監譯, 『笑いの共和國－中國ユーモア文學傑作選』, 白水社, 1992.

Min-chi Chou, *Hu Shih and Intellectual Choice in Modern China*, The University of Michigan Press, 1948.

3장 ＼ 열광의 30년대(1928～37년)

岡田英樹, 『文學にみる'滿洲國'の位相』, 研文出版, 2000.

金子光晴, 『どくろ杯』(中央公論社, 1971), 中公文庫, 1976.

多賀秋五郎, 『近代中國教育史資料－民國編』中, 日本學術振興會, 1974.

藤井省三, 『中國映畫－百年を描く、百年を讀む』, 岩波書店, 2002.

鈴木將久, 「メディア空間上海－『子夜』を讀むこと」, 『東洋文化』74, 1994.

劉惠吾 編, 『上海近代史』上・下, 上海 : 華東師範大學出版社, 1985～87.

李長之, 南雲智 譯, 『魯迅批判』, 德間書店, 1990.

林語堂, 合山究 譯, 『自由思想家・林語堂－エッセイと自伝』, 明德出版社, 1982.

謝惠貞, 「中國新感覺派の誕生－劉吶鷗による橫光利一作品の翻譯と模作創造」, 『東
　　方學』121輯, 2011.1.

舒乙, 林芳 編譯, 『文豪老舍の生涯』, 中央公論社(中公新書), 1995.

小島久代, 『沈從文－人と作品』, 汲古書院, 1997.

小山三郎, 『現代中國の政治と文學－批判と肅淸の文學史』, 東方書店, 1993.

宇田禮, 『聲のないところは寂寞－詩人・何其芳の一生』, みすず書房, 1994.

丁玲, 田畑佐和子 譯, 『丁玲自伝－ある女性作家の回想』, 東方書店, 2004.

丁玲, 中島みどり 編譯, 『丁玲の自伝的回想』, 朝日新聞社(朝日選書), 1982.

中山時子 編, 『老舍事典』, 大修館書店, 1988.

川村湊, 『異鄉の昭和文學』, 岩波書店(岩波新書), 1990.

「特集・金子光晴アジア漂流」, 『太陽』7月号, 平凡社, 1997.

4장 \ 성숙과 혁신의 40년대(1937〜49년)

內藤忠和,「趙樹理文學における'故事性'―「小二黑結婚」以前の作品に注目して」,『島大言語文化』13, 島根大學法文學部紀要言語文化學科, 2002.7.

渡邊晴夫,「孫犁の位置―その解放區作家としての特異性」,『日本中國學會報』第61集, 2009.

藤井省三,「'淪陷區'上海の戀する女たち―張愛玲と室伏クララ, そして李香蘭」, 四方田犬彦 編,『李香蘭と東アジア』, 東京大學出版會, 2001.

瀨戶宏,『中國演劇の二十世紀―中國話劇史概況』, 東方書店, 1999.

尾崎秀樹,『近代文學の傷痕』, 岩波書店(同時代ライブラリー), 1991.

杉野要吉,『交爭する中國文學と日本文學―淪陷下北京一九三七〜四五』, 三元社, 2000.

邵迎建,『伝奇文學と流言人生――九四〇年代上海・張愛玲の文學』, 御茶の水書房, 2002.

岸陽子,『中國知識人の百年―文學の視座から』, 早稻田大學出版, 2004.

前田哲男,『戰略爆擊の思想―ゲルニカ-重慶-廣島への軌跡』(朝日新聞社, 1988), 社會思想社(現代教養文庫), 1997.

田村秀男,『人民元・ドル・円』, 岩波書店(岩波新書), 2004.

坂口直樹,『中國現代文學の系譜―革命と通俗をめぐって』, 東方書店, 2004.

丸山昇,「中國知識人の選擇―蕭乾の場合」・「建國前夜の文化界の一斷面」,『魯迅・文學・歷史』, 汲古書院, 2004.

5장 \ 암흑의 마오쩌뚱시대(1949〜79년)

藤井省三,「第14章 大宅壯一」,『中國見聞一五〇年』, 日本放送出版協會(NHK生活人新書), 2003.

山內一男 編,「中國経濟近代化への模索と展望」,『岩波講座 現代中國 2―中國経濟の轉換』, 岩波書店, 1989.

鄭義, 藤井省三 監譯・加藤三由紀・櫻庭ゆみ子 譯,『中國の地の底で』, 朝日新聞社, 1993.

池上貞子,『張愛玲―愛と生と文學』, 東方書店, 2011.

陳徒手,「ゴーゴリでも中國に來れば苦しむだろう」,『人有病天知否――九四九年後中國文壇紀實』, 北京:人民文學出版社, 2000.

平田昌司,「目の文學革命・耳の文學革命――九二〇年代中國における聽覺メディアと「國語」の實驗」,『中國文學報』第58冊, 京都大學文學部中文研究室, 1999.

丸山昇,『文化大革命に到る道―思想政策と知識人群像』, 岩波書店, 2001.

6장 ＼ 덩샤오핑시대와 그 후(1980년～현재)

大江健三郎,「北京講演二〇〇〇」,『鎖國してはならない』, 講談社, 2001.

大江健三郎・鄭義,「大江・鄭義往復書簡」,『暴力に逆らって書く－大江健三郎往復書簡』, 朝日新聞社, 2003.

藤井省三,「パリの中國エミグラント作家たち－鄭義・老木・北島・高行健の現在」,『文學界』11月号, 1993.

＿＿＿＿,「第19章 大江健三郎」,『中國見聞一五〇年』, 日本放送出版協會(NHK生活人新書), 2003.

＿＿＿＿,『村上春樹のなかの中國』, 朝日選書, 2007.

藤井省三 編,『東アジアが讀む村上春樹』, 若草書房, 2009.

李它,「代序 雪崩は何處」,『アクシデント』(余華短編集), 1989.4.

芒克, 是永駿 譯,『芒克詩集』, 書肆山田, 1990.

尾崎文昭 編,『'規範'からの離脱－中國同時代作家たちの探索』, 山川出版社, 2006.

社団法人共同通信社中國報道研究會 編,『中國動向2004』, 共同通信社, 2004.

尙一鷗,「村上春樹小說芸術研究」, 中國：東北師範大學博士論文, 2009.

小笠原淳,「王蒙小說に見られるソヴィエト文學的表現について」,『日本中國學會報』第62集, 2010.

岸陽子,『中國知識人の百年－文學の視座から』, 早稲田大學出版, 2004.

楊炳菁,『ポストモダン・コンテクストの村上春樹』, 北京：中央編譯出版社, 2009.

余傑, 藤井省三 譯,「天安門の記憶を抱いて(一部拔粹)」(特集「中國文學の現在－'春樹'から'反日'まで」),『すばる』8月号, 2005.

熊谷直次,「IT導入が始まる中國の住宅金融制度改革」,『ITソリューションフロンティア』, 2002.7.

張明敏,『村上春樹文學の臺灣における翻譯と翻譯文化』, 臺北：聯合出版, 2009.

張志忠,『莫言論』, 北京：中國社會科學出版社, 1990.

鄭義・大江健三郎,「對談 自由のために書く」,『世界』, 岩波書店, 2004.2.

朱自奮,「文芸誌は大學に歸るのか?」,『文匯讀書周報』, 2002.11.29.

中國人民共和國教育部發展規劃司組 編,『中國教育統計年鑑』, 北京：中國統計出版社, 2008.

中國人民共和國國家統計局 編,『中國統計年鑑』北京：中國統計出版社, 1988・1998・2010.

萩野脩二,『中國文學の改革開放－現代中國スケッチ』(增訂版), 朋友書店, 2003.

風間賢二,『文學界』, 1997.3.

許金龍, 「大江健三郎の見た北京」, 『人民中國』 4月号, 2001.

「大學初任給が下落」, 『最新ビジネスレポート』, 茨城縣上海事務所, 2004.6(http://www.pref.ibaraki.jp/bukyoku/seikan/kokuko/shanghai/business/04/repo0406_2.htm, 최종 검색일 2013.12.6).

「書評 「農村公社, 改革与革命」」, 『讀書』, 北京: 三聯書店, 1997.1.

「'性描寫本'、中國で物議」, 『讀賣新聞』, 2000.6.4.

「村上ロング・インタビュー」, 『考える人』, 新潮社, 2010 여름.

『爭鳴』, 香港・爭鳴月刊臨時編委會, 1997.11.

7장 ＼ 홍콩문학사 개설

吉川雅之 編, 『'讀み・書き'から見た香港の轉換期――一九六〇～七〇年代のメディアと社會』, 明石書店, 2009.

金文京, 「香港文學瞥見」, 可兒弘明 編, 『香港および香港問題の研究』, 東方書店, 1991.

藤井省三, 「第3章 香港――一五〇年の記憶と虛構」, 『現代中國文化探檢』, 岩波新書, 1999.

______, 「香港アイデンティティの形成と李碧華文學」, 狹間直樹 編, 『西洋近代文明と中華世界』, 京都大學學術出版會, 2001.

______, 「第4章 香港, '返還'とアイデンティティ」, 『中國映畵―百年を描く、百年を讀む』, 岩波書店, 2002.

李歐梵, 「序說 香港文化の'周緣性'」, 『ユリイカ』 五月号, 1997.

李焯雄, 「名字的故事―李碧華『胭脂扣』文体分析」, 陳炳良 編, 『香港文學探賞』, 香港: 三聯書店, 1991.

小井川廣志, 「香港における教育制度の展開と経濟發展―制度・歷史編」, 『名古屋學院大學論集―社會科學篇』 33卷 3号, 1997.

施叔靑, 藤井省三 繹, 「同解說」, 『ヴィクトリア俱樂部』, 國書刊行會, 2002.

辻伸久, 「香港の言語問題」, 可兒弘明 編, 『香港および香港問題の研究』, 東方書店, 1991.

野村總合研究所香港有限公司 編, 『香港と中國』, 朝日新聞社, 1997.

袁良駿, 『香港小說史』 第1卷, 深圳: 海天出版社, 1999.

鄭樹森・黃継持・盧瑋鑾, 『早期香港新文學作品選』, 香港: 天地図書, 1998.

趙稀方, 『小說香港』, 北京: 三聯書店, 2003.

中嶋嶺雄, 『香港回歸』, 中央公論社(中公新書), 1997.

陳平原, 『千古文人俠客夢』, 北京: 人民文學出版社, 1992.

Miners, Norman, *Hong Kong Under Imperial Rule 1912~1941*, Oxford University Press, 1988.

Turner, Matthew, "60's / 90's : Dissolving The People", *Hong Kong sixties : designing Identity*, 香港芸術中心, 1995.

8장 ＼ 타이완문학사 개설

アンダーソン, ベネディクト, 白石さや・白石隆 譯, 『想像の共同体－ナショナリズムの起源と流行』, NTT出版, 1997.

ハーバマス, J., 細谷貞雄 譯, 『公共性の構造轉換』, 未來社, 1973.

臺灣教育會 編, 『臺灣教育沿革誌』(1939 復刻版), 東京 : 靑史社, 1983.

臺灣省文獻委員會, 『重修臺灣省通志 卷6－文敎志·學校敎育篇』, 臺灣省文獻委員會, 1993.

臺灣總督府, 『臺灣事情 昭和十四年版』, 1939.

__________, 『臺灣経濟年報 昭和十六年版』, 國際日本協會, 1941.

島田謹二, 『華麗島文學志』, 明治書院, 1995.

藤井省三, 『臺灣文學この百年』, 東方書店(東方選書), 1998.

連根藤, 「從移民史觀到本土史觀」, 『台生報』, 2001.4.25.

李承機, 「臺灣近代メディア史研究序說」, 東京大學博士論文, 2004.

李園會, 『日本統治下における臺灣初等教育の研究』, 臺中 : 臺灣省立臺中師範專科學校, 1981.

林媽利, 「臺灣原住民的來源」, 『臺灣医界』, 第44卷 第8号, 2001.

北岡伸一, 『後藤新平』, 中公新書, 1988.

山口守 編, 『講座臺灣文學』, 國書刊行會, 2003.

蕭阿勤, 「一九八〇年代以來の臺灣文化民族主義の發展」, 『臺灣社會學研究』 第3期, 1999.

垂水千惠, 『臺灣の日本語文學』, 五柳書院, 1995.

若林正丈, 『臺灣－分裂國家と民主化』, 東京大學出版會, 1992.

葉石濤, 中島利郎・澤井律之 譯, 『臺灣文學史』, 硏文出版, 2000.

汪知亭, 『臺灣教育史料新編』, 臺北 : 臺灣商務印書館, 1987.

尹章義, 「臺灣↔福建↔京師－'科擧社群'對于臺灣開發以及臺灣与大陸關係之影響」, 『臺灣開發史研究』, 臺灣 : 聯經出版事業, 1989.

鍾淸漢, 『日本植民地下における臺灣教育史』, 東京 : 多賀出版, 1993.

朱眞一, 「從葡萄糖六磷酸去氫酵素(G6PD)看臺灣族群的血緣」, 『臺灣医界』 第42卷 第4号, 1999.

中島利郎, 『日本統治期臺灣文學硏究序說』, 綠蔭書房, 2004.

陳其南, 『臺灣的伝統中國社會』, 臺灣：允晨文化實業, 1987.

陳培豊, 『同化の同床異夢－日本統治下臺灣の國語教育史再考』, 三元社, 2001.

陳紹馨, 『臺灣的人口変遷与社會変遷』, 臺北：聯経出版, 1997.

鄒依仁, 『旧上海人口変遷的硏究』, 上海：上海人民出版社, 1980.

河原功, 『臺灣新文學運動の展開』, 研文出版, 1997.

鶴見祐輔, 『後藤新平』 全4卷, 勁草書房, 1965～67.

黃美玲, 『連雅堂文學硏究』, 臺北：文津出版, 2000.

黃昭堂, 『臺灣民主國の硏究－臺灣獨立運動史の一斷章』, 東京大學出版會, 1970.

黃英哲, 『臺灣文化再構築一九四五～一九四七の光と影』, 創土社, 1999.

칼럼 0 ＼ 영화는 현대 중국문학의 아버지인가 어머니인가?

藤井省三, 「'淪陷區'上海の戀する女たち－張愛玲と室伏クララ, そして李香蘭」, 四方
　　　田犬彦 編, 『李香蘭と東アジア』, 東京大學出版會, 2001.

魯迅, 藤井省三 譯, 「『吶喊』自序」, 『故鄕／阿Q正伝』, 光文社(光文社古典新譯文庫), 2009.

阿部兼也, 『魯迅の仙台時代－魯迅の日本留學の硏究』, 東北大學出版會, 1999.

程季華主 編, 森川和代 譯, 『中國映畵史』 平凡社, 1987.

칼럼 1 ＼ 쑨원 영화의 계보

珠江電影制片廠, 『中國電影大辭典』, 上海辭書出版社, 1995.

칼럼 3 ＼ 1930년대 상하이의 여배우

沈寂, 『一代影星阮玲玉』, 西安：陝西人民出版社, 1985.

黃維鈞, 『阮玲玉伝』, 吉林省：北方婦女兒童出版社, 1986.

칼럼 4 ＼ 중국영화가 그려낸 난징사건

笠原十九司, 『南京事件』, 岩波新書, 1997.

秦郁彦, 『南京事件－'虐殺'の構造』, 中公新書, 2007.

칼럼 5 ＼ 강제수용소 속의 사랑과 식인

楊顯惠, 『夾辺溝記事』, 廣州 : 花城出版社, 2008.

칼럼 7 ＼ 홍콩영화와 무라카미 하루키

野崎歡, 『香港映畵の街角』, 靑土社, 2005.
川村湊, 『村上春樹をどう讀むか』, 作品社, 2006.

칼럼 8 ＼ 역사의 기억과 동화의 논리

魏德聖, 岡本悠馬・木內貴子, 『海角七号－君想う、國境の南』, 東京 : 德間書店, 2009.

그림출전

〈그림 1-1〉샤샤오훙 편, 『량치차오 문선』, 北京 : 中國廣播電視出版社, 1992, 권두 사진.

〈그림 1-2〉루쉰박물관 편, 『루쉰문헌도전』, 鄭州 : 大象出版社, 1998, 158쪽.

〈그림 2-1〉후스, 『후스 전집』 44권, 安徽 : 安徽敎育出版社, 2003, 권두 사진.

〈그림 2-2〉『신청년』 제9권 제1호, 1921.5.

〈그림 2-3〉이쿠라 쇼헤이, 나구모 사토루 외역, 『루쉰 전집 17-일기 I』, 學習硏究社, 1985, 권두 사진.

〈그림 2-4〉쉬즈모, 『쉬즈모 선집』, 北京 : 人民文學出版社, 1990, 권두 사진.

〈그림 2-5〉푸광밍 역, 『문학풍』, 台北 : 業强出版社, 1991, 4쪽.

〈그림 2-6〉팡런니엔, 『귀모루어 연보』, 天津 : 天津人民出版社, 1982, 권두 사진.

〈그림 2-7〉황지에·위엔춘 편, 『위다푸 전집 제7권-시사』, 杭州 : 浙江大學出版社, 2007, 권두 사진.

〈그림 2-8〉이쿠라 쇼헤이, 나구모 사토루 외역, 『루쉰 전집 17-일기 I』, 學習硏究社, 1985, 권두 사진.

〈그림 3-1〉마오뚠, 『마오뚠 전집』 제1권, 北京 : 人民大學出版社, 1984, 권두 사진.

〈그림 3-2〉나카야마 토키코 편, 『라오서 사전』, 大修館書店, 1988, 권두 사진.

〈그림 3-3〉장죵 편, 『딩링 전집』, 石家庄 : 河北人民出版社, 2001, 권두 사진.

〈그림 3-4〉빠진, 『빠진 전집』 제2권, 北京 : 人民大學出版社, 1986, 권두 사진.

〈그림 3-5〉후펑, 『후펑 회억록』, 北京 : 人民文學出版社, 1993, 권두 사진.

〈그림 3-6〉장우, 『나의 아버지 장헌수이』, 沈陽 : 春風文藝出版社, 2002, 3쪽.

〈그림 3-7〉선총원, 『선총원 전집』, 太原 : 北岳文藝出版社, 2002, 권두 사진.

〈그림 3-8〉아이우, 『아이우 문집』 제1권, 成都 : 四川人民出版社, 1981, 권두 사진.

〈그림 3-9〉린타이이, 『린위탕전』, 台北 : 聯經出版事業公司, 1989, 권두 사진.

〈그림 3-10〉인물ABC首頁(http://www.rwabc.com/diqurenwu/diqudanyirenwu.asp?p_

name=&people_id=5328&id=9087, 최종검색일 2013.12.6).

〈그림 4-1〉 장아이링,『장아이링 전집 15 대조기－옛날 사진첩을 보다』, 台北 : 皇冠文學出版有限公司, 1993, 80쪽

〈그림 4-2〉 장취엔 편,『메이냥 소설산문집』, 北京 : 北京出版社, 1997, 권두 사진.

〈그림 4-3〉 공인출판사 · 야마나시대학 편,『자오수리 문집』제1권, 北京 : 工人出版社, 1980, 권두 사진.

〈그림 4-4〉 무로부시 테츠로 씨 제공.

〈그림 5-1〉 저자 촬영, 1993.

〈그림 6-1〉 저자 촬영, 1993.

〈그림 6-2〉 저자 촬영, 2005.

〈그림 6-3〉 저자 촬영, 1997.

〈그림 6-4〉 저자 촬영, 2005.

〈그림 7-1〉 류이창,『뚜이따오』, 香港 : 獲益出版事業有限公司, 2000, 표지.

〈그림 7-2〉 저자 촬영, 2003.

〈그림 7-3〉 리비화,『연지구』, 香港 · 天地圖書有限公司, 1998, 표지.

〈그림 8-1〉 천춘링 · 황만리 · 치우홍샹 편,『양쿠이 영집』, 台北 : 東坡電腦排版有限公司, 1992.

〈그림 8-2〉 저자 촬영, 2004.

〈칼럼 0〉 장아이링,『장아이링 전집 15 대조기－옛날 사진첩을 보다』, 台北 · 皇冠文學出版有限公司, 1993, 66쪽.

〈칼럼 1〉 장완팅 감독, 〈송씨 세 자매〉, EQUIR DE CINEMA, 1997, 팜플렛 표지.

〈칼럼 2〉 장이모 감독, 〈붉은 수수밭〉, IMAGICA, 2004, DVD 표지.

〈칼럼 3〉 신화넷(http://big5.xinhuanet.com/gate/big5/news.xinhuanet.com/society/2011-07/13/c_121661638_3.htm, 최종검색일 2013.12.6).

〈칼럼 4〉 이시카와 타츠조,『살아있는 병사』, 河出書房, 1945, 표지.

〈칼럼 5〉 양셴후이,『협변구기사』, 廣州 : 花城出版社, 2008, 표지.

〈칼럼 6〉 로우예 감독, 〈여름 궁전〉, ダゲレオ出版, 2006, 팜플렛 표지.

〈칼럼 7〉 웡카와이 감독, 〈아비정전〉, プレノンアッシユ, 1992, 팜플렛 표지.

〈칼럼 8〉 웨이더성 · 란이펑,『하이자오 7번지－영화소설』, 台北 : 大塊文化, 2008, 표지.